우리 전통시가의 위상과 현대화

우리 전통시가의 위상과 현대화

김학성

보고사

머리말

　근자에 나는 우리 고전시가의 텍스트가 갖는 문학사적 위상 혹은 좌표와 그것의 현대화 문제, 특히 현재도 활발히 창작되어 향유되고 있는 시조와, 끊일 듯 이어지면서 극히 일부에 겨우 명맥을 유지하고 있는 가사 장르의 현대화 문제에 집중적인 관심을 갖게 되었다. 이러한 관심은 처음부터 체계적인 기획이나 구도 아래 촉발된 것이라기보다 주변의 관련 단체나 학회로부터 받은 원고 청탁에 의존한 것이었다. 그러다보니 여기 실린 논고들이 이 두 가지 부문에 관련되는 것은 틀림없으나 상당한 시차를 두고 작성된 것들이어서 미처 생각이 영글지 못한 채로 발표된 것들도 더러 있을 터이지만 이런 논고들을 바탕으로 논리를 성숙시켜 나갈 수 있었고 마침내 확고한 결론이나 성과를 내게 되는 희열을 맛볼 수 있었다.

　그러나 책을 낸다는 일은 언제나 두려움을 갖게 한다. 논고들을 만들 때는 언제나 최선을 다하느라 애를 썼지만 돌아보면 허점이나 오류가 발견되지 않는다는 보장이 없기 때문이다. 우리의 전래 격언에 '선무당이 사람 잡는다'라거나, '반풍수(半風水)가 집안 망친다'는 말이 있는데 내게도 해당될 수 있기 때문이다. 이는 서투른 재주나 시야가 좁은 단견(短見)을 성급하게 내세우다가 도리어 일을 망치게 되는 경우를 비유적으로 한 말이지만, 학문의 세계에 적용한다면 '잘못 아는 것보다는 모르는 것이 차라리 낫다'라는 속뜻으로 받아들여진다는 것이다. 모든 연구를 수행함에 있어 관련 자료와 정보에 대한 정확성과 완전성, 적시성에 부합하는 성과를 내는 일은 불민(不敏)한 나로서는 영원히 감당하기 어려운 난제일지도 모른다.

그럼에도 불구하고 두려움을 무릅쓰고 이 책을 세상에 펴고자 하는 것은 나름대로 고전시가의 위상을 정확하게 짚어내는 일과 그 현대화 문제에 관한 정합성을 얻는 방향을 제시함에 있어서 관련 텍스트를 허투로 다루지 않겠다는 신념을 바탕으로 수행되었다는 자부심 때문이다. 즉 이 책에서 다룬 어떠한 텍스트도 그것이 '기호(記號)'이면서 '구조'이고 '가치'라는 관점에서 벗어나지 않게 최선을 다해 살폈다는 것이다.

고전이든 현대 작품이든 일단 텍스트는 기호의 산물이어서 소통적 성격을 갖는다. 따라서 당대에 어떠한 성격을 가진 기호로서 소통되었는지를 제대로 적시하기 위해서는 해당 텍스트가 산출된 상황(context)을 고려해야 가능하다. 특히 고전 텍스트의 경우 상황의 언어로 되어 있기 때문에 이를 최우선으로 고려하지 않는다면 제대로 된 이해가 성립되기 어려운 것이다. 상황이나 맥락을 떠나 오늘의 독법(讀法)으로 텍스트를 안이(安易)하게 읽는다면 당대적 의미를 추적해 낼 수 없을 뿐 아니라 그 실상과는 거리가 먼 엉뚱한 해석으로 전락하기 마련이다.

다음으로 모든 텍스트는 나름의 독특한 구조로 짜여 있어 자율적 성격을 갖는다. 그래서 텍스트를 소우주(小宇宙)라 칭하기도 한다. 따라서 텍스트를 시대의 반영물로만 보거나 역사적 의미를 띤 소통물로만 이해한다면 그것이 갖는 미학적 의미를 구명해 낼 수 없다. 문학 텍스트는 시대를 기록하는 단순한 문서이거나 사상 혹은 관념을 전달하는 이념의 텍스트가 아니라 세계의 의미나 이념적 내용을 감성적 결의 아름다움으로 구조화한 미적 텍스트이기 때문이다.

그와 더불어 모든 텍스트는 일정한 가치를 가진 것으로 보아야 한
다. 텍스트가 그 시대적 의미를 담는 기호이고 아름다움을 구현한 미
적 구조물이라면 당대는 물론 오늘의 우리에게도 절실한 공감으로 와
닿는 호소력을 가지기 마련이다. 그래서 텍스트를 '호소구조'라 칭하
기도 한다. 그 호소구조를 밝혀내는 일은 텍스트에 내장되어 있는 잠
재된 가치를 발견해내는 일에 다름 아니다. 그 잠재된 가치는 대개의
경우 은밀하게 숨겨져 있어서 쉽사리 그 모습을 드러내지 않는다. 그
가치의 발견이 어려운 만큼이나 그것을 찾아낸 희열 또한 클 것이다.
그것이 학문하는 보람일 것이다. 또한 텍스트의 가치는 당대적 가치로
서만이 아니라 현재적 가치로 승화될 때 더 큰 의의를 가질 것이다.

여기 모은 논고들이 텍스트가 갖는 잠재적 가치를 찾아내고 그 위상
을 제대로 가늠하고 그 현대화의 방향을 아울러 모색하려 한 것도 그
런 보람을 얻고자 거칠게 시도한 결과물이라 보면 된다. 그러한 시도
를 통하여 현재 우리가 안고 있는 쟁점들을 정면으로 파고들어 문제의
해결을 명쾌하게 구명해 내고자 노력했다. 특히 황진이 같은 걸출한
시인의 텍스트가 갖는 정확한 위상이나 그 잠재된 가치의 탐색, 그리
고 사설시조에 대한 여러 논란들을 잠재울 수 있는 이론 정립을 위한
시도, 시조와 가사의 현대화 방향을 올바로 설정하기 위한 작은 노력
들에서 학문하는 보람과 희열을 느낄 수 있었음을 고백한다.

그런 만큼 이 책을 통하여 많은 논쟁점이 해결되는 방향을 제대로
찾아가는 하나의 길잡이가 되었으면 하는 바람이 크다. 하지만 나의
이러한 작은 시도들이 다시 논쟁과 비판의 대상이 될 수 있음 또한 솔
직히 인정해야 할 것이다. 진정으로 그렇게 되기를 바란다. 그러나 이

책의 논지에 대해 확실하고 정당한 대안을 제시함이 없이 논쟁을 위한 논쟁, 비판을 위힌 비판을 제기한다면 더 큰 혼란만을 소상하는 결과를 가져오는 것이므로 그러한 혼란이 이제 다시는 야기되지 않기를 또한 희망한다. 애써 만들어 놓은 공든 탑을 허망한 논리로 허물 수야 없지 않은가. 비판에 앞서 그러한 비판이 정당한 것인지를 숙고에 숙고를 거듭하여 행해야 할 것이다. 그래야 나를 포함한 모든 비판자가 일을 그르치는 반풍수나 선무당 노릇을 하지 않을 것이기 때문이다.

　이런 어줍지 않은 논고들이 나오기까지 나를 아낌없이 후원해 주고 격려하며 용기를 북돋아 준 모든 주위 분들에게 감사하는 마음으로 이 책을 바친다. 그리고 부실한 나를 스승이랍시고 따르고 힘이 되어준 사랑하는 제자들에게도 고마움을 전한다. 특히 교정의 수고를 아끼지 않은 제자 윤설희 박사를 잊을 수 없다. 그리고 평소에 국문학계의 발전에 남다른 애정을 가지시고 책의 출간을 흔쾌히 도와주시는 보고사의 김흥국 사장과 담당 편집자의 노고에도 감사드린다.

2015년 3월
봄이 오는 길목에서
김학성 씀

차례

【제2부】

전통시가의 현대화 방향

현대시조의 나아갈 방향

시조의 정체성과 그 현대적 변환

현대시조의 좌표와 시적 지향

국민시조 운동, 시조 놀이마당의 제안

가사의 양식 특성과 현대적 가능성

가사의 전통 유형과 현대화 방향

【 제1부 】

전통시가의 위상과 평가

근대 논의 문제와 18세기 우리 시가

1. 우리 시대의 근대 문제

'근대'라는 화두는 늘 우리를 심한 열등감에 빠지게 하고 곤혹스럽게 해온 명제였다. 그 요인은 우리가 지나치게 못나서라기보다 근대의 표준을 서구에 둔 탓이 더 컸었다. 서구의 근대는 '반봉건-반중세'를 이념으로 하는 산업사회의 자본주의와 과학기술을 바탕으로 하는 물질문명 및 자기중심의 욕망 성취를 앞세운 제국주의로 요약된다. 그런데 서구가 추구하고 성취한 근대는 그 방법이 투쟁을 수단으로 하는 '전복(顚覆)적 근대'였으므로 그로 인한 파장은 너무나 컸다. 이를테면 시민혁명에 의한 계급적 전복, 산업혁명에 의한 경제구조의 전복과 자본주의의 급격한 팽창, 제국주의에 의한 국제질서의 전복과 약소국의 식민화, 그리고 약(弱)문화-강대국 문화 즉 강(强)문화의 대칭개념임-전통의 전복 등이 그 사례다.

이러한 전복적 근대화의 결과는 질곡의 중세사회를 벗어나는 눈부신 문명의 발전으로 비쳐지기도 했지만, 그 이면에서는 지나친 산업화로 인한 지구 환경의 급격한 악화를 초래했고, 지나친 물신주의 추구는 인간의 정신적 황폐화를 야기하기에 이르렀다. 건강한 지구를 병들게 하고, 건전한 인간 정신을 타락시킨 것이다. 이러다간 그들의 전복적 근대하가 인류를 파멸시키고, 나아가 지구 자체를 소멸시키는 결과까지 갈지 모른다는 위기감이 고조되고 있다. 생활의 물질적 풍요만 추구하고 편리성만 찾다가 그 대가(代價)로 인간 생명이 위협을 당하고, 경제의 눈부신 발전에도 불구하고 자살률은 경제 선진국에서 오히려 높은 비율을 보이고 있는 것이다.

그럼에도 불구하고 아직도 서구모델을 근대화의 표준으로 삼고 지구촌 곳곳에서 산업화에 박차를 가하고 있고, WTO를 앞세운 국가 간의 경제 전쟁이 치열하게 전개됨으로써 신식민주의라 할 경제적 패권주의 시대로 치닫고 있는 것이 오늘의 실정이다. 우리나라의 경우도 서구적 근대화를 모델로 열정적으로 뒤따르며 경제 개발과 소득증가에 전 국가적 투혼을 다해 노력한 결과 GDP 12~13위에까지 오르는 눈부신 성장을 이룩해내었지만, 국민행복지수는 68위를 기록하고 있다. 일본의 경우도 1950~1970년까지 국민소득이 일곱 배나 증가했지만 삶의 만족도는 국민소득 최하위권인 방글라데시와 비슷할 정도로 떨어져 75위를 보이고 있다. 결과적으로 우리가 서구적 근대화를 통해 얻은 것은 물질적 풍요이고, 잃은 것은 정신적 자산인 것이다.

이제 이러한 형편을 당하여 서구모델의 '전복적 근대화'가 현대를 살아가는 우리 인류에게 더 이상 유용한 모범이 될 수 없음을 깨닫고, 서구적 근대화로 인해 야기된 지구 환경의 급격한 악화와 인간정신의 황폐함을 벗어나기 위한 방책으로 탈근대의 방향을 모색하는 의미에서 우리의 근대를 돌아보기로 한다. 탈근대의 방향은 지구 생명을 구한다는 명목으로 전개되는 저탄소운동이나 기후협약 같은 사후약방문도 방책이 될 수 있겠지만 그보다 근원적인 처방이 요구된다. 이 문제는 투쟁을 수단으로 하는 **전복적 근대**의 방향과는 정반대인 **상생(相生)**을 수단으로 하는 **화평(和平)적 근대**를 지향하는 동아시아적 근대, 그 가운데서도 특히 18세기 우리시가를 통해 서구적 근대의 병폐를 근본적으로 벗어날 수 있는 해결책, 곧 대안적 근대의 가능성에서 찾아볼 수 있지 않을까 하는 희망과 결부된다.

2. 근대화 논의의 방법론적 반성

아놀드 토인비가 간명하게 갈파했듯이 서구의 역사는 '도전과 응전의 역사'였다. 그들은 자연에 도전하고, 이국(異國)에 도전하고, 이단(異端)에 도전하고, 세계에 도전하고, 우주에 도전하고, 신에게 도전하면서 끝없는 투쟁과 응전의 길을 걸었다. 그 과정에서 많은 미지의 것·새로운 것을 개척하고, 정복하고, 약탈하고, 획득해나가면서 그 성취감에 따른 오만과 독단성이 극에 이르고, 마침내 서구 우월주의의 맹신에 빠져 서구문명을 보편문명이라 생각하는 지경에까지 이르렀다. 그리고 서구문명의 세계화는 조직적 폭력에 의해 비서구적 문명권에 파괴적인 영향력을 미쳤음을 사무엘 헌팅턴은 『문명의 충돌』에서 언급하고 있다. 그러면서 그는 비(非) 서구문명 특히 중국과 일본을 중심으로 하는 유교자본주의를 바탕으로 하는 아시아적 가치와의 문명 충돌을 미리 상정하여 그에 대한 파괴적 도전과 경계를 늦추지 않고 있다. 동아시아 문명권의 아시아적 가치 혹은 유교적 가치와의 공존이나 화합적 화해는 전혀 고려치 않고 있는 것이다.[1]

---

1) 사무엘 헌팅턴, 『문명의 충돌』, 이희재 역(김영사, 1997) 참조.

서구의 이러한 도전과 투쟁의 역사는 그들의 근대화 방법도 중세의 봉건주의를 철저히 무너뜨리고 새로운 시민사회, 산업사회를 혁명적으로 구축하려는 시도로 나타나게 된다. 그리하여 근대화 곧 탈중세의 방향을 반봉건의 가치와 이념으로 몰아가게 됨으로 해서 모든 부면에서 봉건적 요소와의 투쟁을 벌이고 그에 반립하는 방향으로 역사를 전개시켜 나갔던 것이다. 이러한 투쟁의 바탕에는 서구문화의 중심사고를 이루는 변증법적 논리가 자리하고 있다. 즉 그들이 '정(正)'이라고 믿어왔던 것에 대해 언젠가는 도전하고 투쟁하여 그에 대립하는 '반(反)'을 새로이 정립하고, 그 새롭게 정립한 '반'에 다시 도전하고 투쟁하여 '정'도 '반'도 모두 극복하는 '합(合)'을 도출하게 된다. 이러한 변증법적 논리를 통해 변화하는 현실에 합당한 관념을 획득해 나갔던 것이다. 그리고 새로이 정립된 정 반 합 또한, 역사의 발전에 따라 낡은 것으로 되고, 낡은 것은 다시 새로운 것에 도전을 받아 뒤집히게 된다.[2] 이처럼 그들은 언제나 역사 발전을 투쟁에 의한 기존 가치나 질서의 전복으로 끌어갔던 것이다. 앞에서 서구적 근대를 '투쟁을 수단으로 하는 전복적 근대'로 규정한 이유가 여기에 있다.

더욱 심각한 문제는 그들의 끝없는 도전과 투쟁이 언제나 자기중심에 바탕을 두고 있어서, 나와 타자와의 공존이나 상생, 혹은 화해를 기대하기 어렵다는 것이다. 그들의 자기중심적 사고는 세계를 이분법적으로 편 가름하여 오로지 나에게만 유리한 방향으로 투쟁을 끌어왔기 때문이다. 아군:적군, 백인:유색인, 기독인:이단(異端), 천사:악마, 서양:동양, 문명:야만, 주인:노예, 인간:자연 등으로 나누어 둘 사이

---

2) 장파, 『동양과 서양 그리고 미학』, 유중한 등 역(푸른숲, 1999), 55면 참조.

를 양가(兩價)적 대립 관계로 보고 언제나 자기편에 유리한 쪽에 서서 상대방을 도전의 대상으로 삼아 정복하거나 억압 혹은 무시하려는 사고를 보이는 경향성이 강하다는 것이다.

이러한 자기중심 사고는 서구인의 언어에 그대로 드러나고 있다. 한 가지만 예를 들면,

> Don't you like this flower?(너 이 꽃 좋아하지 않니?)라는 질문을 받았을 때, 그들은 질문하는 상대방의 입장은 고려하지 않고 일방적으로 자기중심의 관점에서 내가 그 꽃을 좋아한다면 무조건 Yes, I do.라고 답하고, 좋아하지 않는다면 No, I don't.라고 대답함으로써 Yes나 No를 자기중심으로 선택하여 답한다. 이에 비해 우리는 질문하는 상대방을 우선적으로 배려하면서 자기의중을 말하므로 "그래, 나는 안 좋아해."라거나 "아니, 난 좋아해."라고 답한다.

이 같은 간단한 부정의문의 사례에도 그 점이 분명히 드러나고 있다. 언어는 단순히 의사소통의 도구로서 존재하는 것이 아니라 사고와 직결되는 불가분의 관계를 갖기 때문에 동양적 사고와 서양적 사고가 언어의 말 부림 법에서부터 이렇듯 차이가 나는 것이다. 따라서 서구 언어로 말하는 것은 서구적 사고로 세계를 바라보고 이해한다는 뜻이 된다. 언어부터 자기중심적으로 되어 있으니 그들의 사고와 감정이 자기중심적이 될 수밖에 없는 것이다. 따라서 그들이 서구 중심, 백인 중심, 기독교 중심, 인간 중심 사고를 하는 것은 필연인 것이다. 이러한 자기 중심 사고를 바탕으로 발전시켜나간 서구적 근대는 타자와의 공존이나 상생, 화해적 근대로 나아가기 어렵다는 점에서 탈근대가 절실히 요청되는 것이다.

그동안 우리는 서구적 근대의 이러한 특수성에 대한 깊은 통찰 없이

그들의 근대 모델에 기대어 우리의 근대화 논의를 전개해 왔다. 그 결과 잘 알려진 대로 우리의 근대화가 18~19세기에 외세의 개입 없이 자생(自生)적으로 태동하여 발전되어 갔다고 보는 이른 바 내재(內在)적 발전론, 혹은 **자생적 근대화론**(조동일, 김윤식 등)이 제기되었고, 그와 달리 우리의 근대화는 곧 서구화로 보고 일본을 통해 간접으로 들어오든 서구에서 직접으로 들어오든 개항 혹은 갑오경장 이후 서구문화와의 교섭을 통해 일제 식민지를 거쳐 오면서 이루어졌다는 타율적 발전론, 혹은 **식민지 근대화론**(백철, 이영훈 등)이 제기된 바 있다.

이 두 가지 근대화론에 대하여 전자는 객관적 지표나 실증적 자료 없이 한민족의 우월성을 당위적으로 내세운 국수주의적 아집(我執) 내지 민족주의적 기획으로 '만들어진 근대'라고 비판하고(강명관3), 이도흠 등), 후자는 식민사관의 종속 내지 역사의식의 부족을 드러낸 것이라고 비판한다(허수열4), 이도흠5) 등). 그리고 이러한 근대성 비판에 만족하지 않고 우리의 근대적 주체를 배타적으로 자기중심성만을 내세우지 않는, 존재론적으로 평등하면서 인식론적으로 겸손하여 타인과 나란히 병존하는 '관계적 주체', '부드러운 주체'라 규정하고 이 같은 주체에서 근대의 동력을 살핀 **대안(對案)적 근대화론**(박희병6), 조세형7))이 제기되는가 하면, 화쟁(和諍)시학이라는 독특한 관점으로 본 근대

---

3) 강명관, 『국문학과 민족, 그리고 근대』(소명, 2007) 참조.

4) 허수열, 「식민지 근대화론의 쟁점」, 『동양학』 41(단국대 동양학연구소, 2007), 248면.

5) 이도흠, 「18-19세기의 조선조 시가의 변모양상과 근대성 문제」, 『한국학논집』 43, 한양대 한국학연구소, 2008, 87~88면.

6) 박희병, 『운화(運化)와 근대 : 최한기 사상에 대한 음미』(돌베개, 2003) 참조.

7) 조세형, 「조선후기 시가문학에 나타난 근대와 그 의미」, 『한국시가연구』 24(한국시가학회, 2008) 참조.

화론(이도흠)이 제출됨으로써 우리의 근대화 논의를 반성하면서 더욱 확장되고 심화된 논의로 나아가게 되었다.

그러나 자생적 근대화론이든, 식민지 근대화론이든, 이를 비판하는 논의든, 그 모두가 근대의 개념과 성격을 서구적 근대화 모델에서 크게 벗어나지 않는 범위에서 주장하고 실증하고 비판한다는 점에서 근본적 문제점을 안고 있다.

자생적 근대화론은 그 비판론자가 지적했듯이 '봉건사회 대 자본주의', '성리학 대 실학', '한문 텍스트 대 한글 텍스트', '평시조 대 사설시조', '양반문화 대 서민문화'의 이항대립구조로 파악하고 전자에서 후자로의 변혁에서 근대성의 징후를 찾는 근거로 삼고 있는데, 이는 서구적 근대를 모델로 하여 그것에 '유사한 무엇'을 찾아 동일화하는 작업이어서 그 둘은 유사할 뿐 같지 않다는 비판을 면치 못한다. 그런데 그러한 비판을 가하는 논자도 "서구와 접촉이 없는 개항 이전의 조선의 역사에서 서구의 역사적 경험태인 '근대'를 찾는다는 것은 그야말로 난센스에 속(屬)한다"[8]라고 하여 근대를 서구의 독점적 경험태인 것처럼 인식하고 있어 더욱 문제를 드러내고 있다. 이런 논리를 따른다면 우리의 근대는 서구와 유사한 무엇이 아닌, 서구와 완전히 동일화 할 수 있는 근대의 모습을 찾아내어야 비로소 인정할 수 있다는 논리가 된다.

우리의 근대화가 서구와 완전히 동일하지 않고 유사한 모습을 보인다는 것은 서구와 우리가 역사와 문화를 달리해왔다는 점에서는 너무나 당연하다. 유사하다는 것은 서구와 공통적 요소도 있지만 다른 모습도 있다는 특수성의 인정이다. 서구적 근대가 우리와 다르다는 것

---

8) 강명관, 앞의 책, 103~104면.

역시 그들의 근대도 그들의 역사-문화적 특수성 위에서 전개되었던 탓이다. 그러므로 그들의 근대화도 특수싱을 띠고, 우리의 근대화도 우리대로 특수성을 띨 뿐으로 이해해야 한다. 더 정확히 말한다면 그들은 그들의 방식으로 근대를 이루어갔고, 우리는 우리의 방식으로 근대를 이루어왔으므로 유사할지언정 동일할 수는 없는 것이다. 따라서 우리의 방식에 따른 근대성을 찾아야 함에도 불구하고 서구의 근대화 방식으로 우리의 근대를 찾고 있는 그 방법론이 문제가 있음을 지적하고 비판해야 할 것이다.

우리의 근대가 서구처럼 중세적인 것에 반립(反立)하는 것이고 그것의 전복에 의한 혁명의 방식으로 이루어졌다면 중세와 근대성을 이항대립구조로 놓고 후자로의 전이되는 양상에서 찾는 것이 타당하지만, 우리의 근대화 방식은 뒤에 상론하겠지만 서구처럼 투쟁을 수단으로 하는 전복적 근대가 아니라 중세적인 것의 이념과 가치를 바탕으로 하면서 법고창신(法古創新)의 방식으로 근대성을 추구해나갔으므로 그런 이항대립의 투쟁적-변증법적 논리로는 우리의 근대를 올바로 찾을 수 없다는 점이 지적되어야 할 것이다.

그런 점에서 조선조의 근대가 자본주의의 맹아가 없는 것은 아니지만 국부적이었다거나, 실학은 성리학에 맞선 저항 이데올로기가 아니라 한정된 개혁을 추구한 개량주의적 사상이라거나, 사설시조에서 중세를 부정하고 근대를 지향한 텍스트가 극히 드물다거나, 서민문화에서 근대를 찾기에는 중세의 옹호와 부정이 혼효되어 있다는 지적으로 자생적 근대화론을 비판하는 것도 우리의 근대화 방식을 충분히 고려한 시각이라 하기 어렵다.

이에 비한다면 대안적 근대화론은 근대적 주체 설정에서 서구모델을 기준 삼지 않고 동양적 혹은 한국적 모델을 모색했다는 점에서 긍정적인 평가를 받을 수 있겠다. 그러나 관계적 주체나 부드러운 주체의 설정을 통해 주체들 상호간의 대등한 관계를 승인한 면을 보인다는 설명만으로는 부족하고, 더욱이 대안적 근대로 하위주체들이 벌인 기호론적 투쟁에 주목한 것은 여전히 서구적 근대의 개념을 떨치지 못한 면을 보여주었다.

이처럼 우리의 근대 논의는 서구적 근대 개념 콤플렉스에서 완전히 자유롭지 못해왔다. 이제 우리는 그러한 콤플렉스에서 벗어나 우리의 근대화 방식에 따른 논의로 근본적 전환을 보여 탈근대로서의 대안적 근대를 설정해야 할 시점에 이르렀다고 생각된다. 서구적 근대화의 귀결이 지구 재난을 가져오고 마침내 인간 정신을 황폐화시킴이 드러난 오늘의 시점에서 더욱 그러한 요청이 당위성을 갖는다.

그런데 우리의 근대화는 세 번의 커다란 역사적 굴곡을 거치면서 전개되어 왔다. 자생적 근대화론이 주목했던 18~19세기가 그 첫 번째이고, 식민지근대화론이 주목했던 식민지시대가 그 두 번째이고, 해방이후 남북분단을 거쳐 냉전시대 속에 산업화와 민주화를 이루어갔던 시대가 그 세 번째이다. 이 세 시기는 시대적 특수성의 편차가 워낙 커서 근대화 방식이 상당히 다른 면을 보이지만 여기서는 18세기 우리 시가 문학의 동향에 초점을 맞춰 살펴보고자 한다.

3. 18세기 우리시가의 동향과 근대성

18세기의 근대화 문제를 논의하기에 앞서 분명히 해두어야 할 것은 '근대'의 개념 문제다. 근대란 사회 문화의 변화와 발달로 중세적 질서와 가치, 이념을 벗어나 새로운 사회의 그것으로 전환되는 모습을 보이는 시대 개념이다. 이러한 시대 개념으로서의 근대는 동양이나 서양이라고 다를 것이 없다. 그러면 두 시대를 떠받치는 가치, 질서, 이념의 근본적 차이는 무엇인가. 그것은 수직적인 것에서 수평적인 것으로 **전환**이라 간명하게 요약할 수 있다. 그 전환의 핵심에 사고의 전환이 놓여 있음은 말할 것도 없다.

수직적 사고에서 수평적 사고로의 전환이 이루어지는 데는 정치, 경제, 문화 전반에 걸친 변화에 힘입어 사회적 수평화가 이루어져야 한다. 그 가운데 직접적으로 눈에 띠는 변화는 자급자족의 시대에서 화폐경제 시대로의 전환에 따른 경제적 수평화다. 도시와 상공업의 발달이 그것인데, 이에 따른 부(富)의 수직적 격차가 수평적 평등화로 전환되어 가면서 경제적 근대화를 이루게 되는 것이다. 상층에서 부의 몰락이 상당한 폭으로 이루어지는가 하면 하층에서 부를 축적하여 신흥계층으로 지위를 굳혀나간 현상이 그것이다. 문화적으로도 상층이 거의 독점적으로 향유하던 것을 하층에서 대폭 수용하여 상향조정되고, 상층의 문화도 하층의 문화를 보다 적극적으로 수용하여 문화의 수평적 전환을 보여주게 된다.

그러나 이러한 전환을 이룩하는 방식에 있어서는 서구와 우리가 너무나 달랐다. 앞에서 말한 대로 서구적 근대는 중세의 봉건주의를 혁명적으로 청산하는 반(反)봉건에서 찾았다. 그리하여 산업혁명에 따른 자본주의의 발달과, 시민혁명에 따른 시민의식의 성장과 개인의 각성이 중세를 청산하는 동력이 되고, 그 방법은 '투쟁'을 수단으로 하면서 '자기중심적 사고'를 바탕으로 중세적 가치와 이념질서를 철저히 전복시키는 방향이었다. 이런 까닭으로 프랑스 시민혁명의 슬로건이었던

'박애'도 전투적인 언어였고, 영국이나 독일에서 시민문학이 사회전반에 남아 있는 중세적 문화체질과 얼마나 힘겨운 투쟁을 벌여나갔는가를 반영하고 있다는 점에서도 잘 드러난다. 그 변화 발전의 과정은 언제나 앞서의 것을 전복시키는 방향이었다. 문예사조를 보더라도 고전주의의 규범과 가치를 낭만주의가 반대 가치로 뒤집으며, 낭만주의는 다시 사실주의가 뒤집는 그런 방식으로 전개된다. 이런 방식은 현대로까지 이어져, 모더니즘은 포스트모더니즘에 의해 전복되고, 루카치의 인간주의는 알튀세의 반(反) 인간주의에 의해 뒤집어지는 등 끝없는 전복의 과정이 서구문화의 전개 과정이다.

이에 반하여 우리의 근대는 전복적인 방향이 아니라 조화와 상생 혹은 합일을 수단으로 하는 **화평적 근대지향**이었다. 18세기 영-정조 시대를 맞으며 시작된 우리의 근대는 도시와 상공업의 발달로 경제, 사회, 문화 전반에 걸친 변화가 일어남으로써 수직적 질서, 가치, 이념, 사고 체계에서 수평적인 것으로의 전환을 보이게 된 것이다. 그러나 그 전환의 방식은 서구와 사뭇 달랐다. 반봉건을 지향하는 투쟁적-전복적 방식이 아니라, 화합적 화해의 방식을 택한 것이다. 한마디로 법고창신(옛것을 모범으로 삼아 새로운 것을 창안함)의 방식이다. 이는 18세기 우리의 근대를 이끌어갔던 대표적 지성 박지원에게서 잘 드러나 있다.

그 시대는 옛것의 정통을 쫓으려는 의고론(擬古論)과 인간의 성정에서 정(특히 남녀의 정)을 중시하는 새로운 경향의 성령론(性靈論)이 문화론적 지표로 되고 있었는데, 연암은 전자에 대해 "이고(泥古)"의 병폐를 지적하여 옛것에 때묻을 염려가 있음을 경계하고, 후자에 대해 "불경(不經)"의 병폐를 지적하여 경전에 의거하지 않음으로써 상도(常道)에서 어그러질 염려가 있음을 경계하고, 결국 문화 전환의 방향을 "법

고하되 창신해야 한다"라고 제시한 바 있다.9) 이는 중세적인 것을 복
원하고 추수하려는 경향과, 그러한 생각에서 벗어나려는 새로운 경향
이 대두될 때 어떠한 방향을 취해야 하는가를 잘 보여준 것이라 생각
된다. 이러한 성향은 박지원을 비롯한 당대의 진보적 학자들이 탈중세
곧 근대화의 방향을 법고창신으로 잡고 있으며, 그들의 변화된 세계,
가치, 진리에 대한 대응으로 내어놓은 실학이 조선 전기의 중세를 이
끌었던 성리학에 맞서 반역하거나 전복시키는 저항 이데올로기로 되
는 것을 지양하고 그 토대 위에서 새로운 세계로의 발전을 모색했음을
의미한다.

　구체적인 예를 들면 더러운 똥을 쳐다 나르는 천한 역부(役夫)에게
서 덕망을 갖춘 높은 도(道)가 실현됨을 〈예덕선생전〉에서 보여주고,
상인(常人)의 천근(淺近)한 말이 모두 우아하고 올바르다라고 하는 등,
하찮은 것에서 지고한 도가 있음을 말함으로써10) 중세에 통용되었던
수직적 질서의 도를 수평적인 것(하찮은 것으로 여겼던 것을 높은 가치로
끌어올림)으로 전환하고 있는 것이다. 이처럼 천한 역부가 새로운 가치
로 실현하는 도(道)가 기존의 도(성리학이 중심이 되는 중세적 질서와 가치)
에 반역하거나 전복시킴으로써 실현하는 도가 아니라 그것을 한층 높
은 차원으로 끌어올리고 있다는 점이고, 이러한 도의 실현에 신분적
상하가 문제되지 않는다는 실학의 수평적 사고가 깔려 있는 것이다.

　박지원이 18세기 문화적 지표로 내세운 '법고창신의 정신'은 문-사
-철에 통용되는 인문학의 정신이자, 공자가 '술이부작(述而不作)'(서술

---

9) 이종호, 「18세기 초 사대부층의 새로운 문예의식」, 『한국근대문학사의 쟁점』, 창작
　　과비평사, 1990, 64면.
10) 김명호, 『한국한문학과 미학』, 한국한문학회 엮음, 태학사, 2003, 428~429면.

하되 지어내지는 않는다)을 글쓰기의 전범으로 내세운 이래 동아시아의
오랜 전통에 닿아 있는 것이다. 따라서 18세기 문학이 아무리 새로운
변화를 추구하고 다양한 계층의 참여에 의한 다양한 글쓰기나 문학행
위가 일어난다 하더라도 법고와 창신을 대립개념으로 이해하여 전자
의 지향과 후자의 지향을 투쟁의 논리로 이해하거나 변증법적 논리로
이해해서는 당대의 역사발전의 면모를 제대로 읽어내었다 하기 어렵
다. 그 둘의 지향이 공존하거나 화합적 화해에 의한 조정 혹은 합일의
모습으로 드러나는 것이 실상이기 때문이다.

그런 점에서 전통적 글쓰기의 중요한 방법으로 통용되는 용사(用事)
와 신의(新意)의 관계에 대해서도, 전자가 전고(典故)나 고사(故事)를 즐
겨 인용함으로써 기존의 인문적 자산에 기대는 경향을 보이고, 후자가
새롭고도 알찬 뜻을 드러냄을 목표로 한다는 점에서 이 둘을 대립개념
으로 파악하여 18세기의 한시나 문학의 새로운 동향을 읽어낼 때 후자
를 중시하는 경향으로 진단하는 것도 온당한 이해라 하기 어렵다. 이
둘의 관계는 글쓰기에서 상보적이고 상생적인 관계여서 결코 대립개
념이 아니며, 더욱이 용사를 잘하는 데서도 얼마든지 신의의 창출이
가능하다는 점을 고려해야 할 것이다.[11]

따라서 법고창신의 인문학적 정신이나 전고용사의 글쓰기의 방식은
18세기에만 유효한 것이 아니므로 그 자체를 근대화의 잣대로 삼아서
는 안 되며, 또한 그것이 기존 질서나 가치, 이념, 진리를 전복시키는
투쟁의 논리로 적용될 수 있는 성질의 것이 아니므로, 18세기에 이루
어진 근대화의 모습을 반봉건적 요소나 탈중세적 모습을 추출해내는

---

11) 정요일, 『고전비평용어연구』, 태학사, 1998, 178~198면 참조.

방법으로 읽어 내거나, 기존의 것에 대한 대립 갈등이나 충돌현상에서 찾는 것은 적절하지 못하다. 그보다는 중세에 일부 계층(상층 혹은 하층)에 의해 독점되었던 문화적 자산과 역량이 도시와 화폐경제의 발달로 **시정(市井)**이라는 18세기의 새롭게 발달된, 물류와 문화의 교류 혹은 교환이 활발하게 이루어지는 공간에서 상층과 하층의 문화가 어떻게 만나고, 거기에 더하여 이 시대에 새로이 생겨나거나(가객, 소리꾼, 전문 예인, 광대, 전문 연희자 등) 새로이 주목 받는 계층(사대부가 여성, 서얼, 역관, 아전, 평민, 천민 등)과 함께 **다중(多衆)**이 참여하는 수평적 가치의 근대화된 문화 자산들을 살피는 것이 중요할 것이다.

18세기를 근대의 첫출발로 삼는 근거는 그 이전까지의 중세 시대에 상-하의 수직적 가치와 질서체계를 이루어오던 궁중문화 및 사대부문화를 중심으로 한 고급문화와, 민중문화를 중심으로 한 기층문화의 장벽이 도시와 상업의 발달로 생겨난 시정의 유흥문화 공간을 중심으로 서로 간에 활발한 교류가 이루어지면서 허물어지고, 이에 따라 수직적 문화 질서가 수평적 질서로 재편되면서 시정의 다중에 의해 새로운 다중문화가 생겨나 그것을 중심으로 근대적 가치와 이념, 질서가 자리를 잡아 가게 되었다는 점에서 찾을 수 있겠다.

우리시가에서 이러한 동향을 구체적으로 살피면, 먼저 주목할 것은 18세기 초반에 김천택에 의해 집성된 『청구영언』에서 그동안 강조(腔調)가 순치되지 못하고 거칠다는 이유로 음성(淫聲)으로 취급받아 당당하게 향유되지 못해왔던 만횡청류, 곧 사설시조를 가집에 올려 상하층의 다중이 함께 떳떳하게 향유할 수 있도록 가곡의 수평적 질서체계를 수립했다는 것이다. 여기에는 경화사족(발문을 쓴 마악노초 이정섭 등)의 뒷받침이 있어 가능했지만, 이로써 만횡청류의 전면적 부상(浮上)에 힘입어 그동안 가곡 문화에서 중세의 예악적 가악관이 주도해 왔던 것을 그것과 함께 천기론(天機論)적 가악관(이정섭은 천기를 '자연의 진기(眞機)'라 함)이 어깨를 나란히 함으로써 가곡은 더욱 향유의 층을 다중으로 넓혀 나갈 수 있었다.

　18세기에 가곡문화가 이런 다중의 문화로 될 수 있었던 데에는 도시의 풍류방문화와 유흥문화를 주도해 간 경화사족층과 이 시대에 새로이 등장한 가객층의 적극적인 활동이 있었기 때문에 가능했으며, 이것이 향유영역을 넓혀갔음에도 불구하고 천박한 대중문화의 저급성으로 빠져들지 않았을 수 있었던 것은 사설시조에 고급문화적 세련성을 부여했기 때문으로 보인다. 이를테면 18세기 전반에 문형(홍문관 예문관 대제학)을 지냈던 이덕수, 이광덕이 사설시조를 얹어 부르는 농(弄)-낙(樂)-편(編)의 가곡 노래를 많이 지었다거나, 18세기 중반에 역시 문형을 지낸 이정보가 사설시조 작품을 가집에 남기고 있음은 이들에 의해 사설시조가 고급문화로의 세련성이 더욱 가미되어 갔음을 의미한다. 문형이란 여느 관직과 달라 국가문화정책을 끌어가는 핵심주체이고 인재등용의 과거시험을 주관하는 위치에 있기 때문에 그 의미는 각별한 것이다.

　또한 당대에 새로이 등장한 전문 예인층과 가객층을 대표하는 전만제나 김유기가 다 같이 당대에 유행하는 가곡문화의 금조(今調)나 신성(新聲)을 수치스럽게 여기고, 고조(古調)의 정통함에 더욱 자부심을 갖고 전력함은, 신분상으로는 하층쪽이면서 문화적으로 상층의 고급문화를 지향함으로써 다중시대의 가곡문화를 저급한 속물화로 떨어지지 않도록 하는 견인차 역할을 한 것으로 보인다. 이렇게 신분상 상층의 인물들이 시정(市井)의 인정(人情) 물태(物態)를 생생하게 담론화하는 하층문화성향의 사설시조를 짓는다든지(이정보는 "간밤의 자고 간 그놈 아마도 못니쪄라……"라는 유녀(遊女)의 담론을 사설시조로 지음), 신분상으로 중하층의 인물들이 시정에 유행하는 가곡문화가 저급화하지 않도록 견인해 올리는 역할을 하는 문화 분위기가 합쳐져 근대화의 단초를 열어갔던 것으로 보인다.

18세기의 가곡문화에서 근대화와 관련하여 우리의 주목을 끄는 것은 다음의 두 사설시조 작품이다.

> 〈예 1〉 불 아니 쩌일지라도 절노 닉는 솟과 녀무쥭 아니 먹어도 크고
> 술져 흔건는 물과 질슴흐는 女妓妾(여기첩)과 술 심는 酒煎子
> (주전자)와 양보로 낫는 감은 암쇼 두고 평생(平生)의 이 다
> 가져시면 부롤거시 이시랴
>
> 〈예 2〉 쎳쎳常(상) 평홀平(평) 통홀通(통) 보뷔寶字(보자) 구멍은 네모지
> 고 四面(사면)이 둥그러셔 쩍디글 구으러 곤 곳마듸 본기논고나
> 엇더타 죠그만 金(금)죠각을 두 챵이 닷토거니 나는 아니 죠홰라

〈예 1〉은 윤선도의 〈오우가〉를 패러디한 작품으로 주목되어 왔던 사설시조인데, 여기에는 윤선도가 추구했던 유가적 예악론에 입각한 중세적 가치(水, 石, 松, 竹, 月로 표상되는 유가 도덕적 가치)와는 판이하게 다른 물질적 욕망(의식주 및 성적 욕구)을 충족시켜주는 사회를 갈망하고 실현시키려 하고 있다. 그러나 그 도가 지나치면 단순한 물욕추구를 넘어 물질중심주의를 낳고, 심하면 물신주의에까지 이르고, 사회를 졸부로 넘쳐나게 한다. 졸부가 판치는 세상에서는 정신이 황폐화되고, 인문정신이 사라지고, 전(全)지구를 병들게 하며, 지상에는 탄소가스가 가득차고 하늘에는 오존층이 뚫리며, 걷잡을 수 없는 기후변화를

가져와 마침내는 지구 파멸로 가게 될 것이다.

〈예 2〉는 배금주의에 대한 개탄을 담은 작품이다. 화폐경제로 전환되는 시대에 부(富)에 대한 적절한 추구는 빈곤에 허덕이는 기층민에게는 경제적 수평사회를 이루어나가는 동력이 될 수 있어 바람직하고 추구되어야 마땅하지만, 그 정도가 지나쳐 세상이 졸부로 가득 차게 된다면 이미 말한 바처럼 정신적 황폐화가 이루어져 사회의 황폐화로 가게 된다. 18세기에는 아직 경제적 수평화가 요원한 데도 〈예 2〉와 같이 배금주의자를 경계하는 사설시조가 나올 수 있었던 것은 중세적 가치인 성리학적—예의염치와 윤리도덕(윤선도 작품이 추구했던 가치)을 전복시키지 않고 정신적인 면에서 그것을 완강하게 지키고 계승하려는 이념 때문일 것이다.

사설시조에는 〈예 1〉을 추구하는 지향과 〈예 2〉를 추구하는 지향이 나란히 화해적으로 공존하고 있다. 그럼에도 우리의 근대 찾기에서 반봉건—반성리학적 가치의 추구라는 이유로 전자의 존재는 과대평가되어 그 의의를 인정하고, 후자의 존재는 중세적인 것의 고수라는 점에서 그 존재와 의의가 무시당해 왔다. 그러나 사설시조의 실상은 그렇지 않다. 전자 못지않게 후자의 비중도 상당한 것이다. 사설시조에 형상화된 인간상에는 물욕—성욕—문화욕을 추구하는 욕망의 인간과 유가적 윤리 도덕을 추구하는 인간이 공존하는 것이다. 이 두 지향의 노래가 함께 향유되고 '화합적 화해로 공존'하는 현상[12]이 18세기 우리의 근대적 모습이다. 시조에는 "충효도덕을 노래한 것도 있고, 음일설탕을 노래한 것도 있다. 이것이 있으면 저것도 있다."(『대동풍아』 서문)라

---

12) 이것이 〈예 1〉 같은 작품을 전복적 패러디로 읽어서는 안 되는 이유가 된다.

는 진술이 그 점을 명확히 확인해준다. 이러한 두 지향이 화합적 화해로 공존하고 있고, 특히 지나친 물욕추구를 유가적 윤리도덕으로 제어함으로써 18세기에 경제적 수평화는 더디게 진행되었지만 과도한 물욕추구는 일어나지 않고 건전한 정신사회와 문화를 지탱할 수 있었다.

그러나 〈예 1〉의 새로운 지향과 〈예 2〉의 기존 가치 지향이 화합적 화해로 공존한다고 근대가 이루어지는 것은 아니다. 두 지향을 법고창신으로 통합하여 전복적이 아닌 화평적 근대를 실현하는 새로운 인간상이 모색되고 그들이 활동하는 사회가 되어야 바람직한 근대로 나아갈 수 있다. 그런 점에서 18세기 박지원이 꿈꾸었던 실학적 인간상-〈허생전〉의 주인공 허생-이 그 모델이 될 수 있다.

〈허생전〉의 허생은 병자호란의 치욕을 설욕하겠다고 북벌계획을 추진하던 17세기의 인물로 그려져 있지만 그의 역사현장에서의 행위는 연암이 추구하는 근대화의 꿈을 드러낸 것이다. 한마디로 허생은 물욕추구의 〈예 1〉 같은 인간형도 아니고, 변화된 현실에 실용적으로 대응하지 못하는 성리학적 도덕추구의 〈예 2〉 같은 인간형도 아닌 실학적 인간형이다. 허생은 독점적 상거래를 통해 얻은 부를 졸부(猝富)처럼 누리지 않고, 삶의 터전을 잃고 유랑하는 변산 군도(群盜)를 구휼하는 등 경제적 수평화를 위해 진력하는 일에 부(富)를 쏟는다. 그리고 그들에게 물질적 부를 충족시킨 후에 정신적 황폐화를 막기 위해 문자와 의관(衣冠)도 갖춰주어 문화적 수평화도 실현시켜주려 한다.

그러나 그의 이러한 행위는 군도를 구휼하는 식의 국소적인 문제를 해결하는 것 이상의 큰 의미는 없으므로 남은 돈을 바다 속에 집어 던지고, 문제적 현실에 전면적으로 대응하는 실학적 해결책을 구상하기 위해 다시 독서인으로 돌아온다. 그를 나라에서 등용하려 이완대장을 파견하자 이른 바 '시사삼난(時事三難)'을 내세워 청나라의 실체를 인정하지 않고 실속이 없는 '대명(大明)의리(義理)'를 지키는 현실정치를 개량하기 위해 세 가지 실용책을 제시하지만 하나도 받아들여지지 않자 정치적 장벽에 대한 분노를 표하고, 그의 근대를 향한 꿈을 접고 영원히 독서인으로 남으로써 그 웅지를 펴지 못한다. 이는 곧 허생 같은 실학에 바탕한 근대적 인물이 웅지를 펴지 못하는 18세기 사회는 바람직한 근대화로 나가기에는 한계를 보일 수밖에 없다는 메시지를 담고 있는 것이 된다.

이 시대에 현실과 실생활에서 멀어져 버린 주자주의적 성리학은 공론(空論)이 되어버리고 그렇다고 대의(大義)를 저버리고 소리(小利)에만 집착하는 배금주의(拜金主義)적 행태는 끝없는 경제 전쟁만을 낳아 도(道)가 무너지는 세상이 될 것이므로, 허생은 도를 이루는 경제-문화적 수평화를 기획했던 것이다. 이처럼 이용후생의 실리를 추구하면서도 도를 잃지 않고 대의를 실현하려는 철학이 바로 실학이었던 것이다. 실학이 중세의 성리학적 사고를 전복시키지 않고 개량주의적 사고로 보이는 것은 '화평적 근대'를 지향하는 온당하고 당연한 노선의 선택인 것이다.

허생이 군도들에게 문자를 가르쳐 문화적 수평화를 기획했던 것과 관련해서 18세기에 사설시조에서 실현된 노랫말의 문자 활용 양상을 살펴보기로 하자.

> 〈예 4〉 즁놈도 사룸이냥ᄒ여 자고 가니 그립ᄃ고 즁의 숑낙 나 볘옵고
> 내 쪽도리 즁놈 볘고 즁의 長衫(장삼) 나 덥습고 내 치마란 즁놈
> 덥고 자다가 ᄭᅢ다르니 둘희 ᄉᆞ랑이 숑낙으로 ᄒ나 쪽도리로 ᄒ
> 나 이튼날 ᄒ던 일 ᄉᆡᆼ각ᄒ니 흥글항글 ᄒ여라

〈예 5〉長安大道 三月春風 九陌樓臺 雜花芳草 酒伴詩豪 五陵遊俠 桃李
蹊 綺羅裙을 다 모하 거느려 細樂을 前導ᄒᆞ고 歌舞行休ᄒᆞ여 大
東乾坤 風月江山 沙門法界 幽僻雲林을 遍踏ᄒᆞ여 도라보니 聖代
에 朝野ㅣ 同樂ᄒᆞ여 太平和色이 依依然 三五王風인가 ᄒᆞ노라

〈예 6〉드립더 ᄇᆞ드득 안으니 세 허리지 ᄌᆞ늑ᄌᆞ늑 紅裳을 거두치니 雪
膚之豊肥ᄒᆞ고 擧脚蹲坐ᄒᆞ니 半開ᄒᆞᆫ 紅牧丹이 發郁於春風이로
다 進進코 又退退ᄒᆞ니 茂林山中에 水春聲인가 ᄒᆞ노라

〈예 4〉와 〈예 5〉의 사설시조는 노랫말 문자의 활용면에서 대조적이
다. 전자는 한문식 문자어는 사용하지 않고 순 우리말 어투로 경쾌 발
랄하게 노래함으로써 말의 재미와 정감적 호소력이 높은 생동감으로
넘쳐 있다. 그에 비해 후자는 순 한문 어투로 노래함으로써 의미의 가
벼움보다는 깊이와 무거움을 담고, 유유자적한 여유와 세상을 낙관적
으로 관조하는 풍류감이 넘쳐 있다. 특히 후자의 경우는 한시나 한문
문장을 곧바로 인용해 오지 않고 자연스럽게 한문 문자어를 활용함으
로써 풍류감을 한층 높이는 효과를 보여준다.

이들에 비해 〈예 6〉은 〈예 4〉의 순우리말 어투와 〈예 5〉의 순 한문
어투를 혼합하여 양자의 강점을 모두 화해적으로 통합하여 활용함으로
써 문자 활용의 문화적 수평화를 보이는 18세기 자산으로 그 가치가
인정된다. 즉 〈예 4〉와 같은 기층문화의 민속문화적 자산을 활용하여
가곡문화로 상승시킨 문화적 역량 위에, 〈예 5〉와 같은 상층의 고급문화
적 자산을 더하여 상-하로 분리되던 수직적 문화 역량과 자산을 수평적
인 것으로 넓힘으로써 폭넓은 다중의 향유가 가능한 텍스트로 가꾸어
나간 것으로 인정되기 때문이다. 따라서 〈예 4〉와 같은 국문 텍스트와
〈예 5〉와 같은 한문 텍스트를 두고 후자에서 전자로의 전환이 근대성

징후라고 보는 관점은 이러한 문화 역량의 진전과 통합을 무시한 것이며, 특히 〈예 6〉 같은 혼합어투의 의의를 찾아내지 못한 문제점을 갖는다.

그런 점에서 〈예 6〉을 자세히 분석해 보자. 이 작품은 초장이 우리 말 어투로 되어 있어서 의태어와 더불어 우리말 특유의 생동감 넘치는 묘사적 진술이 돋보이고, 중장과 종장은 한문어투로 되어 있어서 생동 감은 떨어지지만 문화상층다운 점잖은 풍모와 체면을 유지하는 데는 기여한다. 작품의 중심 소재가 되고 있는 성행위는 적나라한 인간행위 이므로 인격과 체면을 유지한다는 것이 사실상 불가능하므로, 성행위 와 직결되지 않는 초장의 동작은 우리말 어투로 생동감 있는 표현이 적절할 수 있으나, 그것과 직결되는 중장 이후의 동작에서는 순한문어 투로 진술함으로써 체면을 유지하는 묘한 조화를 이루어 전체적으로 는 국한문 혼합어투가 어울리는 수준 높은 텍스트가 된 것이다.

사설시조가 이렇게 민속문화적 자산과 고급문화적 자산을 통합하는 데에는 상층의 고급문화를 주도한 경화사족(京華士族)과 문화의 활동 자장을 같이하는 경우가 많은 가객층이 있어 더욱 풍성하게 전개될 수 있었지만, 그것이 가곡문화인 한에서는 문화적 수평화에 커다란 한계 가 있는 것 또한 사실이었다. 따라서 18세기에 시조의 폭넓은 다중의 향유가 요청되었는데, 그러한 시대적 요구에 맞게 이세춘 같은 가객이 나와서 3장으로 간편하게 창하는 시조창을 유행시킴으로써 시조의 문 화적 수평화가 비로소 본격적으로 이루어지기 시작했다.

18세기에 서정가요 쪽에서는 이처럼 경화사족층과의 친화관계에 있 는 가객층이 중요한 활동을 함으로써 문화적 수평화에 기여했다면, 서 사가요 쪽에서는 경아전층과 협력 관계에 있는 광대층이 판소리를 민 속문화에 가두어두지 않고 상층문화와 하층문화가 접합되는 시정문화로 끌어옴으로써 폭넓은 다중의 향유가 가능하여 문화적 수평화를 이루어갔다. 그 양상은 판소리에서 발생초기에 과시했던 민속문화적 자산과 역량을 토대로 하고 거기다 상층문화적 가치와 이념, 질서를 적극 수용하는 것으로 나타난다.[13] 문체에 있어서는 사설시조처럼 한시 어구나 전고 고사를 끌어들임으로써 국한문 혼용의 양상을 보이고, 주제에 있어서도 중세적 가치의 것과 새로운 가치를 함께 포용함으로써 다중의 폭넓은 향유가 가능하게 된 것이다.

따라서 판소리에 나타나는 이러한 성향을 두고 이면적 주제와 표면적 주제의 이원성으로, 혹은 중세적인 성향과 근대적인 성향이 함께 존재하고 서로 복합적인 관계를 맺고 있는 것으로 파악하는 데 있어서 이 두 가지 성향을 길항관계나 대립관계로 보는 것은 문제가 아닐 수 없다. 또한 판소리를 가꾸어나감에 있어서 양반층과 서민 및 중인층의 헤게모니 투쟁이 일어나 타협적 조정이 이루어지는 것으로 이해해서도 곤란할 것이다. 판소리의 서사적 갈등 역시 종국적으로는 화합적 화해로 귀결되고, 거기에는 민중문화적 자산과 상층문화의 자산이 화해적으로 통합되어 판소리 광대가 주도하는 문화적 수평화를 이루어나갔기 때문에 판소리 텍스트에서 중세적 가치와 탈중세적 가치를 서로 다른 지향으로 보거나 회동될 수 없는 것으로 보는 태도는 맞지 않는 것이다.

---

13) 판소리가 발생초기의 열두마당 혹은 여덟마당에서 여섯마당, 다섯마당으로 다중 (多衆)에 의해 선택과 집중이 이루어짐으로 해서 문화적으로 통합된 세련성으로 상승해 간 경로가 이런 사정을 반영하는 것이 아닌가 추정해 볼 수도 있다.

4. 맺음말 : 대안적 근대 가능성

기존 질서나 가치를 뒤엎어 혁신적인 것으로 나아가는 것이 역사 발전이나 진보를 훨씬 앞당길지는 모른다. 이와 달리 기존의 가치와 친화관계를 이루며 그 바탕 위에서 점진적 개량이나 발전을 모색하는 유화적 근대는 역사 발전이 더딜지 모른다. 그러나 전자의 혁명성이 급진성을 바탕으로 하고 있어서 여러 시행착오를 가져 오고 그 가운데는 돌이킬 수 없는 파괴와 폐해를 가져올 수도 있는 것이다. 더구나 그러한 급진성이 자기중심적으로 이루어질 때 타자에 엄청난 피해와 파멸을 안겨주는 사례를 제국주의의 팽창에서 역사적으로 경험한 바 있다.

이에 비해 18세기 우리시가에 나타난 화평적 근대는 기존의 질서와 가치를 전복시키지 않을 뿐 아니라 기본적으로 자기중심적이지 않고 타자와 공존 공생하는 원리이므로 인류평화에 기여할 수 있는 가능성을 보여준다.

그러나 그것은 가능성일 뿐, 대안적 근대 모델이 되기에는 거리가 있다. 18세기 실학자가 허생을 통해 꿈꾸었던 세상, 실학자들이 이상적으로 그렸던 세상이 대안적 가치의 모델이 실현될 수 있는 수평적 사회가 정치 경제 문화 전 부면에 걸쳐 이루어질 때 가능한 것이 될 것이다. 허생 같은 실학적 근대지향의 인물이 다시 독서인으로 돌아가지 않고 맘껏 웅지(雄志)를 펼칠 수 있는 바로 그런 세상이 오는 날에 그 가능성은 현실화 될 수 있을 것이다.

전남 담양 가사의 위상과 미학

1. 머리말

전라남도 담양(潭陽)이 우리문학사에서 가사문학의 비옥한 터전이요 산실이라는 것은 자타가 공인하는 바이다. 16세기 초에 산출된 이서(李緖, 1484~?)의 〈낙지가(樂志歌)〉를 필두로 해서 20세기 초 정해정(鄭海鼎, 1850~1923)의 〈민농가(憫農歌)〉에 이르기까지 600여 년 동안 담양권에서 주옥같은 가사문학이 지속적으로 창작되어 왔기 때문이다.1) 여기서 담양가사라는 명칭은 좀 더 넓은 의미로 지정하여 사용코자 한다. 즉 담양이라는 지역적 공간을 작품의 생성공간으로 한 가사 작품은 물론이고, 작품의 공간은 담양이 아니더라도 작가가 담양권에 세거했거나 연고를 둔 경우도 포함하기로 한다.

그럴 경우 〈낙지가〉를 지은 이서는 비록 담양 출신은 아니지만 왕족이었던 그가 자신의 중형 하원수(河源守) 찬(瓚)이 이과(李顆)를 추대하여 모반한다는 무고(誣告)로 인하여 중종 2년에 전남 창평으로 귀양을 가게 되었고 그 14년 후에 사환(赦還)이 되었으나 한양으로 돌아가는

---

1) 박준규·최한선, 『담양의 가사문학』, 한국가사문학관, 2001.

것을 단념하고 담양의 대곡(大谷)에 은거하며 작품을 썼으므로 담양가사에 해당한다. 송강 정철(鄭澈, 1536~1593)의 〈관동별곡〉은 담양을 작품 공간으로 하지는 않았으며 출생지도 서울이지만 돈녕부 판관을 지낸 아버지가 을사사화에 화를 입어 귀양살이를 하고 풀려나자 그 할아버지의 산소가 있는 담양 창평 당지산(唐旨山) 아래로 이주하게 되고 이곳에서 과거에 급제할 때까지 10년간을 거주한 이래 그가 벼슬살이에서 반대파의 탄핵을 받을 때마다 돌아간 고향이 바로 창평이고, 이 작품도 동인의 탄핵을 받아 고향에 머물다 강원도 관찰사로 관직에 나아가 창작하게 되었으므로 넓은 의미의 담양가사로 인정할 수 있다. 또한 〈성산별곡〉, 〈사미인곡〉, 〈속미인곡〉 역시 고향인 창평으로 돌아가 은거생활을 할 때 지은 작품이다.

　정식(鄭湜, 1661~1731)의 〈죽산별곡(竺山別曲)〉은 작자가 경상도 용궁지방의 현감으로 부임하여 재임할 때 그 지역을 작품 공간으로 읊은 것이어서 담양과는 무관한 듯하지만, 작자가 오랜 세월 담양에 세거해온 송강의 직계후손일 뿐 아니라 작품 또한 송강의 가사에 직접적인 맥락이 닿으므로 담양가사로 간주하는데 무리가 없을 것이다. 〈사미인곡〉과 〈경술가〉를 지은 유도관(柳道貫, 1741~1813)은 송강이 문화유씨(文化柳氏) 강항(强項)의 딸과 혼인한 바로 그 유강항의 후손이며, 〈향음주례가〉와 〈충효가〉를 지은 남극엽(南極曄, 1736~1804)과 〈초당춘수곡〉 등 4편의 가사를 지은 남석하(南碩夏, 1773~1853)는 부자(父子)간으로 담양에 세거해온 집안이고, 정해정은 송강의 10대손이다. 이와 같이 이들 모두 담양에 연고지를 두거나 세거한 집안의 작가여서 담양문화권에서 가사문학의 전통을 이은 작가들이라는 점에서 이들의 작품은 모두 담양가사에 든다고 할 수 있다.

이러한 기준에 따라 담양가사를 모두 수집, 정리하고 작품의 원문과 해제 및 현대역을 붙여 출간한 담양기시집이 있이[2] 연구자가 이용하기에 편리한데 본고에서도 이 자료집을 참고하여 살피기로 한다. 여기에는 총 18편의 담양가사가 수록되어 있는데 특히 작품의 해제는 그 문학사적 위상과 미학적 탐색을 위한 길잡이가 되고 있다.

2. 담양가사의 유형별 검토

담양가사의 작품집에 정리된 총 18편의 가사가 어떤 성격의 작품들로 이루어져 있는지 그 분포를 파악해 보면 담양가사의 개괄적인 특징이 드러나므로 여기서는 먼저 어떤 유형의 작품이 어떤 빈도로 나타나고 있는가를 검토하고 그러한 유형적 측면의 분포 결과가 갖는 의미를 살펴보기로 한다.

담양권의 가사를 유형별로 분류하여 제시하면 다음과 같다.

강호가사 : 이서 　　　〈낙지가〉
　　　　　　송순 　　　〈면앙정가〉
　　　　　　정철 　　　〈성산별곡〉
　　　　　　정식 　　　〈축산별곡〉
　　　　　　남석하 　　〈초당춘수곡〉
　　　　　　정해정 　　〈석촌별곡〉

연군가사 : 정철 　　　〈사미인곡〉
　　　　　　　〃 　　　〈속미인곡〉
　　　　　　유도관 　　〈사미인곡〉

---

2) 박준규·최한선, 앞의 책 참조.

기행가사 : 정철　　　〈관동별곡〉

교훈가사 : 남극엽　　〈향음주례가〉
　　　　　　〃　　　　〈충효가〉
　　　　　남석하　　〈백발가〉
　　　　　　〃　　　　〈사친곡〉
　　　　　정해정　　〈민농가〉
　　　　　작자미상　〈효자가〉

송축가사 : 유도관　　〈경술가〉

취락가사 : 남석하　　〈원유가〉

　이상의 유형별 분류에서 나타나듯이 담양가사는 강호가사와 교훈가사가 각 6편씩으로 양대 유형을 이루면서 가장 많이 지어졌고, 그 다음으로 연군가사가 3편을 차지하고, 기행가사와 송축가사, 취락가사(醉樂歌辭)가 각각 1편씩 지어져, 담양가사를 대표하는 것은 강호가사와 교훈가사라는 점을 알 수 있다. 그 가운데 송축가사에 해당하는 〈경술가〉는 정조의 원자인 순조의 탄생을 경축한 작품으로, 그의 탄생이 유가의 성인(聖人)인 공자와 주자가 탄생한 경술년과 육갑을 같이하는 기이한 인연을 갖고 있어서 두 성인의 도와 덕이 우리나라에 탄생한 원자에 의해 행해지고 교화가 이루어질 것을 기대한 노래라는 점에서, 철저히 유가적 이념과 교훈적 내용을 바탕으로 하고 있으므로, 유형적으로 따로 독립시킬 것이 아니라 교훈가사에 편입 할 수 있다.
　그리고 〈원유가(願遊歌)〉도 인생이란 젊음이 항상 있는 것은 아니므로 옛사람들의 승경(勝景)놀이와 취한 놀음[醉樂]을 다시 놀아보자는 소망을 담고 있으면서 그러한 놀이가 단순히 인생을 즐기기 위한 것이

아니라 충신열사의 후예로서 손색이 없는 철저히 유가적 표준의 교훈
적인 이상을 담고 있는 놀이라는 점에서 넓은 의미의 교훈가사에 넣을
수 있다. 이렇게 되면 담양가사의 유형별 분포는 교훈가사가 8편이고,
강호가사가 6편이며, 연군가사가 3편, 기행가사가 1편으로 최종 귀착
된다. 즉 담양가사는 가사의 많은 유형 가운데 네 가지 유형만 나타나
고 그 중에서도 교훈가사와 강호가사라는 두 가지 유형에 압도적으로
집중되어 나타난다는 특징을 갖는 것으로 파악된다는 것이다.

담양가사의 이러한 유형 분포는 담양권의 사회-문화적 특징을 가장
잘 드러내준 결과라고 그 의미를 부여할 수 있다. 가사의 유형은 작자
의 신분계층이나 창작-향유집단의 특수성로 보아 크게 Ⅰ.사대부가
사, Ⅱ.규방가사, Ⅲ.서민가사(여항시정가사), Ⅳ.종교가사, Ⅴ.개화가
사(애국계몽가사)로 나누어지고, 여기서 다시 세부 유형으로 Ⅰ.사대부
가사는 (1)강호생활을 노래한 강호가사(강호한정과 안빈낙도가 주된 주제
임), (2)충신으로서 임금에 대한 그리움을 읊은 연군가사(충신연주지사라
함), (3)정치적 패배로 인해 유배당해 유배지에서 겪는 고난의 생활상
을 기술하면서 우국지정을 토로한 유배가사, (4)일상적 주거환경을 벗
어나 명승지나 사행지(使行地)를 기행하고 여정(旅程)을 중심으로 견문
과 감회를 읊은 기행가사, (5)국내·외적 전란의 피해와 전란 후의 곤
궁한 현실, 처참한 정상, 거기로부터 오는 비애와 의분을 토로한 전쟁
가사 등으로 나눌 수 있다.

Ⅱ.규방가사는 조선시대 부녀자의 규방문화권을 중심으로 창작-향
유된 가사로 이를 다시 세분하여 (1)조선조 부녀자들이 가정 내에서
지켜야 할 윤리규범과 행동지침을 읊은 계녀가류와, (2)시집살이의 괴
로움과 신세한탄이 주류를 이루는 탄식가류, (3)화전놀이와 같은 부녀

자의 놀이나 여행의 즐거움을 노래한 풍류가류, (4)자녀의 장래를 축복해주거나 부모의 회갑이나 회혼을 맞아 장수를 송축하는 송축가류로 나눌 수 있다. Ⅲ.서민가사는 여항시정에 널리 유행하는 애정가사나 가창가사가 그에 해당한다. Ⅳ.종교가사는 종교의 교리나 경전의 이념을 세상에 널리 펴는 것을 주제로 한 가사로 불교가사, 천주교가사, 동학가사로 세분된다.[3]

이러한 많은 유형 가운데 담양가사는 오로지 Ⅰ의 유형인 사대부가사에 편중되어 있고, 그 가운데서도 강호가사와 교훈가사에 집중되어 있음은 어떤 의미를 갖는가. 특히 담양가사에서는 여항시정에서 즐겨 향유하는 애정가사나 부녀자 중심의 규방가사, 종교의 교리를 담은 종교가사가 전혀 향유되지 않고 있다는 것과, 사대부가사 가운데서도 유배가사나 전쟁가사가 전혀 산생되지 않고 있음은 무엇을 의미하는가. 이는 담양이 올곧은 선비의 전통을 지닌 고장임을 의미하는 것이 아니겠는가.

선비 곧 사대부는 출(出)과 처(處)가 확고한 세계관과 가치관을 갖고 있다는 점은 널리 알려져 있는 바와 같다. 사대부란 명칭의 개념 자체가 사(士)와 대부(大夫)의 복합어로, 이러저러한 이유로 아직 벼슬길에 나아가지 않았을 때나, 현실 정치가 왕도정치의 이상 실현과 거리가 멀게 돌아감으로써 자신의 뜻을 펼칠 수 없거나, 반대파의 논척(論斥)으로 화(禍)를 입어 정치권에서 소외될 때는 '사'의 신분으로 향리에 머물거나 거주하게 된다(處). 그리고 향리의 산수 자연 속에서 거경궁리(居敬窮理)함으로써, 실천으로서의 자기 수양과 배움으로서의 위기지

---

3) 가사의 이러한 전반적인 유형에 관한 분류와 검토는 김학성, 『한국시가의 담론과 미학』(보고사, 2004), 제2부 가사장르의 개관과 사적 전개 양상에 상론한 바 있다.

학(爲己之學)에 전념하여 자기완성을 꾀함으로써 수기(修己)의 기회로 삼는다.

그러다가 과거에 급제하거나 관료로서 왕의 부름을 받아 현실정치의 장(場)에 나아가게 되면, 그 때는 대부(大夫)로서의 임무를 다해 경국제민(經國濟民)의 이상 실현을 위해 진력함으로써 치인(治人)의 도리를 다 한다. 그런 까닭에 사대부는 강호자연에 들어서나 현실정치에 나아가서나 어느 쪽도 경시하지 않고 유가로서의 이상 실현을 위해 최선을 다함으로써 수기(자연지향)와 치인(사회지향) 모두를 실현코자 하는 겸선(兼善)을 최고의 실천방법으로 인식한다. 따라서 강호자연에 처해서도 자기수양과 자아완성에 만족하는 독선(獨善)에만 머물거나, 이세절물(離世絶物)하는 은둔의식이나 사회도피의식으로 빠져들지 않게 되는 것이다.

담양의 선비들 또한 사대부의 이러한 겸선의 태도가 자연지향 중심의 강호가사와 사회지향 중심의 교훈가사를 가장 많이 창작-향유하는 결과를 낳게 된 것은 당연한 결과라 하겠다.

3. 담양가사의 문학사적 위상

담양가사 18편 가운데 옛 시대부터 우리 문학사에서 가사문학의 최고 걸작으로 역사적 평가를 받은 작품은 주지하는 바와 같이 송순의 〈면앙정가〉와 정철의 〈사미인곡〉, 〈속미인곡〉, 〈관동별곡〉을 꼽을 수 있다.

먼저 〈면앙정가〉에 대해서는 심수경(沈守慶, 1516~1599)이 다음과 같은 평을 한 바 있다.

　近世(근세)에 俚語(이어)로 長歌(장가)를 짓는 자가 많으나 오직 송순의 〈면앙정가〉와 陳復昌(진복창)의 〈萬古歌(만고가)〉가 사람의 마음을 끈다. 〈면앙정가〉는 산천과 전야의 그윽하고 광활한 형상을 鋪敍(포서)하고, 정자와 누대, 굽은 길과 지름길의 높고 낮고 돌아들고 굽은 형상과 四時(사시)의 아침과 저녁때의 경치 등을 모두 備錄(비록)하지 않음이 없다. 문자를 섞어 썼는데 형상의 婉轉(완전)함이 극을 달했다. 진실로 볼 만하고 들을 만하다. 宋公(송공)은 평생 歌(가)를 잘 지었으니 이 작품은 그 중에서도 으뜸이다.[4]

　이러한 평가에서 보듯이 송순의 〈면앙정가〉는 심수경 시대 이전의 수많은 가사 작품 가운데 가장 감동을 주는 작품으로 지목되고 있다. 그리고 후대의 홍만종(洪萬宗, 1643~1725)은 다음과 같은 평을 한 바 있다.

　면앙정가는 정승 송순이 지은 글이다. 산수의 경치를 자세히 그리고, 거기에서 노는 즐거움을 곡진히 말했으니, 참으로 가슴 속의 浩然(호연)한 정취가 서려 있는 듯하다.[5]

　이러한 평가에서 드러나듯이 송순은 이 작품을 통해 면앙정을 중심으로 한 담양이라는 현실 공간을 유가적 미학의 이상적 공간으로 격상시켜 놓았고, 이런 까닭에 거기에는 담양 공간에서 이룩한 선비의 삶과 멋이 고스란히 배어 있다. 이러한 걸작이 등장하는 데에는 무엇보다 정극인의 〈상춘곡〉이 강호가사의 단초를 열어놓았고, 그를 이어 이서가 〈낙지가〉를 통해 담양 공간의 산수자연을 중심으로 노래함으로

---

4) 심수경, 『견한잡록(遣閑雜錄)』 참조.
5) 홍만종, 『순오지』 참조.

써 담양권 강호가사의 초석을 쌓음으로써 가능했다.

　어기서 〈상춘곡〉은 강호가사의 단초를 연 중요한 작품이긴 하지만 두 가지 측면에서 아직은 미숙한 단계였다. 가사는 장르 양식상으로 어떤 정황에 대해 서술을 억제하여 노래하고자 하는 서정양식도 아니요, 어떤 사건을 플롯에 의해 이야기하고자 하는 서사양식도 아니요, 어떤 행동을 재현하고자 하는 희곡양식은 더구나 아니며, 어떤 사실 (화젯거리)을 서술확장에 의해 전달하고자 하는 전술(교술 혹은 주제적) 양식에 해당함을 주목할 때6), 그 서술의 확장을 ①어떤 형상화 기법 으로 문채(文彩)를 발하도록 기술하는가와, ②그 서술 구조가 어떤 질서를 갖는 내부적 형식으로 긴밀하게 짜여 있는가에 달렸다. 이런 면에서 〈상춘곡〉은 작품의 언어를 형상언어로 끌어올려 미학적 윤기(潤氣)를 발하게 하는 문채적인 면으로나, 서술을 확장해 나가는 솜씨 있는 짜임새를 보이는 내부질서 면에서나, 아직은 걸작이라 할 만큼의 이렇다 할 탁월함을 보여주지는 못하고 있다. 그것은 자연 속에서 소요음영(逍遙吟詠)하며 봄날의 정취를 한껏 서술하는데 집중함으로써 서술자의 감흥을 세세하게 펼치는 데만 진력한 탓으로 보인다.

　그리고 이서의 〈낙지가〉 역시 문채 면에서나 서술 짜임의 긴밀성 면에서 지나치게 분방하고 산만한 정취를 단순하고 직선적인 내부 질서로 엮어 나열해 놓는 수준이어서 두 가지 측면에서 높은 수준을 획득하지는 못하고 있다.

　이에 비해 〈면앙정가〉는 누정을 중심 모티프로 하는 강호가사라는 장르 유형을 우리 문학사에서 작품의 미학으로 확립하는 선구적 모습

---

6) 이에 대한 상론은 김학성, 「가사의 장르적 특성과 현대사회의 존재 의의」, 『한국고 전시가의 전통과 계승』, 성균관대학교 출판부, 2009를 참조.

을 보이는 걸작이라 할 것이다. 우리문학사에서 강호가사는 누정계 가
사와 초당계 가사의 두 부류를 이루며 전개되었으며,[7] 전자가 후자의
초석이 되었지만, 전자는 〈면앙정가〉에서 누정[8]을 중심으로 한 산수
의 빼어난 공간 배치와 사계절의 질서를 따라 체현될 수 있는 물아일
체의 심미체험을 유기적 질서로 짜놓은 그 긴밀한 짜임새[9]에서, 그리
고 강호자연을 미학적으로 묘파하고 서술해내는 문채의 면에서, 모두
탁월한 전범을 보임으로써 강호가사가 면면히 이어질 수 있는 길을 확
고히 열어 놓았다.

　이처럼 송순의 〈면앙정가〉에 의해 확립된 강호가사는 정철의 〈성산
별곡〉에 이르러 두 가지 측면 모두에서 획기적인 발전을 이룩하게 된
다. 우선 〈성산별곡〉은 단일 서술자 목소리로 되어 있었던 앞서의 강
호가사에 보이는 단조로움을 벗어나 '주인'(서하당 식영정 주인)과 '손'
(송강 자신을 객체화시킴) 사이의 대화자 목소리로 서두를 열고 또 그것
으로 마무리함으로써 텍스트의 구성적 긴밀성 곧 완결성을 꾀함과 동
시에 그 대화자 목소리가 실제로 질문과 대답을 주고받는 교환발화로
이루어져 있는 것이 아니라 '대답을 요구하지 않는 수사적 의문문'으
로 진술되어 있어 화법의 위반을 서술기법으로 활용하는 고도의 서술
효과를 확보해 냄으로써 송강과 식영정 주인 사이에 있을 수 있는 개

---

7) 이에 대한 상론은 안혜진, 「강호가사의 변모과정 연구」, 이화여대 석사논문, 1998
　을 참조.
8) 박준규, 「한국의 누정고」, 『호남문화연구』 제17집, 호남문화연구소, 1987에 누정
　이 갖는 기능을 상론해 놓아 강호가사에서 누정이 갖는 의미의 탐색에 좋은 지침이
　되고 있다.
9) 김성기, 「송순의 시가문학연구」, 조선대 박사학위논문, 1990에 〈면앙정가〉의 긴밀
　한 구조분석을 해놓고 있어 텍스트의 내적 구조를 파악하는데 큰 도움을 준다.

인적이고 일상적인 담화를 문학적이고 미학적인 담화로 상승시키는10) 문채의 찬연함을 보여주고 있다.

그보다 가사문학에 있어 송강의 탁월함은 타의 추종을 불허하는 수준이어서 일찍이 많은 이들에 의해 절찬의 평가를 받아왔음은 주지하는 바와 같다. 그 중 중요한 몇 가지만 들어 본다.

> 송강의 〈관동별곡〉, 〈사미인곡〉, 〈속미인곡〉은 우리나라의 〈이소〉로서 예로부터 우리의 참된 문장은 오직 이 세 편뿐이다.11)

> 〈관동별곡〉은……관동에 속한 산수의 아름다움을 일일이 들어서 그윽하고 기괴한 경치를 모두 다 설명했는데, 그 경물을 그려냄이 신묘하고 말을 엮어냄이 기발하여 실로 악보 중의 뛰어난 작품이다.12)

> 〈사미인곡〉은 『시경』의 미인 두 자를 조술하여 나라를 걱정하고 임금을 그리워하는 뜻을 붙였으니 초나라 정인의 노래 가운데 가장 뛰어난 〈백설곡(白雪曲)〉만이나 하다 할 것이다. 〈속사미인곡〉은 〈사미인곡〉에서 다 말하지 못한 생각을 다시 펼친 것으로 형용한 말이 더욱 공교(工巧)하고 뜻이 더욱 절실하게 되었으니 이는 제갈량의 〈출사표(出師表)〉와 앞뒤를 다툰다 할 수 있다.13)

> 송강의 前後(전후)〈사미인사(思美人辭)〉는 속언(俗諺)으로 지은 것인데……그 마음의 충직함, 그 뜻의 결백함, 그 절개의 곧음이며, 또 그 말

---

10) 성무경, 『가사의 시학과 장르 실현』(보고사, 2000)에 이러한 서술자 목소리의 서술 효과를 정밀하게 분석해 낸 바 있다.

11) 김만중, 『서포만필』 참조.

12) 홍만종, 『순오지』 참조.

13) 김춘택 『북헌집』 참조.

의 청아하고도 곡진한 것과 그 곡조의 슬프고도 바른 것이 거의 굴원의 〈이소(離騷)〉와 짝이 될 만하다.

이처럼 모든 평가자들이 기행가사인 〈관동별곡〉과 연군가사인 〈사미인곡〉, 〈속미인곡〉 세 편을 들어 우리 가사문학의 최고 걸작으로 극찬하고 있다. 그런데 이러한 평가의 공통점은 그 탁월함을 중국의 〈이소〉나, 〈백설곡〉, 〈출사표〉 같은 작품에 비견하여 논평한다는 것이다. 이를 피상적으로 보면 송강의 걸작 가사들이 마치 중국의 작품을 표방하여 걸작이 된 것처럼 이해하기 쉽다. 그러나 중국인의 최근 연구에 따르면 송강의 가사들이 조사(措辭)나 글귀의 측면에서 굴원의 〈이소〉나, 〈구장〉, 〈사미인〉을 모방하거나 환골탈태한 흔적을 거의 찾아볼 수 없었다는 결론이다. 일례로 송강의 〈사미인곡〉이 굴원의 작품에서 수용한 것이 있다면 조사와 용어라기보다는 〈사미인〉의 우의(寓意)와 정신 지향, 그리고 굴원 작품의 저변에 흐르고 있는 남방(南方)의 감상적 낭만과 신화적 시상(詩想) 정도라는 것이다.[14]

송강의 작품이 중국의 작품을 모방한 것이 결코 아니며 다만 그 정신을 이어받았을 뿐이라는 이러한 연구 결과에 비추어볼 때, 그럼에도 불구하고 왜 우리의 선인들은 하나같이 작품을 평가할 때 반드시 중국의 어떤 작품을 이상적인 모델로 삼아 그것과 연관 지어 그 탁월함을 거론했던 것일까? 이런 의문은 동양적 글쓰기 전통을 이해한다면 충분히 이해가 된다.

주지하는 바와 같이 동양의 인문적 글쓰기 전통은 공자의 가르침인

---

14) 董達, 『조선 三大 詩歌人 작품과 중국시가문학과의 상관성 연구』, 탐구당, 1995 참조.

'술이부작(述而不作)의 정신에서 비롯된다. 즉 공자 자신이 "나는 선왕(先王)의 예악문물을 전해 받아 풀어 서술했을 뿐, 없는 것을 새로이 만들지는 않았다"라고 말한 바의 글쓰기 정신으로 절저한 상고주의적(尙古主義的) 태도에 바탕을 두고 있는 것이다. 이러한 글쓰기 정신으로 인해 우리의 선인들은 중국의 경전이나 고전을 글쓰기의 모범으로 삼아 그것과의 친화관계에서 새로운 글을 짓고 써 갔던 것이다.[15)]

그런 까닭에 송강의 두 〈미인곡〉은 굴원의 〈이소〉나 〈사미인〉 혹은 〈백설곡〉에 글쓰기의 맥락이 닿아 있음은 흠결이 아니라 오히려 내세워야 할 전범(典範)이 되었던 것이다. 그렇다고 단순 모방을 하는 것이 아니라 그 정신만을 계승하고 말부림(조사)이나 말을 직조해나가는 서술기법에서는 뛰어난 창의력을 발휘했던 것이다. 송강의 탁월한 점은 바로 이런 점에서 빛났던 것이다.

이러한 탁월한 점 때문에 송강의 기행가사나 연군가사는 우리문학사에서 수많은 아류작들을 산생시키는 모델 역할을 했던 것이다. 이를테면 〈사미인곡〉은 김춘택의 〈별사미인곡〉과 이진유의 〈속사미인곡〉을, 그리고 담양가사 가운데 유도관의 〈사미인곡〉을 낳는데 결정적 역할을 했으며, 〈관동별곡〉은 조우인의 〈관동속별곡〉을 산생케 했던 것이다. 그렇다고 이들 작품이 단순히 아류작 혹은 모작(模作)이라고 그 가치를 폄하하고 넘어 갈 것은 결코 아니다. 예를 들면 조우인의 〈관동속별곡〉에 대한 다음의 평가를 들어보자.

---

15) 이런 글쓰기 정신은 서구의 그것과는 반대 지향이다. 서구의 인문적 글쓰기는 언제나 선대의 것과는 다른 개성과 창조성이 요구되어 왔으며 이런 전통으로 인해 앞시대의 것을 모방적으로 글쓰기 하는 '패러디' 장르까지도 원텍스트와는 비판적 거리를 두는 개성과 참신성이 요구되었던 것이다.

조우인이 〈관동별곡〉을 듣고서 遺世之興을 억제할 수 없어 관동으로
유람을 가사 〈속관동별곡〉을 지었다고 한다. 그것을 보는 사람들이 모두
칭찬하였다. 지난번 李澤堂이 내게 말하기를 "영남의 문장으로는 조우인
이 제일이다"라고 하길래 이것으로써 살펴보면 〈속별곡〉은 반드시 기이할
것이라 여겼다.16)

이처럼 조우인의 작품도 모작(模作)으로 폄하되는 것이 아니라 오히
려 영남 제일의 문장가로 당대에 이미 높은 평가를 받으며 독자들에
게 상찬 받고 있는 것이다. 그런 점에서 김춘택의 〈별사미인곡〉이나
이진유의 〈속사미인곡〉과 함께 유도관의 〈사미인곡〉도 모작으로만
돌릴 것이 아니라 그 작품 가치는 정당한 평가를 받아야 할 것이다.17)
유도관의 〈사미인곡〉은 앞 시대 사미인곡류와는 달리 서울에서 멀리
떨어진 초야에 묻히어 사는 향촌의 선비가 임금을 그리워하는 마음을
노래한 것으로 연군의 정이 더 소박하고 순수하다는 평가가 이미 나
와 있다.18)

담양가사 가운데 가장 많은 비중을 차지하는 교훈가사류에 대해서
는 작품이 유가적 이념이나 교훈을 주제로 담고 있다는 점에서 그 생
경한 이념이 그대로 노출되어 미학적으로 승화되지 못했다는 이유로
그동안 이 부류에 속하는 절대다수의 작품들이 문학사에서 평가 절하
되거나 도외시 되어왔다. 그러나 반드시 그렇게만 볼 것은 아니다. 이
에 대해서는 다음 장(章)에서 상론하고 여기서는 지면관계상 문학사적

---

16) 김득신, 『柏谷集』 참조.
17) 최규수, 『송강 정철 시가의 수용사적 탐색』(월인, 2002)에서 김춘택의 〈별사미인
곡〉이 송강의 두 〈미인곡〉을 대화체의 어법에서 발전적으로 수용하고 있다는 점 등
작품의 가치를 밝히고 있어 참고가 된다.
18) 박준규·최한선, 앞의 책 참조.

위상에서 특별히 주목되는 몇 작품만 언급키로 한다.

먼저 교훈가사 가운데 남석하의 〈백발가〉를 보면 우리문학사에서 폭넓은 향유를 보인 백발가류로서는 독특한 위상을 갖고 있음이 눈에 띈다. 백발가류 가사는 여항−시정 문화권에서 '초당문답' 계열로 널리 향유되었는데 그렇게 되기까지에는 그 이전 19세기 초에 나온 〈노인가〉(1840년 경 『가사육종(歌辭六種)』에 이미 실림)류가 있었고, 동시대의 규방문화권에서도 신변탄식류 가사로 〈백발가라〉, 〈노탄가〉 같은 제목으로 향유되는 텍스트 문화적 환경이 조성되었다.

그런데 남석하(1773~1853)는 담양의 사족으로 노인가류가 유행하던 19세기 전반에 〈백발가〉를 창작했으므로 이 방면의 선구적 모습을 보인 사례일 뿐 아니라 향촌의 사대부로서 여항−시정가요의 단초를 여는데 기여했다는 점은 특기할 만하다. 특히 사대부가사 답지 않게 〈백발가〉에서 단락을 넘길 때마다 "이거시 뉘탓신가 白髮의 네탓시라"라는 민요나 잡가에서 흔히 볼 수 있는 후렴구를 즐겨 사용한다든지, 〈달거리〉 민요의 유형적 틀을 그대로 가져와 단락을 전개한다든지, 잡가에서 흔히 볼 수 있는 것처럼 7언 한시 어투를 노래 어구의 사설로 육화시키는 표현을 즐겨 사용한다든지, "먹고노새 먹고노새 절머실제 먹고노새 …… 朝露궂튼 이人生이 안이놀고 무슴흐리" 같은 〈수심가〉 계열 어구를 표현하는 등 여러 장르의 혼합적 표현 어법을 능동적으로 활용하는 사례는 향촌의 사대부가사로서는 획기적인 사실이라 아니할 수 없다.

다음으로 교훈가사 가운데 농부가류에 해당하는 정해정의 〈민농가〉를 살펴보면, 이 작품은 청자가 농민("老農(노농)", "농부"로 표현됨)으로 설정되어 있으며, 사족(士族)들에게 귀농(歸農)을 권유하는 것이 아니라 농민에게 그들의 임무를 충실히 수행할 것을 권고하는 내용으로 짜여져 있어, 농부가류의 세 유형인 권농가(勸農歌)형, 부농가(富農歌)형, 중농가(重農歌)형 가운데[19] 중농가형에 해당하는 가사임을 알 수 있다. 그러면서 〈농가월령가〉처럼 월령체 형식을 취하지 않고 과도한 조세에 시달리는 농민의 어려운 삶을 반영하고 있다는 점이 주목된다.

이 중농가형은 세 유형 가운데 문학사에서 가장 늦게(19세기) 나타난 것으로, 향촌사족의 위기의식이 가장 잘 드러나 있어 그 시대의 농민의 궁핍화와 참상을 읽어낼 수 있다는 점이 주목되는데, 이는 정해정의 작품에도 그대로 잘 드러나 있다.

4. 담양가사의 미학적 가치

앞에서 살핀 바와 같이 담양가사는 교훈가사와 강호가사가 양대 주류를 형성하고 있다. 그리고 이 둘은 출과 처의 세계관과 가치관을 확고히 가진 사대부의 겸선 지향, 곧 수기와 치인의 유가적 이상을 동시에 이루려는 의식과 깊이 연관된다고 했다. 즉 그들은 벼슬길에 나가서나 강호자연으로 들어서도 겸선을 실천하려는 인식을 갖고 있어서 현실정치에 나아가면 왕도정치의 도덕적 이상을 사회에 구현하려 하고, 강호자연에 깊이 들어서도 자연의 아름다움을 완상하는 가운데 거기에 몰입하지 않고 망세(忘世)를 경계함으로써 도덕적 가치와 미적 가치를 분별하지 않는 미의식을 형성하게 되었다. 이는 도덕적 가치와

---

19) 길진숙, 「조선후기 농부가류 가사 연구」(이화여대 석사논문, 1990)에 이러한 유형을 설정하여 그 특색을 자세히 고찰한 바 있어 좋은 참고가 된다.

미적 가치는 분별되어야 한다는 서구적 미학과는 분명히 구분되는 것이다.[20] 사대부의 이러한 미학적 특징은 담양가사의 미학에도 그대로 구현되고 있음은 물론이다.

담양가사도 예외가 아니어서 문학이 이념의 텍스트와 미적 텍스트를 겸하는 것으로 인식하는 전통을 고수해 온 점을 확인할 수 있는데, 이는 이러한 사대부 미학을 바탕으로 하고 있기 때문이다. 즉 선(도덕적 가치)과 미(미적 가치)를 별개로 추구하지 않는 미학을 갖고 있어서 담양이라는 강호자연의 공간에 처해 있거나 그곳을 벗어나 벼슬길에 나아가 있으면서도 두 가지의 어느 쪽도 버리지 않으려는 의지를 가사문학 텍스트를 통해 내보이고 있는 것이다. 송강이 강원도 관찰사로 나아가 〈관동별곡〉을 지어내거나 정식이 용궁 현감으로 부임하여 그곳에서 〈죽산별곡〉을 노래한 것도 이러한 미학을 드러냄이고, 남극엽이 평생을 벼슬길에 나아가지 않았음에도 사회적 실천 이념으로서의 도덕적 가치를 문학적으로 실현한 〈향음주례가〉와 〈충효가〉를 지어냄도 이러한 미학의 드러냄인 것이다.

이처럼 담양가사의 미학은 사대부의 유가적 미학을 기본 틀로 하여 구현된다는 공통점을 가지지만, 그것이 구체적인 텍스트 미학으로 실현되는 양상은 작품과 작가에 따라 차이를 가질 수밖에 없다. 그 기본 방향을 말한다면 강호가사 계열은 유가적 이념의 도덕적 가치도 중요하지만 그보다는 강호자연의 아름다움이라는 미적 텍스트로서 비중을 두고, 교훈가사 계열은 그 반대로 미적인 측면보다는 이념의 텍스트로서 비중을 두어 전자는 우아미가 구현되고, 후자는 숭고미가 구현되는

---

20) N. 하르트만(전원배 역), 『미학』(을유문화사, 1971)에 서구의 이러한 분별 인식이 잘 드러나 있다.

경우가 대부분이다. 그리하여 강호가사에는 미적 가치의 비중으로 인해 그 문학적 가치를 높이 인정받는 경우가 상당히 있었지만 교훈가사는 그 이념적 생경함을 그대로 표출함으로 인해 그동안 부당하게 문학적 가치가 폄하되어 온 것도 사실이다.

그러나 교훈가사에 대한 이러한 부당한 가치 평가는 지양되어야 할 것이다. 특히 담양가사 가운데 유도관의 〈경술가〉나 남극엽의 〈향음주례가〉와 〈충효가〉, 작자미상의 〈효자가〉 같은 경우는 삼강오륜을 기본으로 하는 유가적 이념을 펴서 백성을 교화하고 민풍을 바로 잡으려는 의도로 창작된 것이어서, 늘 이념이라는 무게에 담아 도덕적 가치를 구현하려는 의지를 강하게 드러내므로 그 미적 표현에는 크게 관심을 가지지 않는 특징을 보인다. 충효 같은 유가적 덕목을 표현하는 일은 그 자체로 절대이념의 표상이기 때문에 그에 대해 노래한다는 자체로 숭고한 미적 체험을 갖게 하는 것이다.

그러므로 거기에 서술상의 어떤 수사적 화려함을 덧붙이거나 정서 상관물로서의 다층적 이미지를 묘출해내는 잔재주를 연출하는 것은 오히려 절대적 가치를 훼손하는 일에 다름 아니고, 따라서 숭고미를 격하시키는 부작용만 초래하게 될 것이다. 교훈가사라는 이념적 텍스트는 화려한 수식을 피하고 고졸(古拙)한 서술로 일관하되, 오로지 진력하는 것은 그 표현하려는 문자 속에 성(誠)과 경(敬)을 새겨 넣어 이념의 절대 무게를 숭고하게 드러내는 데 있는 것이다.[21] 그 텍스트에는 도(道)의 표상이 강화될수록 숭고미가 드러나므로 중국의 정평 있는 전고 고사들을 끌어와 이념의 무게를 더하는 방법을 즐겨 사용하는

---

21) 우리 문학사에서 이러한 숭고미를 가장 잘 구현한 작품으로는 노계 박인로를 들 수 있다.

것도 이에 연유한다.

따라시 이리한 이유를 들어 표현미학 상이 개성이나 참신성이 결여되어 있다는 평가를 하는 것은 부당한 가치 폄하라 아니할 수 없다. 이들 작품의 평가는 문채나 어휘, 수사 같은 표현미학보다 숭고미가 어떠한 구성적 긴밀성과 유기성을 가지고 무게 있게 표출되고 있느냐에 기준점을 두어야 할 것이다. 그리고 그러한 긴밀성을 통해 인간중심의 실천적 가치와 직결된 규범적인 선(善)의 완성을 어느 정도의 높은 수준으로 구현했느냐에 평가의 잣대를 디밀어야 할 것이다.[22]

교훈가사의 이러한 기준점과는 달리, 강호가사의 경우는 동양의 고전적 미의식과 유가적 덕목을 바탕으로 한다는 점은 같지만 그 표현미학은 하나같이 우아미를 실현하는 것이므로, 작품의 미학적 평가는 산수의 아름다움이나 그에 대한 정취를 어떤 수준으로 구현했느냐에 따라 달라질 것이다. 즉 서술의 기법이나 구성의 긴밀도 혹은 문채의 수준에서 판가름 나게 될 것이다.

연군가사의 경우는 임금에 대한 충(忠)이라는 '이념'에 무게 중심을 두는가 아니면 그를 그리워하는 충성된 '정취'에 무게를 두는가에 따라, 전자는 숭고미를 구현하게 되고 후자는 우아미를 구현하게 될 것이므로[23], 그러한 미적 지향이 얼마나 미학적으로 잘 구현되었느냐에

---

22) 교훈가사의 주제나 모티프가 삼강오륜이나 향음주례 같은 유가적 덕목에 기반을 둔다고 하여 그 작품의 미학이 무조건 숭고미로 구현되는 것은 아니라는 점을 유의해야 할 것이다. 그러한 유가적 덕목에 대한 의식이 절대가치로 인식되느냐 상대가치로 인식되느냐에 따라, 곧 서술자의 태도에 따라 미적 지향이 분별될 것이다. 절대가치로 인식될 경우 숭고미 지향이 지배적일 것이고, 상대가치로 인식될 경우 우아미 지향이 지배적이 될 것이다.

23) 우리문학사에서 연군의 정을 노래한 시가작품의 쌍벽을 이루는 송강과 노계의 경우를 보면 전자가 우아미를, 후자가 숭고미를 구현한 최고의 수준의 작품으로 평가된다.

따라 그 수준이 평가되어야 할 것이다. 이러한 관점에서 면앙정 송순이나 송강 정철의 강호가사나 연군가사에 나타난 미학이 검토되어야 할 것이다.

먼저 〈면앙정가〉에 나타난 미학(우아미)의 구현 수준을 살펴보면 이역시 작품의 개성이나 창조성 혹은 참신성을 중시하지 않는 동양의 고전적 미의식에 바탕을 두고 있으므로 앞 시대의 〈상춘곡〉이나 크게 다를 바 없다고 판단하기 쉽다. 강호가사에 나타난 산수의 아름다움이나 그것을 느끼는 서술자의 정취가 하나같이 유가적 미의식에 기반을 두고 있기 때문이다. 그러나 모든 강호가사가 그러한 미의식에 바탕을 두고 우아미를 구현한다 하더라도 작품의 구성적 긴밀도나 문채의 수준은 상당한 차이가 있어 개별 텍스트에 구현된 미학의 수준은 작품마다 천차만별로 나타날 수밖에 없는 것이다.

그런 점에서 〈면앙정가〉는 강호가사의 미학적 짜임이나 문채의 수준을 확고하게 정립한 작품으로 그 빛을 발한다 할 것이다. 우선 작품의 주제인 면앙정과 그 주변의 산수자연의 아름다움, 그리고 그에서 느끼는 정취(물아일체의 경지)를 효율적으로 노래하기 위해, 작품을 크게 2단 구조로 짜고 전반부(첫머리에서부터 "乾坤(건곤)도 가옴 열사 간대마다 景(경)이로다"까지)는 '경물(景物)의 조화로운 아름다움'을, 후반부(그 다음부터 끝부분까지)는 그러한 아름다움을 완상하는 '자아의 흥취'를 노래했다. 그러면서 궁극적으로 물아일체의 경지를 전반부는 '물(物)의 관점'에 비중을 두고, 후반부는 '아(我)의 관점'에 비중을 두어 큰 틀을 짜고, 그러한 상부구조 내에서 다시 전반부를 둘로 나누어 앞부분(첫머리에서부터 "원근창애의 머믄것도 하도할샤"까지)은 면앙정 자체와 그 주변의 경물을 원경(遠景)에서부터 근경(近景)으로 공간적 이동을 따라 경

물의 조화로움을 노래하고, 뒷부분(그 다음부터 "간대마다 景이로다"까지)
은 춘하추동 사계절의 아름다움을 시간적 순서를 따라 경물의 조화로
움을 노래함으로써 그 조화의 아름다움이 시간적으로도 공간적으로도
두루 충만되어 있음을 서술해 놓았다.

　그리고 후반부도 둘로 나누어 앞부분("人間(인간)을 써나와도 내몸이 겨
를업다"~"다뫼한 청려장이 다뫼되여 가노미라")에서는 자연 경물을 완상하
면서 그런 생활을 '좋아하는' 단계를 서술하고, 뒷부분(그 다음부터 끝까
지)은 술과 노래의 풍류생활로 보다 적극적으로 '즐기는' 단계를 서술
했다. 이처럼 〈면앙정가〉는 작품 전체를 전반부와 후반부로 나누어 대
등한 짝을 이루어 평형을 유지하도록 하고 그것을 다시 각각 앞부분과
뒷부분으로 짝을 이루도록 짜놓음으로써 작품이 균형과 조화를 완벽
하게 이루도록 배려하고 있는 것이다.

　이럴 경우 작품의 짜임새는 완정한 균제미를 이룬다하더라도 전반
부와 후반부를 유기적으로 연결해주는 긴밀한 구성에 있어서는 문제
가 있어 보인다. 그러나 그러한 균제미를 넘어서는 또 하나의 내적 질
서가 기저하고 있어 작품을 긴밀한 유기적 짜임새로 읽게 해준다. 그
것은 점층적 방법에 의한 3단계로 "어떠한 것을 아는(知) 것이 그것을
좋아하는(好) 것만 못하고, 그것을 좋아하는 것이 즐거워하는(樂) 것만
못하다"(『논어』 옹야)라고 한 고전적 악론(樂論)에 기반을 둔 짜임새로
읽혀지는 내적 질서이다. 작품의 전반부가 격물치지(格物致知)를 통해
자연 경물의 조화로운 아름다움을 알아가는[知(지)] 과정이고, 이어 후
반부에서 그러한 앎을 통해 자연 경물의 아름다움을 좋아하게[好(호)]
되고, 나아가 물아일체의 진락(眞樂)에 이르러는 즐거움[樂(낙)]을 맛봄
으로써 마침내 서술자가 그 최고의 지점인 신선의 경지에 이른다는 점

층적 짜임으로 인해 전반부와 후반부의 구성은 유기적 긴밀성을 이루
게 됨을 확인할 수 있다.[24]

그리고 무엇보다 이 작품은 과(過)나 불급(不及)이 없는 중화(中和)의
도(道)를 미학이자 시학으로 삼고 있다는 것이다. 작품의 짜임에서 자
연의 아름다움을 노래할 때 어느 한 두 계절에 치우치지 않고 사계절
을 대등한 평형으로 서술한다든지[25], 앞서 살핀 바대로 작품의 전체
적 구성을 짝을 맞추어 형평성을 이루도록 짠다든지, 하나하나 경물의
아름다움을 발견하는데 있어서도 어느 한쪽으로 편벽됨이 없이 "넙거
든 기디마나 프르거든 희디마나", "안즈락 느리락 모드락 훗트락", "노
픈듯 느즌듯", "숨거니 뵈거니", "가거니 머믈거니", "나명성 들명성",
"오르거니 느리거니", "여트락 디트락" 등의 표현에서 보듯 중화의 아
름다움을 최고의 가치로 기술하고 있다. 이것이 바로 〈면앙정가〉가 우
아미를 높은 수준으로 구현하는 핵심적 원천이 되고 있으며, 객관적으
로 존재하는 산수자연의 묘사를 넘어 그것이 형이상학적 의미를 갖게
하는 것이다.

송강의 〈성산별곡〉은 〈면앙정가〉의 이러한 미학을 전폭적으로 받
아들이면서 그것을 형상화 방식이나 서술의 짜임새에서 한층 고도화
된 서술기법을 보임으로써 강호가사의 수준을 최고 정점에 이르게 한
다. 이를테면 산수자연의 경물을 묘사함에 있어서도 〈면앙정가〉는 사
계절을 단순히 시간적 순차에 의해 서술하지만 〈성산별곡〉에서는 춘

---

24) 김학성, 「송순시가의 시학적 특성」, 『한국고시가의 거시적 탐구』, 집문당, 1997 참조.
25) 강호가사의 서술 짜임에서 〈상춘곡〉은 그 주제상 필연적으로 봄이라는 한 계절에
만 몰입하고 있는데, 이러한 편벽된 즐거움은 유가 미학의 전범이 될 수 없으므로
사계절을 고루 갖춘 〈면앙정가〉가 후대의 모델이 됨은 필연이었다고 보아야 할 것
이다.

하추동으로 이어지는 일 년의 시간 순차에다 하루의 시간상이라는 또 하나의 시간 순차를 대응되게 중첩시켜 놓음으로써 '봄:아침'→'여름: 낮'→'가을:저녁'→'겨울:밤'의 시상 전개에 따른 서술 효과를 극대화 시키고 있다.26)

거기에다 〈면앙정가〉의 서술 전개는 작자의 인격이 투영된 단일 화자에 의해 시종일관 단순구조의 서술로 진술되어 있어 작자가 전달하고자 하는 메시지가 분명하게 드러나지만, 〈성산별곡〉에서는 작품의 첫머리 부분("엇던 디날 손이 성산에 머믈면서 서하당 식영정 주인아 내말듯소")에서부터 작자의 존재는 직접 드러나지 않고 '손'이 '서하당 식영정 주인'에게 말을 붙이는 대화적 기법으로 시작하는 데다 서술자마저 '디날 손'으로 객체화시킴으로써, 이후의 서술이 부분에 따라서는 손의 목소리인지 주인의 목소리인지를 선명하게 파악해내기가 어려울 정도로 고도의 서술전략에 의한 서술효과를 노리고 있다.

그리하여 서하당 식영정 주인이 누가 되든지 간에 또 손과 주인이 어떤 관계이든지 간에27) 이러한 고도의 기법으로 인해 두 목소리 속에 작자인 송강이 전달하고자 하는 메시지가 녹아들어 문학적 진술 효과를 획득하면서 실제 독자에게 설득력 있게 소통될 수 있는 길을 열어두고 있는 것이다. 즉 손과 주인의 존재를 실제의 대화자 목소리로 지나치게 분별해 읽어내는 것은 송강의 고도의 서술기법에 의한 서술

---

26) 김신중, 「四時歌의 時相 전개 유형 연구」, 『국어국문학』 제106호, 국어국문학회, 1991에 강호시가에서 사계절의 시간순서에 따른 전개의 질서를 탐구해 놓아 좋은 참고가 된다.

27) 최한선, 「성산별곡과 송강 정철」, 『남경 박준규박사 정년기념논총』, 1998에 손과 주인의 관계 뿐 아니라 작품의 제작연대와 식영정 주인에 대한 논란 및 그 문제 해결에 대한 방향이 면밀하게 고찰되고 있어 좋은 참고가 된다.

의도를 그르칠 수 있으며[28], 그만큼 작품의 심오한 뜻을 파악해내지 못하는 결과를 낳게 되는 것이다.

이러한 고도의 서술기법은 연군가사인 〈속미인곡〉에서도 나타나고 있으니, 갑녀와 을녀의 대화자 목소리가 어디까지가 갑녀의 목소리고 어디까지가 을녀의 목소리인지 쉽사리 분별하지 못할 정도로 고도의 서술기법을 구사하고 있음이 그것을 말해준다. 그러나 갑녀와 을녀의 두 목소리는 송강이라는 실제 작자와 친화력을 지니는 인격적 서술자의 목소리에 의해 조정되는 것이고, 동일인의 두 마음이 형상화된 것이라 보아야 한다는 점에서[29] 〈속미인곡〉의 두 여인을 통해 드러내는 작자의 문학적 형상화의 목소리가 얼마나 절절하고 공교로운지를 짐작할 수 있다.

〈관동별곡〉과 〈사미인곡〉, 〈속미인곡〉에 대해서는 선행 연구가 폭넓게 축적되어 있으므로 지면관계상 여기서는 더 이상의 논의는 생략하기로 한다.

5. 맺음말

지금까지 필자는 담양가사의 유형 분포별 특징에서부터 그 문학사적 위상과 미학적 특징을 살펴보았다. 그리하여 담양가사는 유형적으로는 사대부가사인 교훈가사와 강호가사에 집중되어 산생되었고, 이는 담양이 다른 어떤 지역보다 올곧은 선비의 전통을 가진 고장임을

---

28) 성무경, 앞의 책, 제1부 '가사의 시학'에 서술자 목소리에 대한 이러한 관점이 예리하게 제시되어 있다.
29) 성무경, 위의 책 같은 곳 참조.

반영해 주는 것이라 보았다. 즉 담양 사대부들의 유가로서의 겸선 지향 태도가 사회중심 지향의 교훈가사와 자연지향 중심의 강호가사를 집중적으로 산생하게 되었다는 것이다.

그리고 담양가사의 문학사적 위상은 이서의 〈낙지가〉가 강호가사의 초석을 쌓은 것으로 평가되고, 이어서 송순의 〈면앙정가〉가 누정계 가사로서 문채면에서나 긴밀한 짜임새의 면에서 탁월한 성취를 이루어냄으로써 강호가사를 확립하는 길을 열어놓았다고 보았다. 그리고 이렇게 확립된 가사를 송강이 발전적으로 계승하여 〈성산별곡〉을 통해 화법이나 어휘, 문채면에서 그리고 구성적 긴밀성의 면에서 눈부신 성취를 일구어냄으로써 강호가사의 획기적인 발전을 이룩해내었다고 평가했다.

또한 송강의 〈관동별곡〉과 〈사미인곡〉 및 〈속미인곡〉은 일찍이 동방의 〈이소〉로 높이 평가되어 많은 뛰어난 아류 작품들을 산생케 하는 전범이 되었으며, 담양가사 가운데 유도관의 〈사미인곡〉도 그러한 연장 선상에 있음을 살폈다.

담양가사 가운데 가장 많은 비중을 차지하는 교훈가사는 남석하의 〈백발가〉와 정해정의 〈민농가〉가 문학사적으로 주목되고 특히 전자는 향촌 사대부로서 여항—시정가사인 백발가류의 단초를 여는 데 기여했음을 주목했다.

담양가사의 미학적 성취는 일찍이 선인들에 의해 동방의 〈이소〉로 혹은 가악의 절조로 칭송된 바 있는 송강의 작품을 비롯하여 면앙정 송순의 작품을 중심으로 그 형상화 기법이나 미학적 짜임새, 문채의 수준 등을 통해 그 탁월함을 논의했다. 이하 다른 작품에 대한 미학적 성취와 미진한 점은 지면관계상 후일의 과제로 남겨둔다.

상고시대 시가의 개관적 조망

1. 개념 및 시대적 배경

상고시대의 시가란 고조선 이래 신라 시대 향가가 출현하기 이전(6세기)까지 우리나라 역사상 가장 이른 시대에 산생된 시가를 가리킨다. 이들 시가를 묶어서 상고시가, 상대시가, 상고가요, 상대가요, 고대시가, 고대가요 등 여러 명칭으로 부른다. 일반적으로 상고시대에 가요가 발생하던 첫 단계는 원시종합예술이라 하여, 문학 작품으로서의 시(詩)가 독자적 장르로 생성되지 못하고 노래(음악)와 춤(무용)과 더불어 미분화된 형태로 만들어졌다. 그러한 사실을 알려주는 자료가 『삼국지(三國志)』의 위지(魏志) 동이전(東夷傳)에 보이는 각종 제천의식(祭天儀式)이라는 것이다. 부여의 영고(迎鼓), 고구려의 동맹(東盟), 예(濊)의 무천(舞天) 등이 그에 해당한다. 이러한 제천의식에서 남녀노소가 한데 모여 며칠 동안 밤낮을 가리지 않고 춤추며 노래하고 술 마시기를 즐겼다는 기록에서 원시시대의 미분화된 시가의 발생 모습을 볼 수 있다는 것이다.

그러나 이들 자료에 보이는 제천의례는 1~3세기에 부여, 고구려, 예가 소국(小國)으로서의 국가체제를 갖추고 발전된 사회조직을 배경으로 연례적으로 거행하던 국가적 규모의 행사로 보이기 때문에 거기서 발생한 가요는 원시적 국면의 종합예술 형태가 아니라 이미 상당한 정도 예술적 형식의 분화가 이루어진 발전된 형태의 단계다.[1] 따라서 우리 시가의 원시시대 발생형태가 어떠했을 가를 밝힐 수 있는 구체적인 자료는 현재로서는 없다고 보아야 한다. 그렇다고 선사(先史)시대에 우리 시가가 없었다고 보아서는 안 될 것이다. 다만 그 시대는 아직 문자가 없던 탓으로 기록이 남아 있지 못했던 사정을 감안해야 할 것이다.

그렇다면 우리 시가의 발생 모습 역시 다른 민족과 마찬가지로 원시 종합예술 형태로 출발했을 것이고, 예술적 분화가 어느 정도 이루어졌을 때는 모든 시가의 모태가 된다고 할 수 있는 '민요'의 형태로 향유했을 것이다. 민요야말로 누구나 쉽게 노래할 수 있고 함께 참여할 수 있으며 공동의 관심사와 미의식을 드러내는 집단의 가요이기 때문이다. 선사시대의 민요 또한 기록이 없어 알 길이 없으나 부락 공동체가 모여 원초적 자연물을 소박한 표현미학에 담아 노래하는 〈쾌지나칭칭나네〉(경상도민요)와 같은 2구체 형식 정도가 아닐까 추정된다.[2]

이러한 민요 단계와 더불어 선사시대는 신화적 질서를 시대정신으로 하는 주술-종교적 시대(신화시대)이므로 영적(靈的)인 것의 존재를 믿는 초자연관으로서의 아니미즘이나, 종족의 혈통에 신성관념을 부여하는 토테미즘, 현실적으로 불가능한 것을 자아의 주관에 의해 가능하도록 할 수 있다는 주술적 사고가 이 시대의 정신구조의 원천으로 작용하여 시가를 발생케 하는 또 하나의 동력이 되었다. '주술가요'는

---

1) 성기옥, 「고대시가」, 『국문학개론』, 새문사, 2003, 29면.
2) 김학성, 「상대시가의 표현미학」, 『한국고전시가의 연구』, 원광대학교 출판부, 1980, 267면.

이러한 정신구조를 바탕으로 이루어진 것이다.

그러나 신화시대의 주술적 사고도 점차 세계의 객관성과 합리적 사고에 밀려 그러한 믿음의 질서체계가 무너지게 됨에 따라 그 위력을 상실해 가게 되고, 주술-종교적 세계관이 흔들리면서 세속적-정치적 현실의 세계로 지향을 보이는 사고체계의 전환을 이루게 되었다. 이에 따라 시가도 현실의 불가능을 주술적 강제성으로 해결하려 하지 않고 자아의 내면적 정신 속에서 구하려는 사유태도의 전환을 보이게 되었으니 이러한 세계관을 바탕으로 집단 혹은 개인의 '서정시'가 뒤이어 발생하게 되었다.

2. 상대시가의 작품 현황과 특성

(1) 현존 작품 현황과 특성

상대시가 가운데 작품이 현재 전하는 자료는 〈구지가〉, 〈공무도하가〉, 〈황조가〉 등 단 3편에 불과하다. 비록 우리말 노래의 온전한 모습으로 전하지 못하고 한역가 혹은 중국의 고악부(古樂府) 형태로 전하지만 문자가 없던 시대에 이 정도 자료나마 전하는 것은 다행이라 할 것이다. 더구나 같은 계통이 아닌 각기 성격을 달리하는 작품들이어서 상대시가의 모습을 어느 정도 폭넓게 그려볼 수 있다. 이제 개별 작품별로 살펴보자.

(가) 구지가

이 작품은 『삼국유사』의 가락국기에 '배경설화'(서사문맥, 산문전승이라고도 함)와 함께 수록되어 있다. 이에 따르면 가락국이 아직 나라 이름도, 국가 체제도 갖추지 못하고 아도간(我刀干) 등 아홉 추장(九干)이 거느리는 추방사회(chiefdoms)형태로 살아가던 기원후 42년에 구지봉(龜旨峰)에서 이상한 소리가 들렸다. 9간이 무리와 함께 가보니 모습은 숨기고 소리만 들려 묻는 말에 응답했다. 그 목소리가 시키는 대로 '봉우리 꼭대기를 파 흙을 집어 흩으면서' 〈구지가〉를 부르고 춤추니 얼마 아니하여 하늘에서 자색 줄이 내려오고 붉은 폭에 금합이 있어 열어보니 황금알 여섯 개가 있었다. 이 여섯 알이 동자가 되었다. 그 달 보름날에 즉위하여 이름을 수로(首露)라 하고 나라 이름을 대가락 또는 가야국이라 했다. 나머지 5인도 각각 5가야의 임금이 되었다는 것이다.

　이 설화는 그냥 옛날 이야기가 아니라 가야국 건국신화이자 수로왕 탄강신화임을 알 수 있다. 가야국이 어떻게 국가로 성립되었으며 나라를 세운 수로왕이 어떻게 탄생되었는가에 관한 '신성한 이야기'이기 때문이다. 신화를 '제의(祭儀)의 구술(口述) 상관물(相關物)'로 볼 때 처음에 구지봉에서 신격(神格)의 목소리가 들리는 부분은 '신탁(神託)제의'로, 구지가를 부르며 노래하고 춤추는 부분은 신격을 맞는 '영신(迎神)제의'로, 하늘에서 금합이 내려와 동자로 나타나는 부분은 신격의 '강림(降臨)제의'로 볼 수 있다.3) 〈구지가〉에 거북을 구워먹겠다는 위협의 언사가 나오므로 그것을 제물로 바치는 '희생제의'도 있었다고 보나 가정법으로 되어 있어 믿기 어렵다.

　여하튼 〈구지가〉는 이처럼 제의에서 불려진 '주술노래' 곧 주가(呪歌)로서 가락국 건국신화의 핵심부분을 이룬다. 즉 이 노래를 부름으

---

3) 김병욱, 「한국상대시가와 주사」, 『어문논집』 2집, 충남대학교 국문과, 1978, 151
　～152면.

로써 나라를 통치할 임금도 탄강하고, 나라의 이름도 정해지고 국가의 통치체제가 확립되었다. 주가는 바로 이런 기능을 가진 노래다. 즉 현실의 '결핍'을 해소하고자 초현실적인 것의 운용을 통해 문제 해결을 찾는 것이다. 그리고 주가의 효능을 높이기 위해 일정한 격식의 비의적(秘儀的) 행동과 노래의 반복과 춤이 동반된다.[4] 〈구지가〉에 동반되는 춤과 '구지봉 꼭대기의 흙을 파서 집어 흩뿌리는' 행위가 비의적 행동이며, 주술효과를 높이기 위함임은 물론이다.

그런데 〈구지가〉는 전형적인 주술노래의 구조로 되어 있으며, 이러한 주술구조는 〈구지가〉보다 앞선 고구려 주몽의 〈백록주술(白鹿呪術)〉(기원전 36년)에서부터 신라의 〈해가〉와 〈지귀사〉, 〈비형랑사〉, 조선의 〈석척가〉, 근대의 〈용주술〉에 이르기까지 지속적인 전통을 이루며 내려왔다. 뿐 아니라 이런 주가 양식은 중국이나 인도네시아, 남미 등에서도 발견되는 범세계적 분포를 보이는 유형인 것이다.[5] 그리고 동서고금을 불문하고 주가의 본래 기능이 기우(祈雨)나 풍요(농사의 풍년과 풍어)를 비는 목적에 있으므로 우리의 경우도 주몽이나 가야국 건국 때 비로소 나타난 유형이라기보다 정착농경이 시작되는 신석기말이나 청동기 시대에는 이미 이런 유형의 주가가 나타났을 것으로 추정된다. 이제 〈구지가〉를 구체적으로 살펴보자.

> 龜何龜何　　거북아 거북아 (호칭)
> 首其現也　　머리(우두머리)를 나타내어라 (명령)
> 若不現也　　나타내지 않으면 (가정)
> 燔灼而喫也　구워 먹으리라 (위협)

---

4) 성기옥, 「구지가와 서정시의 관련 양상」, 『울산어문논집』 4집, 1988, 56면.
5) 성기옥, 「구지가의 작품적 성격과 그 해석」, 『울산어문논집』 3집, 1987, 58~64면.

이와 같이 〈구지가〉의 진술어법은 「호칭+명령−가정+위협」으로 나타나는 데 이런 구조가 전형적인 주가의 모습이다. 호칭의 대상은 주술자와 주술대상(신격)을 매개해주는 '매개자'가 된다. 그리고 명령법을 통해 '주술의 목적'이 강하게 드러난다. 즉 머리를 나타내라고 매개자에게 명령함으로써 가야국을 통치할 우두머리 곧 임금을 보내달라는 주술 목적을 드러내고 있는 것이다. 가정과 위협은 주가에서 반드시 필요한 요소는 아니지만 이렇게 위협을 가함으로써 주술효과를 증진시킨다고 믿는다.6) 주가의 어법은 이처럼 구체적이고 직설적이며 도구적이고 소박한 언어로 표현된다.7) 상징이나 은유 같은 모호한 표현이나 고도의 언어기법을 사용하면 주술효과는 반감되기 때문이다. 〈구지가〉에서 '머리'를 남근(男根)의 상징으로 보거나8), 거북목의 출현과 신의 출현을 은유관계로 보는 것9)은 '주가'의 어법과는 거리가 먼 이해라 할 수 있다.

　〈구지가〉의 주술어법은 신라 성덕왕대(702~737)의 〈해가(海歌)〉에 계승되는데, 동해용이 수로부인의 미모를 탐내 납치해가자 주변 백성들을 모아 '막대기로 해안을 치면서'(비의적 행위) 부른 주가다. 수로부인을 납치해간 신격(동해용)을 직접 위협하지는 못하고 그 매개자인 거북을 호칭하여 주술을 거는 전형적인 주가의 형태를 갖추었다. 다만 차이는 "남의 부인 앗아간 죄 그 얼마나 크가"라는 어구를 덧붙임으로써 윤리적 당위론을 내세워 신격에게 합리적으로 따지는 부분이다.

---

6) 성기옥, 앞의 논문, 57~67면.
7) 김학성, 「한국고전시가의 미의식 체계론」, 앞의 책, 66면.
8) 정병욱, 『한국고전시가론』, 신구문화사, 1977, 49면.
9) 김열규, 「〈구지가〉 재론」, 『한국고전시가작품론 1』, 집문당, 1992, 9면.

(나) 공무도하가

이 작품은 중국에서 2세기 후반에 편찬된 채옹(蔡邕)의 『금조(琴操)』와 3세기 말 최표(崔豹)의 『고금주(古今注)』에 그 배경설화와 함께 〈공후인(箜篌引)〉이란 이름으로 중국의 악부시 형태로 전한다. 이런 이유로 이 작품의 국적을 중국으로 보는 견해도 있으나 배경설화를 잘 따져보면 고조선 말기 대동강 유역에서 우리 민요인 〈공무도하가〉로 발생하여 한사군 때 중국으로 건너가 〈공후인〉이란 이름으로 악부화된 것임을 알 수 있다.

배경설화를 보면 조선 진졸 곽리자고가 새벽에 배를 저어가고 있는데 한 백수광부(白首狂夫)가 머리를 풀어 헤치고 술병(壺)을 낀 채 거센 물결을 건너고 있었다. 그 아내가 따라가 부르며 말렸지만 미치지 못해 물에 빠져 죽고 말았다. 이에 아내가 공후를 가져다 치면서 〈공무도하〉의 노래를 불렀다. 노래를 마치고 그녀 또한 몸을 던져 죽었다. 곽리자고가 들은 곡을 아내 여옥에게 말하자 그녀가 공후를 치면서 재현하니 슬퍼하지 않는 사람이 없었다. 이 곡을 이웃 여용에게 전하니 제목을 〈공후인〉이라 했다는 내용이다. 여기 보이는 조선진이 중국에 있는 조선현의 나루가 아니라 고조선이나 낙랑군의 대동강 유역이고, 공후라는 악기도 우리의 토착 현악기였던 것이 중국의 것으로 변이되었다고 본다. 작품을 소개하면 다음과 같다.

公無渡河 (공무도하 : 그대 강을 건너지 마오)
公竟渡河 (공경도하 : 그대 기어이 강을 건너네)
墮河而死 (타하이사 : 물에 빠져 죽으니)
當乃公何 (당내공하 : 그대를 어이 하리)

이 작품은 남편의 죽음을 초월하는 도강 행위에 대해 아내의 입장에서 이내의 목소리로 발화하는 극적독백체 형식을 띠고 있다. 그러나 배경설화가 말하듯이 남편의 죽음을 목도하는 현장에서 아내가 공후로 이 노래를 지어 탈 수는 없을 것이다. 그렇다면 이 노래의 작자는 이런 노래와 이야기를 만들어낸 집단의 공동작, 곧 서정민요로 보아야 할 것이다.

배경설화의 해석은 논란이 많다. 사건의 주인공인 백수광부의 모습과 행동이 특이하고 신비하여 그를 주신(酒神)으로 보고 아내를 악신(樂神:님프)으로 보는가 하면10), 그를 무부(巫夫:박수무당)로 보고 그의 행위를 무당이 되기 위한 입무(入巫)과정으로11) 보기도 한다. 이와 달리 백수광부와 아내의 갈등이 평범한 부부간의 가정불화일 수 있다고 보는가 하면,12) 이들 부부를 하층민이나 평범한 신분의 사람들로 보면서 백수광부가 가진 '호(壺)'도 강을 건너는 보조기구로 보기도 한다.13)

그러나 이처럼 평범한 일상사의 인물과 행위로 보면 이 설화가 수백 년간 집단에게 전승될 수 있는 '전승력'을 가질만한 '흥미소'를 갖지 못하므로 설득력이 없어 보인다. 평범한 인물과 사건의 이야기를 누가 오랜 세월 전승하겠는가. 도강의 보조기구로 쓴다는 '호'도 강물이 순탄할 때나 쓰는 것이어서 거센 난류를 그런 허술한 보조물을 가지고 죽음을 무릅쓰고 강을 건널 수 있을까? 그런 점에서 흰머리를 흩뜨리고 술병을 든 채 겁 없이 강을 건너는 백수광부의 모습에서 죽음을 초

---

10) 정병욱, 앞의 책, 59~60면.
11) 김학성, 「공후인의 신고찰」, 앞의 책, 310~315면.
12) 정하영, 「공무도하가의 성격과 의미」, 『한국고전시가작품론 Ⅰ』, 집문당, 1992, 21면.
13) 김영수, 「공무도하가 신해석」, 『한국시가연구』 3집, 한국시가학회, 1998.

월한 신화적 인간의 행위를, 이를 만류하다 뒤따라 목숨을 던지는 아
내의 죽음에서 인간적 행위를 볼 수 있다는 견해[14]가 주목된다.

(다) 황조가

『삼국사기』에 한역가 형태로 전하는 이 작품은 고구려의 2대 유리
왕이 왕비 송씨가 죽자 계비(繼妃)로 맞은 두 왕비 곧 화희와 치희의
총애 다툼을 화해 조정하지 못하고 짝을 잃은 비애의 정서를 노래한
서정시다. 작품을 들면 다음과 같다.

> 翩翩黃鳥 (편편황조 : 펄펄나는 꾀꼬리는)
> 雌雄相依 (자웅상의 : 암수 서로 어울리는데)
> 念我之獨 (염아지독 : 외로운 이 내 몸은)
> 誰其與歸 (수기여귀 : 그 뉘와 함께 돌아갈꼬)

작자 유리왕의 이러한 고독의 정서는 단순히 두 계비의 사랑 다툼으
로 떠나버린 치희에 대한 애틋한 미련을 담은 사적인 사랑노래로 보기
어렵다. 그보다는 종족과 토템을 달리하는 두 집단 간의 대립 상쟁에
근원을 둔 정치적 문제가 있고, 이러한 문제를 해결하지 못하고 실패
한 추장의 탄성을 담은 서사시로 보는 견해가 일찍 제출되었다.[15] 그
러나 이 작품이 서사시가 되기 위해서는 화희와 치희라는 두 종족 집
단 간의 대립 갈등이 치열하게 전개되어 플롯을 형성할 정도로 이야기
가 짜여 져야 하는데 짤막한 서정 단편으로 되어있으므로 서사시라 하
기는 어렵다.

---

14) 성기옥, 「상고시가」, 앞의 책, 47~48면.
15) 이명선, 『조선문학사』, 조선문학사, 1948, 16면.

이와 달리 중국의 『시경』시의 일부가 그러하듯이 계절적인 제례의식에서 남자가 배우자를 선택하는 기회에 불려진 애절한 구애곡으로 보기도 하는데,[16] 배경설화와 전혀 관련시키지 않은 이해라는 점에서 문제가 있다. 그보다는 화희로 대표되는 골천인 세력의 토착집단과 치희로 대표되는 한인(漢人)세력의 이민족집단 간의 정치적 알력을 화해 조정하지 못하고 참담한 좌절과 실패를 맛보아야 했던 유리왕의 정치적 고뇌가 담긴 개인 창작의 서정시로 이해하는 것[17]이 순리일 것이다.

(2) 부전(不傳) 작품 현황과 개요

상고시대의 시가는 전승 문헌의 특성상 민간가요 혹은 개인의 창작 가요가 기록에 남기는 어렵다. 다만 신라 궁중의 왕실 가악이 『삼국사기』악지(樂志)에 보이나 제목만 있고 작품은 전하지 않는다. 그 가운데 중요한 것을 들면 신라 유리왕대의 〈회악〉과 〈신열악〉, 그리고 〈도솔가〉가 있고, 탈해왕대의 〈돌아악〉, 파사왕대의 〈지아악〉, 내해왕 대의 〈사내악〉, 눌지왕대의 〈우식악〉, 자비왕대의 〈대악〉(백결 지음), 지증왕대의 〈간인〉(천상욱계자 지음), 법흥왕대의 〈미지악〉 등이 있다. 이밖에 지방의 토속민요가 궁중의 가악으로 상승한 연대 미상의 군악(郡樂)들이 존재하는데, 〈내지〉(일상군), 〈백실〉(압량군), 〈덕사내〉(하서군), 〈석남사내〉(도동벌군), 〈사중〉(북외군) 등이 그것이다.

이들 왕실 가악 가운데 주목되는 것은 〈도솔가〉다. 이 작품은 신라

3대 유리왕이 거리의 부랑민을 구휼하는 등 선정(善政)을 베풀어 민속이 환강(歡康)해지자 그것을 송축하기 위해 지었다고 하며 노래에 차사(嗟辭:감탄사)와 사뇌(詞腦)의 격식이 있다고 했다. 이 때문에 사뇌가의 형성시기를 이 작품으로 보는 견해도 있다. 그러나 아직 향찰표기가 발달하지 않은 때라 개인 창작의 기록문학인 사뇌가와는 장르를 달리하는 신라 초기의 왕실 가악으로 봐야 할 것이다. 신라가 6촌을 정비하고, 수레와 농기구를 제작하는 등 국가체제의 확립을 위해 노력하던 중에 지어졌으므로 임금의 덕치를 송축하는 정치성 짙은 가악일 것이다.

민요계 가악으로 주목되는 것은 신라 유리왕대의 〈회소곡〉이다. 6촌 여인들의 길쌈놀이 경쟁에서 불려졌으며 '회소회소'라는 슬픔을 담은 감탄사를 동반했다는 것으로 보아 후렴이 있는 집단 서정의 노동요로 이해된다. 같은 시대 왕실 가악으로 〈회악〉이 있는데, 민요 〈회소곡〉이 궁중으로 상승한 것으로 추정하기도 하나 확인할 수는 없다.

개인적 서정시로 주목되는 것은 3세기 초의 〈물계자가〉다. 전투의 공을 세우고도 정치권력에서 소외되자 작자(물계자) 자신의 곧은 성품을 대나무에 비겨 노래한 개인 창작시다. 그 밖에 간신배의 농간으로 억울하게 변방으로 추방된 심정을 노래한 〈실혜가〉, 김유신에게 버림받은 여인의 원망의 정서를 노래한 〈천관원사〉, 전투에서 영웅적인 죽음을 맞은 인물에 대한 애도를 노래한 〈해론가〉와 〈양산가〉, 원효가 지은 대중적 찬불 계통의 노래 〈무애가〉 등 다양한 형식의 노래가 있다. 『고려사』 악지 삼국 속악조에 보이는 고구려 노래 〈내원성〉, 〈연양〉, 〈명주〉와 백제노래 〈선운산〉, 〈방등산〉 등과, 신라 노래 〈목주가〉 등은 모두 향토색 짙은 지방민요가 왕실 가악화 된 작품들이다.

3. 상대시가의 의의와 평가

상대시가는 우리 시가사의 첫 장을 연 작품이라는 점에서 의의가 있다. 처음에는 원시종합예술 형태로 출발했을 터이나 자료가 전하지 않고 노래와 춤이 분화된 후의 첫 형태는 민요였을 것으로 추정된다. 그리고 수렵채취기를 지나 신석기 말에서 청동기 시대에 이르는 정착농경 시대에는 농사의 풍년과 풍어, 기우 등을 비는 주술 계통의 노래가 불려지고, 청동기 시대에서 철기문화 시대로 넘어오면서 소국(小國) 단계의 국가체제가 성립하게 됨과 함께 이러한 주술계통의 노래가 건국신화 혹은 시조의 탄강신화의 일환으로 강력한 정치성을 띠면서 주술적 기능을 행사해 왔다. 그리고 건국 직후의 정치현실의 고뇌가 담긴 개인적 서정시로 발전해 가는가 하면, 죽음의 문제에 대한 세계관적 인식의 차이를 바탕으로 한 집단적 서정민요의 생성도 보여 이것이 중국에까지 전파되는 양상을 보이기도 했다.

한편 초기 국가체제의 정비와 함께 덕치를 베푸는 임금을 송축하는 왕실 가악을 만들어 통치 질서를 더욱 강화하는 과정에서 노래의 격식도 사뇌가 수준에 버금가는 고급화를 꾀하게 되고, 각 지방의 군악들에서 지방민요로서의 특수성을 살려 왕실 가악으로 상승시키는 악장화 과정도 보였다. 그리고 왕실과 달리 민간사회에서도 기층민의 삶과 애환을 담은 민요가 고구려 백제 신라에 걸쳐 두루 향유되고, 전장이나 정치권을 중심으로 개인의 고뇌와 현실의 긴장을 담은 개인 창작의 서정시가도 다양하게 전개되어 뒤에 향가를 생성하는 든든한 토양이 되었다는 데에 상대시가의 의미가 있다.

황진이 시조의 위상과 평가

: 예(藝)와 예(禮)를 아우른 최고의 절창, 황진이

1. 머리말 – 황진이에 부쳐진 찬사

잘 알다시피 황진이는 신분적으로 가장 미천한 천민 계급의 기녀가 되어 일생을 살았으며, 그러한 신분적 한계로 인해 당대 권력의 중심이자 지배 계층이었던 양반 사대부 남성들의 사회-문화적 활동을 돕기 위해 운명 지어진 예속적 존재였다. 그러나 기녀라는 존재는 신분적으로는 최하층에 속했을지라도 문화적-정서적 활동에서는 최상층의 사대부들과 상대하여 위무(慰撫)를 줄 수 있는 양식(良識)과 자질을 갖춘 '교양인'이었으며, 그들의 풍류를 돕기 위한 가무(歌舞)의 수련을 쌓은 '예인(藝人)'이었다. 그리고 문학적 재질을 타고난 몇몇 기녀들의 경우, 사대부층의 독점적 문학 장르라 할 한시를 창작하고 수창(酬唱)할 정도의 수준에 이르는가 하면, 문학과 음악적 소양을 동시에 갖추어야 가능한 시조 장르의 창작과 향유에도 참여하여 타고난 재능을 펼치기도 했다.

그렇다 하더라도 조선왕조 오백년을 거치며 수많은 기녀들이 명멸했지만, 이러한 신분적 특수성을 적극적으로 활용하여 당대 최고 수준의 사대부 남성층을 압도할 기량을 펼칠 수 있었던 기녀는 손에 꼽을 정도로 드물었던 것도 엄연한 사실이다. 더욱이 기녀의 신분으로 이름을 빛낸 명기(名妓) 가운데서도 황진이만큼 인구(人口)에 회자되고 찬사를 받았던 인물이 또 어디에 있었던가.[1] 황진이에 대한 평가는 그녀와 삶을 같이 했던 당대인은 물론이고, 후대에 그녀에 관한 일화(逸話)나 작품을 음미해 본 사람이라면 누구나 그 걸출함에 경이와 찬탄을 아끼지 않았던 것이다.

황진이에 부쳐진 찬사들 가운데 가장 압권은 '송도삼절(松都三絶)'이라 칭한 것이다. 이는 그녀 자신이 자긍심을 가지고 내세운 것이면서 뒷시대의 누구도 부정하지 않았던, 자타 공인의 명예로운 찬사였다. 그녀의 출신 고향인 송도를 대표하는 걸출한 세 가지로, 뛰어난 절경의 자연물인 박연폭포(朴淵瀑布)와 학문과 인격으로 존숭 받았던 서경덕, 그리고 절세의 미모와 예술적 재능으로 최고의 경지를 이룬 황진이를 꼽았던 것이다.

이러한 빼어남으로 인해 당대의 명사(名士)들은 그녀와의 교유와 친압(親狎)이 화제의 대상이 되었으며, 시대(16세기 중-후반)를 함께하지 못했던 후대인들은 그 절세의 미모와 천부적인 재능, 뛰어난 가무와 절창의 시조 작품들에 대해 신비스럽고 기이한 인물의 행적으로 전설화하는 데 주저함이 없었다.[2] 이러한 전설과 일화들은 그녀가 남긴 불

---

1) 기녀들의 숙명과 황진이의 특출함에 대한 언급은 필자가 홍성란 시선집 『명자꽃』(서정시학, 2009)에 붙인 작품 해설 서두부에서 소략하게나마 서술한 바 있다.

2) 후대에 황진이라는 빼어난 인물에 대한 전설과 일화(逸話)를 엮어 모아 평설한 대표적인 저술로는 관서지방의 암행어사로 활약했던 이덕형(1566~1645)의 『송도기이(松都紀異)』, 폭넓은 민간 야담 수집가였던 유몽인(1559~1623)의 『어우야담(於于野談)』, 당대에 기인(奇人)이란 평을 들었던 허균(1569~1618)의 문집 『성소부부고(惺

세출(不世出)의 자취에 대한 초상(肖像)이지만, 정작 그녀의 일생을 구체적으로 더듬을 수 있는 변변한 전기(傳記) 하나 남아 있지 않다는 사실이 못내 아쉬움으로 남는다.[3] 그 아쉬움은 가까운 후대에 태어났던 천하의 호걸남아 임제가 평안도사(平安都事)로 부임하는 길에 황진이의 묘소를 찾아 읊었다는 다음의 시조에 집약적으로 드러난다.

> 청초(靑草) 우거진 골에   자는다 누엇는다
> 홍안(紅顔)은 어듸 두고   백골(白骨)만 무첫는이
> 잔(盞) 자바 권ᄒ리 업스니   그를 슬허 ᄒ노라

황진이의 영면(永眠)으로 인한 상실의 슬픔이 비애(悲哀)의 미학으로 승화된 작품이다.

다행히 근대에 이르러 황진이의 걸출한 자취는 그녀에 관한 전설과 일화, 그리고 시조와 한시 같은 작품을 바탕으로 근-현대소설로 끊임없이 재구성되어 '허구적 진실'로나마 우리 앞에 각인되어 있다.[4] 또한 그녀가 남긴 시조와 한시 작품을 바탕으로 하여 그 시적 성취의 빛남에 대한 연구와 비평이 속속 이루어지면서 작품적 가치와 문학사적 위상이 자리 잡아 가고 있다. 그러나 그녀가 이룩한 탁월한 시적 성취

所覆瓴甋)』에 있는 〈성옹지소록(成翁識小錄)〉을 들 수 있다.

3) 황진이가 천민인 기녀 출신이어서 그러한 면이 있겠지만, 18세기에 최고의 명창으로 활약한 기생 계섬(桂纖)에 관한 전기는 심노숭이 기록한 「계섬전」으로 남아 있어 반드시 그런 것도 아니다.

4) 근-현대의 '내로라'하는 소설가가 황진이의 초상을 장편소설로 재생산하는 데 적극적으로 참여해 왔다. 1938년에 이태준이 『황진이』를 쓴 것을 필두로, 1955년엔 정한숙이, 1978년엔 유주현이, 1982년엔 정비석이 『황진이』를 썼고, 최근엔 북한에서 홍석중이, 남한에서 전경린이 제 각각의 색깔로 『황진이』를 써서 강렬한 이미지로 우리 앞에 재현한 바 있다.

나 걸출한 시인으로서의 면모가 만족할만한 수준으로 해명되었다고
하기엔 주저되는 면이 없지 않다. 그것은 주로 작품이 생성된 콘텍스
트와 장르적 특성을 고려하지 않은 채, 작품 자체가 갖고 있는 표현기
교와 어휘 구사, 이미지와 시적 상상력의 범주로만 치중하여 논단한
결과여서 구체적이고 내실 있는 평가라 하기는 어려워 보이는 탓이다.

 이를테면 어떤 이는 황진이를 '한국의 사포'라는 찬사를 부치면서
그리스 초기 문학사를 장식했던 전설적 여류시인 사포에 비정(比定)한
바 있지만,5) 진실로 작품 성격이 동류(同流)인지에 대한 구체적인 논
증은 보여주지 않고 있다. 또 어떤 이는 황진이의 시조 작품에 대한
텐션을 말하면서6), 혹은 이미지7)를 말하면서 서구시나 현대시에서
다루는 신비평(new criticism) 이론의 분석도구나 미적기준을 적용하여
시적 긴장성의 출중함을 말하거나, 영국이나 미국의 이미지스트를 능
가하는 성취를 이루었다는 찬사를 부친 바 있다. 그러나 이러한 평가
들은 자칫 공허하고 과장된 찬사로 들릴 수 있다. 황진이의 시조 작품
은 시적 긴장(tension)이나 이미지에 주력하는 서구의 시적 패러다임에
감염(感染)된 자유시가 아니기 때문이다. 이러한 문제점을 고려하여
이 글에서는 황진이 작품이 생성된 시대의 맥락(context)과 미의식에
표준을 두는 분석 틀을 가지고 텍스트의 성격과 실상에 맞는 논의를
펼치고자 한다.

---

5) 장덕순, 「한국의 사포, 황진이」, 『한국의 인간상』 제5권, 신구문화사, 1965.
6) 윤영옥, 「황진이 시의 tension」, 『국어국문학』 제83호, 국어국문학회, 1980.
7) 송욱, 「미국 신비평과 한국의 시 전통」, 『시학평전』, 일조각, 1974.

2. 높은 품격의 서정적 절창 – 황진이의 시적 성취

황진이의 시조 작품은 그 역량의 탁월함으로 볼 때 상당히 많은 창작이 이루어졌을 것으로 추정되지만, 기녀라는 신분적 한계 때문에 양반 사대부처럼 개인 문집이나 가첩(歌帖)으로 남아 있지 못하고, 널리 향유되었던 몇 수의 작품이 후대에 편찬된 각종 가집(歌集)에 전하고 있을 따름이다.8) 3,335수의 고시조를 총합해놓은 책자에 따르면9) 황진이의 작품으로 지목된 시조는 모두 8수가 전하는데, 그 가운데 2수는 작자의 착종(錯綜) 현상을 보이긴 하지만 황진이가 아닌 다른 기녀의 작품임이 확실시 된다.10) 그래서 일반적으로 나머지 6수만 황진이의 작품으로 확정해 다루고 있다. 그나마 다음 작품은 과연 황진이를 작자로 인정할 수 있을까 의심되는 면이 있다.

---

8) 당시 시조는 대부분 가곡이란 악곡에 실어 노래로 구전(口傳)되면서 향유되어 왔기 때문에 각종 문헌에 기록으로 남기보다 시대가 흐를수록 인멸되는 경우가 많았다. 그래서 그 인멸을 방지하기 위해 시조를 묶어 놓은 가집이 편찬되기 시작했는데, 현전(現傳)하는 최초의 가집은 18세기에 김천택이 편찬한 『청구영언』(1728)에 와서다. 그보다 한 세대 앞선 17세기 후반에 홍만종이 편찬한 『청구영언』과 『이원신보』라는 가집이 있었으나 현재 전하지 않고 그 서문(序文)만 알려져 있다. 이에 대한 상론은 김학성, 「홍만종의 가집편찬과 시조 향유의 전통」, 『한국고전시가의 전통과 계승』, 성균관대학교 출판부, 2009 참조.

9) 심재완, 『교본 역대시조전서』, 세종문화사, 1972.

10) 작자의 착종 현상을 보이는 2수 가운데 하나는 "梅花(매화) 녯 등걸에 春節(춘절)이 도라오니~"라는 작품인데, 수록된 25개 가집 가운데 절대다수가 기녀 매화의 작품으로 표기하고 있고 오직 한 개 가집에서만 황진이로 작자를 표기해 놓은 것으로 보아 매화의 작품임이 확실시된다. 다른 하나는 "齊(제)도 大國(대국)이오 楚(초)도 亦大國(역대국)이라~"인데 이 역시 수록된 22개 가집 가운데 한 군데서만 황진이로 표기하고 나머지 다수 가집이 기녀 소춘풍으로 작자를 지목하고 있어 소춘풍의 작품임이 확실하다.

青山(청산)은 내 쯧이오　　綠水(녹수)는 님의 情(정)이

綠水 흘너간들　　　　　青山이냐 變(변)홀손가

綠水도 청산을 못 니져　　우러 예어 가는고

　황진이의 작품은 워낙 유명해서 웬만한 가집에는 거의 다 실려 있지만[11] 오직 이 작품은 2개 가집에만 전할 뿐 아니라 그나마 작자를 황진이로 표기한 가집은 『대동풍아(大東風雅)』 하나뿐이다. 더욱이 이 가집은 20세기 초(1908)에 와서야 편집된 것이어서 황진이와는 시대적 거리가 너무 멀어 신빙성이 떨어진다. 그보다 앞선 가집인 『근화악부(槿花樂府)』(18세기 말쯤 편집된 것으로 추정)에는 무명씨로 작가가 분류되어 있고, 초장이 "내 情은 青山이오 님의 情은 綠水ㅣ로다"로 되어 있어 시적 의취(意趣)가 다소 다르다. 뿐 아니라 이 작품이 30년 동안 면벽수도(面壁修道)한 지족선사(知足禪師)를 파계(破戒)시키고 이별한 후에 지은 것으로 알려져 있으니, 그러한 일화와 이 작품을 연결하여 해석하게 되면 황진이의 면모와는 사뭇 다른 방향으로 이해되기도 하여 어색하게 된다.[12] 따라서 이 작품을 제외하고 남은 5수를 통해 황진이

---

11) 황진이가 지은 작품은 모두, 적게는 25개 가집에서 많게는 44개 가집에 이르기까지 여러 군데 실려 있어 향유의 정도가 얼마나 대단했는지 짐작케 한다. 심재완, 『교본 역대시조전서』에서 해당 작품 참조.

12) 그러한 예로써 유지화, 「황진이 문학의 시적 의지」에서 "미천한 기생으로 고승을 무릎 꿇게 했으나 그에게 있어 승리와 정복의 자부심보다 실망과 허무가 더 컸을 것이다. 내심으로 믿고 싶었던 수도자의 고고함이 작자에게 아쉬움으로 돌아왔을 것이다. 이에 선사를 시험해보고자 했던 순수하지 못한 자신의 행위가 무척 부끄러웠을 것이다. 작자는 근원적 인간에 대한 탐색과 더불어 인간적 신뢰가 사라진 부끄러움과 괴로움에 직면하게 되었을 것이다."라고 하여 부끄러움과 괴로움의 표현으로 작품을 해석하고 있는데, 이는 모든 일에 당당하고 반듯했던 황진이의 품성과는 거리가 먼 것으로 보인다. (유지화, 「유성규론, 황진이론」, 국민대 석사논문, 2004) 만약 이 작품이 황진이의 것이라면 그녀의 품격에 맞는 정서의 표현으로 재해석해

의 인간적 이미지와 시적 성취를 탐색해 보기로 한다.

황진이를 황진이답게 하는, 즉 그녀의 정체성(identity)에 가장 근접하는 이미지를 드러내는 작품은 아마도 다음 시조가 아닐까 한다.

靑山裏(청산리) 碧溪水(벽계수) ㅣ야   수이 감을 쟈랑 마라
一到蒼海(일도창해) ㅎ면   도라 오기 어려오니
明月(명월)이 滿空山(만공산)ㅎ니   수여 간들 엇더리

잘 알려진 바와 같이 이 작품은 당대의 명사인 종실(宗室) 벽계수(碧溪守)가 스스로 절조(節操)가 굳다고 자랑하면서, 자신은 황진이에게 유혹을 당하지 않을 뿐만 아니라, 오히려 그녀를 쫓아버릴 수 있다고 호언장담한 데서 유래한다. 이 말을 들은 황진이가 사람을 시켜 벽계수를 송악(松嶽)으로 유인해 오도록 하여 일부러 저녁에 달이 뜬 후 경치 좋은 곳으로 인도해서 이 노래를 불렀다고 한다. 벽계수는 달밤에 한 미인의 이 청아한 노래를 듣고 그에 취해 자신도 모르게 나귀 등에서 내렸다. 황진이가 왜 나를 쫓아버리지 못하느냐고 비꼬니, 벽계수는 크게 부끄러워했다는 일화를 담은 작품이다.

이 작품에서 초장에 보이는 벽계수(碧溪水)는 개성의 송악산에 흐르는 자연의 물이 아니라 황진이의 유혹을 뿌리칠 수 있다고 호언장담하던 그 벽계수(碧溪守)를 지칭하고, 종장에 보이는 명월은 가야금이면 가야금, 노래(가곡창에 얹어 불렀던 시조를 가리킴)면 노래, 춤이면 춤, 시(한시를 가리킴)면 시에 빼어났으며, 거기다 미모까지 출중해 당대에 이름을 드날렸던 황진이의 기명(妓名)이므로, 문면 그대로 작품을 읽는

───────────────

야 할 것이다.

다면 벽계수라는 호를 가진 종실의 한 인물을 황진이라는 기녀가 유혹하는 시조임을 금방 알 수 있다. 그리고 작품의 묘미는 현실에 닥친 일을 자연물에 일대 일로 대응시켜 표현한 우의적 수법(allegory)의 노래라는 데 있다. 즉, 이 작품은 우리 시조사에서 이러한 현실적 맥락을 담은 일화와 결부해야만 비로소 이해가 가능한 몇 안 되는 우의적 수법의 작품으로 주목되는 것이다. 여기서 작품의 소재로 활용된 청산이나 유수(벽계수), 달(명월) 같은 자연물은 현실의 일에 비의(比擬)하기 위한 수단으로 끌어왔을 뿐 현실을 넘어서는 어떤 다의적(多義的)-상징적 의미를 담고 있지 않다. 이에 비하면 같은 소재를 활용한 사대부의 시조는 그 의취가 사뭇 다르다.

> 靑山(청산)는 엇뎨ᄒ야 萬古(만고)에 프르르며
> 流水(유수)는 엇뎨ᄒ야 晝夜(주야)에 긋디 아니는고
> 우리도 그치지 마라 萬古常靑(만고상청) 호리라
>   - 이황, 〈도산십이곡〉의 하나
>
> 쟈근 거시 노피 ᄠᅥ서 萬物(만물)을 다 비취니
> 밤듕의 光明(광명)이 너만ᄒ니 또 잇ᄂ냐
> 보고도 말 아니ᄒ니 내 벋인가 ᄒ노라
>   - 윤선도, 〈오우가〉의 하나

퇴계 이황의 작품에서 '청산'과 '유수'는 현실의 어떤 일을 비의하기 위한 대응물로서의 자연이 아니라 사대부의 윤리적 덕목의 하나인 신의(信義)를 바탕으로 한 불변성(不變性), 항상성(恒常性), 부단성(不斷性)이라는 다의적인 이념 가치를 해당 자연물의 속성에서 추론하여 의미화한 상징물로 쓰고 있다. 달을 제재로 노래한 윤선도 작품 역시 어두

움에 싸인 만물을 훤하게 다 비추는 달이라는 자연물에서 광명정대(光明正大)함의 이념적 가치를 이끌어내 상징물로 쓰고 있다. 거기다 현실 정치에서 모함과 아첨으로 온갖 부정을 일삼는 어두운 현실에 휩쓸리지 않고 그것을 초월하여 "보고도 말 아니하는" 무언(無言)의 유가적 덕목을 실천하는 상징물로서의 의미를 더하고 있다. 이처럼 성리학을 이념적 기반으로 하는 사림파 사대부들의 시조에서는 자연물에 **정신적 가치**를 부여함으로써 '성정의 바름(性情之正)'을 추구하지만, 황진이의 시조에서는 자연물에 **인간적 가치**를 부여함으로써 이념보다는 정서를 우선으로 하는 '정성의 바름(情性之正)'을 추구한다.

이런 연유로 사대부들이 시조를 통해 이념의 정신적 높이를 관념적으로 발산하는 데 몰두함으로써 그만큼 아름다운 예술적 향취를 상실함에 비해, 황진이는 기녀였던 만큼 정신적 이념화에서 벗어나 시조를 통한 예술적 향취와 미적 가능성을 한껏 펼칠 수가 있었다. 다음 작품이 그 절정의 기량(器量)을 한껏 보여준다. 가위 한국 애정시가의 백미(白眉)라 아니할 수 없다.

> 冬至(동지)ㅅ돌 기나긴 밤을　　한 허리를 버혀 내여
> 春風(춘풍) 니불 아레　　　　　서리서리 너헛다가
> 어론님 오신 날 밤이여든　　　구뷔구뷔 펴리라

이 작품을 대한 사람이라면 누구나 현대의 자유시 못지않은 표현의 참신성과 활달한 상상력, 빼어난 시적 형상력에 감탄을 금치 못한다. 일 년 중 가장 긴 동짓달 밤은 춥고도 기나긴 밤의 이미지를 갖는다. 거기다 함께 할 님마저 없는 밤은 그 그리움과 결핍의 정서로 인해 더더욱 춥고 기나긴 밤이 될 수밖에 없다. 그에 비해 사랑하는 님과 이부

자리를 함께 하는 봄밤은 사랑의 정열과 안정감으로 인해 더 없이 짧고 온기로 가득하다. 그런데 작자가 처한 현실의 상황은 춥고도 외로운 기나긴 밤을 지새워야 하는 전자의 시간에 놓여 있다. 그럼에도 작자는 이러한 냉엄한 객관적 현실을 있는 그대로 받아들이지 않고 전자의 상황을 후자의 상황으로 역전시키려고 기발한 상상력을 발휘하여 님이 부재하는 현실의 '결핍의 감정'을 상상으로나마 해소하려 한다. 그리하여 '자아와 세계의 동일화'를 내면세계에서 실현하려 함으로써 서정시의 본질을 꿰뚫는 시적 성취를 보여주고 있는 것이다.

시인이자 영문학자였던 송욱은 이 작품의 이러한 상상력에 의한 극적 전환을 서구시에서 설명되는 아이러니와 역설의 표현으로 이해하면서도 "역설과 아이러니는 어디까지나 날카롭고 모진 효과를 설명하기에 주로 쓸모가 있다. 특히 동양의 시가 지닌 배경의 넓이나 내면의 공간 혹은 거리에서 오는 의젓함과 안정감 혹은 초월감을 다루기에는 마땅한 수단이 되지 못 한다"라고 하여 역설과 아이러니로서는 이 작품을 설명하는 데 한계가 있음을 지적한다. 그리하여 이 작품의 특장은 짧은 봄밤을 동짓달 밤처럼 길게 만들겠다고 하는 어처구니없는 소원이 작자의 '놀라운 표현'-"한 허리를 버혀내어", "이불 아래 서리서리 넣었다가", "구비구비 펴리라"-을 거침으로써 추상적인 시간이 구체적이며 너무나도 생생한 이미지로 전화되는, 그 '행동적'이고 '능동적'인 이미지에 있다고 보았다. 나아가 이러한 표현력은 영국이나 미국 이미지스트의 작품에서도 찾기 어렵다고 극찬한 바 있다.[13]

그러나 황진이의 이 작품에 대한 탁월함을 영미 이미지즘시를 능가

---

13) 송욱, 앞의 책, 134~5면 참조.

하는, '생동하는 이미지'에서 찾는 것이 그리 탁견(卓見)으로 보이지는 않는다. 그가 이미 지적한 역설이나 아이러니에서 뿐 아니라 '이미지'에서도 날카로움, 기발함, 신선함, 생동감 넘치는 빼어남은 역시 서구시가 즐겨 추구하는 시적 지향성이기 때문에 그런 면에서 그들을 능가한다는 것은 공연한 찬사로 들리기 쉬운 때문이다. 황진이의 애정시조에서 감지되는 안정감이나 의젓함, 혹은 초월감의 이미지는 시조의 4음 4보격이라는 안정적 율격을 타고 현실의 불만이나 원망을 내면으로 삭이면서 '단아하고 반듯한' 자세로 어른님(연인)을 맞이하려는 그 품격의 높음에 있는 것이다.

춥고도 기나긴 "동짓달 밤"을 홀로 그리며 지새우게 하는 님은 분명 원망을 넘어 분노의 대상일 수 있다. 그럼에도 작자는 원망이나 분노의 분출을 억제하고 내색하지 않으며 단아한 자세로 정성스레 이불을 펴며 존경의 마음을 담아 님을 기다리는 것이다.[14] 그 자세와 행위에서 능동적이고 적극적인 이미지를 읽어내기보다 '진정성' 있는 정성어린 자세와 높은 품격의 시적 의취를 읽어내는 것이 보다 온당할 것이다. 이것이 바로 동양의 시, 나아가 시조 시가 지향하는 원이불노(怨而不怒 : 원망은 하나 분노하지는 않음)의 시정신이 아닌가. 아니, 불노(不怒)에서 한 걸음 나아가 분노는커녕 원망의 마음조차 담고 있지 않으니 그 품격은 더욱 높다해야 할 것이다. 그러므로 이 작품의 특출한 점은 생동감 넘치는 표현력이나 상상력, 이미지의 참신함이나 기발함 그 자체보다 그러한 표현에다 '성(誠)과 경(敬)을 다하는 진정성'을 표현한

---

14) 님을 그냥 '님'이라 하지 않고 '어른님'이라 표현한 데서 상대방에 대한 경(敬)을 다하는 마음을 읽을 수 있다. 그리고 그 님이 오시는 날에는 춘풍의 따스한 온기로 녹인 이불을 '구비구비 펴리라'는 표현에서 성(誠)을 다하는 마음을 읽을 수 있다.

그 품격이 더 값진 것이라 하겠다. '정감을 펼치되 단아하고 반듯하게 (情性之正)' 펼친다는 것이다.

황진이의 이러한 자기감정의 억제와 진정성어린 토로(吐露), '성'과 '경'을 다하는 반듯함을 보이는 애정시조는 연인과 이별을 하는 동일한 상황에서 보여주는 서구의 연시(戀詩)와 비교해 보면 더욱 뚜렷해진다.

> 우리 둘 헤어질 때
> 말없이 눈물 흘리며
> 여러 해 떨어질 생각에
> 가슴 찢어졌었지
> 그대 뺨 파랗게 식고
> 그대 키스 차가웠어
> 이 같은 슬픔
> 그때 벌써 마련돼 있었지
> ……(중간 생략)……
>
> 남몰래 만났던 우리
> 이제 난 말 없이 슬퍼하네
> 잊기 잘하는 그대 마음
> 속이기 잘하는 그대 영혼을
> 오랜 세월 지난 뒤
> 그대 다시 만나면
> 어떻게 인사를 해야 할까
>
> – 바이런(George Gordon Byron),
> 〈우리 둘 헤어질 때〉(When We Two Parted)

19세기 초 낭만주의 시대 런던 사교계의 총아로 다수의 여인과 사랑에 빠지며 달콤하고 농도 짙은 연시를 남겼던 바이런의 애정시 가운데 처음과 마지막 연을 인용한 것이다. 여기서 보듯 이미 사랑이 차갑게 식어 이별한 님을 다시 만나게 될 때 시인의 태도는 성(誠)과 경(敬)을 다하는 높은 품격을 보여주는 것이 아니라 상대방의 얕은 사랑과 배신에 대한 원망의 정념이 짙게 깔려 있어 '원이불노'의 의젓함이나 억제심을 찾아볼 수 없다. 이는 자아중심주의에서 벗어나지 못하는 서구적 사고에 기인함이 크다. 이에 비한다면 종실 벽계수를 비롯하여 대제학을 지냈던 당대의 명사 소세양, 30년 면벽 수도한 지족선사, 선전관 이사종 등과 염문을 뿌렸던 황진이의 경우, 사랑하는 님과의 이별에 대한 태도는 자아중심이 아니라 늘 상대방을 배려하는 마음이 우선이었다.

어져 내일이야   그릴 줄을 모로ᄃ냐
이시라 ᄒ더면   가랴마는 제 구퇴야
보내고 그리는 情(정)은   나도 몰라 ᄒ노라

이별한 님에 대한 그리움의 정념이 절절하게 묻어나 있다. 그 절절한 정서의 원천은 자기 뜻에 의해 이별이 이루어진 것이 아니라 상대방의 사정에 의해서 피치 못해 이루어졌기에 더욱 절실한 것이다. 만약 자기중심주의 사고를 가졌다면 이러한 이별은 성립되지도 않았을 것이다. 중장에서 보듯 자기 뜻대로 했다면 애초에 님이 떠나지도 않았을 것이기 때문이다. 이처럼 황진이의 사랑은 늘 자신보다 상대방의 사정을 배려하는 마음이 우선이었다. 이러한 마음을 가진 이는 '원이불노'요, 언젠가 가신님이 오시는 날에 님을 따뜻한 온기로 품어주는 춘풍 이불을 굽이굽이 펼칠 수밖에 없는 것이다. 님을 우선적으로 배려하는 마음은 남녀 사이에 정감을 주고받는 '수작(酬酢) 시조'에서조차

고상한 멋과 높은 품격을 느끼게 한다.

> 내 언제 無信(무신)호여   님을 언제 소겻관더
> 月沈(월침) 三更(삼경)에   온 뜻이 전혀 업니
> 秋風(추풍)에 지는 닙 소릭야   낸들 어이 흐리오

이 작품은 스승 서경덕이 여느 때처럼 찾아오기로 한 황진이가 밤늦도록 오지 않자, 이제나 저제나 올까 기다리고 있는 자신을 발견하고 참으로 어리석다며 다음과 같이 노래한 것에 대한 화답의 시조로 알려진 것이다.

> 무음이 어린 後(후)ㅣ니   흐는 일이 다 어리다
> 萬重(만중) 雲山(운산)에   어너 님 오리마는
> 지는 입 부는 부람에   힝여 긘가 흐노라

밤늦도록 기다리던 스승이 이렇게 '님을 기다리는 마음'을 읊조리자 늦은 밤을 무릅쓰고 약속의 신의를 지키기 위해 문 앞에 당도한 황진이가 그걸 듣고 '님을 기다리게 한 마음'을 위와 같이 화답한 수작시조인 것이다. 일반적으로 수작시조는 남녀 사이의 정감을 희작화(戲作化)하여 해학(humor)적으로 주고받는 것이어서, 높은 품격보다는 육욕적이고 '에로스적인 사랑'이 짙게 배어 있다. 이를 테면 정철과 기생 진옥 사이에 주고받은 "鐵(철)이 鐵이라커눌 무쇠섭鐵만 너겨쩌니~맛춤익 골풀무 잇더니 녹여 볼가 흐노라"와 "玉(옥)을 玉이라커눌 荊山(형산)白玉(백옥)만 너겨쩌니~맛춤익 활비비(술송곳) 잇더니 쑤러 볼가 흐노라"라는 수작시조와, 임제와 기생 한우가 주고받은 "北天(북천)이 묽다커를 우장 업시 길을 나니~오늘은 찬비 마즈시니 얼어 줄가 흐노라"

와 "어이 얼어 잘이 므스 일 얼어 잘이~오늘은 츤비 맛자신이 녹아 잘 싸 ᄒ노라"에서 보여주는 수작시조가 그러한 일반적 성향을 보여준다. 이들의 수작 시조에서는 농염한 애정담론에서 풍겨 나오는 재치와 해학은 느낄 수 있어도 서경덕과 황진이의 수작 시조에 보이는 이러한 고상한 멋과 높은 품격은 찾아보기 어렵다.

이는 학문과 덕망으로 철저히 수양을 쌓은 스승 서경덕과 그러한 그를 사랑하고 존경하는 제자 황진이 사이의 차원 높은 '아가페적 사랑'이 수작시조로 승화된 결과라 할 것이다. 즉 스승 서경덕의 작품에서는 '님을 기다리는 마음'을 노래하되, 늦도록 오지 않는 님을 원망한다거나 노골적인 혹은 육욕적인 마음을 드러내지 않고 있다. 오히려 님을 기다리는 그 간설한 마음을 '반중운산'의 격리된 공간의 탓으로, 혹은 바람에 지는 낙엽 소리에도 귀 기울이는 자신의 '어리석음' 탓으로 돌리면서 자연을 빌어 차원 높게 승화시키고 있을 뿐이다.

이에 황진이 또한 그러한 높은 품격의 시조에 걸맞게, 달마저 저물고(月沈) 야심한 밤(三更)이 되었음에도 늦은 밤을 무릅쓰고 스승에 대한 '신의'를 다하기 위해 찾아온 자신의 뜻이 결코 무산될 수 없음을 자연현상과 결부시켜 고아(高雅)하게 화답한 것이다. 즉 수양 높은 스승이 "지닌 잎 부는 바람"에도 귀 기울이는 '님을 기다리는 마음'을 노래하자, 황진이는 "추풍에 지는 낙엽 소리를 저인들 어찌 하겠습니까"라고 짐짓 자연의 탓으로 돌리는 재치와 품격을 갖춘 응답을 함으로써, '님을 기다리게 한 마음'을 노래하되 격조 높은 멋으로 화답했던 것이다.

3. 예(禮)로 닦은 불세출(不世出)의 예인(藝人) – 황진이에 대한 평가

황진이의 이러한 높은 품격은 어디서 기인하는 것일까? 일찍이 이덕형은 『송도기이(松都紀異)』에서 이렇게 썼다. 황진이가 비록 창류(娼流)이긴 했지만 성질이 고결하여 번화하고 화려한 것을 일삼지 않았다. 그리하여 비록 관부(官府)의 주석(酒席)에 나가더라도 다만 빗질과 세수만 하고 나갈 뿐, 옷도 바꾸어 입지 않았다. 또 방탕한 것을 좋아하지 않아서 시정(市井)의 천예(賤隷)는 비록 천금을 준다 해도 돌아보지 않았으며, 선비들과 교유(交遊)하기를 즐기고 자못 문자를 해득하여 당시(唐詩) 보기를 좋아하였다. 일찍이 당대의 석학 서경덕을 사모하여 거문고와 주효(酒肴)를 가지고 자주 그의 문하(門下)에 나가니, 화담(서경덕)도 역시 거절하지 않고 함께 담소를 나누었다. 이 어찌 절대명기(絕代名妓)가 아니랴! 라고. 이처럼 황진이를 세상에 다시 올 수 없는 높은 품격을 가진 명기로 평가하고 있다.

황진이가 기녀였음에도 불구하고 번화하고 화려한 것을 멀리하고 고결한 성품을 가졌다는 평판을 가질 수 있었던 것은 "예(禮)는 사치하기보다 검박(儉朴)해야 하며"(『논어』 팔일(八佾))라는 '예'와 직결되는 유가적 교양이 몸에 밴 것으로 이해된다. 즉, 화려하고 사치스런 삶은 예가 아니며, 자연과 더불어 청빈과 검약으로 가식 없이 살아가는 것이 가장 인간적이고 예를 갖춘 삶이라는 태도가 반영된 것으로 이해된다. 그만큼 예를 소중히 생각했던 것이다. 이런 그녀가 존경하는 스승 서경덕에 대해 감히 자신에 대한 배신감을 담아 인간적 한계를 지적한다거나 원망하는 마음을 노래했을까?

황진이가 소중히 했던 삶의 태도는 한마디로 **극기복례(克己復禮)**라

할 수 있다. '예'에 어긋나는 일이 생겼을 때, 상대방에 책임을 전가하기보다 우선 자기 자신의 이기적 생각이나 탐욕 혹은 허물에 기인한 것은 아닌지 돌아보고, 그런 이기적 마음을 자제하고 극복하여 상대방을 예로써 대함으로써 마침내 상대방과 나의 관계 사이의 예를 회복하고자 하는 것이다. 황진이의 이러한 유가적 교양에 바탕한 극기복례적 삶의 태도는 그녀가 임종(臨終)을 당하여 가족에게 유언으로 남겼다는 일화에 잘 드러나 있다. "내가 생전에 성격이 화려한 것을 좋아하지 않았으니, 죽으면 관(棺)과 상여를 쓰지 말고 사체(死體)를 동문 밖에 버려 물과 모래, 개미들이 살을 파먹게 하여 세상 여자들로 하여금 나를 경계(警戒) 삼게 하라"[15]한 그 비장한 유언 말이다. 이토록 황진이는 자기 절제에 의한 '극기'에 머문 것이 아니라 자신의 인생사를 교훈 삼음으로써 사회에까지 '복례'를 확충하고자 했던 것이다. 황진이는 시와 가와 무에 뛰어난 예인(藝人)에 머물지 않고, 극기복례를 진정으로 실천하고자 하는 예인(禮人)이었던 것이다.

그러므로 그녀가 평생토록 사모하고 존경했던 스승 서경덕의 부음(訃音)을 듣고서도 그 비통함을 표면화 하여 절절히 노래하지 않고 다음과 같이 담담하고도 반듯하게 노래할 수 있었다.

山(산)은 녯山이로되 　　　　物은 녯물이 안이로다
畫夜(주야)에 흘은이 　　　　녯물이 이실쏜야
人傑(인걸)도 물과 叉도다 　　가고 안이 오노믜라

---

15) 『어우야담』과 「숭양기구전(崧陽耆舊傳)」 참조. 단 『어우야담』의 이 부분에는 "性 [不]好芬華"로 되어 있어 빈자리에 '不'를 보충하여 해석해야 하는데 그러지 않을 경우 정반대 의미가 되니 주의야 한다. 왜냐하면 『송도기이』에 "不事芬華 不喜蕩佚"이라 하여 사치스럽거나 방탕한 생활을 즐기지 않았다고 황진이의 성품을 분명히 말하고 있기 때문이다.

여기서 '산'과 '흐르는 물'은 앞서 인용한 퇴계의 '청산'이나 '유수'와 같은 정신적 가치의 상징물로서가 아니라 인간적—정서적 가치의 상징물로 쓰였음은 말할 것도 없다. 그리하여 사물에다 인간의 정감을 대응시켰음에도 불구하고 스승의 죽음을 맞은 그 비통한 마음은 전혀 표면화 되지 않고 극도로 절제되어 있다. 한마디로 '애이불비(哀而不悲)'의 시 정신, 즉 '슬프지만 비통해 하지 않는' 절제의 시조 미학이 구현되고 있는 것이다.

이러한 시 정신에 비추어 볼 때 일찍이 "황진이는 사랑을 최고의 목표로 삼았을 때 그리움과 안타까움에 울기도 했다. 사랑과 그리움을 생각할 때마다 그 부풀어 오른 몸뚱이 전체에서 시가 터져 나오고 문학이 발효했던 것이다. 그의 문학에서 사랑과 그리움을 빼면 공(空)이다. 그만큼 사랑과 문학을 공존시킨 다정다한(多情多恨)의 주인공이기도 하다"라고 하면서 황진이를 '한국의 사포'라 비정(比定)한 견해가 있는데[16] 이는 적절한 평가라 하기 어렵다. 기원전 7세기 전후 그리스 초기문학사의 걸출한 서정 시인이었던 사포지만 그녀가 활동했던 에게해 동부의 레스보스 섬 여성들의 성적으로 자유분방한 정서를 담고 있기 때문에 황진이의 '극기복례적' 자기 절제의 시정신과는 거리가 멀기 때문이다.

그렇긴 하나 황진이는 누가 뭐래도 유가적 교양을 갖추고 그것을 실천하는 예인(禮人)이기 이전에 시, 가, 무에 뛰어난 예인(藝人)이었다. 그런 까닭에 당시 시조를 얹어 불렀던 가곡창 분야에서 특출한 면모를 드러내지 않았을 리 없다. 이를 증명하는 자료가 바로 가곡창을 실은

---

16) 장덕순, 「한국의 사포 황진이」, 『한국의 인간상』, 신구문화사, 1965.

가집에서 그녀의 작품이 어느 정도의 빈도로 지속적으로 실리게 되었
나를 점검해 보는 것일 터이다. 그녀의 작품 가운데 〈동짓달 기나 긴
밤을~〉이 무려 44개 가집에 실려 있는 것으로 보아 가장 인기가 있었
음을 짐작할 수 있고, 그 다음이 42개 가집에 실린 〈어져 내 일이야~〉
로서 그에 못지않은 인기를 누렸음을 알 수 있다. 그리고 〈청산리 벽
계수야~〉가 34개 가집에, 〈내 언제 무신하여~〉가 28개 가집에, 〈산
은 옛 산이로되~〉가 25개 가집에 실림으로써 그 인기도를 짐작할 수
있는 것이다.17)

이 가운데 특히 주목되는 것은 거의 대부분의 가집에 '초삭대엽'이란
항목에 유일하게 실려 있는 〈어져 내 일이야~〉라는 작품이다. 이것을
수록한 42개 가집 가운데 작자를 황진이로 표기하고 있는 것은 18개
가집이고 그 밖의 대부분은 무명씨로 되어 있다. 가집에서 무명씨로
표기된 것은 작자가 이름 없는 서민층이라거나 누군지를 몰라서라기보
다 작자는 상관하지 않고 작품 자체를 향유한 조선 시대 연행(演行,
performance) 현장의 관행을 반영한 것이므로 그리 신경 쓸 필요는 없
다. 그보다 우리가 주목할 것은 이 작품을 '황풍악(黃風樂)'이라 불렀다
는 것이다. 이는 무슨 뜻인가. 황진이가 창출해낸 황진이 풍(風, style)의
악곡이란 뜻이 아닌가. 그렇다면 이 작품을 '초삭대엽'에 유일하게 실어
놓았음을 감안한다면 황진이의 이 작품이야말로 초삭대엽을 대표하는
악곡으로 후대에까지 지속적인 사랑을 받으며 향유된 소중한 작품이란
뜻이 된다. 그럼에도 불구하고 아직까지 이 작품이 왜 황풍악이란 이칭
(異稱)을 갖게 되었는지에 대해 아무도 주목하지 않았던 것이다.

---

17) 심재완, 앞의 책에서 필자가 조사한 통계임.

황풍악은 황진이가 창안한 악곡이면서 초삭대엽의 대표 작품임에도 그 곡목에 얹어 부른 작품이 대량으로 나오지 않고 황진이의 작품만 실린 것은, 아마도 초삭대엽은 복잡한 특정음형의 선율을 순환적으로 사용하고 다른 악곡에 비해 장식적 가락이 많은 특징을 가지고 있어서 복잡하고 화려한 곡[18]이라 쉽사리 따라할 수 없기 때문일 것이다. 여기서 '복잡하고 화려한 곡'이란 말에 오해 없기 바란다. 이는 당대의 가곡창에서 가장 널리 보편화되어 향유되었던 '이삭대엽'의 악곡적 특징이 '노래의 음역이 넓지 않고 상대적으로 문채(紋彩)가 덜하여 그 선율이 담백한' 것[19]이었으므로, 이에 비해 상대적으로 그러하다는 것이다. 여전히 느린 정도나 단정하고 반듯한 정성(正聲)의 곡이기는 둘 다 마찬가지다. 초삭대엽과 같은 계통의 곡이면서 보다 자유분방한 선율을 보이는 것으로 '낙(樂)'을 들 수 있는데, 이 곡은 정성에서 상당히 일탈한 음성(淫聲)에 드는 것이어서 주로 사설시조를 담아 부르기에 적합하다.

그런데 황진이 당대에 사설시조를 얹어 부르는 '낙희지곡(樂戲之曲)'이란 '낙(樂)' 계통의 곡이 있었을 것으로 추정됨에도 불구하고, 그녀는 정성에서 일탈한 음성의 곡은 상대하지 않았던 것으로 보인다. 술과 노래와 춤이 어우러진 관부의 주석이나 사대부의 풍류 현장에 불려 나가서 흥취의 분위기가 고조되었을 때는 정성으로만 일관하지 않고 음성을 곁들여 '엇걸어' 부르는 것이 관례였다. 그럼에도 그녀는 그런 일

---

18) 황준연, 「가곡(남창) 노래 선율의 구성과 특징」, 『한국음악연구』 29집(한국국악학회, 2001), 57~80면. 이 논문에서 다룬 악곡적 특징은 현행 남창가곡을 대상으로 추출된 것이다. 그러나 전통음악에서 악곡의 변화는 시대의 추이에 따라 세부적으로야 있어 왔겠지만 급격한 변화는 없었다고 보는 일반론을 따른다.
19) 이삭대엽의 이런 특징에 대해서는 황준연, 앞의 논문 참조.

탈의 분위기에 어울리는 단 한 수의 사설시조 작품도 남기지 않았다. 앞에서 살핀 바와 같이 그런 흥취의 현장에 나갈 때에도 황진이는 요란한 차림새나 분단장을 하지 않고 세수와 머리 빗질만 단정히 하고 소박한 차림으로 일관했다 하니 그 검박한 품격에서 일탈의 사설시조를 기대하기는 어려울 것이다.

황진이의 이러한 높은 품격과 더불어 주목할 것은 고향인 송도 관련 문헌에 어머니가 황진사의 첩 진현금(陳玄琴)으로 기록되어 있다는 것이다. 이는 어머니가 현금 곧 거문고의 명수여서 붙여진 이름으로 보인다. 그렇다면 황진이는 어머니로부터 어려서부터 거문고의 탄법(彈法)을 전수받았을 것으로 짐작된다. 잘 알다시피 거문고는 그 소리가 극히 절제되어 있는 데다 깊고 웅혼하여 높은 기상이 서려 있어 학문과 심성을 닦는 선비들이 가까이 하는 현묘한 악기로서 숭상되었다. 그래서 '백악지장(百樂之丈)'이라 하여 모든 음악 가운데 거문고악을 으뜸으로 여겼으며, 그 연주 예절도 선비들의 정갈함과 검박함을 그대로 반영하고 있다. 거문고 악보를 수록한『한금신보』(1724)에 거문고를 연주할 때 지켜야 할 '다섯 가지 금기사항'(오불탄:五不彈)이 적시되어 있어 그 예법이 어떠한지를 확인케 한다. ①疾風雨不彈(질풍우불탄 : 빠르고 요란스러운 음악은 타지 않는다), ②塵中不彈(진중불탄 : 저자거리에서는 타지 않는다), ③對俗子不彈(대속자불탄 : 교양 없는 속된 사람 앞에서는 타지 않는다), ④不座不彈(불좌불탄 : 정좌해서 바로 앉은 후가 아니면 타지 않는다), ⑤不衣冠不彈(불의관불탄 : 의관을 정장하지 않고서는 타지 않는다) 이 그것이다[20].

---

20) 국립국악원,『한국음악학자료총서』18, 은하출판사, 1989 참조.

이러한 거문고 탄법이 황진이의 음악적 성향과 인격의 형성에 어느 정도 영향을 미쳤을까 짐작된다. 그녀가 빠르고 요란스러운 음악인 민속악이나, 정악(正樂)에 든다 하더라도 만횡청류 같은 음풍의 노래 즉 사설시조는 단 한 수도 창작하지 않았다거나, 연회석에 불려갈 때도 옷차림이나 화장을 하지 않고 검박한 모습으로 응했다거나, 성격이 주당불기(倜儻不羈)하여 거리낌 없는 호방한 남자와 같았다거나, 저자거리의 천박한 사람은 비록 천금을 준다 해도 돌아보지 않았다는 일화들이 거문고악으로 단련된 그녀의 높은 기상과 품격을 말해주고 있기 때문이다.

4. 맺음말

지금까지 살펴본 바와 같이 황진이가 남긴 5수 작품 중 스승을 잃은 슬픔을 절제로 담은 1수를 제외하고는 모두 사대부의 풍류장이나 관부의 연석에서 노래한 것으로 되어 있다. 신분상 풍류장이나 연석에 수없이 불리어 갔을 것임에도 그런 분위기에 현혹되지 않고, 단아함과 반듯함을 잃지 않은 품격 있는 작품 활동으로 일관했던 절창이었다. 서양의 명인에게선 '전율'을 느끼지만 동양의 명인에게선 '품격'을 느낀다는 말이 황진이의 애정시조에 해당 하는 것이다. 사포와 같은 자유분방한 연정이나, 바이런 같은 자아 중심 사고가 틈입할 여지가 없는 것이다.

또한 사대부층이 시조의 이념적-정신적 가치에 몰두함으로써 시조를 통해 성정의 수양에 몰두할 때, 황진이는 시조에 인간적-정서적 가치를 부여하여 시조를 서정시의 본질을 꿰뚫는 경지로 승화시켰다. 그리하여 정서적으로 삭막하기 쉬웠던 사대부층 중심의 시조 세계에서 정감적 시조를 꽃피워낸 그 정점에 황진이가 자리하게 된 것이다. 남녀 사이의 정감을 주고받는 시조에서도 송강 정철과 수작한 기생 진옥처럼, 혹은 백호 임제와 수작한 기생 한우처럼 적나라한 성적 담론으로 일탈하지 않음으로써 수작시조의 격조를 드높였다. 또한 늘 반듯하고 단아한 모습을 잃지 않았기에 파탈의 흥겨움을 보이는 사설시조를 단 한 수도 짓지 않았다.

인성과 품격이 실종된 현대 사회에서 예(藝)와 예(禮)를 아우른 황진이의 시적 성취는 그래서 더 빛나는 가치를 갖는다. 그녀의 시조 한 수가 시작(詩作)에 지침이 되었다는 가람 이병기의 단언(斷言)[21]처럼, 황진이는 조선 왕조 최고의 절창으로 자리하면서 시조의 창작과 향유에 있어서 후대에도 영원한 귀감이 될 것이다.

---

21) 이병기, 「황진이의 시조 1수가 지침」, 『동아일보』 1938년 1월 29일자.

사설시조의 위상과 현대적 계승

1. 사설시조의 기원과 생성 메커니즘

사설시조는 18세기에 김천택이 편찬한 『청구영언』(1728)에 와서야 비로소 우리 문학사에 처음 모습을 드러내었다. 〈만횡청류〉라는 이름으로 116수를 수록했던 덕분이다. 총 580수의 시조(그 당시의 명칭은 가곡이라 했다)를 엮은 이 가집에서 이 정도의 많은 작품[1]이 수록되었다는 것은 시조의 향유에서 사설시조가 차지하는 비중이 만만치 않음을 말해준다. 이런 부류의 노래가 언제부터 발생하여 향유되어 왔는지는 자세히 알 길이 없다. 모두 작자나 창작 연대를 밝히지 않은 채 책의 말미에 부록의 형식으로 특별히 수록했기 때문이다. 다만 김천택이 〈만횡청류〉의 서문(序文)에서 다음과 같은 언급을 하고 있어 문제를 푸는 실마리로 삼을 수 있다.

"만횡청류는 노랫말이 음왜(淫哇)하고 뜻이 한루(寒陋)하여 **모범으로**

---

1) 김천택의 『청구영언』에 수록된 사설시조는 만횡청류 116수에다 바로 그 앞에 평시조의 말미에 덧붙인 〈장진주사〉와 〈맹상군가〉가 사설시조이므로 이 둘을 합치면 118수가 되며, 나머지 462수가 평시조이므로 평시조 : 사설시조는 462:118로서 4:1에 해당하는 비중을 차지하고 있다.

삼을 만하지 않지만, 그 유래가 오래되어서 하루아침에 버릴 수는 없는 것
이니, **특별히 아래에 제(題)하여 둔다.**"

이 서문을 통해 우리는 두 가지 사실을 읽어낼 수 있다. 하나는 만횡
청류가 당대의 가곡(歌曲) 표준에 어긋나서 도저히 **모범으로 삼을 수 없
는** 조야(粗野)한 작품군(群)이고, 다른 하나는 그 기원과 전승(傳承)의
역사가 상당히 **오래되어** 쉽게 폐기하기 어려운 부류라는 것이다. 모범
으로 삼을 수 없는 것이므로 김천택은 만횡청류의 개별 작품에 대해
누가 지었는지, 어떤 악곡으로 불렀는지, 주제는 무엇인지 등 그 어떤
정보도 알려주거나 분류하려는 애정을 보이지 않고 있다.[2] 그리고 그
유래가 구체적으로 어느 때 쯤으로 짐작되는지, 어떤 사람들이 향유하
고 전승했는지에 대한 언급 없이 막연히 오래되었다고만 하고 있다.
평시조에 대해서는 시대별 작자별로 배열하고 악곡이나 주제별로 분
류도 하여 작품에 관한 정보를 가능한 많이 알아낼 수 있도록 배려해
놓았지만 사설시조인 만횡청류에 대하여는 무려 116수를 모아 놓고서
도 상세한 정보는커녕 폐기를 고민하다가 책의 발문을 쓴 마악노초(磨
嶽老樵) 이정섭에 힘입어 말미에 **특별히 엮어 넣었던 것이다.**[3]

---

 2) 이를테면 그가 평시조를 수록하기 위해 사용한 정철의 가첩(歌牒)『송강가사』같은
    문헌을 통하여 "심의산 세네바회……"(『靑珍』484번) 같은 사설시조가 정철의 작품
    임을 김천택이 몰랐을 리 없는데도 만횡청류에 넣어 작자 정보에 관한 기록을 하지
    않았다. 시조의 엄정한 정형 틀을 벗어나 모범으로 삼을 수 없었던 때문이다.
 3) 여기서 특별히 엮어 넣었다는 것은 김천택의 가집편찬에 선행모델이 되었던 홍만
    종의 두 가집─『청구영언』(음영으로 주로 향유한 유명씨 중심)과『이원신보』(가창으
    로 향유한 무명씨 중심)에는 엮어 넣지 않았던 관례를 깨뜨리고 책의 말미에 별도로
    덧붙여 편집했다는 의미로 보인다. 홍만종의 두 가집의 성격과 이 가집에서 사설시
    조에 해당하는 만횡청류를 수록하지 않았을 것이라는 추정은 김학성,「홍만종의 가
    집편찬과 시조향유의 전통」,『한국고전시가의 전통과 계승』(성균관대학교 출판부,

사설시조에 대한 이러한 태도는 단지 김천택에 한정된 것이 아니라 그 시대까지 일반적인 통념이었고, 김천택의 시대에 와서야 비로소 가집에 거두어 넣기 시작했고, 그 후로는 그 가치가 적극적으로 인정되어 작자명을 밝히기도 하고, 악곡표지도 이루어지고, 특정 작품들에 특정 악곡을 얹어 부르는 관행 즉, 작품의 노랫말과 곡목간의 긴밀도를 강화해 나가며, 악곡의 특성을 살려 보다 세련된 예술성을 갖도록 악조와 악곡의 체계를 정비하고, 나아가 가곡의 한 바탕을 이루는 정악(正樂)의 필수 레퍼토리로 당낭히 그 지위를 확보하기에 이르렀음을 후대 가집의 편집 태도의 변화와 체재를 통해 알 수 있다.

여하튼 가집 초기의 만횡청류에 관한 이러한 정보 부재의 어려운 여건에도 불구하고 그 유래가 구체적으로 얼마나 오래되었는지를 추정하는 일이 전혀 불가능한 것은 아니다. 각종 문헌을 통해 작자를 추정할 수 있는 작품이 여럿 있기 때문이다. 그 가운데 가장 역사가 오래인 것은 고려 말의 변안렬(?~1390)의 작품 〈불굴가〉(만횡청류 549번 : "가슴에 궁글 둥시렇게 뚫고…")까지 소급된다. 어떤 이는 이 작품을 후대인의 안작(贋作 : 위조된 작품)이라고 불신하지만[4], 작품의 한역가(漢譯

2009)에서 상론한 바 있다.

4) 강전섭, 「傳변안렬의 불굴가 안작론」, 『한국시가문학연구』, 대왕사, 1986, 40~48면에서 이런 주장을 폈다. 그는 만횡청류가 '음왜 비루'하다는 김천택의 지적에 따라 그 부류에 든 〈불굴가〉가 처음에는 교방의 환락처나 연회석 등에서 연정지사(戀情之詞)로 애송되다가 충신연주지사(忠臣戀主之詞)로까지 와전부회(訛傳附會)되고 충신추모전설(忠臣追慕傳說)로 확대되어 문헌상에 정착된 것이라고 임의로 추정하고 있다. 그러나 그 실상은 정반대로 보인다. 즉 〈불굴가〉가 고려말에 변안렬에 의해 충신연주지사로 먼저 지어지고 그것이 누가 지은 것이냐는 상관없이 가창으로만 향유하는 후대의 전승 방식에 따라 가곡의 변주곡으로서 음풍(淫風)의 노래로서만 인식되어 전승됨으로써 교방의 환락처나 연회석에서 연정지사로 애송되어 전해져 왔을 것이다. 이는 마치 송강 정철의 〈사미인곡〉이 애초에 충신연주지사로 지어졌

歌)가 『원주변씨세보』라는 후손의 가승(家乘) 문헌에 실려 있고, 그 전
거는 고려말 길재의 『대은변선생유사』와 이색의 행장(行狀), 이숭인과
이방번의 제문(祭文), 변안렬의 5대손 변희리(1453~1509)의 기록(『전가
록(傳家錄)』)이어서 신빙성을 의심할 이유가 없다. 더욱이 〈불굴가〉는
군자가 모범으로 삼을 수 없는 사설시조로 되어 있는데 그것을 무슨
자랑거리라고 굳이 자기 조상 작품이라며 안작해서 가승 문헌에 올렸
겠는가. 또 어떤 이는 원래 한시로 지었던 것을 후대에 노래로 부른
것이라 추정하는데 그렇다면 애초에 한시로 된 원작을 문헌에 올릴
것이지 한역가로 실을 이유가 없지 않은가.

변안렬의 〈불굴가〉를 신빙한다면 그와 같은 사설시조가 어떤 현장
에서 어떤 계기에 의해 지어져 향유되는가 하는 그 생성의 매커니즘을
알아 낼 수 있다. 변안렬의 〈불굴가〉의 존재는 사설시조가 발생 초기
부터 평시조로 창작되고 향유되는 시조의 현장에서 평시조의 엄정한
형식을 일탈하는 희작(戱作)의 방식으로 생성된다는 사실을 그의 후손
이 기록한 변희리의 『전가록』에서 확인할 수 있기 때문이다. 작자를
모른 채로 〈불굴가〉의 텍스트 자체만 놓고 본다면 강전섭이 추정했듯
이 사랑하는 님을 그리워하는 연정지사로 읽혀지는 노래다.

그러나 시조는 텍스트만을 놓고 판단해서는 안 되는 **상황의 언어**로
된 노래다. 즉 작품의 의미와 성격을 판단하려면 그것이 생성된 상황
(context)을 먼저 알아야 온전히 이해될 수 있다는 것이다. 변희리의 기
록에 의하면 사설시조인 〈불굴가〉 생성의 현장은 뜻밖에도(?) 저 유명
한 포은 정몽주의 〈단심가〉와 동일한 것으로 되어 있다. 즉 고려 말에

지만 후대에는 작자와 상관없이 향유되는 관례에 따라 작자를 모른 채로 연정지사
로 알고 향유된 것과 대비해 보면 이런 전승과정을 쉽게 추정할 수 있다.

역성혁명을 꿈꾸는 이성계의 뜻을 받들어 그 아들 이방원이 자기네 거
사(擧事)에 동참해줄 것을 요청하기 위해 베푼 주석(酒席)에서 다음과
같이 수창(酬唱)되었다는 것이다. 먼저 이방원이 고려왕조의 문(文)과
무(武)를 대표하는 두 기둥인 정몽주와 변안렬을 술잔치에 초청해 놓
고 주흥(酒興)이 고조되었을 때,

이런들 엇더ᄒ며   져런들 엇더ᄒ료
만수산(萬壽山) 드렁츩이   얼기진들 잇더ᄒ리
우리도 이 ᄀᆺ치 얼거져   백년(百年)ᄭ지 누리리라
                                              – 이방원, 〈하여가〉

라고 읊조리며 기우는 왕조에 대한 미련을 버리고 새로운 왕조를 창업
하는데 동참해줄 것을 '현실적 경세론'을 바탕으로 '숙엄하지도 경(輕)
하지도 않은 단아한 어조(語調)'로 자신의 속뜻을 넌지시 건네며 상대
방의 의중을 떠본 것이다. 이에 대한 두 사람의 화답은 똑같이 고려왕
조에 대한 충성심을 결단코 굽힐 수 없음을 말하지만 그 화법(話法)은
사뭇 다르다. 먼저, 정몽주는 이학(理學)의 조종(祖宗)답게

이 몸이 주거주거   일백번(一白番) 고쳐 주거
백골(白骨)이 진토(塵土)ㅣ 되여 넉시라도 잇고 업고
님 향(向)ᄒᆫ 일편단심(一片丹心)이야 가셜 줄이 이시랴
                                              – 정몽주, 〈단심가〉

라고 화답함으로써 '명분적 의리론'으로 맞서 백골이 진토가 되더라도
고려왕조에 대한 충(忠)의 도리를 다하겠다는, 의리의 도를 담아 시종
일관 '진지하고 숙엄한 어조'로 응답한다. 그에 비해 변안렬은 그런 유

가적 이념이나 도와는 상관없이 오로지 무인(武人)다운 기개로 자신의
의지를 시정(市井)의 언어에 담아 '비흥(比興)의 기법'5)으로,

> 가슴에/ 궁글/ 둥시러케/ 뚤고//
> 왼숫기를 눈길게 너슷너슷 쏘와/ 그궁게 그숫 너코 두놈이 두긋 마조자
> 바/ 이리로 훌근 져리로 훌젹 훌근훌젹 훌저긔는/ 나남즉 눔대되 그는 아
> 모쬬로나 견듸려니와//
> 아마도/ 님외오살랴면/ 그는그리/ 못ᄒ리라.//6)
>
> 　　　　　　　　　　　　　　　　　　　– 변안렬, 〈불굴가〉7)

라고 화답함으로써 평시조식 진지성이나 엄숙성을 깨뜨리고 '가벼운
농조로 희화화하여' 상대방의 회유책에 대한 내면의 감정을 엄정한 형
식에 크게 얽매이지 않고 한껏 펼쳐내는 대응을 보여주고 있는 것이다.
　이처럼 사설시조는 평시조와 생성현장을 함께 하면서 그 엄숙하고
진지한 분위기를 흩뜨리고 비트는 데서 향유됨을 알 수 있다. 아울러
형식 또한 평시조의 큰 틀은 유지하되 그 엄정한 틀을 어느 정도 자율적

---

5) '비흥'이란 화자의 주관적 감정을 객관적 형상을 찾아 사물에 의탁하여 말을 일으키
　는 방식(托物興詞)으로, 여기서는 가슴에 구멍을 뚫어 새끼줄을 넣어 끌어당기는 고
　통에 빗대어 감정을 표출하고 있다.

6) 이 작품의 초장과 중장의 경계선을 '통사적 의미구조'에 비중을 둘 경우는 "…너슷
　너슷 쏘아// 그궁게 그숫 너코…"로 볼 수 있으나, 여기서는 가곡창에서 사설시조가
　대체로 초장은 2개로 분장하되 짧게 하고 중장이 많이 길어지는 일반적 관례를 따라
　장(章)구분한 것이다. (〈장진주사〉도 그러함)

7) 이 작품의 한역가를 〈단심가〉의 그것과 함께 그대로 옮겨 길이를 비교해 보면 〈불
　굴가〉가 중장이 길어진 사설시조의 한역임이 드러난다.
　　此身死復死一百回// 白骨化塵土ˇ 魂魄縱有無// 向君一片丹心ˇ 那有磨滅理//
　　〈단심가〉
　　穴吾之胸洞如斗// 貫以藁索長又長ˇ 前牽後引磨且戞(알)ˇ 任汝之爲吾不辭// 有
　　欲奪吾主ˇ 此事吾不屈(*從)//〈불굴가〉

으로 일탈함으로써 자연스럽게 이루어짐을 확인할 수 있다. 즉 이 작품
에서는 시조의 큰 틀인 3장 구조를 지키면서 종장의 첫 마디를 3자로
하는 시조 특유의 형식 특징은 고수하되 중장에서 일탈하는 보편화된
사설시조 형태를 보여주고 있는 것이다.

그런데 이렇게 동일 현장에서 불려진 노래였음에도 불구하고 후대
에 〈하여가〉와 〈단심가〉의 생성현장은 널리 알려지고 변안렬의 〈불굴
가〉는 그렇지 못한 이유는 두 가지로 추정된다. 우선 작자가 앞의 둘
은 역성혁명을 성공시켜 왕위에까지 오른 장본인이거나 그에 맞선 이
는 충신의 표본으로 추앙 받는 인물로 기림을 받았지만, 후자는 『고려
사』 편찬 때 간신(姦臣)으로 등재되어 오래도록 명예가 폄하(貶下)되다
가 먼 훗날에 가서야 복권되었기 때문이다. 거기다 앞의 두 작품은 노
래의 형식마저 정통의 시조 형식으로 지어졌지만 후자는 그 규범을 일
탈한 음풍(淫風)의 노래, 곧 사설시조로 지어져 공식적으로는 본받을
수 없는 기피의 대상이 된 노래였기 때문이다.

김천택의 『청구영언』 가운데 그 어떤 작가 표시도 되어 있지 않은 만
횡청류를 비롯해 다른 항목까지 참조해 사설시조의 작자를 추적해 보
면 변안렬 외에도 송강 정철(1536~1593)의 유명한 〈장진주사〉8)와 "심

---

8) 다만 김천택의 『청구영언』에서 〈장진주사〉는 그 형식이 사설시조임에도 불구하고
〈맹상군가〉와 더불어 만횡청류에 소속시키지 않고 낙시조 항목 다음에 별도로 배치
해 놓았다. 그 이유는 아마도 '만횡청류'는 그 제목에서 보듯 '만횡+청가+류'의 합성
어이므로 만횡류이면서 청가류를 합집합(合集合)적으로 모아 놓은 것들이어서 이
두 조건 중 어느 하나라도 만족하지 않는 작품은 이 항목에 소속시킬 수 없었던 때
문일 것이다. 즉 이 두 작품은 악곡분류 상으로는 만횡류에 들겠지만 청가(淸歌)류
에는 들지 않았던 것이다. '청가'라는 용어는 『세설신어(世說新語)』에 따르면 '관현
의 반주 없이 부르는 노래'인데 이 두 작품은 사설시조(만횡류)임에도 불구하고 정
식 반주가 따르고 강조(腔調)를 갖추어 향유해온 장가(長歌) 가곡이므로 별도로 편

의산 세네 바회……(만횡청류 484번)"라는 2수가 확인되고(이들은 정철의 가집 『송강가사』에도 수록되어 있어 작자를 의심할 수 없음), 또 다른 가집을 통해 대비해 보면 김춘택(1670~1717)의 작품(만횡청류 570번)을 찾아낼 수 있다.

그러나 원칙적으로 사설시조는 정풍(正風)을 벗어난 음풍의 노래여서 대부분의 다른 가집에서도 작자가 누구인지를 밝히지 않고 향유하는 관행이 반영되어 있어 작자를 추적해 내기가 쉽지 않다. 이를테면 김천택 당대에 활동했던 이덕수(1673~1744), 이광덕(1690~1744)같은 문형(文衡 : 홍문관 예문관의 대제학)을 지냈던 경화사족 층이 사설시조를 얹어 부르는 농(弄)－낙(樂)－편(編)의 가곡 노래를 많이 지었다는 기록이 신빙할만한 문헌(홍한주, 『지수염필』)에 언급되어 있지만, 작자 표기가 없으니 이들의 작품이 만횡청류에서 구체적으로 어떤 작품인지 찾아낼 길이 없다. 어쨌거나 이런 사실로써 볼 때 사설시조의 출현은 이미 고려 말에 평시조와 더불어 시작되었고, 그 작자 층도 이름 없는 서민계층이 아니라 정철이나 경화사족 같은 당대의 사대부 풍류를 주도했던 인물들임이 확인된다.

재했을 것이다. '만횡청류'에 소속된 116수는 모두 강조(음악으로서의 곡조와 악조)를 제대로 갖춰서 관현반주가 따르는 가곡으로 연창되는 부류가 아니라 그 발문(마악노초가 씀)에서 보듯 저잣거리에서 관현반주 없이 불려지는 노래여서 강조가 아름답고 세련되지 못한 것이라 언급한 것으로 이해된다. 이로써 보면 〈장진주사〉와 〈맹상군가〉는 가곡이 아닌 별도의 창법(이를테면 가사창으로)으로 부른 작품이라거나 만횡청류는 가곡창의 곡조와는 다른 계통의 별도로 존재하던 양식이었는데 편자(김천택)의 의도에 따라 가집의 말미에 첨기된 것이라고 보는 견해(김용찬, 『18세기 시조문학과 예술사적 위상』, 월인, 1999, 111면)는 오해임을 알 수 있다. 만횡청류에 소속된 작품들은 가곡과는 다른 계통의 노래여서가 아니라 가곡으로 부르되 김천택 당대까지도 일정한 강조를 갖추지 못하고 관현반주가 따르지 않은 채 향유되는 가곡의 변조(사설시조)들의 모음으로 이해해야 마땅할 것이다.

김천택보다 훨씬 앞선 시대에 개인이 연시조 혹은 연작시조를 지을 때도 평시조나 사설시조로 일관하지 않고 엇시조나 사설시조를 섞어 짓기도 한 것이 확인된다. 이를테면 강복중(1563~1639)은 〈청계통곡육조곡〉이라는 연시조 6수를 지으면서 첫수를 사설시조로 시작하고, 〈방진산군수가(訪珍山郡守歌)〉 5수의 연시조를 지으면서 넷째 수를 엇시조로 노래한다. 그리고 고응척(1531~1605)은 〈대학장구(大學章句)〉 25수의 연작을 지으면서 6째 수를 엇시조로, 14째 수를 사설시조로, 다시 15째 수를 엇시조로 변화를 보이며 노래했다. 그리고 잇달아 지은 〈호호가(浩浩歌)〉 3수는 사설시조의 연작으로만 짓되 고산의 〈어부사시사〉처럼 시조 특유의 종장 규칙(첫 음보를 3음절로, 둘째 음보를 과음보로 하는)은 마지막 수에만 적용하고 첫째와 둘째 수는 초-중-종장 모두 4음 4보격으로 일관함으로써 연시조(聯詩調)가 아닌 연시조(連時調)를 사설시조로 선보이고 있다.

따라서 사설시조가 18세기에 서민계층이 시조에 적극 개입하여 변형을 일으켜 비로소 생성되어 문학사의 전면(前面)에 부상했다거나, 사대부 층의 평시조에 대립하는 장르로서 근대시의 단초를 열었다는 종래의 통설들은 잘못된 견해임이 드러난다. 사설시조가 이미 고려 말에 평시조와 동일한 현장에서 생성되어 향유되어 왔으며, 그 주류(主流) 담당 층은 이름 모를 서민 계층이라거나 전문 가객(歌客) 층(이들의 등장은 18세기에 와서야 비로소 확인된다)이 아니라 풍류를 즐기는 정철이나 경화사족 같은 사대부 층이었다는 두 가지 사실 만으로도 다음과 같이 요약되는 사설시조에 관한 오해와 편견들을 불식시킬 수 있다.

첫째, 발생 시기에 관한 오해이다. 사설시조는 임병양란(壬丙兩亂) 이후 신분제도의 혼란, 실학파의 등장, 도시 발달에 따른 시장경제의 형

성 등 사회 변화에 따라 서민층의 의식이 각성되고 그들이 시조에 적
극 개입하여 사설시조로 변형을 일으키는 17~18세기 초에 발생했다는
것이다. 그 결과물이 김천택이 편찬한『청구영언』(1728)의 말미에 '만
횡청류'라는 이름으로 수록된 사설시조 군집(群集)으로 보는 견해다.

둘째, 주류 담당 층 혹은 담론 주도 층에 관한 오해이다. 사설시조
는 대부분 무명씨 작(作)으로 되어 있고, 그 서민적 어휘나 발랄한 표
현으로 보아 양반 사대부층과는 거리가 먼 서민층이거나 중인-서리
가객층이 창작과 향유 혹은 담론을 주도해 왔다는 견해다.

셋째, 형식에 관한 오해이다. 사설시조는 시조로 보기에는 그 형식
이 너무 자유롭고 활달해서 시조(평시조)와는 상당히 다른 별개의 양식
으로 이해하고, 18세기 이래 대두된 산문 정신을 바탕으로 시조의 형
식을 자유로이 일탈-파괴함으로써 자유시적 면모를 보인다는 견해다.

넷째, 텍스트 성향에 관한 오해이다. 사설시조는 유가 이데올로기
나 그들의 문학관과는 거리가 먼, 서민층의 일상적 삶, 시대 비판과
고발, 전근대적 모럴에 대한 도전 등으로 사실주의적 경향을 보인다는
점에서 근대적이었다는 견해다.

다섯째, 미학에 관한 오해이다. 사설시조는 양반 지배층의 위신이
나 가식, 고착된 중세의 허위의식을 우회적으로 혹은 희화적으로 비판
하고 파괴하는 골계의 미학, 특히 풍자가 주류를 이룬다는 견해다.

이러한 오해 때문에 사설시조는 평시조와는 계통이 다른 독립 장르
혹은 대항문화적 성격을 가진 장르로 인식되기도 했다. 나아가 18세기
에 들어서면서 시조는 서민층 혹은 중간층(중인-서리 가객층)의 적극적
인 개입으로 근대정신을 대변하는 사설시조와 정통 양식을 대변하는
평시조로 분화되면서 사설시조는 형식면에서의 자유로움(정형률로부터

의 탈피)과 내용면에서의 새로움(정감의 자유로운 표출/ 서정적 개인의 등
장)을 보여줌으로써 중세문학의 패러다임을 벗어나 근대문학으로 이
행하게 되었다는 것이다.

　이러한 자생론적 문학사 이해는 우리의 근대시 전개구도를 '개화가
사-창가-신체시-자유시'라는 서구 이식론적 시각에서 벗어나게 하는
논리로 각광을 받으면서 마침내 '사설시조는 자유시다'[9]라고 선언하
는 데까지 나아가게 했다. 이러한 자유시적 면모와 산문성 외에도, 속
어나 비어, 음담패설, 생활어 등 민중언어를 시가에 새로 끌어들인 점,
시대현실에 대한 비판과 전근대적 모럴에 대한 도전 등 서민층의 진보
적인 근대의식과 '사실주의'적 경향을 들어 18세기의 사설시조 출현과
성행에서 우리의 근대시의 출발점을 찾기에 이르렀다.[10]

　우리문학사에서 사설시조의 위상을 이처럼 과도하게 긍정적 의미를
부여하는 것과는 별도로 최근에는 그 반대로 시조문학 비평계 일각에
서 그 위상을 한 없이 추락시키는 견해가 있어 우리를 또 다시 당황하
게 한다. 요약 인용해본다.

　　"조선 후기 가집에 수록된 장형시조는 ①초장과 중장의 형식이 자유로
　운데 이것은 이미 정형의 틀을 벗어난 변격의 형태다. ②그것을 부르는
　방식도 평시조와 많이 다르다. 사설시조는 조선후기 가집에 일부 수록되었
　을 뿐 ③전후의 계승 관계가 없기 때문에 일시적인 변형과 파격의 형태라
　할 수 있다. 현대에 와서 사설시조 형식을 계승 재창조하고자 하는 일은
　얼마든지 가능하나 그것은 정형의 틀을 벗어난 작업이기 때문에 정통적인

---

　9) 박철희, 『한국시사연구』, 일조각, 1997 참조.
10) 이러한 자생론적 문학사 이해는 김윤식-김현, 『한국문학사』에서 출발하여 조동일,
　　『한국문학통사』, 오세영의 근대시 이해로 넘어오면서 논리가 한층 강화되었다.

시조 창작이라 할 수 없다. 사설시조라는 양식이 ④조선 후기에 과도기적 양식으로 잠시 나타났다가 자연 도태되었는데 이미 사라진 양식을 되살려 그것을 다시 변형시킨다는 것이 무슨 의미가 있겠는가? 사설시조의 재생이 시조의 현대성을 부여하는 방법이라 생각한다면 그것처럼 큰 착각은 없다. 사설시조는 그 이후 자유시로 양식적 계승을 한 것도 아니고 그 자체로 소멸되었다. ⑤한 시대의 과도기적 생산물로 떠올랐다가 저절로 사라진 문학양식을 지금 인위적으로 되살린다는 것은 성립될 수 없다."11)

짤막한 글에서 무려 다섯 군데(숫자로 표기한 부분)나 사설시조에 관한 잘못된 이해가 드러나 있다. 이러한 견해와 주장들이 왜 오해와 편견으로 가득 찬 것인지를 해명해나가는 것이 이 글의 과제다. 앞서 제기한 다섯 가지 문제적 오해는 사설시조의 위상과 관련되는 것이고 뒤의 다섯 군데 오류는 사설시조의 현대적 계승 논리와 연결된 것이므로 이 두 가지 방향에서 문제를 풀어 나가기로 한다.

2. 사설시조의 형식과 일탈의 양상

잘 알다시피 시조는 형식이 이미 엄정하게 정해져 있는 정형시다. 율격도 규범적으로 제시된 **정형률**을 따라야 하고, 그 정형률을 따르되 어떠한 시상도 반드시 3장으로 짧게 완결해야 하는 **단시(短詩)**인 것이다. 이 두 가지는 시조를 시조답게 하는 정체성이므로 그것을 벗어나면 원칙적으로 시조라 할 수 없다. 그러나 이러한 정형적 제약은 운동

---

11) 이숭원, 「현대시조가 대중적 친화력을 얻는 방법」, 한국시조시인협회 창립 50주년 기념 강연, 2014.7.19.

경기에서의 규칙처럼 무조건 따라야 하는 강제적 규칙이거나 교조적 원칙이 아니라 그러한 형식이 아름답다고 공감하기에 따르는 공감적 규칙일 뿐이다. 따라서 이 두 가지 정형적 제약은 반드시 지켜야 하면 서도 경우에 따라서는 그것을 벗어날 수도 있는 융통성이 허용된다. 그 융통성의 양상이 어떤 방향으로 허용되는지를 두 가지 측면에서 살 펴볼 필요가 있다.

먼저 시조의 정형률이다. 시조의 율격은 원칙적으로 초-중-종장이 4음 4보격으로 정형화되어 있는 **음량률**이면서, 종장만은 시상의 완결 을 위해서 그 첫마디를 반드시 3음절로 고정시켜야 하는 **음수율**의 혼 합으로 되어 있는 혼합율격에 해당한다.[12] 이를 일목요연하게 도표화 하면 다음과 같다.

	내구(內句)		외구(外句)		
초장	4	4	4	4	·········· 균정의 미학
중장	4	4	4	4	·········· 반복의 미학
종장		3*			·········· 전환의 미학
	4+4		4	4	·········· 완결의 미학
전체					·········· 절제의 미학

(위 숫자에서 *표 한 것은 음절수, 나머지는 음량(mora)의 크기)

이와 같이 시조의 형식미학은 지나치다 싶을 정도로 '단아(端雅)하고 반듯'하다. 이른 바 '**아정(雅正)의 미학**'을 추구하기 때문이다. 종장의 첫마디에서 시상의 전환을 위한 장치로 3음절이라는 홀수 음절의 변

---

12) 이에 대한 상론은 김학성, 「시조의 형식과 그 운용의 미학」, 『만해축전』, 만해축전 추진위원회, 2014를 참조할 것.

혁을 보일 뿐, 나머지 마디는 철저히 짝수 음량(4모라)에다 짝수 마디(4
음보)로 설계되어 있어 안정되고 단아하며 반듯한 형태를 취하고 있다.
거기다 내구와 외구를 2음보의 짝수 마디로 대응시켜 구조화함으로써
구 단위마저 균형 잡힌 단정한 평형을 유지하도록 하는 **균정의 미학을**
추구한다. 홀수의 동적인 분위기를 야기하는 곳은 단 한군데 종장의
첫마디에서만 예외적으로 보일 뿐이다.

　이러한 형식미학은 수분(守分)을 중시하고 지나침을 경계하는 데 유
별났던 사대부 지식층들이 슬프되 마음 상하지 않고(애이불상, 哀而不
傷), 즐기되 넘치지 않으며(낙이불음, 樂而不淫), 원망하되 분노하지 않
는(원이불노, 怨而不怒), 이른바 중정화평(中正和平)에 바탕을 둔 온유돈
후(溫柔敦厚)의 미학을 시조의 정형률을 통해 구현했기 때문이다. 따라
서 사대부 지식층들은 주석(酒席)이나 도시의 풍류현장이 아니고서는
여간해서 파탈(파격과 일탈)의 흥취를 즐기려 하지 않았다. 특히 강호자
연에서 심성 수양에 전념하던 향촌 사족들은 그런 풍류의 분위기를 즐
길 기회를 갖는 경우가 없거나 드물었으며, 있더라도 기피하는 현상을
보이는 경우가 많았다.

　그러나 도시를 중심으로 하는 사대부 지식인의 풍류 현장이나 주석
에서는 술이 거나해지고 흥취가 도도해지면 반듯하고 단아한 평시조
만 시종일관 향유하는 것이 아니라 그 엄격한 정형률을 깨뜨리거나 벗
어나는 파격과 일탈의 미학을 향유하기도 했다. 이러한 사실을 정철의
아들 정홍명이 베푼 술자리에서 확인할 수 있다. 이 자리에는 송강과
율곡, 성혼(1497~1579), 이희삼 등 명공(名公) 석사(碩士)들이 모였는데
당대의 명창 석개(石介)를 불러 노래를 시키려는 찰나, 성혼은 자리를
박차고 나갔다는 것이다. 이런 일화를 소개한 끝에 정홍명은 "대개 공

(公:성혼을 가리킴)은 평생 음성(淫聲)을 듣지 않는 것을 법으로 삼았다"
라고 했다.[13] 이는 무엇을 의미하는가. 16세기 당대의 명유(名儒)들이
주석에서 명창을 불러 노래를 즐길 때 가곡의 정통인 정성(正聲)만을
시종일관 향유하는 것이 아니라 음성도 곁들여 향유함을 의미하지 않
는가. 즉, 그 내용이 윤리도덕에 어긋나지 않고 그 형식이 정형률의
엄격한 규범을 준수하는 평시조만 향유하는 것이 아니라 그러한 규범
을 파탈하여 군자(君子)가 모범으로 삼을 수 없는 만횡청류 같은 음성
도 으레 향유함을 발해주는 것이다.

아울러 만횡청류 같은 음성을 대하는 태도에 두 가지가 있음을 알
수 있다. 송강이나 율곡처럼 대부분의 사대부 지식인들은 취흥이 도도
해지면 그것을 곁들여 향유하지만, 성혼 같은 도덕군자는 자리를 박차
고 나가 향유를 거부하고 배척한다는 것이다. 또한『대동풍아(大東風
雅)』라는 가집의 서문에 "가곡에는 충효도덕을 노래한 것도 있고, 음일
설탕(淫佚褻蕩)을 노래한 것도 있으니 이것이 있으면 저것이 있게 되
고……"라고 한 의미를 깨닫게 한다. 18세기의 김천택이 경화사족 이
정섭의 뒷받침에 힘입어 만횡청류를 특별히 수록한 이래 거의 모든 가
집에 평시조와 그것을 파탈한 사설시조를 싣지 않을 수 없는 이유인
것이다.

그러면 그 파탈의 양상은 어떠한가? 앞의 도표에서 보듯이 시조는
구조적으로 워낙 단아하고 반듯하게 짜여 있어서 그 엄정한 정형률을
따라야 하는 것이 원칙이지만, 흥취가 고조되거나 의미의 확장이 요구
될 때에는 그러한 정형률은 '규범적 표준'으로 작용할 뿐 절대적인 복

---

13) 이 일화는 정홍명의『기암집』에 실린 것을 강명관,『조선시대 문학예술의 생성 공
간』, 소명출판, 1999, 145면에 소개되어 있다.

종만을 강요하거나 일방적인 강제성을 띠는 것은 아니다. 오히려 그 반듯하고 단아한 규칙을 깨뜨리고 벗어남으로써 표현 효과를 드높이기도 하고 감정의 추이를 더욱 절실하게 표출해 낼 수 있는 것이다. 그래서 단시(短詩)로서의 성격을 벗어나 장가(長歌)가 되기도 한다. 단시를 벗어나 순전히 의미의 확장만이 요구될 때는 엄격한 정형률을 준수하면서 연시조(聯詩調)로 향유하고, 감정의 확장이 요구될 때는 사설시조로 향유하게 된 것이다. 여기서는 사설시조의 향유 양상에 초점을 맞춰 파탈의 양상을 체계적으로 살펴보고자 한다. 시조의 엄정한 정형률을 그 벗어난 정도에 따라 파탈의 양상을 살펴보면 크게 '파격'과 '일탈'이라는 두 가지로 체계화 해볼 수 있다.

　시조의 정형률은 각 장이 4음 4보격으로 실현되는 절제된 형식미학을 갖는 양식이므로, 각 마디(음보)의 크기는 4개의 음절 양(量)에 해당하는 4모라의 크기를 준수해야 하며, 마디의 수는 4개의 마디를 넘어서서는 아니 된다. 그러므로 이러한 기준을 깨뜨리고 실현되면 파격이라 할 수 있다. 각 '마디(음보)의 크기'가 기준음량인 4음절 양(4모라)에 너무 모자라거나(1음절로 마디가 실현된 것), 반대로 기준음량을 넘어서 5음절 양(量) 혹은 그 이상으로 표출되는 경우에 해당한다. 이와 같이 마디의 크기가 5음절의 이내의 파격을 보이는 것, 즉 1음절로 실현되거나 5음절로 실현되는 것은 **'가벼운 파격'**이라 할 수 있고, 5음절 이상으로 표출되는 것은 **'과도한 파격'**이라 명명(命名)할 수 있다. 물론 이 경우 5음절 혹은 그 이상으로 기준 음량을 넘어선다 하더라도 종장의 둘째 마디 곧 제2음보는 예외다.

　각 마디의 크기에 있어서 파격의 기준을 5음절 양 곧 5모라로 잡은 이유는 우리 국어의 자연스런 발화에서 한 호기군(呼氣群)의 발화량이

5모라 이상 넘기기 어렵다는 생리적 요인과 단기(短期)기억에 의존한 시간적 통합의 범위가 5모라를 넘기기 어렵다는 심리학적 요인, 그리고 우리 국어의 조어(造語) 및 통사 구조상 5음절어보다 큰 단어가 별반 없다는 언어학적 요인을 감안한 것이다.[14] 그러므로 이러한 세 가지 요건의 범위 내에서 각 마디의 파격이 이루어지는 것 즉 한 마디의 크기가 1음절이나 5음절로 표출되는 경우를 가벼운 파격이라 하고 그 이상으로 지나치게 표출되는 경우를 과도한 파격이라 할 수 있다.

　1음절로만 표출된 마디는 장음(長音)과 정음(停音)을 자연스럽게 더한다 해도 기준 음량에 모자라므로 파격이 된다. 다음 작품은 중장의 첫 마디가 이러한 가벼운 파격을 보인 사례다.

흐려	흐려흐면		이 뜯	못흐여라
의	쓷흐면		至樂(지락)이	잇느니라
우읍다	엊그제 아니턴 일을		뉘 올타	흐던고

　그런데 다음의 시조는 초장에서부터 5음절의 가벼운 파격(외구에서)을 보이기도 하고, 6음절의 과도한 파격(내구에서)을 보이기도 한다. 김종서의 유명한 〈호기가(豪氣歌)〉인데, 종장에 보이는 그의 활달한 기상이 초장으로 분출되어 절제의 미학을 벗어나는 파격을 보인 예에 해당한다.

朔風(삭풍)은	나모 긋터 불고	明月(명월)은	눈 속에 츤디
萬里(만리)	邊城(변성)에	一長劍(일장검)	집고 셔셔
긴 프람	큰 흔 소릐에	거칠 거시	업세라

---

14) 성기옥, 『한국시가 율격의 이론』, 새문사, 1986, 135~136면.

여기서 마디의 크기에서 자연스런 발화의 범위 곧 5모라를 넘어서는 과도한 파격을 보일 경우라 하더라도 기준 음량인 4모라를 2배 이상으로, 곧 8모라 이상으로 파격하는 경우는 아예 마디 수를 넘어서는 파격을 보인 것이므로 과도한 파격이 아니라 '**도(道)를 넘은 파격**'이라 할 수 있고, 이렇게 법도를 벗어났으니 도를 넘은 파격은 파격의 범주에 드는 것이 아니라 '**일탈**'이라 명명하여 구분할 필요가 있다. 이를 구 단위에서 보면[15], 시조의 각 구는 2개의 마디로 짜여 내구와 외구의 구조적 평형을 이루는 것이 정형인데, 그 반듯한 평형을 깨뜨려 하나의 구가 기준 마디수를 넘어 한 마디 이상 '더' 늘어난 경우가 이에 해당한다. 다음의 시조에서 초장의 내구가 이러한 도를 넘은 파격 곧 일탈을 보여준다.

약산동대(藥山東臺)	여즈러진 바회 틈에	왜척촉(倭躑躅)ㅈ튼 저 내 님이	
내 눈에	덜 뮙거든	남인들	지나보랴
시 만코	쥐 찐 동산(東山)에	오조 간듯	흐여라

이와 같이 초장의 내구에서 둘째 마디 부분이 8모라 곧 4모라의 2개 마디에 해당하는 크기로 도를 넘은 파격 곧 일탈을 보임으로써 결과적

---

15) 시조에서 파탈의 양상을 분석할 때 가장 기준이 되는 중요한 단위는 기층 단위를 이루는 마디(음보)나 가장 큰 단위를 이루는 장(章)이 아니라 구(句)단위라는 것을 명심할 필요가 있다. 왜냐하면 시조는 신라 향가인 사뇌가 양식의 3구 6명 형식을 이어받아 그것을 더욱 압축하고 정제(整齊)하여 3장 6구라는 정형의 틀을 완성했기 때문이다. 그리하여 각 장에서 내구와 외구라는 구 단위의 구조적 평형을 중시함으로써 반듯하고 단아한 형식 미학을 구현해 내었으며, 그 견고하고 안정된 구조적 틀을 원칙적으로 준수하면서 필요에 따라 그러한 평형을 깨뜨리고 벗어나는 데서 파탈의 형식 미학을 즐겼기 때문이다. 따라서 시조를 율독할 때 내구와 외구 사이에 반드시 중간 휴지가 와야 3장 6구의 시조 형식에 따른 율동미학이 구현되는 것이다.

으로 한마디가 더 늘어나 내구가 3마디로 되는 일탈 현상을 단 한 번 보여주고 있다. 이와 호응을 이루는 외구는 첫째 마디에서 가벼운 파격에 머물고 있어 일탈까지는 가지 않아 상당히 절제되어 있다. 이와 같이 시조의 각 구에서 내구이든 외구이든 구 단위에서 단 한 마디만 늘어나는 일탈이 단 한번 일어나는 경우 '**절제된 일탈**'이라 할 수 있다. 이런 예는 시조의 단아하고 반듯한 형식을 일탈했다고 할 수도 있고 하지 않았다고 할 수도 있어 '**얼치기 일탈**'이라 부를 수도 있다. 이 작품은 빼어난 미모로 인해 뭇 사람들의 유혹을 받는 임을 둔 화자의 불안정한 정서를 시종일관 절제한 것도 절제 안 한 것도 아닌 어중간한 정감 표출을 그러한 미감에 맞게 적절한 형식으로 표출한 것이라 하겠다.

그러나 시조의 향유에서 취흥이 도도해지거나 감정이 제어하기 어려울 정도로 과잉 상태에 이르면 '절제된 일탈'을 보이는 수준에 머물지 않고 그 범위를 상당히 넘어 '**과도한 일탈**'을 보이기 마련인데, 다음의 시조가 그러한 예에 해당한다.

> 深意山(심의산) 세네 바회 감도라 휘도라들 제
> 五六月(오뉴월) 낫계죽만/ 살어름 지핀 우희// 즌서리 섯거치고 자최눈
> 뿌렷거눌/ 보왓눈가 님아님아///
> 온 놈이 온 말을 ᄒ여도 님이 짐쟉 ᄒ쇼셔

이와 같이 이 작품은 중장에서 일탈을 보이되, 내구에서는 단 한 마디만 더 늘어난 절제된 일탈을 보이지만, 외구에서는 두 마디가 더 늘어나는 '과도한 일탈'을 보여주고 있어 앞의 단 한 번의 '절제된 일탈'에 기반한 '얼치기 일탈'과는 상당히 다른 형식 미감을 구현하고 있다. 이와 같이 각 구의 단위에서 두 마디 이상 늘어나든가, 한 마디만 늘어

나는 절제된 일탈이라 할지라도 두 번 이상 보이면 '과도한 일탈'이라 명명할 수 있다. 시조에서 과도한 일탈은 감정 과잉이나 흥취가 고조되었을 때 흔히 볼 수 있다.

이렇게 단아하고 반듯한 시조의 정형률을 그 벗어난 정도에 따라 파격과 일탈의 두 가지 양상으로 체계화 하고, 그 파격과 일탈을 다시 그 정도에 따라 몇 가지로 세분할 수 있다. 그리하여 파격 정도에 머무는 맨 앞에 인용한 두 작품의 유형을 평시조의 범주에 넣고, 일탈을 한 것도 안 한 것도 아닌 얼치기 일탈을 보이는 그 다음 작품의 유형을 엇시조라 범주화 하고, 마지막에 인용한 과도한 일탈을 보이는 작품의 유형을 사설시조라는 범주에 넣어 세 종류의 하위 장르로 파악코자 한다. 이를 정리하면 다음과 같다.

평시조는 파탈을 하더라도 '가벼운 파격'에 머물거나 각 장에서 단한 번의 '과도한 파격'이 허용될 뿐, 각 마디의 기준 음량을 철저히 준수하는 것을 원칙으로 하는 유형으로 **절제의 미학**을 추구한다. 이를 뒤집어 말하면 평시조라 해서 반드시 기준 음량을 철저히 준수해야만 하는 것은 아니고, 김종서의 〈호기가〉에서 보듯이 초장부터 가벼운 파격이 어느 정도 허용되고, 과도한 파격도 한 번은 허용된다는 사실이다.

엇시조는 평시조의 형식을 그대로 준수하면서 초–중–종장의 각 구에서 절제된 일탈을 한 번 정도 허용하되 '과도한 일탈'은 단 한 번도 허용하지는 않는 유형으로서, 일탈한 것도 일탈 안한 것도 아닌 '얼치기 일탈'의 형태를 보임으로써 **절제된 일탈의 미학**을 구현한다. 그래서 엇시조를 일명 '반지기(半只其)'라 하기도 했다. 이처럼 엇시조가 평시조의 '절제의 미학'도, 그렇다고 사설시조의 '일탈의 미학'도 아닌 '반지기 미학'을 구현하다보니 그 독자적 미학을 인정받기가 어려워

양적으로 가장 적은 하위 장르로서 존재감을 뚜렷이 확보하지는 못해 왔다. 만횡청류의 116수 가운데서도 앞부분의 10여수(첫 시작의 465번부터 475번까지) 작품이 그에 해당할 뿐이다.

사설시조는 ①초-중-종장의 3장으로 완결하고 ②종장의 첫 마디를 3음절로 고정하는 평시조의 큰 틀만은 철저히 준수하고, 나머지 세부 형태는 가벼운 파격이나 과도한 파격, 절제된 일탈이나 과도한 일탈 중 그 어느 것도 자율적으로 허용함으로써 '**일탈의 미학**'을 추구한다. 다만 그 일탈로 인해 ③사설이 확장될 경우 무한의 자유가 허용되는 것이 아니라 평시조에서 각 장이 4개의 마디(음보)로 억제하던 것을 4개의 토막(통사-의미 단위 구)으로 통제함으로써 시조라는 큰 틀은 여전히 유지한다. 사설시조의 사설시조다운 정체성은 그러므로 이 세 가지 형식 요건을 갖출 때 비로소 충족된다. 사설시조가 만약 그렇지 못하고 이러한 세 가지 요건 중 어느 하나를 지나치게 벗어날 경우 그것은 과도한 일탈의 수준을 넘은 것이므로 '**도(道)를 넘은 일탈**'이라 명명할 수 있다.

사설시조가 제 아무리 일탈의 미학을 추구한다 하더라도 이처럼 시조의 하위 장르로 소속될 수 있는 세 가지 요건을 충족하지 못하고 그것을 벗어날 경우 이는 '사설시조의 도'를 넘은 일탈이므로 사설시조라 할 수 없고 잡가 영역에 드는 것이다. 심재완이 시조를 총합해 엮은 『역대시조전서』에는 이렇게 도를 넘은 일탈을 보여 이미 잡가로 장르가 전성된 작품도 45수나 수록하고 있는데 이는 잘못이다.[16]

이상에서 살펴 본 시조 형식의 하위 장르를 판가름 하는 기준이 언

---

16) 이러한 오류에 대하여는 성무경, 「'역대시조전서' 수록 45수의 성격 변증과 잡가」, 『조선후기 시가문학의 문화담론 탐색』(보고사, 2004), 283~318면 참조.

뜻 보면 상당히 복잡한 것 같지만 기실은 간단 명확하다. 평시조와 엇
시조를 판가름하는 기준은 파격의 정도이고, 엇시조와 사설시조를 가
르는 기준은 일탈의 정도라는 것이다. 그리고 그 일탈이 시조의 도를
넘어설 때 그것은 이미 시조가 아니라 잡가라는 다른 장르로 전성된
것이다. 사설시조와 잡가를 가르는 기준은 그 일탈이 시조가 갖춰야
할 도(道)를 넘어섰느냐 아니냐에 있다.

 여하튼 평시조는 정형률을 엄정하게 따르는 것을 원칙으로 하되, 그
절주의 운용에서 가벼운 파격이나 과도한 파격까지는 허용한다. 다만
'도를 넘은 파격'(한 마디가 8모라를 넘어서는 것) 곧 일탈은 절대로 용납
하지 않는다. 엇시조는 각 구에서 단 한 번의 일탈 곧, '절제된 일탈'은
허용하지만 과도한 일탈은 절대로 용납하지 않는다. 그래서 일탈한 것
도 일탈 안 한 것도 아닌, 어중간한 얼치기 미학을 보인다. 사설시조는
파격이나 절제된 일탈을 넘어 과도한 일탈이 주류를 이룬다. 이 가운
데 엇시조는 수분(守分)과 엄정함을 귀중한 가치로 여기는 사대부나 군
자의 관점에서 보아 단 한 번의 절제된 일탈일지라도 일탈은 일탈이므
로 독자적 미학을 인정하지 않고 사설시조(만횡청류)에 소속시키는 경
우가 일반적이다.

 시조의 형식을 다루면서 가장 중요한 것은 사설시조가 전후의 계승
관계 없이 조선 후기에 과도기적 양식으로 잠시 나타났다가 자연 도태
된 양식이라거나 시조(가곡)와는 계통이 다른 별도의 양식이라는 견해
들이 전혀 터무니없는 주장임이 명확하게 드러난다는 것이다. 사설시
조의 형식은 시조의 정형률을 깨뜨리고 벗어나는 데서 존재의의를 가
지므로 시조를 떠나서는 해명될 수 없는, 족보(전후의 계승관계)가 분명
한 장르임이 확인되기 때문이다.

3. 사설시조의 담당층과 미학

사설시조가 이처럼 (평)시조의 정형률을 일탈하다 보니 내용이나 미학의 일탈 또한 자연스러운 것이었다. 형식과 내용은 구조주의자가 아니더라도 표리일체의 유기적 관계를 갖기 때문이다. 따라서 시조 일반의 숭엄하고 우아한 정신세계를 발현하는 것에서 일탈하여, 그러한 드높은 품위와 격식을 버리고 인간의 자연스런 욕망과 시정의 인정물태를 생생하게 담론화 하는 일틸을 보여주는 데에 사설시조가 중요한 역할을 담당했던 것이다.

간밤의/ 자고간 그놈/ 아마도/ 못이져라//

瓦冶(와야)ㅅ놈의 아들인지 즌흙에 뽐내드시/ 沙工(사공)놈의 명녕인지 사엇대로 지르드시/ 두더쥐 영식인지 곳곳지 두지드시/ 평생에 처음이오 흉중이도 야롯제라//

前後(전후)에/ 나도 무던히 격거시되/ 춤맹서ᄒ지 간밤 그놈은/ 춤아 못니저 ᄒ노라///

(/은 토막 구분, //은 장 구분 표시)

이 작품을 상황과 결부된 텍스트로 읽지 않고, 표면적 언어 그대로 읽는다면 유가적 사상과 이념으로 단련된 사대부 층이 지었다고는 도저히 상상할 수 없는 쾌락적 성희(性戱)를 담고 있는 데다 화자도 유녀(遊女)의 목소리 그대로 언표(言表)되어 있다. 그래서 이런 유(類)의 사설시조 작자 층을 서민층으로 보거나[17], 아니면 그들과 소통을 갖는

---

17) 사설시조를 연구한 초창기 대부분의 학자들―고정옥, 이능우 등이 서민층을 작자 층으로 보았다.

중인(中人)-서리(胥吏)의 가객 층쯤으로 보는 것[18])이 통설이었다. 그리고 이런 외설적 담론은 민중들의 억압된 욕구를 분출하는 수단으로 일익을 담당했다고 그럴싸하게 해석하기도 한다.[19]) 실제로 각 가집에서 익명으로 되어 있는 만횡청류를 제외하고 보면, 작자의 이름을 걸고 노래한 유명씨 작품에서는 시조의 주류적 이념 세계라 할 유가적 가치 체계와 배치(背馳)되는 내용은 아예 싣지 않았기 때문이다.

그러나 이 작품의 작자는 예상외로 18세기의 대표적 경화사족인 이정보(1693~1766)로 표기되어 있다. 작품을 수록한 4개의 가집 중 3개(『악학습영』, 주씨본『해동가요』, 버클리본『해동가요』)가 그를 작자로 지목하고, 맨 후대의 가집인 육당본『청구영언』(1852, 이 가집의 특징은 작자보다는 악곡별 분류에 의한 당대 가창의 실제에 중점을 두고 있음) 1개만 작자표기를 하지 않고 있을 뿐이다. 작자를 표기한 주씨본『해동가요』의 편자가 이정보와 동시대인 가객 김수장이기 때문에 작자를 착각할 리는 없을 것이다.

그렇다면 이정보가 이러한 사설시조 창작이 가능했던 것은 남녀의 정을 자유로이 표출하는 것을 긍정하고 인정세태의 자연스런 모습에서 인간 본성의 진정한 가치를 찾는 성령론(性靈論), 천기론(天機論) 같은 당대의 문화기류의 뒷받침이 있었던 때문일 것이다. 이미 앞에서 언급한 이덕수, 이광덕 같은 고관을 지낸 경화사족 층이 농-낙-편 같은 사설시조를 많이 지었다는 기록들도 이와 상관될 것이다. 서울에

---

18) 사설시조의 작자를 18세기 이후 등장한 가객 층으로 보는 고미숙, 강명관 등에 의해 제기 되어 최근에는 이도흠이 이런 주장을 적극 펴고 있다. 이도흠, 『한구시가연구』 36집, 및 『국어국문학』 참조.

19) 조규익, 『만횡청류』, 박이정, 1999, 95면.

세거하면서 거대 가문으로 성장한 경화사족을 비롯한 도시의 사족층들이 취락적 흥취나 성(性)담론을 소재로 노래한다거나 그들이 사설시조(가곡의 농-낙-편) 작품을 많이 지었다는 기록이 신빙할 만한 것임은, 도심(道心)보다는 인심(人心), 아(雅)보다는 속(俗), 성정의 바름(性情之正)보다는 성정의 참됨(性情之眞)에 가치를 두는 심미적 취향의 변화와 관련되는 것이다.[20] 그보다는 원천적으로 사설시조가 시조와 동일한 공간에서 동일한 계층에 의해 만들어져 향유되었다는 생성의 메커니즘에 기인한다.

〈만횡청류〉가 시조의 초창기부터 발생할 수 있었던 바탕에는 일찍이 조선 초기부터 한강 주변(동호와 서호 및 남한강, 북한강의 절승처)이 사대부의 풍류 공간으로 자리 잡고 있었고, 그러한 도시주변의 유흥공간에서 흥취나 취흥이 도도해지면 시조의 악곡인 가곡창의 변주곡에 얹어 평시조의 형식을 일탈하는 사설시조를 즐겨 향유했던 사정이 있었던 것이다. 이정보만 해도 그가 즐겼던 풍류공간이 서울 근교의 학탄(지금 서울 강남의 학여울)이었고, 그 인근에 상업적 유흥문화와 민속놀이가 활발했던 송파나루가 있어 그런 저자거리에서 소재와 모티프

---

20) 만횡청류 같은 음풍(淫風)의 노래가 오랜 기간 가창으로만 향유되다가 18세기에 와서야 가집에 등재될 수 있었던 것은 그 작품들이 마악노초 이정섭의 발문에서 언급한 '자연의 진기(진기)' 곧 성정지정(性情之正)보다 성정지진(性情之眞)을 찾는 문화기류의 변화와 관련된다. "대저 천지만물에 대한 관찰은 사람을 관찰하는 것보다 더 큰 것이 없고, 사람에 대한 관찰은 정(情)을 살피는 것보다 더 묘한 것이 없고, 정에 대한 관찰은 '남녀의 정'을 살펴보는 것보다 더 진실한 것이 없다. 그러므로 이것을 관찰하여 그 마음의 사정(邪正)을 알 수 있고 그 일의 득실을 알 수 있고, 그 집안의 흥쇠를 알 수 있고, 그 나라의 치란(治亂)을 알 수 있고, 그 시대의 성쇠를 알 수 있다. 이것이 시경의 주남과 소남(25편), 위풍(39편 중 37편)과 정풍(21편 중 16편)에서 남녀의 일이 있게 된 까닭이다."라고 언급한 이옥(李玉)의 문학론에 잘 드러나 있다. 실시학사, 고전문학연구회 편, 『역주 이옥전집』 2권, 2001, 295면.

를 취해와 가곡(시조)으로 향유한 것이 이런 사설시조였을 것이다.[21]

이정보와 같은 유가들이 가항(街巷)의 민가인 민요나 잡가에서 소재와 모티프를 끌어들여 민풍(民風)을 수용한 정가(正歌)를 지으면, 이는 민풍 곧 민간의 풍속을 규찰하는 의미를 갖게 되고 천기론적 가치도 발견하게 되는 것이다. 그러므로 상층의 지배 계층인 유가들의 관점에서 볼 때 민풍은 연민과 해학(희학)의 대상이 되는 것이지 풍자의 대상은 될 수 없다. 민가풍의 사설시조에 해학이나 연민의 시선은 흔히 발견되면서도 풍자의 미학을 발견하기 어려운 것은 이런 연유 때문이다. 해학은 대상에 대한 주체의 우월성을 바탕으로 한 것이어서 부드럽고 인간적이고 관대한 포용이 깔려 있지만, 풍자는 그 반대로 주체인 약자(弱子)가 대상인 강자(强者)의 부정한 행동을 폭로하고 조롱하고 추악하게 보이도록 하거나 사회의 모순과 부조리, 악폐와 허점 등을 날카롭게 비판하는 데 목적이 있는 것이다.

따라서 풍자는 부정되는 대상이 주체와 무관하며 자기부정을 내포하지 않아야 하는 것이다. 만약 앞에 인용한 이정보의 사설시조가 통설대로 서민층의 작품이라면, 민요에서 흔히 볼 수 있는 건전하고 생산적인 성(sex)을 서민층이 발랄하게 추구한 것이라야 하는데 그 반대로 퇴폐적이고 말초적인 성을 속물적으로 노래한 것이 된다. 아니면 서민층이 자기 계층의 노골적인 성 추구를 비판적으로 바라본 자기 부정을 내포한 것이 되어 풍자가 성립되질 않거나 풍자의 미학적 가치는 추락되고 만다.

그런 점에서도 이런 부류의 사설시조가 이정보 같은 경화사족의 것

---

21) 이정보의 풍류 공간에 관한 정보는 이상원, 『조선시대 시가사의 구도와 시각』(보고사, 2004) 참조.

으로 이해할 때 서민층의 성적인 행동이 유발하는 웃음이 따스한 모성애로 감싸진 밝고 여유 있는 해학적 웃음의 텍스트로 향유될 수 있는 것이다. 사설시조에서 지배 계층의 부정이나 모순, 부조리나 악덕에 대한 날카로운 풍자의 시선을 찾아보기 어려운 것은 그 담당층이 경화사족 같은 사회적 강자들이기 때문이다. 그러므로 사설시조에 나타난 골계(comic)의 미학은 풍자가 아니라 해학이 주류를 이룬다.

당대의 문형(文衡)을 지내면서 문화정책을 이끌어 갔던 대표적 경화사족 이정보가 위와 같이 윤리적 규범을 벗어나는 민가 취향의 사설시조를 창작하고 향유할 수 있었던 바탕에는 작자가 진술에 책임을 진다거나 인격적 목소리로 발화하지 않아도 되는 익명성이 보증되었기 때문이다. 사설시조에 작자의 정보 없이 향유하는 관례는 이러한 익명성의 보장 장치 때문이지 이름 없는 서민 계층의 작품이어서 무명씨로 된 것은 아니라는 것이다.

그런데 근자에는 사설시조를 근대시의 출발점으로 보는 또 다른 논리를 펴면서 신분적으로 중인 서리층이 중심이 되는 가객층이 사설시조 담론을 주도해 갔다는 주장이 제기되고 있다. 그러나 사설시조의 실상은 가객층의 관여를 중심으로 살펴보면 그 반대현상으로 나타난다. 가객층의 사설시조 창작은 18세기 중-후반에 『해동가요』(1763에 완성)를 편찬한 김수장에 와서야 비로소 확인되는데, 그 이전까지는 김천택의 경우처럼 음률의 모범이 되는 평시조에만 전념하고 사설시조는 단 한 수도 창작하지 않는 태도를 보였다. 김수장 이후에 가객층이 사설시조에 관여하면서 나타난 변화는 가곡의 음률에 밝았던 중인 서리 가객층의 시조 참여로 인해 오히려 사설시조의 초기적 발랄성이나, 세태시적, 희화시적 성격을 갖던 것이 후대에 현저히 감소하면서 평시조의 주류적 미의식에 더 근접해 갔다는 보고[22]와, 후대에 유흥이 발달할수록 적나라한 성(性)이 배제되고 전아한 풍류와 세련된 감성으로 흘러갔다는 보고[23]가 있을 뿐이다.

이처럼 가객층은 고급음악으로서의 시조의 예술적 세련성으로 사설시조를 끌고 감으로써 악곡의 고급화와 예술성에는 기여했으나 민가(民歌) 풍의 발랄한 담론을 주도하지는 않았다. 그들의 시조 활동은 기본적으로 사대부층의 적극적인 후원에 힘입어 가능했기 때문이다. 중서 가객층의 사설시조 활동 양상은 세 가지로 유형화 해 살펴볼 수 있다. ①김천택처럼 공식적으로는 사대부층의 연장선상에서 사설시조의 창작이나 향유에는 전혀 관심이 없고 오로지 가곡의 정통인 평시조의 창작과 연창에만 전념하는 유형, ②김수장처럼 평시조와 사설시조 둘 다 창작하고 향유하는 유형, ③이세춘처럼 시조의 창작에는 관심 없고 오직 전문 음악인으로서만 활동하는 유형이 그것이다.

이들의 동향을 살필 수 있는 구체적인 자료로 김수장이 편찬한 『해동가요』의 고금창가제씨(古今唱歌諸氏)라는 항목에 소개되어 있는 가객 56인의 명단을 들 수 있다. 이 명단에서 양반 사대부 출신 2인을 제외한 중인-서리 가객층 54인을 가지고 여러 기집들을 통해 평시조와 사설시조를 어느 정도의 비중으로 창작-향유했는가를 살펴보면, 김천택 형(型)이 5인, 김수장 형이 6인, 이세춘 형이 43인으로 절대 다수가 사설시조의 창작과 향유에는 관심이 없고 전문음악인으로서 오

---

22) 김흥규, 「사설시조의 시적 시선 유형과 그 변모」 및 「조선 후기 사설시조의 시적 관심 추이에 관한 계량적 분석」, 『욕망과 형식의 시학』, 태학사, 1999, 참조.
23) 신경숙, 「초기 사설시조의 성인식과 시정적 삶의 수용」, 『한국문학논총』 16집, 한국문학회, 1995, 219~220면 참조.

로지 가곡의 연창에만 전념함을 알 수 있다. 평시조와 사설시조를 아울러 창작-향유한 김수장 형도 그 비중을 살펴보면 김수장(평시조 87수 : 사설시조 38수), 박문욱(평시조 5수 : 사설시조 12수), 김묵수(평 4수 : 사설시조 4수) 3인만 사설시조에 적극성을 보이고, 나머지 가객들(문수빈, 김태서, 김우규)은 사설시조 작품을 단 1수정도 남기고 있을 뿐이다. 시조는 음영과 가창 텍스트여서 문학적 향유와 음악적 향유를 동시에 충족해 왔지만, 사대부는 시인묵객이므로 '문학적 향유'에, 가객은 음률에 정통한 전문 음악인이므로 '음악적 향유'에 보다 전념하는 활동을 해왔기 때문이다.

중서 가객층의 사설시조참여는 만횡청류의 공식 등재(18세기) 이후에나 볼 수 있어서 그 이전에 향유된 만횡청류 116수의 존재를 설명할 길이 없다. 또한 그 음악적 취향이 음성(淫聲)보다는 정성(正聲)을 중시하는 사대부층의 음악관을 보다 충실히 따른 것도, 사족(士族) 층의 적극적인 후원에 힘입어 가능했던 탓이며, 전문 음악인으로서의 시조 활동 참여라는 그들의 신분적 한계 때문이다. 이와 같이 중서 가객층의 사설시조 참여는 역사적 자아로서의 자기 계층의 고뇌나 현실 문제 보다는 예술인(음률에 정통한 전문음악인)으로서 시조활동에 참여했기 때문에 자기 계층의 정체성(正體性)보다는 그들의 후원자 위치에 있는 사족 층의 취미나 기호 혹은 이념에 영합하는 경향이 강했다. 이런 근본적인 한계 때문에 이들이 사설시조 담론을 주도해 갔다는 주장은 성립하기 어렵다.

그리고 사설시조인 〈장진주사〉나 만횡청류가 전후의 계승관계가 없이 조선 후기에 과도기적 양식으로 잠시 나타났다가 자연 도태된 양식이라거나 시조(가곡)와는 계통이 다른 별도의 양식이라는 견해들이 전

혀 터무니없는 주장임은 사대부 취향의 〈장진주사〉와 민요 취향의 만
횡청류에 속한 작품 하나를 임의로 뽑아 시조의 형식 특징과 대비해보
면 분명히 드러난다. 장르의 양식은 무엇보다 형식적 특징으로 구현되
는 까닭이다.

먼저 정철이 지은 〈장진주사〉의 형식 특징을 보면,

①훈 盞(잔) 먹새그려˘/ ②쏘 훈 盞 먹새그려˘/ ③곳 것거 算(산) 노코˘/
無盡無盡(무진무진) 먹새그려//

이 몸이 주근 後(후)에˘/ 지게 우희 거적 더퍼˘ 주리혀 믜어가나˘ 流蘇
(유소) 寶帳(보장)에˘ 萬人(만인)이 우러녜나˘ 어옥새 속새˘ 덥가나무 白楊
(백양)수페˘ 가기곳 가면˘ 누른 히 흰 달˘ 7는 비굴근 눈˘ 쇼쇼리 브람
불 제˘/ 뉘 훈 盞 먹쟈 홀고//

④후믈며/ ⑤무덤 우희˘ 진나비 프람 불 제˘/ 뉘우춘들/ 엇지리//

(/는 토막, //는 장 구분, 밑줄은 마디(음보), ˘는 2음보격 단위 표시)

숫자로 표기한 바와 같이 현행(現行) 여창가곡을 따라 표기하면 음악
적으로는 5장의 가곡창(현행은 여창이지만 송강의 시대에는 남녀창 구분 없이
불렀을 것)으로 불렸지만, 이 작품을 문학적 어법에 따라 표기하면 위와
같이 평시조의 3장체계 형식과 단위를 그대로 따르면서 다만 말 수를
늘여 '2음보 단위로 확장'(2음보격 연속체)한 것에 불과하다는 사실을 알
수 있다. 그보다 주목할 사실은 이 작품에서 고딕 글씨로 표기한 것만
뽑아 새로이 재편하면 다음과 같이 완벽하게 평시조가 된다는 것이다.

훈 盞∨ 먹새그려/ 쏘 훈 盞∨ 먹새그려//
이 몸이∨ 주근 後에/ 뉘 훈 盞∨ 먹쟈 홀고//
후믈며∨ 진나비 프람 불 제/ 뉘우춘들∨ 엇지리//

(∨표는 마디, /표는 구(句), //표는 장(章)을 구분한 것임)

이러한 현상은 민요에서 소재와 모티프, 어법을 취해온, 만횡청류 548번 작품에서도 똑같이 확인된다.

> ①귓도리/ 져 귓도리/ ②어엿부다/ 져 귓도리//
> ③어인 귓도리ˇ/ 지는 둘 새는 밤의ˇ 긴 소릐 쟈른 소릐ˇ 節節(절절)
> 의 슬픈 소릐ˇ/ 제 혼+자 우러녜어ˇ/ 紗窓(사창) 여읜 줌을ˇ 술드리도
> 씨오누고//
> ④두어라// ⑤제 비록 微物(미물)이나ˇ/ 無人(무인) 洞房(동방)에ˇ 내
> 뜻 알리는ˇ/ 더쏜인가 ᄒ노라//
>
> (/는 토막, //는 장 구분, 밑줄은 마디, ˇ는 2음보격 단위 표기)

이 작품을 수록한 『가곡원류(국악원본)』를 따르면 숫자로 표시한 바와 같이 5장의 가곡창 형식으로 불린 것이 확인되지만, 문학적 어법을 따라 재편하면 위와 같이 되어 평시조의 3장체계 형식과 단위를 그대로 따르면서 2음보격 연속체로 말 수를 확장하여 사설시조가 되었음을 보여주고 있다. 그리고 〈장진주사〉와 마찬가지로 고딕 글씨 부분을 뽑아 재편성하면 다음과 같이 완벽한 평시조를 이룬다.

> 귓도리∨ 져 귓도리/ 어엿부다∨ 져 귓도리//
> 제 혼자∨ 우러녜어/ 여읜 줌을∨ 씨오누고//
> 두어라∨ 내 뜻 알리는/ 더쏜인가∨ ᄒ노라
>
> (∨표는 마디, /표는 구(句), //표는 장(章)을 구분)

이와 같이 사설시조는 평시조의 형식을 그대로 따르되 다만 말 수를 2음보격 연속체로 확장하여 엮어 짜나감으로써 장형(長型)을 이루는 생성 메커니즘을 갖고 있음이 확인된다. 이러한 현상은 무엇을 의미하는가? 사설시조는 평시조의 형식을 무한정 자유로이 파괴-일탈하여

생성된 별개의 독립장르 혹은 대항장르가 아니라 평시조를 모태로 하는 자(母) 장르 관계에 있음을 명백히 하는 것이 아닌가? 사설시조는 전후의 계승관계가 없는 무적(無籍)의 장르가 아니라 평시조를 태반으로 하는 족보가 분명한 장르인 것이다.

4. 사설시조의 현대적 계승 방향

사설시조의 현대적 계승은 생각보다 활발하지 못한 것이 사실이다. 김천택의 가집에서 만횡청류가 차지하는 비중에서 확인했듯이 조선시대에 사설시조는 평시조와 4:1 정도로 활발하게 창작-향유되었다. 예악(禮樂)을 중시하는 유가들의 기준으로 볼 때 시조를 통한 심성의 수양과 풍속의 교화를 꾀하고 도(道)를 싣는 도구로 여겼던 사대부들도 대소 연회에서 혹은 풍류의 장(場)에서 파탈의 미학을 이 정도로 즐겼음에 비한다면 그러한 이념과 사상에서 자유로운 현대사설시조의 창작과 향유는 빈약하다 할 것이다. 이러한 현상은 시조와 같은 정형률로부터의 자유로운 일탈은 이미 자유시가 충분히 감당하고 있기 때문에 시조를 통해 일탈의 미학을 추구해야 할 필요성이나 욕구가 그만큼 줄어든 탓으로 이해된다.

그렇더라도 시조의 하위 장르로서 사설시조를 창작-향유하는 것은 그와 근본을 달리하는 자유시를 향유하는 것과는 그 추구하는 미학의 현격한 차이가 있기 때문에, 현대에서도 사설시조 특유의 미학을 향유한다는 것은 그만큼 민족적 감성으로서 시인이 발견한 세계의 의미나 정감의 결을 다양하게 즐길 수 있는 기회를 갖는 것과 직결되므로 사설시조의 위축은 바람직하다 하기 어렵다. 사설시조는 평시조의 엄정한 형식과 아정(雅正)한 미학을 일탈하는 즐거움을 향유할 수 있으며, 자유시의 방만하고 메마른 미학을 상당 정도 제어하고 보완하는 특유의 즐거움을 맛볼 수 있어서 더욱 그러하다는 것이다.

　그렇다면 바람직한 사설시조의 현대적 계승 방향은 어떠해야 할까? 크게 두 가지 측면에서 생각해 볼 수 있다. 하나는 형식면에서 현대 사설시조의 정립이고, 다른 하나는 말 부림의 방식(풀이성과 놀이성)에서의 정립이 그것이다.

　먼저 형식면에서 현대 사설시조의 정립 방향에 대하여는 필자가 사설시조의 정체성을 갖추는 세 가지 형식 요건으로 ①초장-중장-종장의 3장으로 완결하는 시조의 정형 틀을 준수한다. ②종장의 첫째 마디(음보)는 반드시 3음절로 하고 둘째 마디는 과음보로 하는 형식 규율을 지킨다. ③각 장의 길이는 자율적으로 조정하되, 평시조에서 '4개의 마디(음보)'로 실현되던 것을 '4개의 토막(통사-의미 단위구)'으로 확장한다. 각 토막은 '2음보격 연속체'로 짜나감으로써 평시조의 절제된 형식을 풀거나 혹은 말을 엮는 재미의 미감을 갖도록 한다고 제시한 바 있다. 그러면서 현대 시인들이 이러한 사설시조의 정형의 틀을 잘 인지하지 못하고 무조건 '산문성'을 강화하여 사설을 확장하는 '잘못된 현대화'로 나아가는 경향이 주류적으로 자리 잡게 되었다고 언급한 바 있다.[24]

　필자의 이러한 형식 지정에 대해 어떤 평론가는 다음과 같이 비판한다.

---

24) 김학성, 「사설시조의 전통과 미학」, 『유심』, 2014년 9월호, 권두논단 참조.

그 '잘못된 현대화'와 과다한 '산문성'을 바로잡기 위해 뭔가 확실한 규정, 벗어나서는 안 될 틀, 정형(定型)을 세 가지로 잡아놓고도 사설시조는 정형시(整形詩), 문자 그대로 가지런하게 잘 정리된 시라니 뭔가 혼란스럽다. 반대로 사설시조의 미학을 파괴와 일탈로 보면서도 각 장을 '4개의 토막'으로 묶고, 토막을 '2음보격 연속체'로 정의해 오히려 일탈과 파격을 가로막고 있는 것으로도 보인다. 무엇보다 2음보격 연속체인 토막을 '통사―의미 단위구'로 보며 자의적으로 토막을 나누고 있지 않나 하는 감을 지울 수 없다.[25]

이러한 비판은 과연 정당한가? 정당하지 않은 비판은 더욱 큰 혼란을 조장할 수 있기 때문에 이에 대한 해명이 필요하다. 비판의 대상은 두 가지다. 하나는 사설시조의 정형 틀을 세 가지로 잡아 놓고도 정형시(整形詩)라 규정하니 더 혼란스럽다는 것이고, 다른 하나는 각 장을 4개의 토막으로 묶고 그 토막의 확장 단위를 2음보격 연속체로 지정한 것은 파격과 일탈을 가로막는 것이 되고 무엇보다 자의적으로 토막을 나눈 혐의가 있다는 것이다.

먼저 필자가 사설시조의 정형 틀을 3가지로 제시해 놓고도 정형시(定型詩)가 아닌 정형시(整形詩)로 규정한 이유는 그것이 ①과 ②의 요건에서는 시조의 정형(定型)을 유지하면서도 그 일탈의 미학으로 말미암아 ③의 요건에서는 각 장을 '4개의 마디'로 절제해야 하는 (평)시조의 정형을 깨트리고 감정의 분출 추이에 따라 자율적으로 그 마디의 단위를 일탈하여 확장함으로써 결과적으로 '마디'가 아니라 '토막(통사―의미 단위구)'의 단위로 될 수밖에 없는 형식 요건을 반영한 것이다.

---

25) 이경철, 「사설시조는 정형시(定型詩)인가? 정형시(整形詩)인가?」, 『정형시학』, 2014년 하반기호, 195면.

그래서 평시조는 원칙적으로 4개의 마디를 엄정하게 준수하는 정형시(定型詩)라 하고, 사설시조는 그 마디의 정형에서 일탈하되 멋대로의 자유분방한 일탈이 아니라 그 마디를 토막으로 확장하여 4개의 단위만은 준수하는 **자율적 조정에 의한 정제(整齊)된 형식이 된다는** 의미에서 정형시(整形詩)라 했던 것이다.[26] 즉 사설시조는 앞의 3가지 요건의 정형을 준수하되 ③의 요건에서만 마디를 토막으로 확장하여 자율적 크기를 보임으로써 정형을 준수한듯하면서 정형을 준수한 것이 아닌, 이은상이 평시조를 두고 말한 "성형이면서 정형이 아니고, 정형이 아니면서 정형(定型而非定型 非定型而定型)"이라고 하여 정형시(整形詩)라 지칭한 것이 사실은 사설시조에 더 어울려서 붙인 것이다.

다시 말하면 평시조는 주어진 정형의 틀을 엄정하게 따르는 정형시(定型詩)이지만, 사설시조는 그 정형의 틀을 깨고 감정의 분출 추이에 따라 자율적으로 조정하여 확장한 형태를 보이므로 정형시인 평시조와 차별화하기 위해 사설시조는 정형시(整形詩)라 했던 것이다. 이 때 정형(整形)의 뜻은 '가지런하게 잘 정리된' 것이라는 의미가 아니라 '다스리고 조정한다'는 정제(整齊)의 의미로 쓴 것이다. 사설시조가 평시조와 달리 자율적 조정에 의한 일탈의 형태를 보이므로 초장과 중장, 종장의 어느 마디, 어느 구에서 일탈을 보일지는 정해진 규정이 없이 순전히 감정의 추이에 따르므로 그 길이가 가지런하게 잘 정리되어 있질 않고, 또 어느 장, 어느 구, 어느 토막이 길어질지도 딱히 정해져 있지 않은 것이다.

그렇다고 그 일탈이 무한정 자유롭게 허용되는 것이 아니라 평시조

---

26) 김학성, 앞의 책 권두논단 참조.

의 4개의 '마디'내에서 그 '마디'를 '토막'으로 확장하는 방식으로 '정제되는 형태'를 띤다는 의미에서 자유시와 차별화하기 위해 정형시(整形詩)라 한 것이다. 사설시조는 주어진 정형(定型)내에서 자율적으로 조정되는 '정제된 일탈'이고, 자유시는 주어진 정형 없이 자유분방하게 '의미율'로만 조정되는 자유로운 형태이므로 차별화 할 필요가 있으며, 그런 점에서 사설시조는 결코 자유시가 아니라는 것이다.[27] 사설시조의 파격과 일탈만 중시하다보면 자유시로까지 확대 해석하거나 근대 자유시의 단초(端初)로 보는 경우가 있는데 이러한 오해를 바로잡고 경계하려는 것이다.

다음으로 사설시조의 각 장을 4개의 토막(통사-의미 단위구)으로 묶고 그 토막을 2음보격 연속체로 보는 것은 사설시조의 일탈의 미학을 가로막는 것이 되고 토막을 자의적으로 나눈 결과가 아니냐는 비판에 대해서 검토해 보자. 이미 앞에서 살펴 본 바와 같이 사설시조의 일탈의 미학은 무한정 자유롭게 추구하는 데서 구현되는 것이 아니라 각 장에서 2음보(2모라)로 절제되어 있는 평시조의 '마디'의 단위를 깨뜨리고 벗어나 '보다 큰 단위'(필자는 이를 '토막'이라 명명했다)로 사설을 확장하는 데서 획득되는 것이므로, 4개의 마디가 4개의 토막으로 되는 것은 필연적인 것이지 자의적인 것이 결코 아니다.

그리고 그러한 토막의 크기는 어느 특정 토막이 얼마만큼 크기로 실현되어야 한다는 강제적이거나 규범적 틀이 없이 감정의 추이를 따라 통사론적 단위나 의미론적 단위로 자연스럽게 그 크기가 단위 별로 자율적으로 이루어지는 까닭에, 각 장을 4개의 토막으로 묶은 것

---

27) 사설시조의 이러한 일탈의 양태(樣態)를 자유분방한 것으로 오인한 나머지 한 때 "사설시조는 자유시다"라고 선언하기도 했다. 이에 대하여는 박철희, 앞의 책 참조.

이 되면서도 그 크기의 자유로움으로 인하여 일탈의 미학을 결코 가로막는 것은 아니라는 것이다. 또한 각 장이 4개의 토막으로 단위화되어 제한되는 것은 사설시조가 시조의 하위 장르로서의 정체성을 갖기 위한 **4개의 마디를 대체(代替)하는** 단위여서 필연적으로 요구되는 형식요건이지 자의적으로 토막을 나눈 결과는 아니다. 만약 그러한 정형의 틀마저 일탈한다면 앞에서 말한 대로 '도를 넘은 일탈'이 되어 사설시조가 아니라 잡가가 되는 것이다.[28) 그런 점에서 사설시조는 자유분방한 일탈을 추구하는 것이 아니라 '절제된 일탈'의 미학을 추구한다고 해야 온당하다.

그리고 사설시조에서 늘어나는 사설을 감당하기 위해 마디를 토막으로 확장하여 대체할 때, 마구 산문적으로 확장하는 것이 아니라 2음보격 연속체로 실현된다는 점도 형식 요건으로 유념할 필요가 있다. 평시조에서 2음보는 구(句)의 단위가 되어 각 장(章)에서 서술을 엄정하게 억제하는 데 중요한 역할을 하지만, 사설시조에서 2음보는 그 반대로 사설을 확장하는 데에 경쾌-발랄한 엮음 방식으로 즐겨 애용되는 서술의 단위구로 중요한 역할을 하는 것이다. 사설 확장의 운용에 있어서 2음보격이 단위가 되어 그것의 연속체로 되는 이유는 그것이 우리 시가 운율의 기본 율격이기 때문이지 필자가 임의로 끌어낸 것은 아니다.[29)

---

28) 사설시조의 형식 요건 3가지 가운데 ①은 아주 잘 지키면서 ②는 종장의 첫 마디를 비롯하여 다른 마디에서도 파격을 보이거나 일탈하는 경우가 상당히 있고 ③의 요건에서는 4토막을 넘어 5토막 이상의 장형을 보이는 경우가 많아 결과적으로 '도를 넘은 일탈'을 보이는 텍스트가 〈엮음 수심가〉 같은 서도잡가나 〈역금 삼장(三章)〉 같은 휘모리 잡가에 많이 보인다. 기존에는 이들 작품을 사설시조로 오인한 경우가 상당히 있었는데 이들은 1910~20년대에 대량으로 쏟아져 나온 잡가집이나 유성기 음반 가사집에 실린 잡가들로서 정가(正歌)에 드는 사설시조와는 격이 다른 노래군이다.

거기다 사설시조의 이런 사설 확장 단위는 '음악적 단위'에도 그대로 적용됨을 확인할 수 있어 더욱 확신할 수 있다. 즉 가곡창에서 평시조나 사설시조 모두 16박 한 장단을 기본 장단으로 하되, 사설을 늘일 때는 그 늘어난 만큼 장단의 수를 늘리거나 사설을 촘촘히 박아서 배열하는 방법을 쓰며, 이 때 **8박**(반각이라 함)**2개를 하나의 선율형**(문학적으로 2음보에 해당)으로 삼고 있다. 사설시조가 문학적으로 2음보 연속체로 되는 것과 마찬가지로 그것을 악곡에 얹어 부를 때도 이처럼 반각 2개를 하나의 선율형으로 하여 사설을 촘촘히 박아 넣는 방식을 택하는 것이다. 시조창에서도 평시조나 사설시조 모두 5박과 8박을 교체하는 방식을 기본으로 하면서 확장할 때는 사설을 촘촘히 박아 넣는 것은 같다. 이러한 음악적 동일성은 사설시조가 아무리 민요 취향을 보인다 하더라도 평시조와 공동의 향유 기반 위에서 생성된 동일한 계통의 성악곡임을 입증해주는 모자(母子) 관계의 장르임을 분명히 해준다.

물론 사설의 확장에서 2음보격 연속체의 이러한 엮음 방식은 모든 율격이 그러하듯이 반드시 따라야 하는 강제 규칙이 아니므로 감정의 기복과 추이에 따라 그 규준을 벗어나 1음보가 더 늘어날 경우(이렇게 되면 3음보로 됨)도 있고, 1음보가 부족할 경우(이렇게 되면 1음보로 됨)도 가끔은 허용된다. 다만 그것은 규범적 표준일 뿐이라는 것이다.

사설시조의 정형성에 대해 앞에 인용한 평론가는 필자가 제시한 형식 규정이 맞지 않음을 입증하는 실제적인 예로 윤금초와 이지엽의 작품을 들어 비판하고 있다.

---

29) 2음보격 연속체는 사설시조에서 뿐만 아니라 우리의 전통 시가인 민요, 가사, 잡가, 판소리, 무가(巫歌) 등에서 사설을 확장할 때 즐겨 활용되는 기본 율격 양식이 되고 있다.

꽃게나 방게나 뭐
게걸음 치긴 매한가지.

　재수 없는 선 포수˘ 곰을 잡아도 웅담 없고˘, 재수 없는 당달봉사˘ 괘문
(卦文) 노상 외워둬도˘ 개좆부리 하는 이 없는 법˘. 언제나 무궁 세월˘ 소
태 같은 세월이랴˘ 남는 건 맨손바닥 맨주먹 뿐˘, 그 꼴이 무슨 꼴이람˘./
죽 쑤고 뭐 데이고˘, 귀싸대기 맞고 뭣 버리고˘, 아침밥 거른다더니만…
…˘. 낙태한 고양이˘ 낯짝하고설랑˘ 이제 와서 죽은 자식 죽은 자식 그것
만지기지˘. 암만…˘. 언청이 아가리에˘ 토란 비어지듯˘ 고것 참, 고것 참˘,
얼간망둥이 꼴로˘ 주책없이 껑충거리긴˘./ 제 돈 칠푼은 알고˘ 남의 돈 열
네 닢은˘ 모른다는 수작이군˘. 한 치 벌레에도˘ 오 푼의 결기가˘있는 게라
네˘ 까마귀 똥도 닷 푼이요 하면˘ 물에다 갈기더라고˘ 등치고 배 문지르
는데˘ 이골 난 아전관속˘ 요사(妖邪)로, 요사로 사는 게˘ 세상 이치 아니
던가˘?/ 꽃게나 방게나 뭐˘ 게걸음 치긴 매한가지˘ 손돌이 바람 지나고
난˘ 쇠전머리 파장마당˘ 장대로 하늘 재는˘ 허욕일랑 내려놓고˘, 삿된 허
욕 다 내려놓고,//

누렁소
영각 켜는 소리
작작하게, 작작해.

- 윤금초, 〈뜬금 없는 소리 26〉
(/는 토막, //는 장 구분, 밑줄은 마디(음보), ˘는 연속체 단위 표기)

　이 작품의 형식 단위를 분석하면서 앞에서 거론한 평론가는 "중장이
4토막보다 훨씬 더 늘어나 있다"고 하면서 "김교수(필자를 지칭)가 토막
을 '통사-의미 단위구'로 보았기에 이 중장의 토막은 마침표 8개와 물
음표 1개, 그리고 중장을 마감하는 쉼표 1개로 보았을 때 10개 토막이
된다. 그리고 2음보격 연속체로서 토막으로 볼 수 없는 토막도 눈에

띈다"[30]라고 비판을 이어갔다. 이 작품의 중장을 10개 토막으로 본 것은 마침표와 물음표 같은 문장 단위 즉 순전히 '통사 단위구'로만 헤아린 결과이다. 필자가 토막을 '통사 단위구'라 하지 않고, 굳이 '통사-의미 단위구'라 한 것은 통사 단위로서만이 아니라 의미 단위로도 분석해야 한다는 취지를 내포하고 있다. 따라서 토막의 단위를 분석하고자 할 때 ①통사론적 단위 구분, ②의미론적 단위 구분, ③통사 단위와 의미 단위를 아울러 감안한 단위 구분의 세 가지 측면에서 접근해야 올바른 토막 구분이 가능한 것이다. 사설시조는 문장 단위 같은 통사 단위를 훨씬 넘어서는 사설 확장을 보이는 경우가 많기 때문이다.

앞에 인용한 작품도 중장에서 통사 단위를 훨씬 넘어서는 사설 확장을 보인 것이므로 당연히 의미론적 단위로 구분해야 '토막'의 단위가 올바르게 드러나고 작품의 의미 전개도 파악해 낼 수 있다. 이에 따라 작품의 중장을 통사 단위 아닌 의미 단위구로 토막을 분석하면 필자가 위에서 분석한 바와 같이 4개의 토막으로 구분되어 사설시조의 형식 요건을 준수하고 있음이 확인된다. 물론 의미론적 단위를 따라 위와 같이 4토막으로 구분한 것은 자의적인 것이 아니라 음보들 간의 의미의 응집력과 앞뒤 맥락의 결속 도에 따른 필언적인 것이다.

이 작품의 중장은 언뜻 보면 작품의 제목이 말하듯 전후의 맥락이나 해당 상황에 맞지 않게 불쑥불쑥 내뱉는 그야말로 '뜬금없는 소리'로 잇달아 주워섬기는 사설의 연속으로 되어 있어 어디서 어디까지를 의미론적으로 토막을 내야할 지 난감해 보인다. 그러나 시조에서 중장은 초장에서 일으킨(기(起)에 해당)시상을 이어 받아(승(承)에 해당) 그 의미

---

30) 이경철, 앞의 글, 197면.

를 확대하고 부연 설명하여 '반복의 미학'을 구현한다는 시상 전개 방식을 떠 올린다면 그리 어렵지 않게 토막의 분단이 가능하다. 초장에서 "꽃게나 방게나 게걸음 치긴 매 한가지"라고 전제함으로써 잘난 놈이나 못난 놈이나 거기서 거기까지 걷다가 한 세상 살다 가는 것은 마찬가지라는 의미를 중장에서 여러 사례를 들어 부연 설명하는 의미 기능을 갖는다는 관점에서 보면 그렇다는 것이다.

그런 점에서 중장의 첫 토막은 "재수 없는" 사람들이 "소태 같은 세월"을 남는 것 하나 없이 "멘손바닥 맨주먹"으로 살아가는 모습을 들어 "그 꼴이 무슨 꼴이람"이라고 하나의 매듭을 짓는 데까지 이어짐을 알 수 있다. 이어서 둘째 토막은 그런 재수 없이 맨주먹으로 살아가는 못난 사람들이 "죽 쏟고 뭐 데이고" 하면서 "아침밥"도 거르고, "낙태한 고양이 낯짝"을 하고, 이래저래 후회하면서 그래도 살아 보겠다며 "얼간망둥이 꼴로 주책없이 껑충거리"며 '방게 걸음'으로 살아가는 모습을 보여주는 데까지 이어진다. 셋째 토막은 얼간망둥이 꼴로 주책 없이 방게 걸음으로 살아가지 않고 "제 돈 칠 푼은 알고 남의 돈 열네 닢은 모른다는 수작"으로 "오푼의 결기"도, 자존심도 다 버리고 오로지 자기 잇속만 챙기면서 "등치고 배 문지르"며 "요사"로 사악하게 살아가는 행세 꽤나 하는("아전관속") 잘난 사람들의 '꽃게 걸음'으로 살아가는 모습을 보여주는 데까지 이어진다. 넷째 토막은 "꽃게나 방게나 뭐 게 걸음 치긴 매한가지"라 하여 맨주먹으로 주책없이 살아가나, 결기도 자존심도 없이 잇속만 차리고 살아가나, 즉 '잘난 놈'으로 살아가든, '못난 놈'으로 살아가든 한 세상 살다 죽는 것은 마찬가지이니 "장대로 하늘 재는" 무모하고 "삿된 허욕"을 "다 내려놓고" 살아가라는 충고의 말로 마무리한다.

　마지막 종장에서 초-중장에서 이어지던 "꽃게나 방게의 게걸음치"
는 인생살이의 의태적인 모습에서 "누렁소 영각켜는 소리"로 의성적
비유로 전환하면서 모든 허욕을 버리라는 인생살이에 대한 충고어린
고언(苦言)도 '뜬금없는 소리'에 지나지 않으니 "작작하게 작작해"라고
뒤집어 마무리함으로써 작품 전체를 해학적인 골계미로 끌어올리는 미
학적 완성도를 보여준다. 아무튼 이 작품에서는 중장의 4마디를 4토막
으로 확장하여 시정의 걸쭉한 입담으로 사설을 주어 섬기면서 차원 높
은 해학미를 구현한다. 그리고 그러한 해학미는 2음보격으로 연속되는
경쾌 발랄한 율격에 실려 '놀이성(유희성)'을 더욱 돋보이게 한다. 물론
2음보격은 강제 규범이 아니므로 그것을 가끔씩 벗어나 1음보를 더해
3음보로 일탈하는 파탈의 모습을 보임으로써 말놀이의 즐거움을 더 한
층 만끽하게 한다.[31] 그러나 그것은 허용되는 일탈일 뿐 규준은 아니
다. 2음보격 연속체의 율격을 철저히 지켜야만 하는 것은 아니라는 것
이다. 철저히 지키면 기계적 율격이 되어 단순-졸렬한 작품으로 전락
할 수도 있다.

　앞의 평론가는 또 다음 작품을 들어 필자의 사설시조 정형 규정을
비판한다.

　　녹우단에 내리는 비는 다섯 번은 울며 온다

　　하나는 시계풀과 참나무가 푸릇할 때 내리는 봄비
　　풀과 나무들 쭈뼛쭈뼛 울근울근 올라가는 소리
　　둘은 녹우당 앞 은행 나뭇잎이 떨어지는 소리

---

31) 밑줄 친 음보(마디)의 단위는 5음절 이내냐 넘어서느냐를 기준으로 삼은 것이다.
　왜 5음절이 한도인가는 앞에서 밝힌 바 있다.

500년된 줄기에 자디잔 잎들 입내미는 소리
셋은 녹우당 뒤편 대숲을 스치는 바람 소리
가지마라 너 가고 나만 남아 구멍으로 운다 운다
넷은 비자림(榧子林)에 스치는 옷 벗은 물결 소리
쏴아쏴아 미끈한 살결 연꽃 봉긋 벙글 듯
다섯은 비 갠 뒤 바닷바람, 달 밀어 올리는 소리
지국총지국총 어사와 닫드러라 닫드러라

양귀비, 꽃양귀비 붉은 오월에
싱그럽고 착한 비 오신다
한 번에도 다섯 번은 울며 오신다
― 이지엽, 〈초록색 비〉- 녹우단(綠雨壇)

이 작품에 대해 앞의 평론가는

> 녹우단에 비내리는 풍경을 다섯 장면으로 나눠 서정적으로 묘사하고
> 있는 시이다. 중장도 평시조의 4음보율을 가급적 지키고 있어 '마디'를 '토
> 막'으로 늘린 것으로 볼 수 없다. 토막으로 보더라도 각 두 행씩 다섯까지
> 나갔으니, 열 토막, 최소 다섯 토막으로는 잡아야 할 것이다. 그러하니 김
> 교수가 주장한 사설시조의 네 토막이나 2음보격 연속체 등도 재론해볼 필
> 요가 있다.[32]

라고 했다. 이 작품의 중장은 녹우단에 내리는 비에서 느끼는 정감을
다섯 토막으로 나누어 하나, 둘… 숫자를 붙여가며 서술했으니 열토막
이 아니라 다섯 토막으로 노래한 것이다. 그러니 사설시조는 4개의 토막
으로 완결해야 한다는 '절제된 일탈'을 넘어 '도를 넘은 일탈'임을 보여주

---

[32] 이경철, 앞의 글, 197면.

는 작품이다. 또한 각 토막의 확장이 2음보격 연속체로 되어 있지 않고 산문성을 띠는 경우가 훨씬 많이 보인다. 따라서 이 작품은 사설시조 영역에 드는 것이 아니라 3장으로 엮은 '잡가' 장르에 맥을 대고 있는 것으로 보아야 한다. 바로 현대사설시조의 이러한 작품을 두고 잘못된 현대화로 가고 있다고 필자가 지적한 것이다.

또 앞의 평론가는 중장에서 "평시조의 4음보율을 가급적 지키고 있다"고 했으나 실상은 그 반대로 4음보율을 지키지 않은 경우가 압도적이다. 그리고 평시조의 4음보율은 장(章) 단위에서 실현되는 것이지, 마디나 구(句)에서 사설을 확장하는 단위로 쓰는 것도 아니다. 4음보율을 지키면서 서술을 확장하는 4음보 연속체는 가사 장르에 속하는 것이지 시조가 아니다.[33]

시 전문지 『유심』이 2014년에 특집호로 엮은 현대사설시조 명편 15편으로 선정된 작품에서도 산문성을 강화하여 잘못된 현대화로 가고 있는 작품이 상당수를 차지하고 있는 것이 개탄해야 할 현실인 것이다. 이와 같이 도를 넘은 일탈을 보이는 작품들은 3장으로 구분했다는 것 외에는 자유시와 변별이 거의 불가능하다. 도를 넘은 일탈을 보이

---

33) 예를 들면 정철의 〈사미인곡〉이나 〈속미인곡〉 같은 사대부 가사의 경우 4음보율을 비교적 잘 지키면서 맨 마지막 행을 시조의 종장과 동일한 율격으로 마무리하는 작품이 상당히 보이지만 3장의 절제된 형식으로 완결하는 시조가 아니라 가사 장르로 보는 것이다. 4음보율은 시조와 가사에서 공통으로 활용되고 있지만 시조에서는 서술을 억제하고 절제하는 단위(章의 단위)로 쓰이고, 가사에서는 서술을 확장하는 단위(行의 단위)로 쓰여 정반대의 역할을 하고 있는 것이다. 시조에서 서술의 확장은 2음보율을 단위로 이루어지고 가사에서는 4음보율을 단위로 이루어짐에 차이가 있다. 단, 가사 역시 4음보를 다시 쪼개어 안짝구 2음보와 바깥짝구 2음보가 호응하면서 하나의 행을 이룬다고 볼 때는 2음보로 사설을 확장한다고 볼 수 있다. 그러나 가사는 2음보 연속체가 아니라 4음보 연속체다. 4음보를 행 단위로 하여 단락을 이루고 이 단락이 모여 한 편의 작품을 이루기 때문이다.

려면 차라리 자유시를 쓰거나 현대 잡가를 쓰는 것이 옳다. 따라서 사설시조의 정형성을 논의할 때 이런 도를 넘은 일탈을 보이는 작품을 준거(準據)로 삼아 "네 토막이나 2음보격 연속체 등도 재론할 필요가 있다"라고 한 비판은 어불성설(語不成說)이 아닐 수 없다. 어찌 잘못된 것이 표준이 될 수 있다는 말인가. 표준은 전형적인 고전 작품에서 찾고 그것을 전범으로 해서 정형적 틀을 삼아 현대화의 길을 모색해야 할 것이 아닌가.

그리고 그 현대화의 방향을 모색하는 일단으로 필자는 사설시조를 말 부림을 가장 중요시하는 '말의 장르'로 보고 "말 자체의 재미 곧 입담으로 향유하는 방향과, 평시조의 엄숙함과 진지함에서 오는 숭고미를 허물어뜨려 골계미로 향유하는 방향, 텍스트의 상황을 이야기 식으로 혹은 극적으로 구성함으로써 상황 자체를 즐기는 방식"이라고 세 가지 방향으로 제시한 것에 대해 앞의 평론가는 다음 작품을 들어 문제를 제기한다.

나, 너의 늪이고 싶다˘/ 너의 새들을 위한 서식지˘,/ 그 온갖 물풀들을˘ 껴안은 채 끈적한 나˘,/ 너의 늪이고 싶다˘//

몇 번의 전생이었던가˘/ 네게로 스미는 나˘,/ 아무도 보지 않는˘, 아무도 보지 않아˘ 더욱 장엄한 나˘,/ 너의 새벽 노을이고 싶다˘//

그렇게,/ 1억 4천만 년 전쯤에/ 갓 태어난 나,/ 너의 우포
　　　　　　　　　　　　　　　　　－ 박기섭, 〈우포에서〉
　　　　　　　(/은 토막, //은 장 구분, 밑줄은 마디(음보), ˘는 연속체 단위 표기)

이 작품에서 통사론적 단위와 의미론적 단위를 아울러 고려하여 통사－의미 단위구로 토막을 구분하면 각 장이 4개의 토막으로 짜여 있

고, 그 토막들의 확장은 대체로 2음보격 연속체로 이루어져 있어 사설
시조의 정형 틀을 잘 준수하고 있다. 앞의 평론가는 이 작품이 "산문시
로 보일 수도 있다"고 했는데 사설시조의 3가지 형식 요건을 두루 잘
갖추었으므로 산문시로 보일 염려는 전혀 없다. 오히려 현대사설시조
의 전범으로 삼을 만하다.

그런데 이 작품을 두고 필자가 제시한 "사설시조의 세 가지 방향 어
디에도 편입시킬 수 없는 순수 서정시다. 엄숙하고 진지하며, 말을 부
리거나 놀리지도 않고 있지 않은가."라고 하면서 "이 세 가지만으로 사
설시조의 장르적 성격을 다 싸안으며 규정하기에는 무리로 보인다"라
고 앞의 평론가는 비판한다. 일부 맞는 지적이다. 그러나 이 세 가지로
사설시조의 성격을 다 싸안았다고 말하진 않았다. 극히 제한된 지면에
서 현저한 특징 세 가지를 제시했을 뿐이다. 다만 인용한 작품 〈우포
에서〉가 엄숙하고 진지하며, 말을 부리거나 놀리지도 않은 순수 서정
시라 했는데, 이 작품을 쓴 시인이 평시조로 쓰지 않고 굳이 사설시조
로 선택한 것은 우포늪에서 느끼는 정서가 사뭇 진지하거나 엄숙하기
보다 격정적이고 과잉적인 반응으로 촉발되었다고 보아야 할 것이다.
그래서 "-고 싶다"라는 끓어오르는 열망이 초장의 반복에서 멈추지 않
고 중장에서도 거듭 반복되어 감정의 확대를 따라 말이 많아지고 말로
풀어버리는 말 부림의 시조가 된 것이다.

평시조의 진지하고 엄숙하며 절제된 양식으로는 "너의 늪이고 싶"
고, "너의 새들을 위한 서식지"도 되고 싶고, "너의 새벽노을이고 싶"
으며, 너에게 "1억 4천만 년 전쯤에 갓 태어난" 시원(始原)의 순수성과
모태성도 갖추어 베풀어주는 존재도 되고 싶은, 그 다양한 열망의 충
동을 결코 제어할 수 없으므로 그러한 격정을 맘껏 펼칠 수 있는 사설

시조로 표출한 것이라 이해된다.

크게 보아 현대사설시조는 〈우포에서〉처럼 감정 과잉을 제어하지 않고 말로써 풀어 해소하거나(풀이 기능), 혹은 〈뜬금없는 소리〉처럼 말 자체의 재미 곧 걸쭉한 입담을 곁들여 말놀이로 즐기거나(놀이 기능) 하는 시조의 두 가지로 그 장르적 성격의 방향을 정리할 수 있다. 현대사설시조의 이 두 가지 방향은 나라를 사랑하고 현실을 끝없이 염려하는 우환의식(憂患意識)으로 가득한 유가들이 긴장의 끈을 놓고 근심을 풀어버리거나(일탈된 풀이성), 시조를 놀이로 향유하는 과정에서 흥취가 고조되어 그 놀이를 적극화해 즐기거나(일탈된 놀이성) 하는 전통 사설시조의 두 가지 성향에 맥을 대고 있는 바람직한 방향이라 할 것이다. 시조의 기능 자체가 본래부터 풀이성과 놀이성을 갖는 것이지만, 평시조는 어디까지나 반듯하고 단아해서 결코 품위를 잃지 않는 절제된 풀이성과 놀이성을 갖는 것이 원칙이다. 그러나 사설시조는 그러한 반듯함이 풀어지고 단아함이 흐트러지는 파탈의 경지로 나아감으로써 놀이성과 풀이성을 보다 적극화하고 극대화해 향유하는 것이며,[34] 앞의 두 현대사설시조는 이러한 사설시조의 전통에 맥을 대고 있다는 것이다.

그런데 전통의 사설시조는 그러한 풀이성과 놀이성을 통한 일탈의 미학을 가곡창의 변격인 농-낙-편으로, 혹은 시조창의 사설시조로 향유해 왔지만, 현대사설시조는 악곡을 떠나 노래가 아닌 시로서 그러한 기능을 감당해야 하므로 모든 것을 '언어'로써 표출해야 하는 근본적인 차이를 갖는다. 따라서 고시조가 누렸던 노래로서의 풍격을 대신하여 현대 서정시로서의 언어 미감과 운용 방식으로 표출해야만 현대의

---

34) 전통 사설시조의 이 두 가지 성격에 대하여는 김학성, 「사설시조의 시학적 특성」, 『한국고시가의 거시적 탐구』(집문당, 1997), 375~380면 참조.

독자들에게 공감력을 획득할 수 있게 된다. 사설시조가 태생부터 '말부림'을 중요시하는 '말의 장르'이므로 '말을 어떻게 운용하느냐'가 관건이 되는 것이지만, 모든 것을 언어로 표출하고 언어를 대상화해야 하는 현대사설시조에서는 말 부림의 방식이 한층 더 중요시 되지 않을 수 없게 된 것이다.

또한 시민이 중심이 되는 현대 사회는 유가들이 전통시조를 즐겼던 조선시대와는 세계인식이나 패러다임에 근본적인 차이를 가지므로 정감을 표출하는 말 부림의 방식 또한 시조의 전통성을 계승하면서도 그러한 차이를 어떻게 현대적 미감으로 살려내느냐가 관건이 된다.

그래서 조선시대에는 '풀이성의 적극화' 기능을 추구하는 사설시조의 경우, 말 부림의 방식에는 크게 구애를 받지 않고 다만 반듯하고 단아함을 풀어버리는 파탈의 미학을 향유하면서 흥겨운 악곡을 따라 표출하기만 하면 되었지만, 현대사설시조는 독특한 말 부림의 방식이라야 더욱 효과적인 풀이 기능의 적극화된 정감 표출이 가능하게 된다. 다음의 작품이 그러한 예에 해당한다.

돌엔들 귀 없으랴/ 천년을 우는 파도소리, 소리……./ 어실머리로다, 어질머리로다,/ 내 잠 머리맡의 물살을 뉘 보낸 것이냐.//

천년을 수유라 한들 동해 가득히 풀어 놓은 내 꿈은 천(阡)의 용의 비늘로 떠 있도다./

나는 금(金)을 벗었노라, 머리와 팔과 허리에서 신라 문무왕(文武王) 그 영화 아닌 속박, 안존 아닌 고통의 이름을 벗고 한 마리 돌거북으로 귀 닫고 눈멀어 여기 동해바다에 잠들었노라./

천년의 잠을 깨기는 저 천마총(天馬塚) 소지왕릉(炤知王陵)의 부름이었거니/ 아아 살이 허물어지고 피가 허물어져 불타는 저 신라 어린

<u>계집애</u>˘ 벽화(碧花)의 울음소리˘, <u>사랑의 외마디</u>˘동해에 몰려와˘ 내 귀를 <u>열어</u>˘, //

　　대왕암(大王巖)/ 이 골짜기에 나는/ 잠 못드는 한 마리/ 돌거북///

　　　　　　　　　　　　　　　　– 이근배, 〈동해바다 돌거북이 하는 말〉[35]

　　(/은 토막, //은 장 구분, 밑줄은 마디(음보), ˘는 연속체 단위 표기)

　이 작품은 백제와 고구려를 평정하고 외세(당나라)를 몰아내어 마침내 삼국통일을 완수한 위대한 군주(君主)였던 신라 문무왕이 죽음을 맞아 "동해바다", "대왕암 골짜기"에 "한 마리 돌거북"으로 "잠들었"다고 상상력을 발휘하여 그 돌거북이 하는 말을 들려주는 방식으로 말부림을 독특하게 운용하고 있다. 그런데 실재의 문무왕은 통일의 위업을 달성하고 백성들의 안존을 지키며 나라를 어느 정도 반석 위에 올려놓았지만, 동해바다를 무시로 건너와 약탈을 일삼는 왜구로 인해 불안정함을 완전히 벗어나지는 못했다. 그래서 죽은 유해(遺骸)를 화장해 동해에 묻으면 호국대룡(護國大龍)이 되어 왜구의 침입을 막아 나라의 안존을 지키겠다고 유언함으로써 대왕암에 장사지낸 것으로 되어 있다.

　이러한 설화에 따르면 문무왕은 동해바다에서 신령스런 큰 용이 되어 외환(外患)을 막아 죽어서도 나라의 안존을 굳게 지키는 신성한 인물로 설정되어 있지만, 이 작품에서 시인은 "살이 허물어지고 피가 허

---

35) 이 작품에서 율격의 기층 단위가 되는 밑줄 친 부분의 음보(마디)의 결정은 통사적 단위를 우선적으로 고려한다면 필자가 자의적으로 분단한 것으로 오해하기 쉽다. 그러나 율격 단위의 결정은 낭독에 의한 것이 아니라 율독(律讀)을 따라야 하는 것이므로 ①율동적 양감(量感)의 등가적(等價的) 조정(調整)에 의한 율격론적 단위, ②의미의 응집과 결속 정도에 따른 의미론적 단위, ③문법적 단위를 따른 통사론적 단위의 순으로 결정한다. 따라서 통사 단위를 최우선으로 하는 것이 아니라 오히려 맨 마지막으로 고려해야 하는 것이다.

물어져 불타는", "어린 계집애의 울음소리"로 표상되는 나라 안의 걱정 거리 즉 내우(內憂)가 더 심각한 문제이고, 그런 문제는 용으로 표상되는 문무왕의 신령스런 힘으로 감당되는 것이 아니라 "천년의 잠을 깨" 어도 쉽사리 해결점을 찾지 못해 "잠 못드는 돌거북"의 표상으로 사설을 풀어나감으로써, 신화가 깨어진 현대의 우리네 삶의 고통—천년 전 신라의 어린 계집애 벽화 이래 오늘까지 계속되는 고통이다—이 신화적 인물의 신령스런 힘으로 쉽사리 해결될 수 없음을 '돌거북의 화법' 으로 말해주고 있다. 이제 용으로 표상되던 신화시대는 가버렸다. 대신 오늘 우리네 현실의 고통과 고난에 "귀 닫고 눈 멀어" 천년을 잠들어 있는 "돌 거북"의 형상으로 왜소화되어 우리 앞에 놓여 있다. 아니, 그 고통을 끝내 해결해 주지 못한 채…신령스런 모습을 벗고 "대왕암 골짜기"에 "잠 못드는 돌거북"의 형상으로 누워 있는 것이다.

　이렇게 그 위대하고 신령스러웠던 문무대왕의 형상이 오늘 우리네 현실의 결핍을 해결하지 못한 채 잠 못 드는 돌거북이 되어 우리에게 모습을 드러냄으로써 현대의 독자들에게 생생한 모습으로 재현되어 있는 것이다. 그 생생한 모습을 "돌거북의 말"로 우리에게 들려줌으로써 대용화법(代用話法) 즉, 자유간접화법의 서술 효과를 톡톡히 보여준다. 현대사설시조의 세련된 말 부림 방식을 새롭게 보여주는 것이다. 다시 말해 여기서 들려주는 돌거북의 말은 사실은 돌거북의 말이 아니라 살과 피가 허물어져 불타는 우리네 아픔과 고난을 해결해내지 못하는 답답한 오늘의 현실을 풀어내고자 하는 시인의 마음을 대리 서술하고 있다는 것이다.[36]

---

36) 이러한 대용화법은 앞서 인용한 「우포에서」도 우포늪이 시인의 마음을 대리하여 열망을 풀어내는 말 부림 방식으로 세련되게 서술되어 있어 공감력을 한층 드높이

다만 말 부림의 율동 형식에서 이 작품은 앞의 〈우포에서〉보다는 각 토막을 이루는 2음보격 연속체의 율동이 상당히 불안정하게 조성되어 있을 뿐 아니라, 가장 긴 확장을 이루는 중장에서 세 번째와 네 번째 토막이 불분명하게 구분된 채 확장을 이루어 오히려 중장을 세 토막의 구성으로 보아야 자연스러울 정도로 불안정하게 짜여 있다. 이는 〈우포에서〉가 시조만을 전문으로 창작하는 시인에 의해 시조의 정형적 율동과 토막, 그리고 그 범위 내에서의 일탈이 몸에 밴 정감 표출의 결과물이라면, 이 작품은 자유시와 시조의 창작을 무시로 넘나들면서 자유자재로 양다리 걸치는 시인에 의해 자유시의 '산문적 율동'과 시조의 '운문적 율동'이 혼합되어 정감이 표출된 결과물이라 할 수 있다.

다음으로 현대사설시조에서 '놀이성의 적극화' 방향으로 주목되는 것은 〈뜬금없는 소리〉처럼 말 자체의 재미를 바탕으로 걸쭉한 입담을 곁들여 말놀이로 즐기는 방식이외에, 현대 사회의 부조리나 횡포, 악폐 등 부정적인 면에 대한 냉소적인 풍자와, 사물 현상 또는 사회 현상의 그러한 부정적인 면을 폭로하되 연민과 포용의 시선으로 감싸주는 해학의 말놀이 방식을 들 수 있다. 전통 사설시조에서 해학이나 풍자는 일탈의 미학을 추구하는 데 있어서 필연적으로 요구되는 골계적 말 부림의 방식이긴 하지만, 이미 앞에서 언급한 바와 같이 그 담당층은 경화사족 같은 사회적 강자들이 중심이어서 같은 지배 계층의 부정이나 모순, 부조리나 악덕에 대한 날카로운 풍자의 시선을 찾아보기 어렵다. 풍자가 성립하려면 강자가 강자를 비판하는 자기모순을 내포하지 않아야 하기 때문이다.

고 있다. 풀이의 기능을 갖는 현대사설시조의 말 부림 방식의 한 가능성으로 주목해 볼 필요가 있다.

그 대신 경화사족들은 민간이나 저자거리에서 소재나 모티프를 취해와 그들의 애환이 담겨 있는 인정물태나 가식 없는 성적 욕망을 따스한 연민과 포용의 시선으로 받아들이는 해학이 주류를 이룬다. 그러나 현대사설시조의 담당층은 소시민으로 살아가는 시인들이어서 지배계층이 향유했던 옛 사설시조의 여유로운 해학미를 그대로 따르지 않고, 사회적 약자로서 지배 권력의 부정과 부조리, 악폐 같은 어두운 면을 날카롭게 풍자할 수 있는 여건이 마련되어 있다. 다음 작품이 그 전범을 보여준다.

> 일신(一身)이 사자하니 물것 계워 못 살니로다
>
> 가랑니 같은 면허세 등록세 수퉁니 같은 취득세 교통세, 티코에도 자동차세 갓깬 이같은 주민세 재산세, 잔벼룩 굵은 벼룩 양도세 증여세 상속세 끊지 못해 담배소비세 유리지갑에 갑근세, 쥐 씨알만한 원고료에 에누리 없는 소득세 빈대 붙듯 달라붙는 인지세 부가세 특소세 투성이 세금 투성이로다−, 각다귀 사마귀 등 에아비 철석 붙은 전화세 주세 뭔 거래세? 흰 바퀴 누런 바퀴 바구미 거머리 살찐 모기 야윈 모기 모질도다, 모질도다 밤낮으로 빈틈없이 물거니 쏘거니 빨거니 뜯거니, "이내 몸은 깽비리 사자 하니 어려워라" 관세 탈세 면세 과세, 허세 실세 내세마세 노세 먹세 속세 만세!
>
> 그 중에 차마 못 견딜 건 물고 튄 놈, 나밖에 모른다던 놈 간 벼룩 님 벼룩 아니신가
>
> ─ 홍성란, 〈조세잡가〉

이 작품은 잘 알려진 이정보의 사설시조 〈일신(一身)이 사자ᄒ니~〉를 원전 텍스트로 하여 패러디한 작품이어서 해설이나 형식의 분석이 필요 없는 쉽게 읽히는 시다. 이정보의 일명 〈물것 타령〉이라 불리는

원전 작품은 갖가지 모양새를 가진 온갖 종류의 물것들을 열거와 과장
의 수사로 장황하게 나열하고 있는데, 그 말 부림의 어법이 시정의 잡
가 스타일로 되어 있고, 특히 중장에서 여러 물것 가운데 "사령(使令)
ᄌᄐ 등에아비"라는 서술이 있어 탐학(貪虐)에 시달리는 서민층의 괴로
움을 연상하고 약자인 서민층이 강자인 권력층의 수탈을 풍자한 작품
으로 이해한 바 있다. 그러나 작자를 이정보로 지목한 이 작품이 그와
동시대를 살아간 김수장이 엮은 일석본 『해동가요』에 실려 있어 작자
를 혼동할리 없는 데다 종장에서 지식인 사대부 신분답게 독서할 때
귀찮게 달려드는 '쉬파리'가 여러 물것 가운데 가장 못 견딜 존재라고
노래함으로써 서민층의 풍자가 아니라 지배계층의 여유로운 해학미를
맛볼 수 있는 작품임을 알게 한다.

　　그러나 이 〈물것 타령〉을 패러디한 〈조세잡가〉는 패러디(parody)가
모방적 풍자(mimetic satire)임을 십분 살려, 말 부림의 어법은 원전을
모방적으로 따르되 그 구현하는 미학은 원전의 여유롭고 따스한 해학
미를 버리고 시니컬한 풍자미를 구현함으로써 놀이성의 적극화 방면
에서 현대사설시조의 새로운 지평을 열어 놓았다 하겠다. 이 작품에서
열거와 과장의 수사로 수다스럽게 나열한 것은 말 엮음의 해학 넘치는
재미를 만끽하기 위한 것이 아니라, 온갖 명목의 조세에 시달리며 소
시민으로 살아가는 현대인들의 괴로움을 갖가지의 물것에 비유하여
날카로운 풍자로 놀이화한 것이다. 이것이 오늘을 사는 우리들의 어두
운 현실이기에 높은 공감력을 획득할 수 있는 것이다.

　　그럼에도 우리 주변의 현대사설시조에서 우리네 삶의 부정적 세계
상을 여지없이 폭로하고 날카롭게 고발하는 풍자의 말 놀이를 찾아보
기 어려운 것은 바람직한 현상이라 하기 어렵다. 절대 권력과 밀착된

사회 여러 부면의 온갖 비리와 부정, 부패, 모순과 부조리가 만연한 현대 사회에서 김지하의 『오적(五賊)』에 필적(匹敵)하는 풍자정신이 충만한 현대사설시조의 걸작은 언제 쯤 출현하는 것일까.

현대사설시조에서 풍자와 짝을 이루는 해학미의 전범을 보이는 작품으로 하나만 들면 다음과 같다.

> 암만해도 요놈의 봄이 ≪놀부뎐≫을 읽은 게야
>
> 아장아장 꽃수레 끌고 신바람 나오는 녀석 느닷없이 귓쌈 때려 그렁그렁 울려놓기,
> 지난 가을 땅에 든 뒤 행여 날짜 헷갈릴까 손톱 눈금 그어가며 우수 경칩 헤아린 개구리 땅거죽 축축 젖는 기색에 기지개 좀 켜자니 '이 놈아 자발떨지 마라' 시퍼렇게 오금 박기,
> 새살새살 할 말 많아 병아리 같은 부리를 달싹달싹 여는 개나리 그 어린 순둥이한테 사흘 낮밤 눈치주어 며칠씩 말문 틀어막기,
> 그러고도 심술 남아 마전 잘된 무명치마 봉긋하게 차려 입고 요 내 맵시 어떠냐고 사붓이 나서는 백목련을 웬만하면 두고 보지 황사 한 줌 휙 끼얹어 그예 가슴에까지 흙물 들게 하는구나.
>
> 그러다 내 언제 그랬느냐고 샐샐 웃는 저 넉살 좀 보아.
>
> — 신양란, 〈봄 이야기〉

이 작품 역시 쉽게 읽히어 군더더기 해설이 필요 없는 사설시조다. 가장 길어진 중장의 형식 또한 네 토막으로 분단되어 있어서 사설시조의 정형 틀을 잘 준수하고 있다. 리듬 또한 2음보격 연속체가 주류를 이루고 있어 민족 고유의 전통적 정감이 생동하고 있다. 사설시조의 형식은 이처럼 평시조의 틀을 모태로 하는 까닭에 평시조와의 긴장관계 속에서만 그 형식적 의미를 띨 수 있어 장형시조라 부르기도 하는

것이다. 사설시조는 시조라는 특정 장르의 정형 틀 내에서의 일탈이지, 정형시(定型詩) 일반으로부터의 일탈은 아닌 것이다. 정형시로부터의 자유분방한 일탈은 그래서 자유시가 된다.

그런데 전통 사설시조에서 일탈의 미학은 크게 **우아적 일탈**과 **골계적 일탈**의 두 계열로 정리된다. 전자는 풀이성을 적극화 하는 계열의 작품에 흔히 볼 수 있고, 후자는 놀이성을 적극화 하는 계열의 작품에 흔히 볼 수 있다. 이 가운데 '골계적 일탈'은 다시 풍자와 해학이 주류를 이루는데 전자는 도덕적 가치와 미적 가치가 일체성을 이루어 자기모순을 내포하지 않아야 하므로 전통 사설시조에서 찾아보기 어렵고, 후자는 도덕적 가치와 미적 가치가 분리되어 구현되는 것이어서 압도적인 흐름을 보여준다. 그런 점에서 앞에 인용한 〈봄 이야기〉는 전통 사설시조의 맥을 이은 전형적인 예라 할 것이다. 즉 오는 봄을 막으려는 동장군의 무자비한 놀부 심술을 도덕적 기준으로 비판하고 공격하기 위한 풍자가 아니라 그런 도덕적 잣대와는 상관없이 놀부의 심술을 미적으로 즐기는 해학으로 충일되어 있는 것이다. 도덕적 기준이 굳이 적용되지 않아도 되기에 시종일관 부드럽고 따스한 화평적 분위기를 견지할 수 있는 해학적 일탈은 그래서 현대사설시조에서도 맥을 이어야 하는 소중한 전통이라 할 것이다.

사설시조에서 이러한 미학적 일탈 이외에 놀이성을 적극화 하는 방면으로 주목되는 것은 스토리텔링으로 상황적 묘미를 한껏 즐기는 '서사적 기법'의 활용과 인물 상호 간의 대화를 통해 행동언어를 동태적으로 보여주는 '극적 기법'의 활용이라는 두 가지 말 부림 방식이 있다. 그러나 이 두 가지 기법의 활용은 어디까지나 표현 효과를 드높이기 위한 서술기법의 문제이지 서사 양식이나 극 양식으로의 전환을 의미하는 것은 아니다. 전통 사설시조에서는 이 두 가지 방식이 상당한 비중으로 발견되어 사설시조의 표현 양태를 다양하게 전개시켜 간 것이 확인되지만 현대사설시조에서는 이러한 전통의 맥을 잇는 작품이 극히 드물거나 발견되지 않고 있어 적잖이 실망이다. 그런 점에서 다음의 작품은 현대사설시조에서 '서사적 기법'을 활용한 소중한 예에 드는 텍스트다.

> 강원도 어성전 옹장이
> 김 영감 장롓날
>
> 상제도 복인도 없었는데요/ 30년 전에 죽은 그의 부인 머리 풀고 상여 잡고 곡하기를/ "보이소 보이소 불길 같은 노염이라도 날 주고 가소 날 주고 가소" 했다는데요/ 죽은 김 영감 답하기를 "내 노염은 옹기로 옹기로 다 만들었다 다 만들었다" 했다는 소문이 있었는데요//
>
> 사실은
> 그날 상두꾼들
> 소리였대요.
>
> – 조오현, 〈무설설(無說說) 1〉
> (/는 토막 구분, 고딕 글씨는 중개서술자의 개입, 밑줄은 간접화법으로 전용)

이 작품은 강원도 어성전에서 옹장이로 살다가 죽은 김영감의 장롓날, 상두꾼들이 그의 죽은 혼령을 달래기 위해서 부른 '상여소리'를 그대로 옮겨 놓은 화법을 취하고 있다. 어떠한 수식도 설법도 덧붙이지 않고 그대로 옮겨 놓았으되, 그 안에 시인이 설(說)하고자 하는 진리가 오롯이 담겨 있으니, 설(說)하지 않은 채로 설한, 그야말로 '무설설'이다. 작품의 중장에 이미 30년 전에 죽은 부인이 옹장이의 주검 앞에서

곡하는 말로, 그리고 그에 답하는 옹장이의 말로, 즉 두 등장인물의 시점이 교차되어 직접화법으로 표출되어 있고, 이들의 말을 전하는 중개서술자의 개입에 의해 간접화법으로 전용되는 서술자의 시점이 또 하나 작용하여 이중적 시점의 서사적 기법이 활용되어 스토리텔링을 형성하고 있다. 30년 전에 죽은 자와 이제 갓 죽은 자의 대화를 기반으로 하는 이러한 흥미로운 직-간접화법의 스토리텔링 설정이 우리네 중생들에게는 엄숙하고 진지하기만 한 종교적 설법보다 몇 배나 살가운 하나의 놀이성으로서 친숙하게 나아올 것임은 자명하다. "불길 같은 노염"으로 인생을 신산(辛酸)하게 살아온 옹장이의 삶과 그 한 많은 노염을 "옹기로 다 만들었다"는 스토리텔링에서 노여움의 불길로 표상된 '번뇌'와 잘 만들어진 옹기로 표상된 '반야(般若)'가 다르지 않음 곧 불이(不二)임을 흥미로운 이야기체의 사설로 놀이화함으로써 현대사설시조의 말 부림 방식에 또 하나의 가능성을 열어놓았다.

같은 시인은 이러한 이야기체의 서사기법을 더욱 확장하여 사설시조의 '일탈의 미학'을 넘어 그러한 형식을 초월한 '꽁트 시' 혹은 '이야기 시'로 지칭되는 영역에까지 나아간 바 있다. 〈염장이와 선사〉, 〈어미〉 같은 작품이 그에 해당하는데, 이들은 사설시조의 절제된 '일탈의 리듬'을 넘어, 무애 자재한 '초월적 리듬'으로 나아간 것이라 하겠다. 그런 점에서 이들 작품은 모두 선승(禪僧)으로서 쓴 시라기 보다 선(禪)의 경지에서 달관한 시인이 인간애나 모성애 혹은 자비심을 곡진하게 담아내되, 걸림 없는 형식의 운용으로 이뤄낸 또 하나의 시적 진경(進境)이라 하겠다.

5. 결론을 대신하여

이 글에서 가장 역점을 둔 것은 사설시조의 정형적 틀의 정립과 현대사설시조의 말 부림의 방식에 관한 방향 모색이다. 현대사설시조의 방향 모색은 앞으로도 더 탐구와 숙고를 더해서 보완해야 할 부문이다. 다만 형식의 정립에 관하여는 더 이상 소모적인 논쟁이나 혼란만을 조장하는 무위(無爲)한 비판이 없기를 희망한다. 이를 위하여 어떤 시인이자 학자가 시조의 형식에 대해 제기한 다음 작품의 비판을 예로 들어 결론을 대신하고자 한다.

> 사람은 두고 마음만 사랑할 수 있을까
> 널 사랑한 게 아니라 네 마음을 사랑했다고
> 가을도 다 지난 산언덕
> 가끔 지는
> 가랑잎
>
> 널 보내고 네 마음 다시 그립다고
> 먼 파도소리처럼 살 비비는 가랑잎 떼와
> 오백 년 그 너머 歌人에게
> 말해줘도
> 좋을까
>
> — 홍성란, 〈십일월〉

이 작품을 어떤 시인이 모범작으로 소개한 데 대해서 그는 다음과 같은 불만을 토로한다.

> 모범작이라고 소개한 작품들 중에는 시조형식에 영 틀리는 작품들이 소개됨에 제가 의견을 드릴 수밖에 없습니다. 저는 시조연구로 평생을 보

냈습니다. 시조를 정형시라고 말들은 하지만 뭣 때문에 정형시라고 하느
냐에 대해 영 이해가 안 되는 경우를 자주 보아왔습니다. (앞의) 홍 시인의
작품이 왜 시조가 아닌가를 말씀 드리고자 합니다.

"사람은 두고 마음만 사랑할 수 있을까" 이게 초장이라는 건데 이걸 음
보로 나누면 어찌 나누어야 합니까.

　1) 사람은/ 두고마음만/ 사랑할수/ 있을까

　2) 사람은두고/마음만/사랑할수/있을까

　1)로 읽으려 하니 '두고마음만'이 한 음보로서 자질이 못되고 맙니다.
말을 아무렇게 구겨 넣으면 음보가 되는 게 아니기 때문입니다. 이 부분을
떼어내 읽어보면 어색함을 알게 됩니다. 2)로 읽으려니 첫 음보가 5음절
이 되고 있습니다. 음보 안에 들어가는 음절수는 균형을 갖추어야 합니다.
3이나 4가 최빈치이면서 중앙치여야 하는 게 우리의 음보입니다. 이걸 단
한 곳 종장 둘째음보에서만 5음절이 나타나 전체 음보에 파격을 보입니다.
이 파격이 시조 율성의 특색입니다. 이것 때문에 밋밋하게 흘러가던 율성
이 역동화 됩니다. 그러나 파격이 자주 나타나서도 안 되고 안 나타날 때
나타나서도 원래 시조의 율성과 달라집니다. 4/4박자의 노래라 생각해보
십시오. 한 음표에 한 음절이 고루 들어가거나 어쩌다 한 음절이 빠지는
경우가 있을 수 있고 경우에 따라서는 종장에서처럼 5음절이 들어가는 수
가 있다고 생각해도 되겠습니다. 다만 5음절이 들어갈 자리는 따로 정해
났다고 생각해야 한다고 봅니다. 시조형식을 악보로 이해하면 이해가 쉽
습니다. 시조가 정형시이므로 규칙을 지켜야 하고 이 규칙이 악보화 되어
시조를 율독(律讀)하면 음악이 됩니다. 정형시는 음악시입니다.

　시조를 3장 6구라 할 때, 한 구는 두 음보의 결합입니다. 앞 음보의 음수
와 뒤 음보의 음수는 같거나 뒤 음보가 무거워야 합니다. 이것은 시조 뿐
아니라 가사, 민요에서도 나타나는 경향입니다. 이게 우리시가의 율성의
체질입니다. 사랑할수/있을까 이렇게 뒤가 가벼우면 우리 전통시가의 율성
하고는 어긋납니다. 이런 어긋난 율성의 시가를 우리 전통의 시가라 할 수
가 없습니다. 우리 성정(性情)으로 체질화된 가락을 무찌를 이유가 타당하

면 되겠는데 그런 이유가 없이 파격이 현대시조인양 생각하면 시조형식을
어지럽히고 우리 전통시가의 율성을 깨뜨리는 결과가 됩니다. 시조를 잘
지켜서 후손들에게 잘 전달하면 좋겠고 이것을 외국어로 번역한다고 할
때 한국의 시조는 형식이 들쭉 날쭉의 엉망인 것을 시조라고 하고 그것도
정형시라고 칭한다는 말은 안 들어야 할 것 아닙니까[37]

장황함을 무릅쓰고 길게 인용하였지만 시조의 형식을 논함에 있어
서 시조의 율성에 대한 정통한 이해를 하지 않을 경우 대부분 이런 생
각에 동조할 수도 있겠다 싶어 더 이상의 혼란을 막기 위해 시시비비
를 가려보기로 한다.

위의 글을 읽어보면 정형시로서의 시조의 전통을 사랑하고 아끼는
마음이 구구절절이 드러나 있다. 그러면서도 시조의 정형적 틀을 잘못
이해하고 있는 경우가 상당히 많고 또 음보(마디)를 결정함에 있어 중
요한 역할을 하는 율독과 그에 따른 파격의 문제에도 상당한 오해가
엿보여 이를 바로잡아 보고자 한다.

먼저 시조 율격의 기층 단위가 되는 음보를 바르게 나누는 문제다.
인용문에서는 초장을 "1)사람은/ 두고마음만/ 사랑할수/ 있을까 2)사
람은두고/ 마음만/ 사랑할수/ 있을까"라고 두 가지 경우를 제시하고,
어떻게 율독해도 시조의 초장 율성에 어긋나니 이런 작품은 시조가 아
니라는 결론이다. 그러나 이 두 경우 모두 잘못된 율독을 한 결과여서
바른 판단을 했다 하기 어렵다. 인용문의 논자도 숙지하고 있는 바와
같이 시조는 3장 6구로 된 형식이어서 두 음보가 하나의 구를 이루면

---

37) 임종찬 교수가 임성구 시인에게 보낸 이메일 편지에서 인용함. 두 분께 양해를 구
하지 못한 채 실어 죄송한 마음을 금치 못한다. 오직 학문적 목적으로만 다루었으므
로, 아마도 이런 무례를 양해해 주시리라 믿는다.

서 이것이 내구(안짝)와 외구(바깥짝)의 균형과 호응을 이루어 하나의 장을 이룬다. 그러므로 내구와 외구 사이에 반드시 구의 구분을 위한 중간 휴지가 와야 하는 것이 최우선의 율독이 된다. 중간휴지는 율격 휴지라고 부를 수 있는데 이는 내구와 외구의 경계표지를 이루는 자질이며 그 결정은 ①율격의 관습성을 근거로 하여 주어진 자질이 자연스러운지와, ②율격의 규칙성을 근거로 하여 분할된 단위들이 등가 관계가 이루어지는 지, ③언어학적 통사단위의 경계 내에 있는지의 순서로 행해야 한다.

그리고 나서 구를 이루는 음보 구분이 이루어져야 하는데 여기에는 ①율동적 양감(量感)의 등가적(等價的) 조정(調整)에 의한 율격론적 단위, ②의미의 응집과 결속 정도에 따른 의미론적 단위, ③문법적 단위를 따른 통사론적 단위의 순으로 결정한다.[38] 이러한 원칙에 의해 앞의 초장을 율독해 보면 "사람은/ 두고∨마음만/ 사랑할 수 있을까"(∨은 중간 휴지에 의한 구의 경계표지, /은 마디 구분)로 음보가 구분되어야 맞다. 그리고 보니 밑줄 친 부분에 파격을 보이고 있다. 여기서 유의할 것은 파격의 기준이다. 앞의 인용문에는 음절수를 기준으로 보고 음보 안에 들어가는 음절수를 최빈치이자 중앙치인 3이나 4로 맞추어 균형을 유지해야 한다고 했다. 그래서 모든 음보는 3이나 4음절로 균형을 맞추어 나가야 하지만 단 한 곳 종장의 둘째 음보에서만 5음절의 파격을 보이는 것이 시조의 율성이라 주장한다.

그러나 시조의 율격은 음수율이 아니므로 '음절의 수'를 기준으로

---

38) 이러한 율격론적 경계표지와 율독 단위의 결정에 대하여는 S. Chatman, *A Theory of Meter*, *Hague : Mouton*, 1965, 및 성기옥, 『한국시가 율격의 이론』, 새문사, 1986을 함께 참조한 것임.

음보가 구분되는 것이 아니라 '음절의 크기' 곧, 음절의 양(量, mora 수)을 4모라로 맞추는 '음량률'로 되어 있고, 시상(詩想)의 전환을 이루는 종장의 첫 음보만은 3음절로 고정하는 '음수율'을 보이는 혼합율격에 속한다고 보는 것이 옳다. 이렇게 보아야 절대 다수의 시조 작품이 이러한 정형률을 지키는 것으로 확인되지만, 음수율로 보면 대부분의 작품들이 그러한 율격을 지키지 않는 것으로 나타나게 된다. 그보다 음수율은 음절수를 고정해서 맞추어 나가는 율격이므로 3이나 4음절 중어느 하나로 전체의 음보가 고정되거나 아니면 특정의 음보에선 3음절, 다른 특정의 음보에서는 4음절 등으로 되어 음절수의 고정된 규칙이 실현되어야 하는데 시조의 율격은 전혀 그렇지 않다. 그러므로 이제부터는 일본시가의 율격에 영향 입은 음수율을 가지고 시조의 율격에 적용하는 '음수율의 망령'에서 제발 벗어나야 한다.

이제 시조의 율격을 각 장이 4모라의 크기에 해당하는 4음격의 음보로 된 4마디 율격으로 보고, 다만 종장에서만은 전환의 장치로서 첫마디가 3음절로 고정되고, 완결을 위해 둘째 마디가 두 음보의 결합에 의한 과음보로 실현된다는 혼합율격의 정형률임을 확고히 해야 시조의 정형에 대한 혼란이 잠재워질 수 있고 올바른 파격의 효과도 맛볼수 있게 된다. 이런 관점에서 앞의 작품 초장을 검토한다면 내구(안짝)는 각 마디가 4모라의 기준을 준수하고 있으나 외구(바깥짝)에서는 마지막 마디가 5음절의 한계를 넘어서는 7음절로 실현되어 있어 '과도한 파격'을 보이고 있다. 만약 마지막 마디가 8음절로 실현되었다면 '도를 넘은 파격'이 되어 엇시조가 될 번한 작품이다. 그렇다 하더라도 엇시조도 시조인 만큼, 앞의 논자가 주장하듯이 이 작품이 초장부터 이런 파격을 보인다 하여 시조가 아닌 것은 아니다. 그렇다면 김종서의 〈호기가〉는 초장부터 과도한 파격을 보였으니 시조가 아니란 말인가?

그리고 구를 형성하는 음보(마디)의 결합에서 앞 음보의 음수와 뒤 음보의 음수가 같거나 뒤 음보가 무거워야 한다고 했는데 여기서도 가벼운가 무거운가 혹은 같은가의 판단을 할 때도 시조가 음수율이 아니므로 음수를 따져서 판단한다면 잘못된 것이다. 음절수뿐만 아니라 음보의 크기를 이루는 장음(長音)과 정음(정음)의 개입도 고려해서 모라수(음량)로 따져야 옳다. 이렇게 볼 때 초장의 내구가 "사람은/ 두고"로 되어 음수로 보면 뒤가 가벼운 율격으로 보이지만 그런 것이 아니고 앞이나 뒤의 음보가 모두 4모라 크기로 동량(同量)이 되어 안정된 율격을 이루고 있는 것이다. 여기서 유념할 것은 우리의 전통시가가 앞, 뒤의 음보가 동량을 이루는 것이 원칙이고 그것을 파격할 때는 뒤가 무거운 성향을 띠는 안정된 율격을 취하는 것이 상례이지만 그것 또한 반드시 따라야 하는 강제적 규칙은 아니다.

따라서 앞의 작품을 시조가 아니라는 둥, 전통의 율성을 따르지 않았다는 둥 하는 주장은 근거 없는 공연한 '흠집 내기'로 비칠 수 있으니 삼가야 할 것이다. 문제는 혹시 과도한 파격이나 도를 넘은 파격이 일어날 경우 반드시 그래야만 하는 의미나 정서의 필연적 정황이나 내면적 심리의 불안정성이 바탕이 되고 있는가를 따져야 할 것이다. 정형률의 규칙을 어김으로써 오히려 더 생생한 미적 효과를 표출할 수 있는 율격적 허용이 시조에서도 적용되기 때문이다.

위당 정인보의 한시문학 평가

: 한시문학을 중심으로

1. 머리말

담원(詹園) 정인보(1893~1950)는 암울한 일제 강점기 시대에 올곧은 지조를 지키며 꿋꿋한 삶을 산 대표적인 민족지사의 표상으로 남아 있는 분이다. 그리고 양명학과 한학, 사학 등 국학에 두루 조예가 깊었으며, 상해에서 신채호, 박은식, 김규식 등과 함께 광복운동에 종사하였다. 해방 공간에서 조선문필가협회장, 국학대학장, 남조선민주의원 의원과 초대 감찰위원장 등을 역임했다. 담원의 시가 작품이라면 일반인들에겐 '흙 다시 만져보자 바닷물도 춤을 춘다'로 시작되는 〈광복절노래〉나 '기미년 삼월 일일 정오'로 시작되는 〈삼일절노래〉와 〈제헌절노래〉, 〈개천절노래〉의 노랫말 지은이로 더 친숙하다.

일찍이 담원의 내성(內省)은, "신해년(1911) 가을, 밤에 뜰을 거닐다가 문득 우러러보니, 거울 같은 하늘의 달이 마치 제 속을 비추는 것 같사와, 슬프게 스스로를 뉘우쳐 진땀이 흘러내려 등을 적셨사옵니다. (辛亥秋間 夜步庭中, 忽仰視, 天月如鏡, 如照我肝腸, 惕然自悔, 汗下沾背)"[1]

---

[1] 정양완 옮김, 「종형 인방(從兄 寅昉)께」, 『담원문록』 상권, 태학사, 2006, 108면,

에서 보듯 엄절했다. 18살이 되어 나라 잃은 비통으로 머리를 깎고 검은 옷을 입었으며, 더러 화류집에도 오갔고 더러 권세 있는 집에도 드나들었으나, 한때 잠시의 방황을 칼날 같은 마음으로 끊어 버리기 직전의 심회가 "天月如鏡(천월여경) 如照我肝腸(여조아간장)"으로 표현된 것이다.

일제강점기 마음과 힘을 다하는 지극한 정성으로, 빼앗긴 나라의 독립을 위해 진췌(盡瘁)한 민족지사의 표상인 담원 정인보는 위당(爲堂)이란 호로 더 친숙하므로 여기서는 위당이란 호를 주로 사용하기로 한다. 그러나 정식으로 칭하는 호는 담원(薝園)이니, 치자꽃 薝은 와신상담(臥薪嘗膽)의 쓸개 膽에서 육달 月을 빼고 초두 ++를 얹어 薪과 膽을 합성한 뜻의 字(자)로 의도된 것이다.2) '담원'은 원수를 갚기 위해 온갖 괴로움을 참고 견디며 독립을 위해 진췌해 온 위당의 굳고 곧은 정신과 삶이 오롯이 담긴 호로, "나라가 이지(肥)고 내 몸이 여위(瘠)면 여윈 속에 광휘가 있다."3)라는 결의가 내포된 것이다.

> 들자니 어머니의 범절이 아들을 잘 가르쳤다고 聞說母儀敎子良
> 어버이 그늘 아래 선열의 위에 오른 지 오래거늘 膝下久登先烈位
> 그 어머니 환갑이 이제란 말인가 欲疑周甲始高堂
> 구름 가에 달 뜨자 초가도 빛나니 月吐雲瑞茅屋輝
> 이지러진 달 머잖아 옛 만월로 돌아오리 虧輪無幾舊圓歸4)

113면.

2) 정양완의 「발문」, 앞의 책, 517면 참조.

3) 「마음의 절제」, 『담원 정인보 전집』 2, 연세대학교 출판부, 1983, 329면.

4) 「尹奉吉大夫人金氏周甲生辰在今冬至後二日 寄詩爲壽」, 『담원문록』 하권, 222~223면.

윤봉길(1908~1932) 의사의 어머님 회갑을 맞아 부친 위의 시는 그 어머님의 교육을 칭송하는 한편, 그 아들은 선열(先烈)의 위(位)에 오른 지 오래건만 그 대부인은 이제야 환갑을 맞았다는 말로 스물다섯의 나이로 순국한 아들에 대한 모정과, 해방이 되자 곧 분단된 민족의 현실을 이지러진 달(虧輪)에 탁물(託物)하여 머잖아 옛 만월로 돌아오리라는 표현으로 민족통일에 대한 염원을 중층화한 것이다. 이렇듯 스스로에 대해서는 엄절했으면서, 주위 사람들에게는 언제나 다정다감했던 담원의 문학인으로서의 면모는 거의 언제나 그의 시조집『담원시조집』을 중심으로 논의되어왔다.5)

그러나 위당의 시가문학 활동은 시조 못지않게 한시에도 비중이 두어져 있어서, 시조와 한시 작품이 양대 산맥을 이루고 있다. 그럼에도 그의 시가문학에 대한 천착은 시조에만 편중되어 왔던 것이 지금까지의 사정이다. 필자 역시 위당의 시조 문학에 대한 특성과 의미를 곡진한 인정·영사와 기행·교육자적 풍모로 나누어 논한 바 있는데6), 시조 부문에 대한 논의는 해당 논의에서 충분히 다루었다고 생각하므로 여기서는 중복 논의를 피하고 한문저작이 수록된『담원문록』을 참조

---

5) 이에 대한 논의는

　　김태준, 「정인보론」, 『조선중앙일보』, 1936.5.5.

　　홍효민, 「정인보론」, 『현대문학』, 1959.12.

　　원용문, 「정인보 시조에 대하여」, 『배달말』 8호, 1983.12.

　　박을수, 『한국시조문학전사』, 성문각, 1978.

　　박철석, 「1930년대 시인론-정인보론」, 『현대시학』, 1981.12.

　　임선묵, 『근대시조집의 양상』, 단국대학교 출판부, 1983.

　　김석회, 「담원시조론」, 『국어교육』 51·52호, 1985.

　　오동춘, 「정인보론」, 『한국시조작가론』, 국학자료원, 1999 등이 있다.

6) 김학성, 「담원 정인보 시조의 정서 세계와 정체성」, 『한국 고전시가의 정체성』, 성균관대학교 대동문화연구원, 2002, 204~219면.

하여 그의 한시에 대한 작품적의 의의를 중심으로 규명해보고자 한다.

2. 문단 활동과 동료 문인들의 시에 대한 비평적 시편

위당과 다른 문인들과의 교류는 벽초 홍명희(1880~1968)와의 혼사에서 상징적으로 드러난다. 이미 알려진 바대로, 벽초는 1911년 위당이 19세 때 중국 상해에서 독립을 위한 의기로써 함께한 이후[7], 1942년 그의 아들 홍기무(洪起武)와 위당의 딸 정경완(鄭庚婉)이 혼례를 치러 사돈 사이가 된 것이 그것을 말해준다.[8] 위당의 문재(文才)는 일찍이 5세 때 천자문을 뗀 후 족형(族兄)인 학산(學山) 정인균(鄭寅均)을 스승으로 모시고 함께 지내며 한학을 공부한 이후, 1910년 18세에 난곡(蘭谷) 이건방(李建芳) 선생의 제자가 되었을 때는 이미 위당의 문명(文名)이 이름난 문사(文士)들 사이에 회자된 것에서 어느 수준인지를 알 수 있다. 이는 춘원 이광수(1892~1950)가 1913년 중국 상해에서 위당을 만날 때 '유명한 젊은 한학자'로 부르는 데서 단적으로 확인된다.[9]

문인들과 위당의 교류 중 주목해서 봐야 할 대목은 무엇보다 『시문학』 동인인 이하윤, 박용철, 정지용, 변영로, 김영랑 등과의 관계이다.[10] 위당은 『시문학』 창간호에 〈木蘭詩(목란시)〉, 2호에 〈上山采蘼蕪(상산채미무)〉·〈九歌小司命(구가소사명)〉 등을 번역하여 발표함으로써 이들과 함께 『시문학』 활동에 참여하였다.[11] 위당은 〈목란시〉 번

---

7) 『담원문록』 하권, 「담원 연보」, 550~566면 참조.
8) 〈차녀 정경완 혼례 사진〉, 앞의 책 상권, 39~40면 참조.
9) 이광수, 「上海 이일 저일」, 『삼천리』 10호, 1930 참조.
10) 1930년 『시문학』 동인 창간 기념사진, 『담원문록』 상권, 36면 참조.

역 후기에서 고박(古樸), 진지(眞摯), 지정(至情)의 측은(惻憐)함, 갱장 (鏗鏘) 등이 고시(古詩)의 참맛이라는 점을 강조하며, "漢詩(한시)의 名 篇(명편)을 우리말로 옮겨보려던 宿望(숙망)을 이제 『詩文學(시문학)』의 創刊(창간)으로 이루게 되어 우선 이 一篇(일편)을 시험하고, 次號(차호) 부터 그침 없이 譯出(역출)하기로 하며, 導言(도언) 삼아 數行(수행)을 부친다."[12]라고 하여, 〈목란시〉의 우리말 번역은 시험 삼아 한 것이라 했고, 한시 명편의 번역은 '마음 속 오래된 바람(宿望)'이라고 했다. 〈木 蘭辭(목란사)〉 또는 〈목란시〉는 아버지 대신 갑옷을 입고 전장에 나아 가 공훈을 세운 여성 영웅 목란의 이야기가 5언으로 연속되다가 간혹 7언으로 변주되는 잡체 형식의 악부시로 중국 북조 무렵, 작자 미상의 고시이다. 위당은 이를 4음 4보격의 가사체 중심의 형식으로써 담박 한 우리말로 옮겼다. 『시문학』 2호의 〈上山采蘼蕪(상산채미무)〉는 이 보다 앞선 시대의 한(漢)나라 5언 악부시로 남편에게 버림 받은 여인이 옛 남편을 만나서 새로 들인 아내가 옛 아내만 못하다는 이야기를 주 고받는 내용인데, 이 역시 4음 4보격의 의고적(擬古的) 가사체로 담박 하게 번역되었다. 그리고 초나라 굴원(屈原)이 추방당한 뒤 강호를 떠 돌며 채집한 무속적 민간가요에 충군애국의 정을 담아 새로 지은 〈九 歌(구가)〉 중 '小司命(소사명)' 역시 가사체로 번역하여 실었다.

　이들 번역 한시 작품은 민족지사와 교육자로서의 기풍(氣風)을 보여 온 시조 세계의 연장선으로써 내용 면에서는 새롭다할 수는 없으나 형 식면에서 가사체로 번역했다는 사실이 문학사적 의의를 갖는다고 평

---

11) 『시문학』 제1호, 시문학사, 1930, 3월, 29~32면. 같은 책 제2호, 1930년 5월,
　　29~31면.
12) 위의 책 제1호, 32면.

가된다. 내용은 산문적이면서 형식은 운문적 율동을 타는 악부체 장편 고시는 우리 문학사에서 가사 양식이 산문적 내용을 율문 형식에 담은 것이므로 가장 적절한 대응 양식이었기 때문에 위당의 그러한 장르 양식 선택은 그 자체로 문학사적 의의를 가질 수밖에 없는 것이다. 여기서 그 당대의 한학자들이 거의 그러했듯 국문보다 한문양식에 익숙했던 위당의 한시 번역은 우리말의 특색과 율동감을 섬세하게 살려 옮기는 데까지는 이르렀다고 과도한 평가를 내릴 수는 없다. 평측, 압운, 쌍성, 칩운 등 한시의 율동 기법을 능숙하게 구사했던 담원이지만, 아직 우리 말 문학 양식에 대한 문학적 이해나 창작적 수준이 일천(日淺)했던 당대의 시대적 한계 때문에, 가사 양식의 율동 특질을 섬세하게 살려 우리말을 능란하게 구사하는 데까지 쉬 도달할 수 없음은 당연했을 것이다.

그러나 그의 의고적 가사체가 풍기는 담박미는 악부체 고시 양식을 번역하는데 있어서 미학적으로 딱 맞아떨어져 일가를 개척했다고 평가하지 않을 수 없다. 그럼에도 불구하고 계급적이고 편향적인 비평의식을 갖고 있던 김태준은 담원의 『시문학』 참여를 비롯한 모든 문학 활동을 낡은 한시 취미에 경도된 것으로 봐 버리고, "그의 모든 문화적 행위는 무위(無爲)로 끝났거나 시대착오적 행사로 끝나버렸다"라고 폄하하는13) 것은 정당한 평가라 하기 어렵다. 〈목란시〉 번역 후기에서 강조된 고시의 고박(古樸), 진지(眞摯), 지정(至情)의 측은(惻憺)함, 갱장(鏗鏘) 등의 한시 미학적 평어(評語) 등 시학에 대한 담원의 학식과 감식안은 그의 한시문학으로 승화하여 주목할 만한 성과를 이루어냈기

---

13) 주 5)의 김태준의 글 참조.

때문이다.

  같은 『시문학』 동인이었던 정지용(鄭芝溶)은 김춘동(金春東), 이원조
(李源朝) 등과 더불어 담원이 사랑했던 후학으로 회고되고 있다.14) 먼
저 위당과 김춘동·이원조의 교류를 살펴보면,

     김춘동 군과 이원조 군을 맞아 밤에 이야기하고, 둘 사이에 문학의 모
    꼬지가 있음을 들었다. 그 원고를 보니, 저마다 청완하고 초각한 생각을
    갖추고 있어서, 요즘 세상에서는 얻기 드물다. 떠난 뒤에 그들을 위해 칠
    언고시 한 편을 지어 둘에게 부치는데, 김군 시가 '鴻(홍)'자를 압운했기에
    결귀에서 역시 '鴻'자를 압운했다.15)

  김춘동과 이원조는 시의 초고를 써 와 담원에게 평을 부탁했고, 위
당은 밤에 이들을 맞아 시화(詩話)를 나누는 한편, 이들이 돌아간 뒤에
다시 시평을 써서 보내주는 등 곡진한 정을 다했음을 알 수 있다. 위당
은 "시내며 산은 색칠한 그림 같고 눈은 자욱이 내리고(溪山罨畫雨雪濛) /
슬픗 취한 김에 운자 나눠 시를 재촉하니(分韻催詩倚微醉) / 오언절구
칠언절구 모두 다 차분하고 얌전스러워(五絕七絕俱春容) / 내 유독 무슨
복으로 쌍옥 같은 그대들을 오게 하였누!(我獨何人能致子)"16)라고 하여,
이들을 쌍옥에 비겨 칭찬한다. 이들이 썼던 시의 내용은 정확하게 확
인할 수는 없으나, 그 형식은 산수시(山水詩) 양식의 오언절구, 칠언절
구였음이 분명하다.

---

14) 『담원문록』 하권, 529면, 정양완의 「발문」 참조.
15) "邀金君春東李君源朝 夜話 聞二君間有文會. 視其藁 各具清婉峭刻之思 此世未易
  得也. 去後 爲賦七古一篇 以寄二君 以金君詩押鴻字 故結句亦押焉."
                          -『담원문록』 중권, 150면.
16) 앞의 책, 152면.

　　그런데 위당은 이들 시에 대해 칭찬에 그치지 않고, 나아가 유의하여 고쳐야 할 점을 선학으로서 예를 갖춰 말한다. 특히 "외람된 줄 알면서 그대들에게 망령된 말 하니(我知猥矣忘語子) 그대들 우선 받아들여 망령으로 내 말 들게나(子且容之妄聽儂) / 데면데면 듣보면 외물은 내게 이르러 오지 않고(汎汎聞覩物不至) / 허둥지둥 내쉬고 들이쉬듯 하면 시상(詩想)은 막히느니(草草吐納思爲封) / 들리지 않는 걸 들으려면 반드시 성근(聲根)이 이르러 와야 하니(不聞聞必聲根到) / 이르러온 뒤에 남은 쇠껍질마저 없어야 참으로 비로소 진국이리라.(到無餘皮眞始濃) / 또한 경계하노니 이리저리 구르다가 마침내 잡힘이 있거든(又戒展轉終着有) / 또한 그 정신만 붙잡고 그 감각은 내어버리게나.(且取其神遺厥聽) / 이군은 우선 자구 다듬기를 생각지 말고(李君且置字句事) / 김군은 유려한 말씨에 익숙함을 자랑치 마라(金君無恃熟軟功) / 시구가 좋으면 더러 아름다운 뜻을 가리고(句好或使佳意隱) / 말씨에 익숙하면 자칫 암중모색에 게으르기 쉽거니,(語熟易令冥搜憁) / 백척간두엘 한 걸음씩 스스로 나아가야 하느니(百尺竿頭自玆進) / 대장부는 소문으로 영웅 되는 게 아니라네(丈夫不作聲間雄)"[17]라고 한 내용은 시의 창작과 퇴고에 이르기까지의 과정을 원론에서부터 각론에 이르기까지 7언 장시의 대구 형태로 논한 작품에 해당한다.

　　이 시는 서양적 관점에서는 슐레겔(A. W. Schlegel)의 이른바 〈각운과 시(Der Reim und die Poesie)〉에 비견되는 '메타(meta) 시적 기능의 시[18]'에 비견된다고 할 수 있다. 담원은 극도로 절제 응축되고 성률이 물 흐르듯 자연스러워야 비로소 품격을 갖추었다 할 오칠절구의 산수

---

17) 앞의 책, 153~155면.
18) 『서정시 : 이론과 역사』, 디이터 람핑, 장영태 옮김, 문학과지성사, 1994, 185면 참조.

시를 창작하기 위한 자세로, 외물(外物)·성근(聲根)이 절로 마음에 와 감(感)할 때까지 보고 듣는 태도와 이에 응(應)하여 신(神)을 취해 득의망상(得意忘象)으로써 겉껍질의 감각을 제거·절제하는 중요성을 강조하고 있다. 즉 감각 형상의 과도함에 사로잡혀 신기(神氣)를 잃게 되는 점을 경계하고 있는 것이다. 그리하여 각각에게 '시의 자구 다듬기'에 빠지지 말라하고, '유려한 말솜씨' 또한 자랑하지 말라고 했다. 시구가 좋으면 아름다운 뜻을 가리게 되고, 말씨에 익숙하면 암중모색에 게으르게 되기 때문이다. 당시 이원조의 평단의 지위를 고려해 볼 때 시를 보고 논하는 안목을 트이게 하는 동시에 문학의 본질이 과연 어디에 있는지를 위당이 깨닫게 함으로써 그의 평론 활동에 간과할 수 없는 영향을 미쳤을 것이다.

앞서 말한 바와 같이 위당은 고시를 번역 소개하면서 '고박(古樸)의 미'를 강조했는데, 『시문학』 창간호와 그 2호에 발표된 정지용의 이미지즘 시를 보면, "힌물결 피여오르는 알애로 바독돌 작고작고 나려가고, 銀(은)방울 날니듯 써오르는 바다종달새"[19]와 같은 표현이나 "귀에 설은 새소리가 새여 들어와 / 참한 은시계로 자근자근 으더마진듯, / 마음이 이일 저일 보살필 일로 갈려져, / 수은방울 처럼 동글 옹글 나 동그라저, / 춥기는 하고 진정 일어나기 실허라."[20]에서 보이듯 '곱고 예쁜 시어와 이미지' 또는 '기이한 이미지' 들을 다소간 과도하게 나열하고 이들 말에 집착하게 됨으로써, 전체로서 한 편 시의 핵심적 감각 형상에 신기(神氣)가 응축·내포되지 못하고 분산되어 시의 박실(樸實)함을 얻는 데 실패하는 한편, 성근(聲根) 또한 잡지 못함으로써 절로

---

19) 「바다」, 『시문학』 제2호, 4면.
20) 「일은봄아츰」, 『시문학』 제1호, 12면.

생동하는 율동(律動)을 이루어내는 데에도 실패했다고 하겠다.

외국시를 번역한 듯 서툴렀다 하지 않을 수 없는 정지용의 이런 미흡한 시편들에 대한 처방은 위당이 김춘동·이원조에게 부친 시론으로서의 칠언고시가 양약이 될 것이다. 정지용은 글을 짓는 데 "가지와 잎을 쳐버리지 않으면 뿌리와 줄기가 도리어 숨어버리니, 이는 숭상할 바가 아니다."[21]라는 위당의 문론을 양약으로 삼을 필요가 있었다. 가지와 잎과 꽃의 현란함으로 시상이 분산 전개됨으로써 '켜거나 짜개지 않은 본디대로의 통나무[樸(박)]'로서의 본질을 잃게 되는 어리석음에 빠지지 말아야 했을 것이다.

외국의 이미지즘 시를 번역한 듯한 미흡함에서 벗어나, 우리말을 아름답게 가다듬어 보다 절제된 표현과 형식으로써 현대 산수시의 진경으로 나아갔다 평해지는 〈비로봉〉·〈옥류동〉 등을 발표하기 전 정지용은 위당에게 먼저 이를 보였던 것으로 보인다. 당시 이 시를 놓고 어떠한 평이 오고 갔는지 짐작할 수 있는 것이 다음의 시이다.

옥류동은 대체 어떠하던가?	玉流之洞夫如何
돌 틈에 부딪히며 골을 넘으니 숲 그림자 빗겼고	㶁㶁度谷林影亞
흰 돌은 누인 명주인 듯 물은 바로 구슬인 듯	白石如練水如珠
구슬이 깁 위를 달리건만 깁은 때 묻지 않는구나	珠走練上練不浣
꽁꽁대며 기이한 글로 바꾸는 정지용	以苦易奇鄭芝溶
산에 올라 홀로 앉더니 산 내려와 벌렁 눕는구나	上山獨坐下山臥
까마아득한 델 따라 이르러 오히려 긴가 민가,	躡追杳杳到猶疑
어디메 용자(龍子)[22]께선 가을밤을 읊고 계시나?	何處龍子吟秋夜

---

21) 「당릉군유사징(唐陵君遺事徵)」, 『담원문록』 하권, 410면.
22) 정지용의 아명(兒名)이 '지룡(池龍)'이다.

찬 달빛 숲을 뚫고 돌문에 이르니	寒月穿林到巖扃
온 산이 달빛 따라 소리를 내는 듯	萬山從之似有聲
무심(無心)해야지 강탈하려면 경(境)이 따라올까?	無心逼取境隨女
그대에게 권하노니 붉은 단풍나무 꺾지 말게나	勸君莫折楓葉頹[23]

위당은 정지용이 금강산의 정봉에 올라 그의 시가 '깊고 아득한 묘묘(杳杳)의 경지'로 이르러서도 다시 '의심'을 품는 시작 태도를 긍정하여, "까마아득한 델 따라 이르러 오히려 긴가 민가(躡追杳杳到猶疑) / 어디메 용자(龍子)께선 가을밤을 읊고 계시나?(何處龍子吟秋夜)"라고 높여주고, "찬 달빛 숲을 뚫고 돌문에 이르니(寒月穿林到巖扃) / 온 산이 달빛 따라 소리를 내는 듯(萬山從之似有聲)"이라고 하였다. 이는 성률과 정경의 조화를 이르는 것으로 해석될 수 있는데, 위당은 "무심(無心)해야지 강탈하려면 경(境)이 따라올까?(無心逼取境隨女) / 그대에게 권하노니 붉은 단풍나무 꺾지 말게나(勸君莫折楓葉頹)"라고 경계함을 잊지 않음으로써, '기이하고 참신한 이미지' 창조에 대한 의욕의 지나침으로 인한 주관의 부자연(不自然)에 떨어지는 문제를 제기하며, 보다 무심(無心)할 필요성을 강조한다. 오칠절구나 오칠율시의 구성법과 대우법을 독창적으로 전변(轉變)함으로써 국어의 묘미를 살려 절제된 난아함에 이르러 성공하고 있는 정지용의 산수시는 향후 그의 명편 〈비〉에 이르러 절정에 이른다고 할 수 있겠는데, 이에는 위당과 지용이 함께한 이와 같은 시회(詩會)가 일정한 영향을 끼쳤음을 인지할 수 있는 것이다.

---

23) 「정지용 군이 그가 지은 금강산 시를 보여주기에(鄭芝溶示其所爲金剛山詩)」, 『담원문록』 중권, 167~168면.

위당의 시재(詩才)에 관하여서는 1910년 경술국치가 있던 해에 사제의 의를 맺은 난곡(蘭谷) 이건방(李建芳 : 1861~1939)의 평가에서 다음과 같이 나타난다.

당신 말씀은 시예(詩藝)에 대해 이러했느니라	先生曰此
"시예(詩藝)란 선비가 귀히 여길 게 아닐세	非士攸貴
정치며 법률이며	治道典憲
재정·군사야말로	財賦戎事
기구한 어려움 덮칠 때	崎嶇艱厄
백성의 의지가 될 것일세.	要歸民倚
게다가 자넨 시재(詩才)가 뛰어났으니	況子才俊
시예로 인해 야위어선 안 되느니."	無爲是瘁[24]

난곡 이건방은 간간이 위당과 시예(詩藝)에 관한 심도 있는 숙담을 나누어 위당의 가슴을 틔워주기도 했지만,[25] 난곡은 위당에게 시예로써 병들어 야위면 안 될 것을 경계하며 백성의 의지가 되도록 정치, 법률, 재정, 군사 등에 대한 학문에 힘쓸 것을 권했다. 그러면서 위당의 시적 재능이 준걸(俊傑)함(況子才俊)을 높이 샀다. 이와 같은 스승의 말씀을 받들어 위당은 당대 최고의 문인들과 교류하면서도 지용과 같이 시예 그 자체에 고심혈성(苦心血誠)하거나 진췌(盡瘁)할 수 없었다. 위당은 민족지사로서 해야 할 일에 우선적으로 진췌할 수밖에 없었던 이유인 것이다.

---

24) 「난곡 이선생을 제사지내는 글(祭蘭谷李先生 丈)」, 앞의 책 중권, 281면.
25) 위의 책 중권, 281면 참조.

3. 주변 인물과 역사 속 인물에 대한 시편

위당의 한시들은 한적(閑寂) 취미와 무관하게 창작된 것들이 대체(大體)를 이룬다. 〈매화 2수(梅花二首)〉[26]와 같이 자연을 감상하면서 내면의 고결함을 닦는 고풍스러운 시나, 〈오군에게 부치다(寄吳生)〉[27]와 같이 안부를 주고받으며 곡진한 정을 나누는 시들도 없잖아 수편을 넘고 있지만, 그 대체는 〈박유인 기열비(朴孺人紀烈碑)〉[28]・〈고하 송군 묘비(古下宋君墓碑)〉[29]처럼 거의가 의기를 기려 본받을 인물에 대해 4언 장편시나 장단구 잡체로 된 명(銘)시들이다.

〈박유인 기열비〉는 경술(1910) 국변에 일왕의 천장절(天長節) 행사에 참석하라는 일본 경찰을 목침으로 때려 부상을 입힌 후 대구 감옥에서 옥중사한 장기석(張基奭, 1860~1911)의 의기를 기리는 비(碑)를 눕혀 부수리라는 말을 듣고, 의분에 북받쳐 슬퍼하다가 1937년 4월 그 비에 수건을 걸고 자결함으로써 의를 떨치고 이를 지켜 낸 그 부인인 박씨를 기리는 명시이다. "새하얀 명주 수건이여!(帛之皓皓) / 하늘의 뭇별이 굽어 비췄네(天星下聚) / 목맨 것은 하룻저녁이나(繫之一夕) / 그 절개는 영원해라.(守與終古) / 돌 때문이 아니라(非石之爲) / 남편의 의를 지키자는 것(夫義之衛) / 남편을 지키자는 것 아니라(非曰爲夫) / 조국강산이 이에 의지했기 때문.(山河攸寄)"[30] 등과 같이 인물의 의로운 행적을 빠트림 없이 서정적으로 낱낱이 서술하여 그 숭고함을 기린다.

---

26) 앞의 책 하권, 83~85면.
27) 앞의 책 상권, 345~347면.
28) 앞의 책 하권, 129~131면.
29) 위의 책 하권, 120면.
30) 「박유인 기열비」, 앞의 책 하권, 130면.

〈고하 송군 묘비(古下宋君 墓碑)〉는 위당의 벗 송진우(宋鎭禹 : 1890
~1945)를 기리는 명시이다.

아침이면 하는 말	朝之言
"내 뿌리를 세우라"	立吾柢
저녁이면 하는 말	夕之言
"내 겨레 아니면 맞서 싸우라."	詎非類
웃으며 거만 떪도 이에 벗어나지 않았고	笑敖不踰
거나하게 취하여 울부짖음도 이에 있었네.	酣號爰在
여러 십 년 온갖 변고 이어 겪느라	歷之累紀載之萬變
팔뚝 잡고 부르르 떨 땐 山海도 떨었느니	握臂憤憤山海爲顫
지극한 슬픔 맺히지 않았다면	苟非結乎至衷
절개로 어찌 일관하였으리?	曷以貞夫始終
슬프다! 우리 道의 험난함이	哀吾道之蹇連
그대를 차마 글 속 사람으로 삼게 되다니 원!	忍使君爲文中之人[31]

송진우는 3.1운동을 주도하다가 옥고를 치르고, 해방 이후 권총을
들고 들어온 자에게 테러로 사망한 위당의 벗으로 이때가 56세였다.
이외에도 위당은 〈이수봉(규인) 묘갈명(李秀峰(圭寅) 墓碣銘)〉[32], 〈재종
형수 홍부인을 곁에 묻는 각석(再從兄嫂洪夫人祔葬刻石)〉[33] 등 많은 명
(銘)시를 지어 당대를 함께 했던 인물들의 인의(仁義)를 기리며, 인물의
행적과 성품을 곡진한 인정과 정성을 다하여 서정적으로 드러낸다.
 위당의 한시들은 이러한 명시를 포함하여 '인물시'라는 양식으로 포

---

31) 「고하 송군 묘비」, 앞의 책 하권, 120면.
32) 앞의 책 중권, 134~135면.
33) 위의 책 중권, 115면.

괄하여 그 특징을 간추려 볼 수 있다. 담원의 명시는 대체로 장형의
양식으로 이루어져, 인물의 성품을 압축적으로 포착하면서도 주요 행
적을 빠트림 없이 낱낱이 서술하는 특징을 보인다. 한시 양식으로 되
어 있지만, 현재 활동하고 있는 고은의 연작시 『만인보(萬人譜)』에 앞
서 그 전범이 될 수 있다는 것이 위당의 인물시의 가치이다. 고은의
인물시들이 '표현의 묘미라는 멋'에 경도돼 간간이 시인의 '자오(自敖)'
에 빠지게 되는 문제점이 있다면, 위당의 인물시는 말의 진실에 대한
선비로서의 충신(忠信)을 다하는 것으로 성심(誠心)의 시도(詩道)에 위
배되는 법이 없다.

담원의 명시가 주로 4언, 7언 또는 장단구 등의 장형의 양식으로 나
타난다면, 〈백범 김선생 만련(白凡 金先生 輓聯)〉[34]은 단 2행의 대우법
으로 이루어진 최단시(最短詩) 양식의 연(聯)시이다.

古亦未聞七十年身瘁心苦
沒而猶視三千里水麗山高

옛적에도 들은 적 없네
칠십 평생 몸은 파리하고 마음 고달팠던 분.
돌아가신 뒤에도 오히려 보고 있으리
삼천리 아름다운 이 山河를.

1949년 6월 26일 안두희에게 피살된 백범의 서거를 애도하는 만가
(輓歌) 양식의 〈백범 김선생 만련〉의 '身瘁(신췌)'는 국궁진췌(鞠躬盡瘁)
의 '진췌'를 '신췌'로, '心苦(심고)'는 고심혈성(苦心血誠)의 '고심'을 '심

---

34) 앞의 책 하권, 136면.

고'로 바꾼 것이다. 이를 연결한 '신췌심고'는 '신'과 '심'을 한 자 걸러 연속함으로써 쌍성, 첩운의 기법을 변형하여 독특한 운율을 이루어낸 것이다. 이와 대를 이루는 '水麗山高(수려산고)'는 산고수려(山高水麗)의 '산고'와 '수려'의 위치를 바꾸어 앞구의 '苦'자에 뒷구의 '高'자가 대응하도록 압운한 것이다. 아울러 '七十年'과 '三千里' 역시 쌍을 이루는 통일감 속에 율동을 형성하여, 〈백범 김선생 만련〉은 전체적으로 간결하고 통일된 두 행의 대우 속에 숭고하고 비장함의 정서가 생동하는 운율에 실려 전해지는 심미 효과에 도달하는 데 성공했다. 병들어 몸이 야위어 파리하도록 심장의 피를 말려가면서까지 70평생까지 조국의 독립을 염원하여 혼과 몸을 다 바쳤던 백범의 생애와 그를 기리는 마음을 "古亦未聞七十年身瘁心苦"의 11자로 압축하고, 돌아가신 뒤에도 조국강산의 아름다움을 바라보는 사랑의 정과 조국의 현실을 걱정하는 백범의 충정을 다시 11자의 "沒而猶視三千里水麗山高"로 압축하여 대응시킴으로써 백범의 행적과 성정을 고도로 응축시킨, 비장하고 숭고한 최단시의 만가 양식의 연(聯)시가 〈백범 김선생 만련〉으로 산생된 것이다.

위당은 도산(島山) 안창호(安昌浩, 1878~1938) 선생 등과 같이 당대를 함께 했던 인물들에 대한 시[35]뿐만이 아니라, 당대 현실에 그 의기와 충정을 되살려 본받아야 할 만한 먼 역사 속의 잘 알려지지 않은 인물의 가치에 대해서도 심심한 관심을 쏟아 인물시로 형상화하여 되살렸다. 숙종 때 청나라 사신이 와서 국경을 정하여 정계비를 세우려 할 때, 청나라 총관 목극등(穆克登)의 부당함에 맞서 그가 세 번 세운 정계

---

35) 「서대곡(西臺曲)으로 도산 안창호 선생을 애도하다(西臺曲 哀安島山昌浩先生)」, 앞의 책 상권, 387~392면.

비를 세 번이나 뽑아 버린 장교 신분의 한치익(韓致益)과 성명 미상(未
詳)인 장교 두 사람의 의로운 행적을, 고구려의 을지문덕과 고려의 서
희(徐熙) 그리고 조선의 안용복(安龍福)의 충정에 빗대어 5언의 장시로
썼는가 하면36), 〈정석치가(鄭石癡歌)〉는 정언(正言) 벼슬을 그만 두고
스스로 주정뱅이와 미치광이의 흉내를 내다가 50이 채 안 되어 돌아간,
영조 때의 저명한 지리학자이자 실학자인 석치 정철조(鄭喆祚, 1730~
1774)의 삶을 읊은 7언의 장편 시인데, 당대의 박지원과 박제가가 석치
의 죽음을 애도한 글의 무겁지 못함과 정밀치 못함을 비판하며 노래한
것이다.37)

이외에도 위당은 추사(秋史)의 제자였던 소치(小癡) 허련(許鍊, 1809~
1893)의 삶에 관심을 두고 〈허소치 갈(許小癡碣)〉38)에서 그 행적과 성
정을 서술한 뒤 명시를 붙이는 등 인물의 지위나 신분의 고하를 따지
지 않고 그 삶의 가치를 되살려내는 시들을 썼다.

추사(秋史)와 연관하여 이어지는 담원의 시편들로는 그의 막내 아우
인 김상희(金相喜)가 소치(小癡)와 주고받은 편지글에서 김상희의 절구
10여수를 보게 된 후 그의 뛰어난 시가 묻힐 것을 염려하여 이에 대하
여 쓴 칠언절구 17수가 있다.39) 또한 추사의 세한도(歲寒圖)가 일본인
에게 넘어간 것을 절통하게 여겨 일본까지 직접 건너가 찾아온 손재형
(孫在馨, 1903~1981)이 그림을 들고 와 제(題)를 부탁하여 쓴 오언장시
가 있는데, 이 시에서는 추사의 정신과 삶, 그리고 추사를 스승으로

---

36) 「한치익의 일을 적다(紀韓致益事)」, 앞의 책 상권, 365~370면 참조.
37) 「정석치가(鄭石癡歌)」, 앞의 책 중권, 89~97면 참조.
38) 「허소치 갈(許小癡碣)」, 앞의 책 하권, 49~54면.
39) 앞의 책 하권, 34~44면 참조.

모셨던 이상적(李尙迪)의 지극한 정성을 『논어』의 한 구절을 인용하여
추사가 이상적에게 써 주었던 것을 "歲寒(세한) 然後(연후)에도 시들지
않는 그대의 마음을 보노라(見子後凋情)"라고 표현하는 한편, 추사의
그림을 일본까지 가서 구해 온 손재형의 정성 또한 드러내었다.40)

이렇듯 위당은 서예와 그림에 대한 높은 안목을 지녀 제시(題詩)를
여럿 써 준 바, 흥선 대원군의 난초 그림을 보고 쓴 시로는 〈대원왕이
치신 난초족자 노래(大院王畵蘭幀子歌)〉41)가 있고, 오원(吾園) 장승업(張
承業, 1843~1897)의 그림을 보고 쓴 제시 〈오원의 절지와 새 그림에 대한
제(吾園折枝翎毛屬題)〉42)가 있고, 또한 숙종, 영조 대의 현재(玄齋) 심사
정(沈師正, 1707~1769)의 그림 '야일방춘도(野逸訪春圖)'에 붙인 제시43)
등이 있다. 한편 일제에 나라를 빼앗기자 6형제 모두 식솔을 이끌고
만주로 이주하여 항일 독립운동을 펼쳤던 경주 이 씨 家(가)의 우당(友
堂) 이회영(李會榮, 1867~1932)이 그린 난초 그림을 보고도 시를 써 붙였
으니, 그것이 〈우당 이공의 난그림에 붙여(題友堂李公畵蘭)〉이다.44)

이상에서 볼 수 있는 바와 같이 위당은 우리의 그림 하나 글씨 하나
까지 허투루 봄이 없이 깊은 애정을 지녀 아끼는 한편 이에 대한 높은
안목으로 감상과 평을 시로 노래하며, 이러한 문화재를 아끼고 지키고
자 했던 당대 주변인에 대한 애정을 가지고 이를 시로 읊은 따뜻한 정
감의 소유자였다.

마지막으로 살펴보고자 하는 위당의 시는 무애(无涯) 양주동(梁柱東)

---

40) 앞의 책 하권, 147~151면 참조.
41) 앞의 책 중권, 440~447면.
42) 앞의 책 중권, 448~450면.
43) 앞의 책 하권, 152~158면.
44) 앞의 책 상권, 311~315면.

에 대한 시편이다.

> 고가의 「서경별곡」은 우리 선인들이 '이소(離騷)'의 끼침이 될 터인데 옛
> 말이 꽤 까다로움을 애달프게 여겨왔다. 무애 양주동 군이 와서 풀이한
> 것을 보여주니 쟁기질하듯 좍 풀리니 일찍이 얻어 볼 수 없었던 것이다[45]

위당은 위의 인용에서 보듯 우리 고전시가에 대한 애틋한 정을 지니
고, 〈서경별곡〉을 풀이한 양주동과 만나 이를 감상하였으며, 서경별곡
을 간추려 칠언장시로 바꾸어 무애에게 주었다.[46] 이후 양주동의 『한
국고가연구』(박문서관, 1940)에 〈양주동 향가증석 책머리에(題梁柱東鄕
歌證釋卷首)〉라는 제시(題詩)를 써 주었다.[47] 이 시에서 위당은 〈혜성가〉,
〈정읍사〉 등 수편의 우리 옛노래에 대한 감상을 간략히 서술하는 한편
이를 주석한 양주동에 대한 찬사를 상당한 분량의 장시로 읊었다.

군건하고 절제된 세계관의 소유자였던 위당의 인물 시편들은 지사
적 풍모와 성격으로 일관하면서도, 묵직하고 낭랑하게, 그러나 '재(才)'
에 대한 현란함을 극도로 절제한 한시 작품들로 나타나 있다. 그러면
서 우리 역사와 문화, 그리고 역사 속 인물들과 주변의 스승과 동지,
벗들에 대한 충신(忠信)과 성심(誠心)의 정을 다정다감하게 읊은 것들이
라 그 성격을 규정할 수 있다. 담원의 인물 시편은 그의 시조에서는
미처 찾아낼 수 없었던 인간적인 면모뿐만 아니라 그 양식 면에서도
허투루 보아 넘길 수 없는 가치를 지닌 것으로 평가된다.

---

45) "古歌西京別曲 爲吾前民美人香草之遺 若古語聱牙 无涯梁君柱東 來示所解 犁然理
　　順 得未曾有", 앞의 책 중권, 174면.
46) 위의 책 중권, 174~176면 참조.
47) 위의 책 중권, 417~426면.

4. 맺음말

지금까지 위당의 한시 작품에 대해 거칠게나마 그 일면을 검토해 보았다. 중복을 피하기 위해 여기서 다루지 않은 그의 시조 작품세계에 대하여는 일찍이 무애(无涯) 양주동이 『담원시조집』서문에서 다음과 같이 집약해 표현한 바 있다.

> 님의 시조는 섬세한 채 단단하고, 깁숙한 채 들날리며, 고아(古雅)하되 시무치고, 징서적인 대로 사상적(思想的)이니 얼른 말하자면 살과 뼈가 있는 강유(剛柔)를 겸비한 작풍(作風)이다.

또한 무애는 이 서문에서 시조 창작에 요구되는 네 요소, 즉 '정(情)·재(才)·식(識)·혼(魂)'을 들면서, 담원이 이 네 요소를 골고루 또한 심각하게 갖추었다고 했다. 무애의 이와 같은 지적은 위당의 시조세계에 대한 매우 적절한 평이었다고 판단된다. 특히 위당의 시조집 전편에 흐르는, '자모(慈母)'로 대표되는 육친과 고인(故人)과 지우(知友) 등, 사람에 대한 다정다감한 목소리는 위당의 내면세계를 고스란히 음미하게 한다. 시조와 한시를 비교했을 때 그 다정다감한 목소리는 한시에서 보다 살뜰하다 할 수 있겠는데, 이는 시조의 장르적 전통이 보다 공적(公的)인 보편 내용을 다루고, 한시가 보다 사적(私的)인 개인의 정서에 치중했던 장르 특성과 맥을 이은 것이라 할 것이다.

다시 말하거니와 위당은 스스로에 대해서는 몹시 엄절했다. 이는 글쓰기에 대해서도 마찬가지였다고 그의 따님 정양완에 의해 회고된다.

> 아버지의 글은 어느 하나 데면데면 설렁설렁 쓴 것이 없다. 그 중에서도 「裕陵誌文(유릉지문)」—망국의 황제의 지문을 쓸 때, 아버지의 느꺼움

은 어떠하였을까? 의지할 데 없는 죄 없는 백성들에게 베풀지 못하는 쓰
라린 임금의 한없는 사랑과, 일본인에게 참혹하게 시해된 어머니 明成皇
后(명성황후)에 대한 통한, 일본인의 독수(毒手)로 선위하게 된 아버지
고종에 대한 피나는 효심과, 생으로 적국에 볼모 되어 헤어져 살아야 하
는 형제간의 우애 등 깊고 그윽한 인간적인 사랑으로 그려간 이 작품이
나에게 많은 것을 말해 주었다.[48]

〈유릉지문〉을 쓸 때는 "거실 문고리를 안에서 걸어 잠근 채 나흘이
되도록 열어 주지 않아, 가족은 물론 난곡장(蘭谷丈)을 당황케 했다는
이야기"[49]에서 알 수 있듯이 위당은 자신과 글쓰기에 대하여 철저하
였다. 그러나 주변 사람들에게 다정다감하였다. 이러한 풍모는 담원의
한시 작품들을 통해 보다 깊이 있게 알 수 있게 된다. 특히 이원조나
정지용 등에게 써 준 시편에서는 시학과 시에 대한 담원의 심도 깊은
안목뿐만 아니라 시인으로서 기풍과 태도를 비교적 상세히 알 수 있다
는 점에서 주목할 만하다. 한시이든, 시조이든 그의 서정 작품 면면에
는 어느 것이든 "나라가 이지(肥)고 내 몸이 여위(瘠)면 여윈 속에 광휘
가 있다"[50]라고 하면서 일생을 올곧은 민족지사로서 살다간 위당의
풍모가 면면이 배어 있다 할 것이다.

---

48) 정양완의 「발문」, 앞의 책 하권, 537면.
49) 민영규의 「舊園文存後序」, 위의 책 하권, 483면.
50) 「마음의 節制」, 『담원 정인보 전집』 2, 329면.

【 제2부 】

전통시가의 현대화 방향

현대시조의 나아갈 방향

1. 현중(賢衆)이 요구되는 시대

　바야흐로 디지털 시대란다. 컴퓨터와 스마트폰 등 전자 미디어를 통해 글로벌 소통이 이루어지고, 클릭 한 번이면 온갖 정보와 지식이 홍수처럼 쏟아져 나온다. 이러한 디지털 세상에서 사실과 거짓이 뒤섞이고, 현실과 환상이 혼동되고, 인간과 비인간(로봇)이 공존하며, 활자문화가 영상문화에 눌리는 현상이 벌어지고 있다. 이로 인해 사실과 거짓을 구분하기 어렵게 되고, 환상을 현실로 착각하며, 비인간(로봇)이 인간을 밀어내고, 영상문화가 활자문화를 압도하는 가운데, 클릭하는 인간은 범람하는 디지털문화를 소비하기에 바빠, 단순히 소비하는 대중이 아니라 지혜로운 판단력을 상실한 우중(愚衆)으로 자신도 모르게 전락하고 있는 것이다. 스티브 잡스의 i-phone과 i-pad, i-TV로 상징되는 첨단 기기가 편의성을 자랑하며 새로이 쏟아져 나올수록, 시민, 대중들은 그에 사로잡혀 사고하고 판단할 여유를 갖지 못하고 점점 더 i-diot(idiot=바보, 지식인 바보)가 되어가고 있는 것이다.

　대중이 일방적으로 소비하고 있는 정보나 지식은 대개의 경우 원자료(data) 그대로가 아니라, 어떤 의도에 의해 일정한 의미를 갖도록 가

공되고 포장되어 있어서, 그것을 그대로 소비하면 인공 조미료로 맛을 낸 가공식품 같아서 우리에게 화근 덩어리가 되거나 치명적인 해독을 끼칠 수도 있다. 그러므로 우리에게 쏟아지는 디지털 세계의 정보나 지식이 어떻게 가공되고 어떤 의미로 포장되었는지를 분별하는 지혜로운 대중 곧 **현중**이 되어야 하는 세상에 살고 있는 것이다. 체계적인 이해와 현명한 분별력을 갖추지 못한 채 온갖 현란하고 잡스러운 첨단의 지식만을 갖춘 우중이 된다면, 남들이 화려하게 포장해놓은 가공품에 넋을 잃고 급기야는 인간성과 자아(자기 정체성)를 상실하게 되고 마는 것이다.

우리가 여기서 논의 하려는 현대시조에 대한 지식과 정보도 그러한 우중들의 편견과 단견에서 자유롭지 못하다. 절대다수의 우중들은 아직도 시조는 이미 지나간 시대의 유물이고, 시대적 의미를 상실한 죽은 장르인데, 모든 것이 글로벌화하고 첨단화를 추구하는 이 시대에 '왜 하필 시조인가?'라고 반문하는 것이 실정이다. 그러나 시조에 대한 이러한 편견은 프랑스의 전통사조에 반발하면서 당대 첨단의 상징주의 시를 선도했던 보들레르의 시집에 소네트가 절반을 차지하고 있다는 사실을 안다면 어떤 표정을 보일까? 미국의 계관시인 로버트 하스가 영어시조를 써보려고 한국의 저명시인들 시집에 시조가 당연히 있을 거라 생각하고 찾아보았지만 어디에도 없었다는 사실은 어떻게 받아들여야 할까? 시조는 과연 이 시대 시인들에게 외면 받을 만큼 아무런 의미도 갖지 못하는 봉건시대의 유물에 불과한가? 이러한 의문은 우리 서정시가사의 흐름을 살펴볼 때 명쾌하게 풀릴 수 있을 것이다.

2. 시가사의 전개로 본 현대시조의 위상

장르사의 흐름을 일목요연하게 살펴볼 수 있는 이론으로 두 가지를 들 수 있다. 장르가 문학적 내지 문화적 관록(importance)에 의해 얼마나 고양되어 있는지에 따라 크게 고급 장르(high genre)와 저급 장르(low genre)로 나누면서, 장르 변천의 역사는 고급 장르가 저급 장르에 의해 밀려나는 과정을 보여준다는 토마체프스키의 이론과, 문학사의 흐름은 인간이 소망하는 이상(理想)의 높은 모방양식(high mimetic mode) 으로부터 현실 같음의 낮은 모방양식(low mimetic mode)으로 자리바꿈하면서 전개되는 과정을 보여준다는 노드롭 프라이의 이론이 그것이다. 여기에 더하여 한 시대를 풍미한 주류 장르는 그 담당층이 당대의 문화적 주도세력이었다는 것과, 그 형식에 있어서는 다른 장르와 구별되는 독특한 구조나 장치를 갖게 된다는 점, 거기 투영된 세계관은 장르 담당층의 의식과 시대정신에 의해 구축된다는 사실이다.

이로써 볼 때 시대정신이라 할 세계인식의 변화는 장르사의 흐름에 지대한 영향을 미치게 되는데, 이런 까닭에 선사시대부터 현대에 이르기까지 세계관의 추이와 연관시켜 주류 장르의 변천과 장르 담당층의 미의식을 살펴보아야 장르사의 전개 양상이 뚜렷이 떠오른다. 그리고 시대의 사회-문화적 변화에 따라 그 주도 세력이 바뀌게 되는데, 그 새로운 주도 세력이 앞 시대의 낡은 문화관습에 반발하여 새로운 형식을 추구함으로써 기존의 주류장르는 쇠퇴-소멸하고 새 시대정신을 반영한 신종장르가 생성 발전되어 새로운 시대를 풍미함으로써 주류장르로 군림하게 되는 현상의 반복으로 체계화 되는 것이다.

여기서 신종장르는 앞 시대의 아버지 장르에 대한 세계관과 미의식의 반동으로 생성-발전되어 교체되므로 그 뒷시대에 이르면 아버지 장르에 대한 반동이 은연 중 할아버지 장르를 닮게 된다는 러시아 형식주의자의 이론도 참고할 만하다. 자신의 아버지에 반발하고 투쟁하는 가운데 손자는 어느새 자신의 할아버지를 닮는다는 것이다. 단, 할아버지 시대와 손자 시대의 문화적 격차만큼이나 변형된 모습으로 닮게 된다. 또한 아버지 장르엔 반발하지만 그 위세에 억압되어 있던, 아버지와 반대 성향의 삼촌 장르(주변 장르)는 자신과 동일 성향이므로 긍정적으로 수용한다는 깃도 참고할 점이다.

　이러한 이론을 따라 우리 시가사의 장르 변천을 도식화 하면 다음과 같이 정리된다.

세계관	고급장르	저급장르	주류장르의 담당층
초월적 신성주의(신화) 약화	〈황조가〉 계	〈공무도하가〉 계	백성집단
초월적 합리주의(불교, 풍류도)	사뇌가	민요격 향가	화랑, 승려
초월적 합리주의 약화	경기체가	고려속요	권문세족
이성적 합리주의(유교)	고시조	잡가	사대부, 가객
경험적 합리주의(모더니즘)	연시조(근대시조)	자유시	시민, 우중(愚衆)
해체주의(포스트모더니즘)	단시조(현대시조)?	극자유시	현중(賢衆)?

　위에 제시된 표에서 고딕 글씨가 우리 시가사의 주류장르로 부상한 것이고, 보통글씨는 그와 당대에 공존했던 주변 장르를 나타낸 것인데, 이제 세계관의 변화에 따라 주류 장르로 부상된 것을 시대 순으로 배열해 보면 시가사의 전개 양상이 어떤 특징을 보이는지 확연히 드러난다.

①공무도하가계 → ②사뇌가 → ③고려속요 → ④고시조 → ⑤자유시
→ ⑥단시조?

이로써 보면 홀수 장르인 저급장르와 짝수 장르인 고급장르가 서로
자리바꿈하면서 전개되는 프라이의 설명 방식이 우리 시가사의 흐름
에 더 적절함이 판명된다. 홀수 장르인 저급장르는 그 문화가 저급하
다는 뜻이 아니라 당시대의 낮은 계급인 기층민중의 문화성향에 보다
많이 의존하고 있다는 의미이고, 짝수 장르인 고급장르는 상층고급문
화로서의 압축과 정제미를 갖추고 있다는 의미다. 중요한 것은 **홀수
장르가 장형(長型)지향, 열린 종결구조(open-ended), 현실지향성이 강한
충동을 보인다면, 짝수 장르는 그와 대립하는 단형지향, 닫힌 종결구조,
이념지향성이 강한 충동을 장르성향으로 보인다는 것이다.** 그리하여
①에 대한 반발로서 그 반대성향인 ②가, ②에 대한 반발로서 다시
그 반대성향인 ③이…… 이렇게 우리 서정시가사의 주류장르가 교체
되어 왔음을 확인할 수 있다.

여기서 조선시대의 고급장르인 고시조를 주목하면, 아버지 장르인
고려속요의 장형지향, 열린 종결구조, 현실지향 충동에 반발하여 미의
식이 형성됨으로써 그 반대인 단형지향, 닫힌 종결구조, 이념지향 충
동으로 장르를 정제시켜 갔으며, 이는 아버지 장르에 대한 반발이 결
과적으로는 할아버지 장르인 사뇌가의 정제된 시적 형식을 닮았다고
설명된다. 그 닮은 정도는 사뇌가(10구체)의 3구 6명 형식에 차사(嗟辭=
감탄사)를 첫머리로 하는 낙구(落句)의 닫힌 종결을 계승하되, 보다 단
형의 정제된 형식으로 구조화하여 3구 6명을 3장 6구로, 낙구에 차사
를 쓰는 대신 종장의 첫머리를 3음절로 고정시키며 닫힌 종결을 이루

는 변화된 모습을 보여준다. 이러한 변화는 두 시대의 문화적 격차를 반영한 것이다.

이제 우리시대의 주류장르로 군림하고 있는 ⑤자유시의 위상을 시가사의 전개에서 살펴보면, 아버지 장르인 고시조에 대한 반발로 형성된 것이므로, 엄격한 정형율 대신 자유율(내재율)을, 닫힌 종결대신 열린 종결을, 단형보다는 장형을, 이념충동보다는 현실충동 지향을 갖게 되었으며, 그러한 성향은 할아버지 장르인 고려속요의 개방성을 많이 닮았다. 그러면서 자유시는 고시조의 주류시대에 변두리에 눌려 있던 삼촌 장르인 잡가를 많이 닮은 것도 주목할 일이다. 잡가는 형식이나 율격면에서, 문체나 내용면에서 당대의 문화 역량(한시, 시조, 가사, 판소리, 민요, 타령, 고소설 등)을 개방적으로 수용한 퓨전화된 하이브리드 양식인데, 자유시가 범세계적 문화개방성으로 퓨전화된 성격이 그것을 닮아 있는 것이다.

그리고 우리가 문제 삼는 오늘의 시조는 자유시의 위세에 눌려 변두리 장르에 머물면서 고시조의 형식을 계승하되 단시조보다는 연시조를 선호하는 근대시조의 경향성에 머물러 있다. 그러면서 한편에서는 양장시조(초-종장의 2장구조), 절장시조(종장만으로 구성), 4장시조, 옴니버스시조(시조를 넘어서는 여러 혼합형식) 같은 현대성 구현을 위한 형식 실험을 계속해 오고 있는 것이 현재의 실정이다. 한마디로 **현대시조는 아직 ⑥의 시대가 도래하지 않았다.** 이러한 상황에서 시조는 어떤 길을 가야 ⑥의 자리로 부상할 수 있을까?

3. 현대시조가 주류장르로 되는 길

위의 표에서 확인되듯이 현대시조의 앞길은 일단 희망적이다. 우리 시가사의 흐름으로 볼 때 자유시가 주류장르로서 그 전성기를 다하고 쇠퇴의 조짐을 보이게 되면 자유시의 장형지향, 열린 종결구조, 현실 충동, 자유율에 반발하여 그 반대성향인 단형지향, 닫힌 종결구조, 이념충동, 정형율을 갖춘 현대시조가 주류자리로 부상할 가능성이 크기 때문이다. 그러나 이러한 전망은 어디까지나 가능성일 뿐 실현 조짐은 아직 미미하다. 앞의 도표에 물음표를 찍은 이유다. 그 가능성이 실현되기 위해서는 디지털시대에 우중으로 전락한 대중들이 지혜로운 판단력을 가진 현중으로 상승하여, 그 현중들이 새로운 서정시가 장르의 중심담당층으로 부상해야 한다. 그리고 그 새로운 담당층이 오늘의 자유시가 방만함, 난해함, 기괴함에다 지나친 자유율로 치달아 극자유시로 나아감으로써 그러한 미의식에 식상하게 된 독자들의 시적 요구를 따라 극자유시의 정반대지향인, 우리 문학사가 낳은 최고의 정제되고 절제된 시조(할아버지 장르)에서 새로운 주류장르를 모색하게 될 때 실현될 것으로 보인다.

실제로 자유시가 극자유시로 치달음으로써 그로 인한 독자 상실에 따른 쇠퇴의 조짐을 감지하고 그 폐해에서 벗어나 새로운 주류 장르의 모습을 모색하는 선도적 현중의 모습을 여러 군데서 확인할 수 있다. 그 중에서도 주목되는 현중은 최동호다. 그는 "장황하고 난삽한 요령부득의 시, 대중과의 소통을 거부하는 시가 문제"라고 진단하면서 "극소지향의 극서정시"가 그것을 벗어나는 대안임을 주창한다. 그러면서 그 구체적인 모습으로 하상욱의 인터넷 단시(10~20자 내외로 구성)를 소개하고, 그러한 단시가 생명력을 얻으려면 하이쿠나 시조 같은 정제된 양식으로의 규칙성을 확보해야 하므로 "시조시인 정수자의 『탐하다』나 홍성란의 『춤』 등이 그런 생명력을 갖고 있다는 사실을 생각해보아야 한다"고 했다. 나아가 "형식면에서 본다면 박희진의 17자 시나 성찬경의 1자시도 고려해볼 필요가 있다"고 하면서 극서정시가 디지털시대에 적합한 시라고 단언한다(「디지털 시대에도 시는 죽지 않고 인간의 삶을 노래한다」).

이러한 최동호의 주상에 대해 홍성란은 그의 극서정시가 "한국의 단시조를 지칭하는 말로 들린다"(「조운시조로 본 시조의 시적 형식」)고 하면서 극서정시의 중심에 단시조가 있음을 시인의 직관으로 인식한다. 여기에 더하여 자유시에만 전념해오던 오세영, 성춘복, 허영자 같은 저명 시인들이 속속 현대시조를 써서 시집으로 엮어내고, 장경렬, 유성호 같은 비중 있는 평론가가 시조 작품의 가치와 미학을 찾아내고, 권영민 같은 선도적 평론가가 '시조만세'라는 문학콘서트를 열어 자유시만 쓰던 시인들에게 시조 창작을 유도하고, 그에 화답하여 김종길, 고은, 김후란, 신달자 같은 대시인을 비롯한 많은 시인들이 시조를 써내는 등의 현중들의 모습이 도처에서 확인된다. 이러한 모습이 도도한 흐름으로 지속된다면 ⑥의 자리에 현대시조가 물음표를 떼고 굳건히 자리할 것이라는 확신과 전망이 서게 될 것이다.

다만 최동호가 주창하는 극서정시 가운데, 하상욱의 인터넷 단시는 문학사에서 생명력을 유지할 이렇다 할 장르표지(genre-marker)가 없고, 박희진의 17자시는 5-7-5의 자수율을 갖춘 하이쿠의 아류 같아서 우리시가의 운율구조에 맞지 않는 시도이며, 성찬경의 1자시는 끝없는 여운만 담보할 뿐 이렇다 할 메시지를 담을 수 없어 역시 생명력을 갖기 어려울 것이다. 이러한 여러 극서정시의 시도는 극자유시의 범주에 든다 할 수 있는데, 이들은 해체시대에 주변장르로 머물 것으로 보인다.

그렇다면 디지털 시대에 주류장르 부상할 수 있는 현대시조의 모습은 어때야 할까? 위의 도표로 진단컨대 할아버지 장르인 고시조를 계승하되, 그 가운데서도 연시조, 사설시조보다 단시조가 되어야 할 것으로 보인다. 3장 6구 12음보로 완결하는 가장 정제되고 절제된 양식인 단시조야 말로 해체시대에 아버지 장르인 자유시의 그 극단적 자유로움, 방만함, 난삽함, 기괴함, 율격의 괴멸 등에서 오는 식상함에서 산뜻하게 벗어날 수 있는 길이 되기 때문이다.

현대시조가 나아갈 길은 이런 정제된 단시조의 정통을 지키는 것에 있다. 형식실험은 곤란하다. 또한 시가사의 흐름으로 볼 때 현대시조가 근대시조이래 선호되어온 장형 성향의 '연시조' 양식에 머무는 한, 변두리 장르에 머물 수밖에 없다. 초-중-종 3장으로 깔끔하게 완결하는 단시조라야 방만한 자유시에 경쟁력을 가질 수 있다. 3장의 완결성은 우리 시가가 수천 년 동안 공감해온 미적 양식으로서 완전한 것을 의미하는 율려의 수다. 자유시의 방만한 병적 파토스를 시조의 단정하고 균형 잡힌 에토스로 치유할 수 있지 않겠는가!

시조의 정체성과 그 현대적 변환

1. 시조의 정체성-고시조와 현대시조의 거리

근자에 필자는 이 글의 발표를 준비하기 위해 현대시조 전문지 몇 권과 현대시조 선집 몇 권을 접하게 되었고, 거기 실린 작품 수편을 감상함과 아울러 함께 붙어 있는 시조비평과 작품의 해설문을 읽을 기회를 갖게 되었다. 읽고 난 소감을 솔직히 말한다면 국문학계나 국악학계에서 고시조에 관해 이룩한 학문적 성취가 시조 창작계나 시조 비평계의 어느 쪽에도 거의 반영되어 있지 않거나 곡해되고 있는 부분이 너무나 크고 심각하다는 것이며, 그로 인해 당혹감과 놀라움을 금치 못했다는 것이다. 학계와 문단간의 이와 같은 소통단절 혹은 잘못된 소통은, 문단으로 하여금 시조의 정체성에 대한 이해 부족 혹은 오해를 야기하는 결과를 낳았고, 그로 인해 가장 심각한 폐해는 시조를 시조로서 대하지 않고 마치 현대 자유시를 창작하거나 비평하는 것처럼 대하고 있어[1] 시조의 정체성, 특히 현대시조의 정체성 파악에 상당한

---

1) 이 점은 현대문학 전문의 시인 비평가는 물론이고, 시조를 전문으로 창작하고 비평하는 이들까지 예외가 아니다. 현대시조와 자유시가 엄연히 장르 정체성을 달리함에도 자유시와 하등의 차이 없이 비평하고 해설한다면 해석의 정합성을 얻었다 하

혼란을 보인다는 점이다.

현대시조의 정체성을 올바로 파악하기 위한 방법은 그것과 근원적 연결고리 관계에 있는 고시조의 정체성 파악부터 선행되어야 한다. 그리고 여기에 덧붙여 그것과 대립적 경쟁관계에 있는 자유시와의 관계 설정에도 명백한 인식을 가져야 한다. 이는 너무나 당연한 명제임에도 정작 문단에서는 소홀히 여겨왔던 데에서 혼란의 요인을 찾을 수 있는 것이다.

잘 알다시피 현대시조의 정체성은 그 명칭에 명백히 드러나듯이 현대성과 시조성을 동시에 충족해야 하는 데서 확립될 수 있다. 현대성을 충족해야 이미 역사적 사명을 다하고 사라진 고시조와 변별되는 존재이유를 찾을 수 있고, 시조성을 획득해야 자유시와 경쟁관계에서 존재이유를 찾을 수 있다. 그러기에 현대성을 무시하고 시조성만 추구하는 방향으로 현대시조가 나아간다면, 엄청나게 달라진 현대인의 미의식에 걸맞은 공감대를 획득하기 어려우므로 시대착오적 복고주의 혹은 국수주의로 매도되어도 할 말이 없게 된다. 이와 반대로 시조성을 무시하고 현대성으로 과도하게 기울어 추구한다면 자유시와의 경계선이 모호해져, 그러려면 차라리 자유시 쪽으로 나오라는 비난에서 지유로울 수 없는 것이다.

그렇지만 현대시조는 고시조가 갖지 못한 현대성을 갖기에 현대에 존립해야 할 명백한 이유를 가지며, 자유시가 갖지 못한 시조성을 갖기에 자유시와 당당하게 맞서 경쟁관계를 가지고 존립할 수 있는 기반을 가지는 것이다. 여기서 먼저 고시조가 갖지 못한 현대성이란 구체

기 어렵다. 시조는 시조의 장르 독자성에 맞추어 이해하고 판단해야 하기 때문이다.

적으로 무엇인지를 살피는 일이 현대시조의 정체성 확립에 중요한 지침이 될 것이다. 이를 위해서는 고시조와 현대시조가 갖는 거리 혹은 차이를 분명히 함으로써 그 해결의 실마리를 찾을 수 있을 것이다.

고시조와 현대시조는 우선 제시형식에서 근본적인 차이를 갖는다. 고시조가 가곡창 혹은 시조창이라는 음악의 악곡구조에 담아 실현됨에 반해 현대시조는 음악과는 상관없이 언어의 내적 질서에 기반을 두어 실현되기 때문이다. 즉 노래하는 시와 읽는 시로서의 차이를 갖는다는 것이다. 이 짐은 일찍이 가람 이병기가 노랫말로서의 창사성(唱詞性)을 벗어나 시조시(時調詩)로 전환해야 함[2]에서 시조의 나아갈 방향을 찾은 이래 누구나 상식적으로 알고 또 강조하고 있는 점이기도 하다. 그럼에도 이를 새삼스레 들추는 것은 고시조와 현대시조의 거리를 인식하는 데 있어서 가장 근본적인 문제임에도 불구하고 너무 피상적인 수준에서 그것을 인지하거나 받아들이고 있기 때문이다.

고시조는 노래하는 시였기 때문에 노랫말 자체보다는 그것을 담아내는 악곡의 선율과 리듬의 다양화를 통해 조선시대 500년이란 장구한 기간 동안 사대부층의 중심 예술양식으로[3] 향유될 수 있었다. 그리하여 고시조는 5장에다 중여음과 대여음이 결합된 악곡구조를 갖는 유장하고 완만한 가곡창으로 실현되는가 하면, 그와 병행하여 그보다는 상대적으로 짧고 경쾌한 3장의 악곡구조를 가진 시조창으로 실현되기도 했다[4]. 그리고 이 두 가지 연창 형태도 시대의 변화에 따라 구

---

2) 이병기, 「시조의 발생과 가곡과의 구분」, 『진단학보』 권1, 진단학회, 1934 참조.
3) 사대부가 향유한 가장 중심적인 예술형식은 물론 詩(한시)였지만 그들은 시조를 시여(詩餘)라 하여 시의 연장선상에서 시를 통해 못다한 흥취나 감회를 시조로서 풀었으며, 더욱이 시가일도(詩歌一道)라는 이념적 시각에서 시와 대등한 의미를 부여하여 시조를 향유했음은 시조 가집의 서문 혹은 발문에 잘 드러나 있다.

체화되는 방식이 실로 다양했음은 각양각색의 악곡명들이 그것을 증거해 주고 있다. 가곡창의 경우만 보더라도 15세기에서 16·17세기를 거치는 동안 가장 느린 템포의 만대엽에서부터 출발하여 중대엽을 거쳐 삭대엽으로 가는 보다 빠른 템포로의 변화를 보였으며, 18세기에 가곡을 전문으로 하는 가객의 등장과 함께 가곡의 연창이 보다 세련되고 정제되면서 삭대엽계 가곡의 다종다양한 분화가 일어나게 되고, 19세기에 이르면 여러 다양한 악곡들을 일정한 질서에 따라 '엇걸어'부르는 편가(篇歌) 형식의 '가곡 한바탕'이 완성되기에 이르며 여기에 남창가곡과 여창가곡의 전문화가 자연스럽게 생겨나게 된다.

이러한 시조 악곡의 여러 변화 층위 가운데 특히 주목을 요하는 것은 가곡창의 경우 정격형(이것도 시대에 따라 평조, 우조와 계면조 등의 악조로 불리는 양식이 다름)과 대응되는 변격형(이른바 농(弄)·낙(樂)·편(編)이 중심이며 그것들의 다양한 분화로 나타남)의 존재와 시조창에서 평시조나 지름시조와 대응되는 사설시조의 존재다. 이들의 가풍(歌風)은 상당히 달라서 그에 담긴 노랫말이 추구하는 미학도 상당한 거리를 갖기 때문이다.

고시조의 이와 같은 다양한 음악적 분화와 발전은 어디까지나 단시조에 해당하는 것으로서 이는 시조의 본령이 단시조임을 말해준다. 즉

---

4) 가곡창 가운데 이삭대엽을 연행하는 시간을 계산하면 중여음과 대여음을 합해 12분 정도가 소요되고 중여음과 대여음을 빼고 노랫말의 창만 계산해도 8분 33초 정도가 소요된다고 한다(장사훈, 『국악논고』, 서울대학교 출판부, 1988, 300면). 45자 내외의 짧은 노랫말을 연행하는 데 걸리는 시간과 오늘날 유행하는 대중음악에서 이보다 몇 배의 긴 노랫말을 가진 발라드나 랩이 대략 4~5분의 시간이 소요됨과 비교해보면 그 유장함의 정도가 어느 수준인지 알만하다. 가곡창의 이러한 유장함에 비해 시조창은 4분 전후여서 훨씬 짧아지고 대중화되었다.

시조는 사대부층의 순간의 솔직한 감정을 3장 12마디의 짤막한 형태에 담아 완결하는 단수(單首)를 지향하며 길어야 두어 수를 넘지 않되 그마저 각수는 자체 완결의 독립적 성향을 강하게 드러낸다. 그렇지만 이와 같이 짧은 호흡의 단시조만으로는 사대부가 포착한 세계상의 깊고도 넓은 인식세계와 감정양식을 표현하기에는 한계가 있으므로, 연시조 혹은 연작시조라는 시조의 확장 형태를 창작하여 그러한 욕구에 부응했다. 따라서 단시조가 음악적 연행욕구에 다양하게 부응해 갔다면 연시조는 그 반대로 노랫말에 담긴 의미세계가 중시되어 사대부의 문학적 욕구를 나름대로 몇 가지 유형적 형식(예를 들면 〈도산십이곡〉같은 6가(歌)계나 〈고산구곡가〉같은 9가(歌)계통 등)으로 부응해 갔던 것이다. 그리고 다른 한 편에서는 사람과 사람 사이의 감정의 교류를 위하여 말 건넴과 그에 대한 화답 형식의 수작시조라는 것도 있었다.

　고시조는 이처럼 다양한 악곡의 변화 발전을 통해 여러 향유 형태를 보이면서 500년의 긴 세월동안 향유될 수 있었지만 현대시조는 사정이 그와 전혀 다르다. 우선 고시조는 당대의 국문시가 장르로서는 중심부에 자리하고 있어서 장구한 세월동안 독점적 우세 속에 변화 발전을 거듭할 수 있었지만 현대시조는 잘 알다시피 자유시라는 중심 장르의 그늘에 가리워져 주변부로 내몰리는 열세 속에서 자유시와 힘겨운 경쟁을 해야하는 절대적으로 불리한 위치에 놓여 있다. 거기다가 고시조는 세계 인식에 있어서 이성적 합리주의(조선 전기)에서 경험적 합리주의(조선 후기)에 걸치는 시대에 각각 거기에 걸 맞는 '안정적이고 조화로운 양식(정격형:평시조)'과 함께 안정적 조화 내에서 그것을 '멋스럽게 일탈하는 양식(변격형:사설시조)'을 통해 당대의 미적 감수성에 안정적으로 대응해 갈 수 있었지만, 현대시조는 그와 달리 경험적 합리주의 사유가 불신되고 무너지면서 부조리와 불확정의 시대로 전환되어 가는 상황에서 그러한 변덕스럽고 혼란스러운 세계 인식을 바탕으로 한 미적 감수성에 어떻게 '안정적인 조화'나 혹은 그 '안정 속의 일탈'로서 대응해나갈 수 있을지 심히 불안하기 짝이 없게 된 것이다. 이러한 힘겹고 불안한 상황에 더하여 현대시조는 고시조와 달리 음악적 연창이라는 제시형식을 상실한 언어예술로서, 더 정확하게는 시문학으로서, 모든 것을 언어에 담아 말해야 하는 또 하나의 어려움에 놓여 있는 것이다.

이처럼 현대시조는 주변부 장르로서의 열세 속에서, 부조리한 사유와 불확정 시대를 살아가는 현대인의 미의식을 음악의 든든한 뒷받침을 상실한 채 오로지 언어로서 그 모든 것을 감당해 나가야 하는 상황에 처해진 것이다. 따라서 현대시조의 돌파구는 노래 아닌 시로서 고시조가 누렸던 아름다움의 무게를 지탱해야 하고, 거기다 오늘을 살아가는 현대인의 감수성에 절대적인 공감을 획득해야 하는 것이다. 문제는 이러한 현대인의 욕구에 대하여는 이미 자유시가 감당해 오고 있는 터이므로 현대시조는 자유시와는 다른 분명한 정체성을 가지고 거기에 대응해야 한다는 것이다. 현대시조가 자유시와의 동일 지평에서 그저 자유시를 뒤따르기에 급급하거나 흉내내는 모방의 수준에서 크게 벗어나지 못한다면 굳이 존립해야 할 이유가 없으며, 자유시쪽의 냉대와 독자층의 외면은 당연한 결과인 것이다. 그런 점에서 현대시조가 나아가야 할 길은 장르적 정체성의 확립이며, 이는 장르에 대한 인식을 어떻게 갖느냐에 관건이 달려 있으므로 그 문제로 눈길을 돌려보기로 한다.

2. 장르 인식의 문제점

장르(여기서는 **역사적 장르**를 의미하는 것으로 사용함)란 문학사에서 자기만의 독특한 형식적 틀로서 존재한다. 향가, 속요, 경기체가, 시조, 자유시5) 등이 모두 자기대로의 독특한 틀을 가지고 있음은 그 때문이다. 그러나 그 틀은 그저 단순히 역사적으로 주어진 형식적 틀이 아니다. 그 틀을 통하여 세계상을 이해하고 완결시키는 즉 현실을 파악하는 방법과 수단이 되는 것이다. 따라서 개개의 장르는 그 나름으로 세계상 혹은 현실을 바라보고 이해하는 방법과 수단으로 기능하며, 역으로 그 독특한 방법과 수단이 결정적으로 장르를 특징짓게 한다. 즉 작가는 장르의 시선으로 세계상(현실)을 바라보고 그에 대한 생각이나 감흥을 완결하게 되는 것이다.

따라서 어떤 장르의 선택은 그 장르의 시선(방법과 수단)으로 세계상을 파악하고 미적 감흥에 심취하겠다는 것에 동의함을 의미한다. 장르가 작자에게는 '글쓰기의 본(本)(모형, 模型)이 되고 독자(수용자)에게는 '기대의 지평'이 되는 까닭이 여기에 있는 것이다. 어떤 사람이 현대시조의 장르를 선택하는 순간 그는 현대시조라는 장르 시선(수단과 방법)으로 세상을 이해하고 완결하며 그러한 미적 감동에 젖어 들겠다는 것을 의미한다는 것이다.

그러면 현대시조에 대한 장르 인식은 어떻게 가져야 하는 것일까? 한마디로 현대시조는 고시조를 현대인의 미적 감수성과 시대 인식 및 사유방식에 걸맞게 현대적으로 변환한 것이므로 먼저 고시조에 대한

---

5) 자유시도 형식이 없는 것이 아니라 내재율의 통어를 받는 형식적 틀을 갖는 것으로 이해해야 함을 의미한다.

장르인식부터 분명하게 가져야 현대시조의 나아갈 방향이 제대로 잡혀질 수 있을 것이다. 따라서 고시조의 장르 정체성부터 제대로 파악하는 일이 우선되어야 함은 말할 것도 없다.

고시조를 비롯한 우리의 모든 고전시가는 노랫말과 악곡의 상호제약적 관계 속에서 관습적으로 형성되고 향유되어 온 것이므로 노랫말과 악곡이라는 두 가지 측면을 모두 고려해야 해당 장르를 제대로 인식할 수 있게됨을 유의해야 한다. 우선 고시조의 '노랫말'은 다음과 같은 형식적 틀을 철저히 준수하며 이것이 창작자에게는 글쓰기의 모형으로, 향유자에게는 기대지평으로 작용해 왔음은 익히 알고 있는 바다.

> 1) 통사 의미론적 연결고리를 이루는 3개의 장(章 : 초 · 중 · 종장)으로 시상이 완결된다.
> 2) 각 장은 4개의 음절마디(평시조의 경우) 혹은 통사 · 의미마디(사설시조의 경우)로 구성된다.
> 3) 시상의 전환과 완결을 위해 종장의 첫마디는 3음절로, 둘째마디는 2어절 이상으로 하여 변화를 준다.

이러한 노랫말의 완강한 형식적 제약은 그것을 싣는 악곡(가곡창 혹은 시조창)과의 상호제약 관계에서 생성된 것인데, 노랫말의 이러한 초긴축적 제약으로 인해 발생하는 서정적−미적 감흥의 미흡(未洽)성6)은 바로 거기에 실린 악곡이 그것을 충분히 보완해주었다. 가곡창만 해도, '歌之風度形容(가지풍도형용)'이라 하여 몇 군데 가집에 그에 대한

---

6) 세계상에 대한 감흥을 3장 12마디라는 초단형(超短形)의 형식에 모두 압축하려니 시조 작품의 대부분은 시적 상황이나 흥취를 직접적으로, 혹은 무미건조하게 서술할 수밖에 없었음을 이해해야 할 것이다.

설명을 해놓고 있는데, 이를 통해 시조의 노랫말이 어떠한 가풍(歌風)에 실려 그러한 미흡성을 보완했는지 알 수 있다. 이제 구체적 작품에서 고시조의 장르적 독특성을 점검해 보자.

> 風霜(풍상)이/ 섯거틴 날의/갓픠온/ 黃菊花(황국화)를//
> 金盆(금분)의/ ㄱ득 담아/玉堂(옥당)의/ 보내오니//
> 桃李(도리)야/ 곳인체 마라/님의 뜻을/ 알괘라///

— 송순(宋純)

널리 잘 알려진 이 작품은 평시조의 간결한 형식적 틀에 맞추어 순간의 감정을 솔직 담백하게 노래한 것이다. 노랫말로서만 본다면, 즉 시가로서가 아니라 시로서만 본다면 이 작품은 졸작에 해당한다. 작자가 임금이 옥당에 특별히 하사한 황국화 화분을 보고 무슨 뜻으로 보냈는지를 알겠다고 노래한 것이므로 서술 상황을 어떠한 수사적 기교도, 시적인 멋도 없이 그저 담담하게 그대로 표출했을 뿐이기 때문이다. 그럼에도 불구하고 이 작품은 송강 정철이 노랫말의 극히 미미한 부분을 다듬어서 자신의 작품으로 수용할 만큼 절대적 공감을 얻었는가 하면[7], 진본 『청구영언』같은 초기 가집에서부터 『가곡원류』의 여러 이본 같은 말기 가집에 이르기까지 무려 25종의 가집에 실릴 만큼 인기를 끌었던 것이다. 무엇이 이 작품을 조선시대 내내 오랜 세월 동안 절창으로 애호받게 했을까?

먼저 노랫말의 솔직 담백함에서 오는 무미건조함은 우조 혹은 계면조의 악조에다 이삭대엽이나 혹은 같은 이삭대엽 계통으로서 약간의

---

7) 이 작품은 정철의 작품집 『송강가사(松江歌辭)』에 일부 자구가 수정되어 수록되어 있는데 이로 인해 작자를 송강으로 잘못 인식하는 경우까지 있었다.

변화를 주는 중거(中擧)로, 때로는 삼삭대엽 등으로 시대의 변화에 완
만하게 적응하면서 노래판의 분위기나 노랫말에 걸맞은 악곡에 얹어
불려짐으로써 미적인 깊이와 감동의 폭을 보완할 수 있었던 것이다.
즉, 이 작품이 이삭대엽계로 불려질 때는 "공자가 행단(杏壇)에서 제자
에게 강학(講學)을 하듯, 비가 알맞게 내리고 바람이 고르게 불 듯(杏壇
說法 雨順風調)"노래하는 곡이라는 풍도형용(風度形容)의 설명처럼, 가
장 유장하고 안정적이며 조화롭고 아정(雅正)한 노랫말을 얹어 부르기
에 적합한 곡8)이어서 이러한 가풍(歌風)이 노랫말의 무미건조성을 충
분히 보완했으므로 애창되었다는 것이다. 나아가 이 작품이 삼삭대엽
으로 불려질 때는 "군문(軍門)을 나선 장수가 칼을 휘두르며 적을 거느
리듯(轅門出將 舞刀提敵)"노래하는 가풍에 실리므로 이삭대엽과는 상당
히 다른 분위기와 파동을 타고 노랫말의 의미가 전달되기도 한다.

그러나 이 작품이 이삭대엽으로 불리든 삼삭대엽으로 불리든 가곡
창의 정격형에 해당하는 것이어서 전아(典雅)함과 고상함을 이상적인
미적 경계(境界)로 삼음으로써 속(俗)티를 부정하고 우아함(雅)을 지향
하는 사대부층의 음악적 취미와 기호에 부응하는 범위 내에서의 변화
를 반영한 것이고, 이러한 아적(雅的) 지향이 그토록 오랜 세월동안 애
호될 수 있는 조건이 되었던 것이다.

고시조가 애호될 수 있는 조건은 비단 음악적인 면에서의 아적(雅的)
이상(理想) 충족 때문만은 아니다. 그와 분리될 수 없는 노랫말의 지향

---

8) 시조 가집의 악곡 편성을 보면 우리가 익히 알고 있는 작자가 알려진 대부분의 시
조작품이 이러한 이삭대엽 곡에 얹어 부르는 것으로 되어 있는데, 이런 점에서 이삭
대엽으로 불리는 평시조 노랫말이야말로 작자가 자기 이름을 내세워 실존적 존재를
드러내는 인격적 표현을 하기에 적절한 형식틀이었음을 알 수 있게 된다.

또한 아적 이상을 추구하기에 가능한 것이다. 앞에 인용한 작품만 보더라도 도리(桃李)의 화려한 아름다움보다는 온갖 풍상을 꿋꿋하게 견뎌내는 국화의 지절(至節)을 높이 산다는 사대부의 고아한 이상 추구가 그대로 드러나 있다. 이러한 세계상의 이해방식은 사대부층의 보편적 이념 가치인 세한고절(歲寒高節)의 미적 규범성을 기반으로 한 것으로, 생활의 절도에서 우러나온 절제성과 여유 있고 고상한 정신적 풍모가 어우러져 빚어낸 사대부 특유의 전형적 풍류성에 닿아 있는 것이다. 사대부의 풍류성은 이처럼 화려함이나 세속적 풍요로움을 지향하는 인간의 욕망을 부정 혹은 제한하고, 천리(天理)를 보존하는 도심(道心)의 구현으로 나타나는데, 이는 전아(典雅)를 높이 평가하고 속(俗)을 반대함으로써 아정(雅正)을 추구하는 사대부의 **도학적 이념**에 기반한 것임은 말할 것도 없다. 앞의 작품이 갖는 무미건조성은 아정한 음악뿐 아니라 아정한 노랫말이 갖는 이념적 깊이가 뒷받침됨으로써 이중으로 보완 극복될 수 있었던 것이다. 이러한 이념적 뒷받침은 고시조의 '후경(後景)'으로 작용하여 해당 작품을 점잖으면서도 고귀한 분위기로 상승시키거나(유가적 전아함을 바탕으로 할 경우), 한적하면서도 담박한 자유로움의 분위기(유가에 기반하면서도 도가적인 취향에 이끌릴 경우)로 끌어올리는 기능을 해왔던 것이다.

그러나 사대부가 중심이 되는 고시조의 향유층은 언제까지나 도학(성리학)적 고상함과 냉혹성에만 매몰될 수는 없었다. 이미 중국 쪽에서 송대 이후에는 법도가 엄정한 유가적 전아(典雅)보다는 담(淡)과 일(逸)이 절대적 우위를 점하는 도가적 전아가 사대부의 추구하는 이상적 경계가 되었고, 특히 시민이 성장하고 발흥하는 명대(明代) 중·후기로 넘어오면서는 사대부들이 시민 계층의 도시적·세속적인 분위기와 대면하면서 도심(道心)에 반대하는 동심(童心), 격식에 반대하는 성령(性靈), 이(理)에 반대하는 지극한 정(情)에서 생겨나는 심미적 사조가 무르익어 아(雅)와 반대되는 속(俗)이라는 참신한 경계(境界)를 창조하는 분위기로 나아갔다.9)

이러한 사정은 우리 쪽도 마찬가지여서 한편으로는 도학자를 중심으로 하는 아(雅)의 추구가 가곡창계에도 주류적인 미적 패러다임으로 군림하고 있었지만 다른 한편으로는 도시의 성장을 배경으로 향유되어 온, 속된 것을 미학의 최고 경계로 삼는 시정의 노래가 17세기에서 18세기로 넘어가는 즈음에 '만횡청류'10)라는 이름으로 가곡창계에 본격적으로 수용됨으로써 가곡창의 변격형인 농(弄) 낙(樂) 편(編)이라는 다양한 악곡에 실려 시조의 미적 경계를 확장 혹은 보완해 갔던 것이다. 이것이 오늘날 이른바 사설시조라 칭하는 시조의 변격형으로서, (평)시조가 아(雅)를 추구함에 비해 사설시조는 그와 반대되는 속(俗)을 추구함으로써 평시조가 갖는 미학의 한계를 사설시조가 보완할 수 있었던 것이다.

이처럼 사설시조는 세속적 욕망에 기초한 속을 최고의 이상적 경계로 삼기에 만횡청류를 처음으로 가곡창계 가집에 싣고자 할 때 그 발문을 쓴 마악노초가 그것의 가치를 일러 "**정**(情)을 따라 인연을 펴내되……이항(里巷)의 노래에 이르면 곡조가 비록 세련되지 않았으나 무릇 그 기뻐하고 원망하고 탄식하며 미쳐 날뛰고 거칠고 험한 정상과 모습은 각각 **자연의 진기**(眞機)에서 나온 것이다"라고 한 진술에 그 점

---

9) 장파(유중하 등 번역), 『동양과 서양, 그리고 미학』, 푸른 숲, 1999 참조.
10) 조규익, 『우리의 옛노래 문학 만횡청류』(박이정, 1996)에 작품과 함께 상론되어 있
   어 좋은 참고가 된다.

이 잘 나타나 있다. 만횡청류(사설시조)는 도시의 이항을 중심으로 인간의 정을 따라 자연스럽게 표출된 것이어서, 인간의 정(情)이나 욕망을 부정하고 이(理)로서 다스려 조절하는 도심(道心)에 기반을 둔 평시조가 미치지 못하는 부분을 미학적으로 보완하는 위치에 있었던 것이다. 사설시조의 이러한 미학은 중국의 동심설(童心說)이나 성령설(性靈說) 혹은 천기론(天璣論)과 통하는 것으로 이 가운데 탕현조나 이지(李贄)의 동심설(童心說)[11]은 다음의 사설시조를 이해하는 데 큰 도움이 된다.

     볼가버슨 兒孩(아해)들리/ 거뮈줄 테를 들고/ 개川(천)으로/ 往來(왕래)
ᄒ며//
     볼가숭아 볼가숭아/ 져리가면 죽ᄂᆞ니라/ 이리오면 ᄉᆞᄂᆞ니라/ 부로나니
볼가숭이로다//
     아마도/ 世上(세상)일이 다/ 이러ᄒᆞᆫ가/ ᄒᆞ노라///

이 작품은 이(理)로 인간의 감정을 조절해야 한다는 도심(道心)과는 거리가 멀다. 발가숭이 아이가 발가숭이인 잠자리를 잡으려고 개천가를 이리저리 분주히 뛰어다니는 모습이 재미있게 묘사되어 있으며, 특히 잠자리를 잡으려고 저쪽으로 달아나면 살고 이쪽으로 오면 잡히는데도 그 반대로 말함으로써 잠자리를 유인하려는 아이의 사심 없는 욕망이 잘 드러나 있다. 도심(道心)은 이러한 인간의 감정을 부정하고 속

---

11) 이들의 동심설은 도가에서 강조하는 무지(無知)혹은 무욕(無慾)과는 다른 개념으로 동심에서 흘러나온 성정만이 진심이고 사심(私心)이며 속된 마음(俗心)이라 하고 반대로 정과 욕을 조절하거나 제거하여 형성된 것은 거짓된 것이라 했다. 장파, 앞의 책, 361면 참조.

(俗)된 것으로 천시하는데, 동심설에서는 오히려 이러한 동심이야말로 진심이고 성령이며 천기로 보는 것이다. 그리하여 이 작품에서 보듯 마음을 따라 행하고, 본성을 따라 드러내며, 정(情)을 품고 나아감으로써 속(俗)이라는 새로운 미학을 창조해내는 것이 사설시조의 미학이었던 것이다. 마악노초가 '자연의 진기'라고 한 것은 이러한 미학의 드러냄을 의미한다.

그런데 사설시조가 추구하는 속(俗)의 미학은 의미의 차원에서 보면 광기(狂)·기이함(奇)·재미(趣)를 드러내는 특징을 가진다. 이는 사설시조의 주체가 되는 시정(도시)의 시민들이 즐겨 추구하는 향락적 특징이 그러하기 때문이다. 이 가운데 특히 재미는 가장 중요한 특징으로 보인다. 사설시조에 풍자는 거의 나타나지 않고[12] 시정의 해학이나 익살로 가득 차 있는 것도 재미를 추구하는 사설시조의 미학 때문이다. 앞에 인용한 사설시조도 발가숭이가 발가숭이를 잡는 해학적 재미가 중심 주제를 이루고 있는 것이다.[13] 그리고 사설시조가 추구하는 속의 미학은 언어의 차원에서 보면 직설(直)·폭로(露)·비속함(俚)·참신함(新)으로 표현되는 특징을 가진다. 이는 동심·성령·지극한 정(至情)에 바탕하여 맘대로 행하며, 본성대로 드러내는 광기·기이함·재미로 인해 필연적으로 생겨나는 표현방식인 것이다.[14]

---

12) 흔히들 사설시조에 풍자가 많이 나타나는 것으로 인식하고 있는데 이는 잘못된 판단으로 보인다. 풍자가 되려면 약자가 강자를 신랄하게 측면 공격하는 비판 정신이 기반이 되어야 하는데 사설시조에서 그런 풍자적 작품을 찾아보기 어렵다.

13) 이러한 사설시조의 미학 때문에 이 작품의 종장의 의미가 심각하게 받아들여지지 않는다. 만약 평시조로 노래되는 상황에서 똑같은 종장이 붙여졌다면 세상사에 대한 심각한 비판적 의미로 받아들여져야 할 것이다.

14) 사설시조의 이러한 속의 미학이 갖는 특징은 같은 시정문화권에서 생성된 판소리 혹은 판소리 서사체(판소리계 소설)의 미학에도 그대로 적용된다. 속의 미학적 특징

만횡청류의 많은 작품들, 이를테면 중놈, 승년, 백발에 화냥 노는 년, 장사꾼 등 도시를 배경으로 욕망을 따라 행동하는 군상들을 노래한 것들이 모두 속의 미학을 드러낸 대표적인 예다. 인간 본연의 모습을 드러내려니 속될 수밖에 없으며, 인물의 말, 행동거지를 통해 그 정신을 전달하려다 보니 속되게 될 수밖에 없었다. 사설시조는 결국 직설적이고 폭로적이고 비속하고 비루하게 표현될 수밖에 없었던 것이다. 또한 사설시조에는 평시조처럼 사대부적 풍류와 맥이 닿으면서 말만 많아진 경우도 흔히 볼 수 있는데 이는 단순히 평시조 미학의 연장이 아니라 사대부적 풍류를 질펀하게 즐기려는 인간의 욕망을 자연스럽게 드러낸 것으로 이해된다. 그 역시 속의 미학을 구현한 것이었다.

그러나 사설시조의 이러한 속의 미학은 판소리 미학과도 상통하면서도 그것과는 차원을 달리한다는 점을 유의해야 할 것이다. 앞에 인용한 발가숭이 노래만 보아도 농(弄)이라는 가곡창의 변격형 악곡에 얹어 부르게 되어 있는데, 이는 "뭇 선비들이 입씨름을 하듯 바람과 구름이 이리저리 휘돌듯(舌戰群儒 變態風雲)"라는 설명에서 보듯이 정격형과는 사뭇 격을 달리하는 악곡이지만 그러나 판소리와 같은 속된 음악과는 엄연히 구별되는 차원 높은 선율과 리듬으로 실현된다는 것이다. 이 점은 음악적 측면만 그런 것이 아니다. 노랫말의 배분에 있어서도 그 형식적 틀은 아(雅)를 추구하는 평시조의 틀을 준수하는 범위 내에서 일탈하고 있는 것이다. 발가숭이 노래에서 필자가 빗금을 쳐 놓은 바와 같이 평시조의 틀을 철저히 따르되(앞에 인용한 송순의 평시조와 노랫말의 배분을 나타내는 빗금 친 부분이 완전 일치하는 데서 확인할 수 있

에 관하여는 장파, 앞의 책, 362~365면 참조.

음), 다만 평시조의 한 장(章)이 4개의 음절마디(음보)로 구성됨으로써 정형적 율격양식을 가지고 있음에 비해 사설시조는 음보수에는 구애 받지 않고 대신 4개의 의미마디로 하나의 장을 구성한다는, 그리하여 사설이 많아진다는 차이점을 보이는 것이 다를 뿐이다.

이는 사설시조가 평시조를 자유롭게 일탈할 수 있는 양식이 결코 아 님을 의미한다. 평시조가 아를 추구하고 사설시조가 속을 추구한다고 하여 자칫 대항장르로 인식하거나 대립적인 미학을 갖는 것으로 받아 들이는 것은 이런 점에서 잘못된 이해라 할 수 있다. 앞에서 사설시조 가 시조의 미학을 보완 확장하고 있다고 본 것도 바로 이런 점을 감안 한 것이다. 문제는 사설시조에 대한 이러한 장르적 위상에 대하여 특히 현대시조를 창작 혹은 비평하는 문단계에서 잘못 인식하고 있는 경우 가 대부분이라는 현실에 있으며[15] 이는 참으로 유감이 아닐 수 없다.

3. 고시조의 현대적 변환 문제 −현대시조의 나아갈 길

이상에서 고시조는 3장으로 완결되고 각장이 4개의 음절마디로 구 성되어야 하는 극도로 절제된 양식이어서 자칫 무미건조함으로 빠지 기 마련인데 이러한 결함을 조화롭고 아정한 선율과 리듬에 담아 노래 함으로써, 그리고 고상하고 전아한 도심(道心)의 이념적 깊이를 후경

---

15) 다만 신범순, 「현대시조의 양식실험과 자유시의 경계」, 『시조시학』, 2000년 하반 기호에서는 사설시조의 시조에 대한 보완적 성격을 제대로 파악하고 있어 다행이 아닐 수 없다. 그렇긴 하나 형식문제에 있어서는 사설시조가 시조의 위반형식이라 하여 추상적 지적에 그치고 있어 그 위반의 정도가 어느 정도인지 파악할 길이 없는 점이 아쉽다.

으로 짧으로써 상당부분 극복하고 있음을 살폈다. 그리고 이러한 아
(雅)의 미학 추구뿐 아니라 도시의 성장과 더불어 발흥한 속의 미학을
사설시조라는 변격형을 통해 구현함으로써 시조의 영역을 확장 보완
할 수 있었음도 확인했다.

　고시조는 이처럼 당대의 지배 이데올로기에 의한 미적 규범성이 예
술형식으로 표출된 것이어서 조선시대 5백 년간을 향유자의 기대범주
에 충분히 부응해 갈 수 있었지만, 그 사회가 무너지고 근·현대라는
새로운 시대가 도래함에 따라 시조는 새로운 미의식의 기대범주에 못
미칠 뿐 아니라 새 시대의 확장 욕구를 더 이상 감당해내지 못함으로
써 소멸의 위기를 맞게 되었다. 그 대신 자유시가 등장하여 미의식의
패러다임을 근본적으로 달리하는 새 시대의 시대정신에 부응함으로써
현대의 중심장르로 부상하게 되고, 그 방향은 고시조의 형식적 틀을
철저히 무너뜨리는 방향으로 나아가게 된 것이다.

　즉, 고시조의 형식적 미학적 강제에 대해 무한정 자유롭고자 하는
새로운 시민계층이 자유시를 주도해 나갔다. 근대는 개인이 두각을 나
타내는 시대로 모든 중세적 규범을 파괴하고 자유로운 정신으로 표현
함으로써 풍부한 개성과 자립정신을 보여주었다. 이러한 개성과 자유
정신이 시조의 강제에서 벗어나 주요한의 〈불놀이〉같은 자유시를 낳
게 된 것이다. 그 뒤를 이은 현대는 부조리가 가장 중요한 범주이고,
부조리의 출현은 자유 추구와 관련이 있으므로 현대에 자유시가 계승
되어 주류장르로 위상을 굳건히 해나감은 당연한 귀결이라 할 수 있다.

　그러나 현대 자유시의 지나친 자유추구는 무한정 자유로움을 추구
하는 자들의 기대지평에는 호응을 더해갈 수 있었지만, 다른 한편으로
는 그 혼란스러운 형식에 식상한 나머지 안정되고 조화로운 고시조적

정형의 틀에 향수를 갖게 되는 계기를 야기하기도 했다. 신경림이 "나는 시조를 많이 읽는 편이다. 잘 읽혀서 일 것이다. 요즘 시들, 너무 안 읽힌다. 너무 난삽하고 현란해서, 그리고 너무 말이 많아서 읽기가 여간 힘들지 않다. 이에 비하여 일정한 형식과 리듬의 속박을 받는 시조는 훨씬 수월하게 읽힌다.……물론 시조가 우리 것이란 사실에 대한 막연한 경도도 있을 터이다."16)라고 고백한 말에 그 점이 잘 드러난다. 이는 자유시의 형식적 이념적 미학적 혼란스러움에 대한 거부와 시조의 안정된 전통미학과 율조에 대한 공감의 표현으로 이해된다. 그뿐 아니라 나라가 위기에 처하여 우리 문학의 정체성마저 상실할 위기를 맞을 때마다 전통미학을 갈구하는 움직임이 일어났으니 일제시대의 국민문학파에 의한 시조부흥운동과 해방 후 50년대의 시조부흥 논의가 그것이다.

이와 같은 자유시에 대한 두 가지 반발 움직임은 현대시조가 설자리를 마련해주는 든든한 보루가 되고 있다. 자유시가 더욱 불안정한 혼란 속으로 빠져들수록, 그리고 우리 문학으로서의 정체성을 상실할수록 안정적인 율조와 미학으로 다듬어진 현대시조에 대한 갈망은 더욱 확대되어 갈 것이기 때문이다. 자유시에 대한 현대시조의 장르 경쟁력은 여기에 있는 것이다. 여기서 현대시조의 나아갈 방향이 어느 정도 떠오른다. 고시조가 아닌 현대시조이니 만큼, 현대인의 시대정신과 감수성에 공감력을 갖되, 자유시의 불안정한 혼란을 극복할 수 있는 안정된 율조와 전통 미학으로 시조의 정체성을 굳건히 지키며 장르가 수행되어야 한다는 것이다. 현대인의 정신과 감수성에 호소력을 가지려

---

16) 윤금초 편, 『갈잎 흔드는 여섯 악장 칸타타』, 창작과 비평사, 1999의 해설문 참조.

면 고시조의 낡은 양식적 특징에서 멀어질수록 더 훌륭히 수행될 수 있을 것이다. 반대로 안정된 율조와 전통미학을 굳건히 계승하려면 할수록 시조 정체성의 근원인 고시조의 정형적 틀로 다가가려 할 것이다. 현대시조에 작용하는 이 두 가지 방향은 전자가 원심력으로, 후자가 구심력으로 작용할 것이다.

일제시대 육당에서부터 오늘에 이르기까지 지속되어온 시조의 끝없는 형식적 실험은 시조의 낡은 양식적 틀에서 벗어나 현대인의 미적 감수성과 시대정신을 반영하기 위한 모색의 과정임은 말할 것도 없다. 문제는 그 원심력의 작용이 지나쳐 시조의 정체성마저 깨뜨리는 과도한 형식 실험으로 나아갈 때 자유시와의 변별력이 무너지게 된다는 점이다. 그렇게 된다면 차라리 자유시라는 장르를 선택할 일이지 굳이 시조라는 이름을 빌어, 자유시도 시조도 그 어느 것도 아닌 어정쩡한 흉물을 만들어 낼 필요는 없는 것이다. 이런 경향은 자유시와 현대시조를 기분에 따라 양다리 걸쳐 창작하는 시인들에게서 흔히 볼 수 있는데 이 경우 대부분은 시조의 정체성이 무엇인지를 잘 모른 채 작품을 양산하기 마련이다.

반대로 시조의 근원으로 돌아가고자 하는 구심력의 작용이 지나쳐 고시조의 문법적 틀을 한치도 어김없이 준수하고자 하며, 심지어 그 기사(記寫) 방식까지도 시조의 정형적 틀이 드러날 수 있도록 표기해야 한다는 주장까지 하는 경우도 보인다.17) 이는 현대시조의 형식 실험이 그 정도를 지나쳐 시조의 정체성마저 허물어뜨리는 결과를 가져오는

---

17) 이런 주장의 대표적 사례는 임종찬, 「현대시조작품을 통해 본 창작상의 문제점 연구」, 『시조학논총』 제11집, 한국시조학회, 1995 및 임종찬, 「시조 표기 양상 연구」, 『시조문학』, 2000년 여름호를 들 수 있다.

현상에 대한 반발이며, 어느 정도 타당성이 인정되지만, 그렇다고 시조의 본원적 모습에까지 근접해야 한다는 것은 지나친 구속이어서 기본적으로 개성과 자유로움을 시대정신으로 하는 현대인의 감수성을 충족해내는 데는 한계가 있지 않을까 생각된다. 시조의 정체성을 향한 구심력이 지나치게 작용하면 고시조와의 변별력이 없어지는 문제가 야기된다.

그렇다면 현대시조의 나아갈 길은 어떠해야 할까? 이럴 때 우리의 선인들이 현명하게 선택한 길이 있으니 바로 법고창신(法古刱新)의 정신이다. 지나친 형식 실험은 **법고**에는 별로 신경 쓰지 않고 **창신** 쪽으로 치달을 때 나타나는 현상이다. 지나친 형식 실험 가운데 손에 잡히는 대로 몇 가지 사례만 든다면, 우선 양장시조의 실험이 있었는데 이는 시조의 최소한의 형식적 정체성이 3장으로 완결된다는 근본을 허무는 것이어서 호응을 획득하기 어려운 것이었다. 그리고 평시조로 시작하여 사설시조로 갔다가 평시조로 끝나는 실험 혹은 그러한 순서는 아니지만 평시조와 사설시조를 이렇게 저렇게 혼합하는 형식 실험도 상당히 보여 왔는데, 이 또한 평시조와 사설시조는 그 지향하는 미학이 상호 충돌하므로 성공하거나 호응을 얻기가 쉽지 않은 것이었다. 여기서 한 걸음 나아가 평시조와 사설시조는 물론 속요의 일부까지 섞어 넣는 이른바 옴니버스 시조라는 새로운 형식도 보이는데, 이는 속요가 그 기본 율격 미학적 바탕을 3보격(불안정적이고 유동적인 율격양식임)에 두고 있으며, 시조는 4보격(정적이고 유장하며 차분하고 안정적인 정서 표상에 적절한 율격양식)에 두고 있다는 사실을 감안하면 그로 인한 상호충돌이 보다 심각하다는 점에서 역시 성공하기 쉽지 않은 형식 실험이라 할 것이다.

또 어떤 경우는 평시조 형태의 시조 3수를 연 구분하지 않고 모두 붙여 9행시 형태로 제시함으로써 마치 9행의 자유시를 연상시키는 짜임을 보이기도 하는데 이 역시 시조는 일단 3장으로 완결되며, 그것이 여러 수 연결되어 연시조로 간다하더라도 연과 연 사이의 흐름이 자연스럽게 이어질 수 있는 자유시와 달리 시조는 구조적으로 그렇지 못하다는 점에서 연의 강제적 결합은 안정성을 해치고 불안감만 조성할 뿐, 이 역시 성공적일 것 같지 않아 보인다. 시조는 3장 단위로 구조화되는 정형시로서의 형식적 완결성이 어느 장르보다 강하기 때문에 연의 독립성이 그만큼 강한 것이다. 그럼에도 연의 경계를 무시하고 강제로 붙여놓는 것은 자유시 흉내를 낸 꼴이어서 장르 경쟁력이 떨어질 수밖에 없는 것이다.

이와 같이 시조를 열린 형식으로 간주하여 여러 형식 실험을 자의적으로, 자유자재로 하는 것은 문제가 많아 보인다. 시조는 결코 열린 형식이라 할 만큼 자유스럽지는 않다. 오히려 시조는 어떠한 경우에도 3장으로 완결해야 하는 닫힌 형식이며, 각 장도 4보격으로 혹은 4개의 의미마디로 구성해야 하며, 평시조의 경우 각장은 또 2보격씩 짝을 이루도록 짜는 것이 원칙이며, 종장은 첫째와 둘째마디에서 시상의 전환을 이룰만한 변화를 보여야 하는 정형률의 까다로움을 준수해야 하는 닫힌 형식인 것이다. 아니 그만큼 안정된 형식이다.

시조가 열린 형식이라 함은 시행(詩行)의 배열에서나 가능하다고 봐야한다. 고시조와 현대시조의 분기점은 바로 시행배열이 자유로우냐 아니냐에 있는 것이다. 근대와 현대의 시대 정신이 개성과 자유로움의 추구에 있다면 고시조와 변별되는 (현대)시조의 현대성은 바로 이 시행 배열의 개성과 자유로움에서 획득될 수 있기 때문이다. 고시조가 내리박이 줄글식으로 표기되어 음보 구분은커녕 장(章) 구분마저도 잘되어 있지 않음은 노랫말이 악곡에 실리기 때문에 선율과 리듬의 아름다운 배분을 따라 정서의 미적 파동이 구현될 수 있기 때문이다. 그에 비해 현대시조는 이러한 악곡구조의 미적·정서적 뒷받침을 전혀 받지 못하므로 오로지 노랫말의 개성적이고 자유로운 배분을 통해 그것을 감당해야 하는 것이다.

그러나 현대시조에서 시어의 개성적이고 자유로운 배분은 시조의 양식적 정체성을 상실하지 않는 범위 내에서 이루어져야 한다. 그러기 위하여는 앞에서 제시한 세 가지 원칙 즉, 1)통사 의미론적 연결고리를 이루는 3개의 章(초·중·종장)으로 시상을 완결한다. 2)각 장은 4개의 음절마디(평시조의 경우) 혹은 통사·의미 단위구(사설시조의 경우)로 구성한다. 3)(시상 전환과 종결을 위해) 종장의 첫마디는 3음절로, 둘째마디는 2어절 이상으로 하여 변화를 준다는 원칙을 준수하는 범위 내에서의 개성과 자유로움을 갖는 열린 형식으로 받아들여야 하는 것이다.

서정시는 시행(詩行)을 통한 발화로 정의된다. 시행은 또, 분절(分節)을 통해서 시적발화를 정상언어적인 발화로부터 이탈하도록 만들어 준다. 이러한 이탈이 작품으로 하여금 서정시가 되게 하는 것이다. 즉 정상언어의 통사론적 단위와는 다른 고유한 발화 분절로 실현되어야 한다. 그러기 위하여는 시행을 도식적 운율화가 아니라 **의미생산적 율동화**로 이끌어가야 한다. 통사론적 단위를 따라 발화하게 되면 시행발화 아닌 산문발화가 되며, 발화 분절이 운율적 필요나 운율적 제약에만 따르면 기계적 운율이 되어 의미생산적 율동화로 나아가지 못하므로 서정적 긴장을 조성할 수 없기 때문이다.[18]

---

18) 서정시의 이러한 특징에 대하여는 디이터 람핑(장영태 역), 『서정시 : 이론과 역사』, 문학과 지성사, 1994 참조.

현대시조도 서정시의 하나이므로 서정성을 조성하기 위한 시행배분이 그동안 형식 실험을 통해 어떻게 이루어져 왔는가를 대표적 사례 몇 편을 들어 살펴보기로 하자.

먼저 초기에 가장 흔하게 보였던 시조 형태를 들면 다음과 같다.

> 바람은 없다마는 잎새 절로 흔들리고
> 냇물은 흐르련만 거울 아니 움직인다
> 白龍(백룡)이 허위고들어 잠깐 들석 하더라
>
> – 정인보, 〈만폭동(萬瀑洞)〉 일부

이런 형태는 가장 복고적인 정통시조 형태라 할 만한 것으로, 시행 발화로서의 이렇다 할 형식 실험 없이 장(章)구분에 따라 시행을 그대로 배분한 것이고, 각 장의 4음보 구성도 그대로 시조의 운율적 제약을 기계적으로 따른 것이어서 그로 인한 도식적 운율화로 나타날 뿐, 작품의 형식적 짜임이 분절에 의해 의미를 생산하는 율동화로 나아가지 못함으로써 서정적 긴장을 촉발하지 못하고, 결국 무미건조하고 둔중한 작품이 되게 만들었다. 이에 비해,

> 봄마다
> 내 몸 속에
> 죄가 꿈틀, 거린다네.
> 티 없는 눈길로는 피는 꽃도 차마 못 볼,
> 들키면 알몸이 되는
> 죄가 꿈
> 틀, 거린다네.

죄가 꿈

틀, 거린다네

들키면 알몸이 될,

망치로 후려치고 때릴수록 일어서는 두더지 대가리 같은,

피는 꽃도

차마

못

볼 ,

– 이종문, 〈고백〉 전문

은 시행 배분을 시조의 운율적 제약과는 무관하게 개성적이고 자유롭게 함으로써 개성과 자유로움이라는 시조의 현대성을 첨단에서 보여주고 있다. 특히 꿈틀이라는 단어마저도 분절하여 별개의 2개 시행으로 분리 배치함으로써, 제어하기 어려운 성적 욕망의 꿈틀거림이 그것을 부끄럽게 여기는 순수한 감정을 딛고 솟아오르는 충동적 정서를 인상 깊게 드러낸다. 거기다 둘째 수의 중장 전체와 종장 앞구는 장의 경계를 무시하고 임의로 붙여 놓아 유난히 긴 시행발화를 이루도록 하는가 하면, 종장의 뒷구는 그 반대로 1~2음절어 마저도 행을 구분하여 극히 짧은 시행발화가 되도록 했다.

이처럼 이 작품은 시조의 운율제약과는 무관하게 자유자재로 행을 배분함으로써 개성적이고 자유로운 시행발화에 의한 의미생산적 율동화에 성공하여 서정성을 강하게 불러일으키고 있다. 그러나 이 작품이 담고자 하는 꿈틀거리는 성적 욕망의 정서가 평시조라는 극도의 절제되고 안정된 형식적 장치와 잘 부합되지 않아 현대시조로서 폭넓은 공감대를 획득하기에는 정인보 작품과는 정반대의 이유로 해서 마찬가

지로 어려운 것으로 보인다. 평시조의 극도로 억제되고 안정된 형식 장치로서는 아무래도 그러한 욕망을 자유로이 드러내기보다는, 반대로 그것을 도심(道心)이나 그에 버금가는 절제된 수양으로 다스리는 정서를 드러내기에 적합하기 때문이다.

이 밖에 현대시조가 시도한 다양한 형식 실험들은 시행발화 면에서 본다면 정인보가 보여준 정통의 형태에서부터 이종문의 최첨단 형태에 이르는 양극단 사이의 어느 지점에 각기 개성적으로 놓여 있는 것으로 설명이 가능하다. 그리하여 정인보의 시조 쪽으로 이끌릴수록 구심력이 작용하여 법고창신에서 법고 쪽으로 경사된 나머지 마치 투박한 질그릇에 담긴 토종의 된장 맛을 낸다면, 이종문의 시조 쪽으로 이끌릴수록 원심력이 작용하여 창신 쪽으로 경사된 나머지 마치 칼질한 야채에 마요네즈나 소스를 담뿍 친 맛을 낸다고 비유할 수 있다.

그리하여 전자가 시조의 전통성은 가지되 현대성에서 극히 미흡하여 고시조와의 변별성이 문제라면, 후자는 현대성은 가지되 전통성에서 극히 미흡하여 자유시와의 변별성이 문제가 된다. 양극단으로 갈수록 그만큼 존재이유가 희박하다는 것이다. 즉 전자의 극단은 현대성이 없어 외면당한다면, 후자의 극단은 전통성이 없어(시조같지 않아 그럴바엔 차라리 자유시를 선호하게 됨) 외면당하게 된다는 것이다.

그런 점에서 다음의 시조는 현대시조로서의 하나의 모범을 보인다.

무심한 한 덩이 바위도
바위소리 들을라면

들어도 들어 올려도
끝내 들리지 않아야

> 　그 물론 검버섯같은 것이
> 　거뭇거뭇 피어나야
>
> 　　　　　　　　　　　　　　　　- 조오현, 〈일색변 1〉 전문

　이 작품은 시조의 양식적 틀을 그대로 준수하여 전통적 미학을 유지하면서도 초 중 종장을 각각 2행의 시행발화로 배분하여 의미론적 율동화를 안정적으로 실현함으로써 정인보와 같은 복고적 정통시조와는 다른 참신성(현대성)과 안정감(전통성)을 동시에 보여준다. 거기다 각 음절마디(음보)의 음절수를 의미 생산적 율동화에 내맡겨 상당히 개성적이고 자유로운 리듬을 타게 함으로써 고시조와는 다른 현대성을 보여준다. 그러나 무엇보다 有(유)와 無(무), 色(색)과 空(공), 迷(미)와 悟(오), 得(득)과 失(실)을 초월한 一色(일색)의 경계를, 들어도 움직이지 않고 세월의 풍상을 검버섯으로 견뎌낸 바위라는 세계상으로 파악하여 그러한 바위 같은 마음으로 살고자 하는 시인의 고도로 수련된 정신적 높이가 극도로 절제되고 안정된 시조 양식과 절묘하게 맞아떨어지고 있는 점이 주목된다. 그런 점에서 이 작품은 법고 쪽으로 경사된 고루함도, 창신 쪽으로 경사된 이질감이나 혼란스러움도 찾아볼 수 없는, 법고창신의 정신이 적절히 구현된 현대시조의 절창이라 할만하다.

　사실 이종문이 노래하고자 했던 욕망의 꿈틀거림이나 도시에서 찾아지는 속의 미학은 사설시조가 보다 적절한 양식적 틀임은 이미 말한 바다. 그런데 시조 문단계에서 사설시조만큼 오해를 보이는 양식도 없을 것이다. 특히 사설시조를 시조의 형식적 강제에서 자유롭게 일탈하는 대립장르로 인식하는 경우가 그러하다. 예를 들면 "사설시조에 오면 그 본래의 정형이란 거의 남아 있지 않을 정도로 심한 해체를 당하고 있다. 이러한 변화를 시조라는 한 양식의 발전으로 본다면 자유시

야말로 그것의 종국적 모형일 수 있다. 양식이란 본래의 틀이 해체될수록 그 존재가치가 약화된다는 측면에서 본다면 사설시조란 시조의 종언을 예고하는 모습이 된다."[19]라는 진술이 잘 대변한다. 국문학계에서도 한 때 사설시조를 자유시에 근접하는 리듬을 가진 것으로 파악한 적이 있다.[20] 과연 그런지 다음의 작품에서 확인해 보자.

> 각씨네/ 더위들 사시오/ 이른 더위 느즌 더위/ 여러 해포 묵은 더위//
> 五六月(오뉴월) 伏(복)더위에 情(정)에 님 만나이셔 둘발근 平床(평상)
> 우희 츤츤 감겨 누엇다
> 무음 일 ᄒ여 던디 五臟(오장)이 煩熱(번열)ᄒ여 구슬땀 흘리면서 헐덕
> 이는 그 더위와/ 冬至(동지)둘 긴긴 밤의 고은 님 품에 들어 ᄃᄉᄒᆫ 아롬목
> 과 둑거운 니블 속에 두 몸이 ᄒᆫ 몸되야 그리져리 ᄒᆞ니 手足(수족)이 답답
> ᄒ고 목굼기 타올 적의 윗목에 촌 슉늉을 벌덕벌덕 켜는 더위/ 閣氏(각씨)
> 네 사려거든/ 所見(소견)대로 사시옵소//
> 장ᄉ야/ 네 더위 여럿듕에 님 만난 두 더위는 뉘 아니 됴화ᄒ리/ 놈의게
> ᄑ디 말고/ 브디 내게 ᄑᆞᄅ시소///

겉보기에 평시조의 형식적 강제를 자유롭게 일탈하여 상당히 말이 많고 긴 작품이 된 것으로 보인다. 사설시조는 이처럼 일단 사설을 많이 주워 섬기고, 말을 많이 엮어 짜므로 엮음(編)시조, 습(拾)시조, 좀는 시조, 말(사설)시조 등으로 불리어 왔다. 그러나 말이 많아졌다하여 시조 형식의 구속에서 해방된 것이 결코 아님을 위의 작품에 빗금 친 부분을 살펴보면 알 수 있다. 즉 앞에서 제시한 시조의 정형적 틀의

---

19) 윤금초 외 3인, 『네 사람의 얼굴』, 문학과 지성사, 1983의 오규원 해설문 참조.
20) 박철희, 『한국시사연구』, 일조각, 1997 참조.

3가지 조건을 모두 갖추고 있는 것이다. 다만 평시조와 달리 두 번째 조건에서 4개의 음절마디 대신 통사·의미마디로 구성된다는 점이 차이를 보일 뿐이다. 여기서 통사·의미마디란 통사론적 혹은 의미론적으로 구분되는 단위구를 말하는 것으로 아무리 말이 많은 사설시조도 4개의 통사·의미 단위구로 구성된다는 점에서는 예외가 없는 것이다.

그러므로 사설시조를 시조의 해체형식으로 보아 자유시에 근접한다는 생각은 근본적으로 잘못된 것이다. 더욱이 주목할 점은 말을 엮어 짜나갈 경우 임의로 자유롭게 하는 것이 아니라 반드시 2음보격의 연속으로 짜나간다는 것이다. 앞에 인용한 작품에서도 중장이 엄청 길어졌지만 2보격으로 엮어나감으로써 가능했던 것이다. 다만 2보격 연속체는 민요나 무가 잡가 등에서 사설조 혹은 타령조로 불러나갈 때 흔히 사용되는 경쾌하고 발랄하며 급박한 리듬이어서 평시조의 4보격이 주는 유장한 안정감과는 판이하게 다른 미적 분위기를 조성하는 것이 유의할 점이다. 2보격은 사설시조를 재미롭게 엮어나가는 추동력이 된다.

결국 평시조는 조오현의 작품에서 보듯이 인생의 달관을 통한 유장한 안정감을 극도의 서술 억제를 통해 드러낼 때 적합한 양식이고(4보격 중심이므로), 사설시조는 이와 달리 시정의 속된 정서를 노골적이고 재미롭게 엮어나가는 데(2보격 중심이므로) 적합한 양식이라 할 것이다. 그런 점에서 다음의 작품은 사설시조의 현대적 변환을 모범적으로 보여주는 사례에 해당한다.

단비 한번 왔는갑다/ 활딱 벗고 뛰쳐나온 저년들 봐, 저년들 봐./ 민가에 살림 차린 개나리 왕벚꽃은/ 사람 닮아 왁자한데,//

노루귀 섬노루귀 어미 곁에 새끼노루귀, 얼레지 흰얼레지 깽깽이풀에 복수초, 할미꽃 노랑할미꽃 가는 귀 먹은 가는잎 할미꽃, 우리 그이는 솔붓꽃 내 각시는 각시붓꽃,/ 물렀거라 왜미나리 아재비 살짝 들린 처녀치마, 하늘에도 땅채송화 구수하니 각시둥글레, 생쥐 잡아 괭이눈, 도망쳐라 털괭이 눈, 싫어도 동의나물 낯뜨거운 윤판나물, 허허실실 미치광이 달큰해도 좀씀바귀, 모두 모아 모데미풀, 한계령에 한계령풀, 기운내게 물솜방망이 삼태기에 삼지구엽초, 바람둥이 변산바람꽃 은밀하니 조개나물,/ 봉긋한 들꽃 산꽃/ 두 팔 가린 저 젖망울.//

간지러,/ 봄바람 간지러/ 홀아비꽃대/ 남실댄다.///

— 홍성란, 〈봄이 오면 산에 들에〉

이 작품은 사설시조의 정형적 틀이 갖추어야 할 3가지 조건을 모두 준수하고 있어 앞에 인용한 〈더위 타령〉 사설시조와 빗금 친 부분에서 완전 일치한다. 더구나 중장의 긴 사설을 4개의 통사·의미마디(앞 2개의 의미 마디는 봄꽃이나 봄풀같은 구체적 사물들을 대등하게 나열하면서 주어 섬긴 것이지만, 말을 엮는 방법에서 차이를 보여 분절이 가능하도록 되어 있고, 뒤 2개는 앞과는 달리 구체적 사물의 나열이 아니라 산과 들에 핀 꽃들의 물오른 요염한 자태를 병치하여 나타내었기 때문에 쉽게 분절이 가능함)로 분절하여 구성한 점과, 아무리 사설이 길어지더라도 반드시 2음보격의 사설조(타령조)로 엮어 짜나간다는 점에서 사설시조의 율조를 너무나 잘 준수하고 있는 점은 이 시인이 사설시조의 율조와 정형적 틀을 명확히 인식해서 일부러 그에 맞추려는 노력이나 의도적 계획을 하지 않았음에도 불구하고 저절로 그에 맞아떨어진 경우로 보이는데(왜냐하면 사설시조의 이런 정형적 틀이나 엮음 방식을 알고 창작하는 시조시인을 아직 본 적이 없다), 그런 점에서 홍성란은 천성(天性)의 사설시조 작가라 해도 좋을 것이다.

앞 작품에서 봄이 되어 산에 들에 단비 맞아 탐스럽게 물오른 나물과 꽃들을 바라보는 시인의 시각은 2음보격으로 연속되는 경쾌 발랄한 타령조의 입담과 초장의 비속한 표현, 그리고 작품 전편(초장의 첫머리부터 종장에 이르기까지)에 심심찮게 고개를 내미는 성적(性的) 욕망의 언어들과 어우러져 사설시조만이 갖는 걸쭉한 속의 미학을 멋지게 구현하고 있는 것이다. 홍성란이 사설시조라는 장르시선으로 바라보는 세계상이야말로 마악노초가 지적한바 자연의 진기에 해당하는, 동심(童心)과 통하는 욕망의 그것인 것이다. 그러면서도 이 작품이 보여주는 현대성은 거기 나열된 세계상이 시공을 초월한 것임에도 현대 도시적 감각과 정서로 포착하여 보여주기 때문이다.

그런데 여기서 유의할 점은 사설시조는 2음보격으로 엮어나가는 말의 재미 추구에 그 미학이 있는 것이지, 거기에서 평시조가 추구하는 심중한 의미나 정서적 긴장을 기대해서는 안 된다는 것이다. 앞에 인용한 〈더위타령〉이나 홍성란의 사설시조도 말을 엮어가는 재미가 그 중심이 됨은 말할 것도 없다. 이것이 바로 사설시조가 즐겨 추구하는 속의 미학인 것이다. 그런데 홍성란의 다른 사설시조 작품 〈세살버릇 -黨(당), 神聖冒瀆(신성모독)〉에 대해 어떤 평자는 "이를 시 또는 시조라 하기에는 암만해도 그 품격이 달린다. 작품이 진행되는 동안 의미의 확대, 심화, 구속, 반전 등의 긴장미가 없다.……시조 작품으로서 최소한의 품위 유지가 선결돼야 한다."[21]라고 하여 심중한 의미와 품격을 담지해내지 못했다는 비판을 가하고 있다.

---

21) 고정국, 「언어의 남용을 경계한다」, 『시조시학』, 2001년 상반기호, 153면.

그러나 이는 비평의 정합성을 얻었다고 보기 어렵다. 평자가 요구하고 있는 사안은 자유시와 평시조에나 해당하는 것이지 사설시조에 해당되는 사안은 아니기 때문이다. 사설시조는 고아한 품격을 담지하거나 의미의 긴장미를 추구하는 것이 아니라 그 반대로 고아한 품격에서 일탈하고 말을 엮어가는 재미를 추구하는 것이 아닌가. 그러한 요구는 한마디로 우물에서 숭늉 찾는 격이다.22)

이처럼 시조를 말하는 관련자들이 시조 혹은 사설시조에 대한 장르 인식의 부족으로 엉뚱한 논평이나 해석을 가하는 경우가 한둘이 아니다. 대개의 경우 자유시의 감식안이나 기대지평을 가지고 시조 혹은 사설시조를 바라보는 데 그 원인이 있다. 이런 경향은 비평계뿐 아니라 창작계 쪽도 마찬가지다. 즉 자유시를 쓰는 기분으로 현대시조를 쓰는 경우가 허다하다는 것이다. 이런 현상은 현대시조를 위해 하루속히 지양되어야 할 시급한 사안이다.

4. 맺음말

지금까지 필자는 현대시조의 장르적 위상과 나아가야 할 방향의 정립을 위해 우선 고시조와 현대시조의 차이점이 무엇인지를 분명히 하고자 했고, 이를 위해 고시조의 장르 정체성을 토대로 그것의 현대적 변환이 어떻게 이루어져야 하는지의 문제를 이론적 관념적 제시가 아

---

22) 이상에서 언급한 현대시조 시인들을 가곡창의 가풍과 연결해서 비유한다면 정인보는 만대엽으로 노래한 현대시조라 할 수 있고, 조오현은 이삭대엽으로, 이종문은 소용(만횡청의 한 종류로서 삼삭대엽의 변격)으로, 홍성란은 편삭대엽으로 각각 풍격을 달리해 노래한 것이라 할 수 있다.

니라 창작의 실제와 비평의 실제를 통해 구체적으로 제시하고자 했다.

그 전체적인 결과의 요약은 지면관계상 생략하기로 하고, 여기서는 논의 과정 중에도 드러난 바 있듯이 현대시조가 당면하고 있는 가장 심각한 문제점에 관련한 두 가지 제안을 하고 본고를 매듭짓기로 한다.

첫째는 자유시를 창작하는 연장선상에서 현대시조를 창작하거나, 자유시를 대하는 감식안이나 기대지평을 가지고 현대시조를 감상하거나 비평하지 말라는 것이다. 자유시와 현대시조는 그 장르 정체성을 엄연히 달리하기 때문이다.

둘째는 사설시조를 평시조에 말 수만 늘어난 것으로 오해하거나 그 형식의 분방함이 무한정 자유롭게 보장된다고 이해해서는 안 된다는 것이다. 즉 사설시조는 평시조와는 다른 감성과 미의식을 드러내며, 말 수를 늘여갈 때는 반드시 2음보격의 타령조로 엮어나가야 한다는 것과 시조의 정체성을 구현하는 한도 내에서의 형식적 자유로움이 허용되는 것이라는 점을 명확히 인식해야 한다는 것이다.

요컨대 자유시가 아닌, 현대시조라는 독특한 장르 시선으로 현실을 바라보고 세계상을 파악하고자 할 때, 그래서 현대시조가 아니면 어떤 생각이나 정서를 결코 표현할 수 없다는 절체설념의 장르 신딕의 요구에 의해 창작되고 또 거기에 기초하여 비평이 이루어지게 될 때 현대시조의 앞길은 탄탄하고 밝아질 것이다.

현대시조의 좌표와 시적 지향

1. 머리말 – 두 가지 문제 제기

　최근의 우리시조단에 두 가지 문제가 심각하게 제기되었다. 하나는 시조 전문지 『화중련』 제9호(2010년 상반기)에 실린 '왜 시조인가'라는 도전적 설문에 대한 시조시인 35인의 시조관이 담긴 응답에서 촉발된 것이다. 이 응답에 대해 우리 고전을 남달리 사랑하는 한 유명학자의 문제 제기에 이어, 시조 비평과 창작에 남다른 열정을 가진 시인과 비평가들의 비상한 관심과 논쟁을 불러 일으켰다. 다른 하나는 '오늘의 시조시인회의'가 주관한 심포지움에서 기조발제로 나선 한 중견시인이자 학자가 제기한 '시조의 현대성, 어떻게 구현할 것인가'라는 우리 시대의 화두다. 전자는 오늘의 시조가 갖는 장르성격으로서의 역사적 **좌표**에 관한 것이 핵심 문제였고, 후자는 전통시 양식을 계승한 오늘의 시조가 과연 그 현대성을 어떻게 해결해 나가야 할 것인가를 모색하는 현대시조의 **시적 지향성**에 관한 것이 핵심 문제였다.

　이 두 가지 문제는 현대시조의 위상 점검과 장르 발전의 방향성 타진을 위해 이전에도 여러 차례 제기된 것이기는 하지만, 과거와 달리 문제의 근본적 핵심을 다시 되짚어보게 했다는 점에서 높이 평가될만하다. 자유시가 우리시대의 주류장르로 확고히 군림하고 있는 차제에 '왜 시조인가'라는 화두와 '시조의 현대성, 어떻게 구현할 것인가'라는 문제는 새삼스레 장르로서의 현대시조의 정체성과 그 주어진 임무 및 시정신을 재점검 하는 계기를 마련했다고 볼 수 있기 때문이다. 이 글에서는 이 두 가지 핵심 문제를 본격적으로 재검토하여 해결의 실마리를 찾아보고 나아가 시조의 이론적 정립을 보다 확고히 하고자 한다.

2. 현대시조의 좌표 – 시조는 시(詩)인가, 가(歌)인가

그럼 『화중련』을 통해 제기된 첫 번째 문제에 대해 검토해보기로 하자. '왜 시조인가'라는 설문에 응답한 시조시인들의 답변을 보고 맨 먼저 문제를 제기한 이는 윤재근[1] 선생이다. 그의 요지는, 시조의 벼리는 '시가(詩歌)정신'에 근간을 두어야 함에도 불구하고 오늘의 시조시인들은 그것을 외면하고 자유시처럼 현대시(modern-poetry)정신에 기울어져 '시조는 시가가 아니라 시'로만 보고 창작한다는 사실을 개탄한 것이다. 다시 말하면 우리의 시가정신은 시와 가를 하나로 묶는 악(樂)에서 비롯하므로 이에 본적을 둔 시조도 본래의 시가정신을 따라야 하는데, 그렇지 않고 시와 가를 둘로 보아 오로지 현대시정신을 본떠서 시로만 창작함으로써 이러한 시조는 이미 시조가 아니라 현대시로 탈바꿈한 3행시에 불과하다는 것이다. 시조는 시가이어야 하는데 현대시조는 그렇지 않다는 것이다. 오늘의 시조가 시조창에 관심을 두지 않고 신라 향가로부터 연면히 이어져 내려온 우리말소리의 장단(長

---

1) 윤재근, 「왜 시조인가?」, 『화중련』 2010년 하반기호.

短)-박(拍)에 관한 관심을 떠나 구미(歐美)의 시가 개발한 운율(prosody)을 쫓는 잘못된 길로 가고 있는 것이 문제라는 지적이다. 한마디로 시조는 우리의 시가로 있어야지 현대시로 있을 수 없다고 주장한다.

나아가 시조는 읊는[吟]시에 그치지 않고 불리는[唱] 노래[歌]로 이어지고 춤[舞]으로도 이어질 수 있어야 한다. 그러므로 시조에 종사하는 이들은 시가정신의 원천이었던 시가무(詩歌舞) 일체의 악(樂)을 전수받아 그것을 전지해야 하는 사명이 있어야 한다. 그런 점에서 시조를 창작하는 이는 시조시인이 아니라 시조인이라 해야 마땅하다는 분별력까지 보여준다. 그리하여 시조인은 시가무 일체의 정신으로 제 고장 사투리 토리에 귀가 밝고 제 고장 굿거리장단의 막춤에 눈이 밝아 민초(民草)의 사투리-노래[謠]와 막춤의 흥겨움이 짓는 장단-박(拍)에 우리말소리 가락의 원초가 있음을 명심해야 한다는 것이다. 그리고 시조가 자유시처럼 독자로부터 버림받지 않으려면 시의식의 날카로움을 박살내고 하염없는 휴식(무아의 자연)을 즐겨 누리도록, 읊게 하고 부르게 하는 쪽으로 복귀해야 한다고 충고한다.

선생의 이와 같은 주장 즉, 현대시조가 본래의 면목인 **시가정신**을 따르지 않고 서구의 현대시정신을 따라 **시**로서만 창작되는 현실을 개탄한데 대해서 홍성란[2] 시인은 견해를 달리하여 비판적으로 받아들인다. 그에 의하면 현대시조는 창이라는 음악적 기반을 떠나 인쇄매체를 통하여 시각적으로 수용되고, 노래가 아닌 낭독이나 낭송으로 향수하는 시문학이 된지 이미 100년이 넘었다. 그러면서 시조는 음률을 기반으로 한 노래시라는 점에서 시어의 음악성을 떠나서 말할 수는 없다.

---

2) 홍성란, 「우리시대 시조의 나아갈 길」, 『화중련』 2011년 상반기호.

따라서 악곡으로서의 음악성이 아닌 문자언어로써 음악성과 리듬감이 실리는 격조 있는 시어를 구사해야한다는 주장을 편다.

이러한 주장에 대해 이번에는 신웅순[3] 시인이 윤재근 선생의 '시가 정신'을 긍정하면서 더욱 극단적인 견해를 편다. 그는 홍시인이 말하는 음악성이 무엇인지는 모르겠으나 적어도 시조에 있어서는 악곡이나 문자언어의 음악성은 다르지 않다. 이는 시조가 음악과 문학이 함께 존재하고 있기 때문이라 한다. 나아가 "시조가 가곡이나 시조창으로 시연될 수 없는 것이라면 굳이 3장 6구 12음보로 창작되어야 할 이유가 없을 것이다. 3장 6구 12음보는 가곡이나 시조창으로 불리워지는 가장 최적의 시가 형식이기 때문이다. 현대시조를 창으로 시연하지 않을 뿐이지 시연할 수 없는 것은 아니다. 현대시조가 문자언어만이 아니라는 것에서 벗어나야 미래의 시조에 대한 논의가 가능할 수 있다. 시조가 창과 결합하여 현대적인 복원을 할 때 자유시를 쓰는 이들과는 차원이 달라 감히 시조를 넘보지 못할 것이다. 세계인들에게 현대시조를 내놓아 보았자 한낱 정형시라 여길 뿐 어느 하나 눈길을 내주지 않는다. 시조창과 함께 내놓아야 그들의 눈은 비로소 휘둥그레질 것이다."라고 하면서 현대시조도 창으로 시연되고 음악의 표준악상에 맞춰 창작되어야 시조의 아이덴티티를 회복하고 격조 높은 진정한 시조가 될 수 있다고 주장한다.

이들에 비해 염창권[4] 시인은 시조의 음악성을 인식하고 이를 장점으로 삼아 시조를 창작하는 흐름이 필요하지만 모든 시조시인들이 여기에 동참할 필요는 없다고 하면서 중립적인 입장을 취한다. 즉 창작

---

3) 신웅순, 「현대시조의 아이덴티티」, 『화중련』 2011년 하반기호.
4) 염창권, 「시조 양식에 대한 당위론과 현실론」, 『화중련』 2012년 상반기호.

자와 향유자(가창자)는 구별되어야 한다. 시조의 음악성을 최대한 살리
고, 시조의 완만하고 유장한 가락 속에 휴식의 순간을 부여함으로써
각박한 현대인에게 오히려 낯설고 새로운 감정을 환기시킬 수 있다.
천재적인 시인이 등장하여 음악성을 강력하게 환기하는 시조를 창작
한다면 시조의 폭을 넓히는데 기여할 것이므로 크게 환영할 일이다.
그렇더라도 모든 시조시인들이 음악성에 몰두할 일은 아니라고 본다.
그러면서 시조는 이미지의 형상화, 정서적 환기, 비유와 상징, 상상
력, 세련된 언어, 삶과 꿈, 세계에 대한 인식 등은 자유시와 구별됨이
없이 동일하게 추구할 수 있다. 이렇게 되면 자유시와 장르 변별성이
없으므로 시조의 가능성과 정체성을 3단 의미구성에서 찾아야 한다는
주장을 편다.

이상에서 제기된 제가들의 주장과 쟁점을 종합해보면 현대시조의
장르적 위상 곧 좌표가 어떠한가와, 그 견지해야 할 시정신 곧 시적
지향이 어떠해야 하는가와 직결되는 문제가 된다. 이의 해결을 위해서
는 현대시조의 뿌리가 되는 전통시조의 본질을 문학사의 전개 속에서
파헤치는 시각이 필요하다. 그 쟁점 사안들을 몇 가지로 정리하면 다
음과 같다.

첫째, 시조는 그 본질이 **시인**가, **가인**가

둘째, 시조에서, 노래의 음악성과 노랫말의 음악성은 같은가 다른가

셋째, 시조의 시정신은 민초(民草)의 사투리-노래[謠]와 막춤의 흥
겨움이 짓는 장단-박(拍)에 우리말소리 가락의 원초가 있음을 명심해
야 데서 찾아야 하는가

넷째, 시조의 시의식은 날카로움을 버리고 휴식 곧 무아의 자연을
지향해야 하는가

다섯째, 시조는 이미지의 형상화, 정서적 환기, 비유와 상징, 상상력, 세련된 언어, 삶과 꿈, 세계에 대한 인식 등에서는 자유시와 구별됨이 없이 동일하게 추구할 수 있는가.

이제 정리된 다섯 가지 문제에 대해 그 해답을 모색함으로써 더 이상 불필요한 논쟁을 불식시키기로 하자.

첫째, 시조는 그 본질이 시인가, 가인가의 문제부터 살펴보자. 윤재근 선생의 지적대로 상고시대부터 시가무(詩歌舞)는 분리되지 않고 일체(一體)로 전승되어 왔다. 시는 거의 언제나 제의, 무용, 노동, 유희를 동반하면서 발생되고 향유되어 왔기 때문이다. 그렇다고 이 셋이 본질까지 동일한 것은 아니다. 시는 언어적 요소를 본질로 하고, 가는 음악적 요소를, 무는 동작적 요소를 본질로 하기 때문에 엄연히 서로 다른 예술인 것이다. 그럼에도 이 셋이 발생론적 긴밀성을 가지게 된 것은 그 시간상(相)의 특징이 모두 리듬 곧 율동을 통해 이루어지기 때문에, 서로 동반하면서 실현될 때는 언어의 율동, 음악의 율동, 동작의 율동이 상호 일치된 조화의 관계를 유지하는 경우가 대부분이기 때문이다. 더욱이 선진유학시대부터 중국의 예술문화가 예악(禮樂)의 정신을 근본으로 하면서 이 셋은 지향하는 예술정신에서도 같은 표준을 유지해 왔다. 그리하여 우리의 예술문화도 유가적 정신이 중추를 이루는 시기에는 중요한 표준이 되어온 것이 사실이다.

그리고 시가 음악과 무용 등 다른 예술과 미분화 상태에서 전승되어 온 것은 중국이나 우리만의 독특한 현상이 아니라 세계 어디에나 해당되는 보편적 현상이다. 시가 다른 예술장르에서 분리되어 언어예술로서 독자성을 본격적으로 갖추게 된 것은 동서양을 불문하고 인쇄문화가 본격적으로 발달한 20세기에 들어서부터다. 그러나 자세히 살펴보면 이러한 분리현상은 사실 그 이전 시대부터 진행되어 왔다. 우리 시가의 경우 상고시대에는 시가무 일체의 예술로 전승되어 오다가 삼국시대에 중국으로부터 한자문화가 유입되면서 왕실을 비롯한 극히 일부 지식층에서 서정시 장르로 한시를 향유하게 된 것이 그 분리의 첫걸음이었다. 적어도 개인 감성의 서정을 한시로 표출하는 경우에는, 시를 음악적 요소에서 분리하여 언어적−의미적 요소로만 향유했던 것이다.

이럴 경우 심각한 문제는 한시로는 개인서정을 문자언어로만 향유할 수 있는 것이어서 우리말로 노래하는 흥취를 감당하기에는 역부족이었다. 그리하여 신라시대까지는 우리말 노래인 향가가 중심 장르로 그 위치를 확고히 해왔으나 그것을 표기할 문자가 발명되지 않아 한자를 빌어 문자언어와 음성언어의 일원화를 꾀하는 향찰로 표기하는 불편함을 겪다가, 고려시대이후 조선시대까지는 문인 지식층들이 서정시 장르로 우리말 노래인 향가나 고려 속요보다 한시를 선호하게 되면서 시와 가는 급속하게 분리되고 이에 따라 서정시는 이원화되는 길을 가게 되었다. 시라면 으레 한시가 담당하고, 가는 시조가 담당하게 된 것이다. 이런 과정에서 **고차적이고 미세적인 개인 감성의 영역은 한시**가 담당하게 되고, 지식인의 **보편적이고 거시적인 정감 영역은 시조**[5]

---

5) 이 시기에 서정시가 영역에는 경기체가도 함께 향유되는 기간이 있었으나 그 형식이나 운율이 한시 취향을 따라 지나치게 자수율에 의존하는 인공적 의장을 취하고 있어서 시조만큼 널리 향유되지 못하고 일찍 소멸되고 말았다. 경기체가를 서정시가가 아니라는 주장이 일부 있으나 이는 서정시의 장르 개념을 잘못 설정한 오류(조동일, 작품외적 세계의 개입이 없는 '세계의 자아화')에서 비롯된 것이다. 그러나 서정시의 개념은 '세계의 자아화'가 아니라 일반적으로 '자아와 세계의 동일성 추구'로 혹은 '시행을 통한 시적 발화'로, '서술 억제에 의한 노래하기의 진술양식'으로 정의하는데, 이에 따르면 경기체가는 서정시이지 어떤 메시지나 주제를 전달하거나 설명하려는 진술양식인 교술장르의 시가가 아니다. 그리고 이들 고급장르 외에

가 담당하게 되는 역할 분담을 하게 되었다.

그러나 시와 가의 이러한 역할 분담은 20세기에 접어들면서 서정시 영역이 활자문화와 대중매체의 발달로 가(歌)마저도 '듣는 시'에서 '보는 시'로 전환되면서 가로서의 임무나 역할은 무의미하게 되었다. 뿐 아니라 이 시기에 서구문화의 충격으로 전근대와 근대 사이에 문화적 단절이 일어나게 되고, 그로 인해 전통 장르들은 서구의 문학적 패러다임을 수용한 근대문학의 형성과 더불어 한꺼번에 소멸되는 비운을 맞게 되는데, 이런 와중에서도 서정시 장르로서는 시조만이 살아남아 현대시조라는 이름으로 현대문학의 장르체계 속에 재편되어 노래의 한 장르로서가 아니라 시의 한 장르로서 유일한 민족 서정시로 자리매김하게 된 것이다. 이것이 현대시조의 문학사적 좌표다.

따라서 현대시조와 근대이전의 시조를 구별하는 가장 두드러진 장르 표지는 '읽기 중심의 시'이냐 '부르기 중심의 노래'냐의 차이에 있다. 전자를 '노래시'라 한다면, 후자를 '시노래'라 할 수 있는데, 결국 현대시조는 노래의 성향을 갖긴 하지만 시에 수렴되고, 전통시조는 시의 성향을 갖긴 하지만 노래에 수렴된다는 본질적 차이를 보인다고 할 수 있다.

둘째, 시조에서 노래의 음악성과 노랫말의 음악성은 같은가 다른가. 한 마디로 가(노래)의 음악성과 시(노랫말)의 음악성은 근본적으로 다르다. 노래의 악곡구조는 장절 형식이나 악절 형식을 단위로 하는 음악적 율동의 형식으로 구조화되지만, 노랫말의 운율구조는 연 형식이나 행 형식을 단위로 하는 시적 운율의 형식으로 구조화되는 까닭에 그 형성의 기반이나 조직의 원리가 이처럼 서로 다르기 때문이다. 이런

도 어느 시대이든 기층문화권에서는 우리말 노래로서 표현할 수 있는 대중적이고 집단적인 정서 영역은 민요가 담당했음도 기억해야 한다.

차이로 인해 시를 노래로 향유할 때는 그 공존관계로 인해 음악의 율동과 언어의 율동이 서로 일치된 조화의 관계를 유지하기도 하지만 반드시 일치하는 것은 아니다. 이를테면 우리의 대표적인 민요 아리랑만 보아도 노랫말이 3보격의 운율구조로 언어화되어 있지만 그 악곡구조는 4마디의 악절 형식으로 짜여 있어 일치하지 않고 있다.

우리가 문제 삼고 있는 시조 역시 음악으로 향유할 때는 잘 알다시피 노랫말과 음악을 일치시켜 한 가지 방식으로 즐기지 않았다. 보다 전문화된 고급음악으로 향유할 때는 5장의 가곡창 형식으로, 보다 간편한 대중음악으로 향유할 때는 3장의 시조창 형식으로 향유되어 왔던 것이다. 이런 까닭에 원래 기승전결의 4단 구조였던 것을 초-중-종 3장의 시적 구조로 압축한 시조의 노랫말을 음악의 악곡구조로 수용하려니까 가곡창은 원래의 4단 구조에다 초장을 두 개의 악절 단위로 나누어 5장으로 실현되고, 시조창은 원래의 4단 구조를 3장으로 수용하는 것이 버거워 노랫말 종장의 마지막 음보를 생략하여 부르게 된 것이다.

따라서 오늘의 시조가 시조창에 관심을 두지 않고 신라 향가로부터 연면히 이어져 내려온 우리말소리의 장단(長短)-박(拍)에 관한 관심을 떠나 구미(歐美)의 poetry가 개발한 운율(prosody)을 쫓는 잘못된 길로 가고 있다는 주장은 납득하기 어렵다. 오늘의 시조는 노래가 아니라 시이므로, 그 음악성이 시조창의 악곡구조를 따라 행과 연이 구조화되는 것이 아니라 언어의 시적 운율 형식을 따라 구조화되는 것이 당연하기 때문이다. 오늘의 시조가 그것만이 갖는 독특한 정형률을 따르는 것은 서구가 개발한 운율(prosody)를 따르는 것이 아니라 우리 국어의 언어적 특질에 따른 운율 미에 입각한 것이다. 만약 서구의 운율론을

추수한 것이라면 우리 언어의 음운적 변별 자질과는 거리가 먼 강약율
(영미시)을 주장하거나, 혹은 고저율(중국시)이나 음절율(불란서시), 자
수율(일본시)을 주장한다면 그런 견해가 설득력이 있을 것이다.

더구나 시조의 3장 6구 12음보가 가곡창이나 시조창으로 불리어지
는 가장 최적의 시가 형식이라는 주장은 전혀 논리에 맞지 않다. 이미
살핀 바와 같이 가곡창은 5장 형식으로, 시조창은 3장 형식이지만 종
장의 마지막 음보를 악곡에 얹어 부르지 못하는 형식으로, 최적의 형
식이 아니라 시조의 시적 형식과는 거리가 있는 음악형식인 것이다.
3장 6구 12음보는 시조의 언어요소에 따른 시적 운율구조이지 악곡구
조는 아니지 않는가. 현대시조는 현대시의 장르체계에 재편된 시 장르
의 하나이므로 오늘날 그것이 창으로 불리어질 수 없음을 아쉬워하거
나 개탄할 필요는 전혀 없는 것이다. 시의 율격이 언어현상이라는 자
명한 사실을 외면하거나 무시해서는 안 된다. 시의 음악성을 가의 음
악성으로 착각하거나 둘을 결부시켜 혼동하는 것은 우리시가의 생성
발전이 음악과 무용 등 다른 장르의 예술과 미분화 상태에서 이루어졌
기 때문이며, 이는 세계 어디에나 해당되는 보편적 현상이지 우리만의
독특한 현상이 아님을 여기서 다시 환기해 둔다.

동서를 막론하고 시가 다른 예술장르에서 분리되어 언어예술로서
독자성을 명실상부하게 갖추기 시작한 것은 20세기에 들어서부터다.
우리의 경우 시와 가의 분리 양상을 살펴보면, 필사문화 시대의 전통
시조에서는 이미 장–절 형식이 마련되어 있는 노래의 악곡구조(가곡창
이나 시조창)에 맞춰 부르기만 하면 되었으므로 시적 형식을 고려하지
않고 '내리박이 줄글식'으로 행 구분 없이 모두 붙여 쓰는 것이 관례였
다. 그러다가 20세기 벽두 활자문화 시대가 본격화 되자 개화기 시조

에서 〈혈죽가〉처럼 작품에 제목을 붙이기가 일반화되고, 3장을 3행으로, 6구를 6행으로 행 배열 하는가 하면, 구두점을 활용하는 등 '듣는 시'로서의 노래 형식이 아닌 '보는 시'로서의 시적 형식 단위로 인식하는 양상이 보편화되는 과정을 거치고, 1920년대 육당, 가람, 노산 등에 의해 시조부흥운동이 일어나면서 노래와는 별개의 '시'로서 마침내 정립되게 된 것이다.

셋째, 시조의 시정신은 민초(民草)의 사투리-노래[謠]와 막춤의 흥거움이 짓는 장단-박(拍)에 우리말소리 가락의 원초가 있음을 명심해야 데서 찾아야 하는가. 이런 주장은 그에 앞서 시조는 읊는[吟]시에 그치지 않고 불리는[唱] 노래[歌]로 이어지고 춤[舞]으로도 이어질 수 있어야 한다고 하면서, 이런 까닭으로 시조에 종사하는 이들은 시가정신의 원천이었던 시가무(詩歌舞) 일체의 악(樂)을 전수받아 그것을 전지해야 하는 사명이 있어야 한다는 주장과 연결시킨 논리로 도출된 것이다.

그러나 이 두 주장은 서로 모순된다. 시조는 늘 시조창보다 가곡창으로 실현되는 것을 더 귀한 것으로 여겼을 만큼 고급문화를 지향해 왔으며, 그 고급문화 지향의 정점에는 선진유학에서부터 연면히 이어져 온 예악(禮樂)사상이 표준으로 자리하고 있다. 시조라는 장르를 발생시키고 향유한 핵심 주체가 민중이 아닌 선비였기 때문이다. 유가사상의 신봉자였던 선비는 시조를 창작하고 향유함에 있어서 허투루 하지 않았다. 시조를 시여(詩餘)라 하면서 시(한시를 가리킴)와 대등한 연장선상에서 시경의 시정신과 예기의 악기(樂記)에 제시된 악(樂)을 지침으로 삼은 '군자(君子)의 노래'를 지향했기 때문이다. 따라서 시조가 실현되는 시정신을 굿거리장단의 막춤이나 민초의 사투리-노래 토리에 비유하는 것은 그 본질과 거리가 멀다는 것을 알 수 있다. 시조는 한번도 굿거리장단이나 막춤으로 시연된 적은 없다. 오히려 그것은 시조가 경계하는 시정신이다. 신흠의 시조 "술도 머그려니와 덕(德)업스면 난(亂)ᄒᆞᄂᆞ니/ 츔도 추려니와 예(禮)업스면 잡(雜)되ᄂᆞ니/ 아마도 덕례(德禮)롤 딕히면 만수무강(萬壽無疆)ᄒᆞ리라"라고 노래한 데서 그러한 경계심이 잘 드러나 있다.

넷째, 시조의 시의식은 날카로움을 버리고 '휴식' 곧 '무아의 자연'을 지향해야 하는가. 윤선생은 시조의 풍류–음풍–농월을 말하면서 그 말 속에는 '무아의 자연'이란 깊은 뜻이 숨어 있으며, 수기(修己)니, 치인(治人)이니, 치세(治世)니 하는 삶의 굴레를 벗어버리고 '그냥 그대로 걸림 없는[자연] 큰 나[大我] 즉 우리'를 누린다는 속뜻이 있으며, 시조는 이러한 시가정신을 떠나서 있을 수 없고, 따라서 의식의 날카로움을 버리고 철저하게 하염없는 휴식을 즐겨 누리도록 읊어야 한다고 주장한다.

이러한 이해의 바탕에는 노장의 무위철학 곧 '도법자연(道法自然)'(노자)의 사상이 깔려 있다. 시조 가운데 강호자연과 음풍농월을 노래한 작품들은 현실정치를 벗어나 산수자연을 찾아들어 유유자적하는 풍류를 노래하는 경우가 허다하다. 이를테면 김광욱의 시조 "공명도 니젓노라 부귀도 니젓노라/ 세상 번우(煩憂)ᄒᆞᆫ 일을 다 주어 니젓노라/ 내 몸을 내마ᄌᆞ 니즈니 ᄂᆞᆷ이 아니 니즈리"(〈율리유곡〉 둘째 수)라는 작품을 표면적 의미 그대로 받아들인다면 "내몸을 버리고 내몸을 잊고 내가 없어져 즐겨 누리는 우리 곧 대아의 무아라는 자연의 심성"[6]의 경지에 든 것도 같다.

그러나 이 작품은 17수의 연시조로 되어 있어서 작품 전체의 의미를

---

6) 윤재근, 앞의 글 참조.

총체적으로 해석해내어야 하는데 그 마지막 수에 이르면 서정자아가 아직도 무아의 대아에 이르지 못하고 다시 현실로 돌아가 시름을 벗어나려는 안간힘을 드러내고 있음을 확인할 수 있다.7) 이러한 태도는 시조를 중심에서 이끌었던 사대부층이 유가의 유위(有爲)철학과 노장의 무위(無爲)철학이라는 상반된 사상을 동시에 받아들이는 세계관적 이중성을 가진 때문이 아니라, 유가적 세계관의 틀 속에서 드러낼 수 있는 정서 상관물로서의 풍류적 기능이거나 수사적 장치로시, 다시 말해 미학적 기능으로서 탈속적인 무아의 경지를 노래한 것이지 노장사상에 바탕한 망세(忘世)의 초사회성을 지향하는 것은 아니라는 점을 유의해야 한다. 유가의 사상이 겸선을 떠난 독선을 생각할 수 없고, 치인을 떠난 수기를 생각할 수 없으므로, 이러한 강력한 사회연대성 위에서 강호자연의 풍류나 음풍농월의 탈속이 가능했다는 점을 연시조로 된 실제 작품을 총체적으로 분석해보면 알 수 있다.

그러므로 유가의 사상적 틀이 중심 기류가 되는 시조를 무아의 자연과 연결하여 이해하는 것은 본질에서 어긋난 것이라 할 것이다. 시조가 바탕으로 하는 유가철학은 현실을 벗어나지 않고 살아 있는 삶 속에서 찾아지는 생활철학이요 현실 사상이라 할 때, 노장의 무위자연 사상과는 정반대 지향을 갖기 때문이다. 유가적 이념으로 무장된 사대부층에게서 가장 바람직한 인간은 무아의 대아가 아니라, 세상을 고민하는 인간, 걱정하는 인간, 눈앞의 현실을 개탄하며 유가적 이상을 찾아 끝없이 방황하는 고뇌에 찬 인간이다.8) 그런 까닭에 시조의 시정신

---

7) 이에 대한 상론은 김학성, 「시조의 시학적 기반」, 『한국고시가의 거시적 탐구』, 집문당, 1997 참조.
8) 이러한 '유가적 인간상'에 대하여는 송항룡, 『동양철학의 제 문제들』, 여강출판사,

은 탈속적 대아의 휴식이 아니라 늘 현실 속에서 산수지락을 즐기면서
도 거기에 빠져들지 않고 유가적 이상을 실현하려는 거시적 의지를 보
이는 '거시적 대아의 깨어 있는 인식'이 중심이 된다.

다섯째, 시조는 이미지의 형상화, 정서적 환기, 비유와 상징, 상상
력, 세련된 언어, 삶과 꿈, 세계에 대한 인식 등에서는 자유시와 구별
됨이 없이 동일하게 추구할 수 있는가. 그리고 시조의 정체성과 가능
성을 3단 의미구성에서 찾아야 하는가. 시조의 3장 구조 단위는 원래
유가적 세계관에 기반을 둔 사대부들의 사유방식이 빚어낸 미학적 단
위였다. 3장 6구의 짧디짧은 형식에다 각 장을 4음 4보격과 변형 4보
격으로 엄정하게 완결하는 절제되고 소박한 형식미도 절제와 검박을
덕목으로 삼는 유가들의 가치관이 빚어낸 결과다.

앞서 신흠의 시조에서 보았듯이 난(亂)하고 잡됨을 거부하고 덕과
예를 지키려 한다. "예는 사치하기보다 검박해야 하며……정에서 발하
여 예에서 멈춘다."(『논어』 팔일)라는 높은 미학적 품격을 벗어나지 않
으려 한다. 그러니 시조는 맑고 깊은 사유의 그릇이다. 질박하고 자연
스럽기에 함부로 대할 수 없다. 소박한 것들이 어울리니 마음은 소슬
해지고, 정연한 운율에 눈과 귀가 맑아지는 것이다. 거기에 도학의 유
현함이 바탕으로 깔려 있어 저절로 머리가 숙여진다. 시조는 정감을
표출하더라도 낙이불음(樂而不淫), 애이불상(哀而不傷), 원이불노(怨而
不怒)하는 온유돈후(溫柔敦厚)의 미학을 추구한다.

현대에서도 시조의 이러한 검박한 형식 미학을 일단 선택하는 이상,
이러한 선비의 유가 미학에 감복해야 시조를 짓고 향유할 수 있다. 시

1987 참조.

인의 표현 욕망이 아무리 크고 복잡하더라도 3장의 짧은 구조로 명쾌하게 제시해야 하므로 일단 내면적 갈등이나 모순을 걸러내고 가라앉힌 후 시조로 노래해야 하는 것이다. 자유시처럼 상호 충돌하고 갈등하는 이질적 이념이나 정서보다 동질적 이념이나 정서가 주조를 이루는 것은 이 때문이다.

이에 비해 자유시는 희로애락의 감정이나 세계에 대한 인식과 사고를 아무런 형식적 제어 없이 어떠한 속박에서도 벗어나 마음껏 쏟아부을 수 있으므로, 그 이미지나 상상력, 상징과 언어, 삶과 꿈, 세계에 대한 인식에서 무한 자유를 누릴 수 있다. 그런 까닭에 상상력의 자유로움, 거리낌 없는 감성의 자유로움, '절제'의 벽을 뛰어넘는 저 '파탈'의 멋에 있어서 자유시를 당해낼 재간이 있을까. 개성, 창의성, 신선한 맛에서 자유시에 경쟁이 될 수 있을까. 시조는 이런 방면에서 경쟁할 것이 아니라 그 맑고 유현함에서 자유시를 압도해야 할 것이다.

3. 시조의 시적 지향과 현대성의 모색

앞에서 살핀 대로 20세기에 접어들면서 인쇄매체의 발달로 시조는 '부르기 중심의 노래'에서 '읽기 중심의 시'로 전환함에 따라 더 이상 가(歌)의 본질로서가 아니라 시의 본질로 그 성격이 변화되어 자유시와 함께 현대 서정시의 장르체계에 편입되었다. 이에 따라 근대이전에는 한시와 공존하면서 시와 가의 이원화에서 가의 역할을 해오던 시조가 근대이후에는 자유시와 공존하면서 현대시의 한 영역에 편입되어 새로운 역할 분담을 부여받게 된 것이다. 즉 자유시와 동일하게 서정

시의 한 영역을 담당하되, 자유시가 전통과는 무관하게 서구적 패러다
임과 시학을 따라 개성과 자유분방함을 무한대로 추구함에 비해, 시조
는 민족 고유의 전통과 미학을 계승한다는 정체성을 유지하면서도 고
전시조가 아닌 현대시조로서 새롭게 태어나야 하게 된 것이다.

이에 따라 우리는 현대시조의 좌표를 분명히 인식하면서 그 시적 지
향을 어떤 방향으로 정립할 것인가를 요구받게 되었다. 앞장에서 다룬
우리 시대에 '왜 시조인가'라는 화두에 관한 여러 주장도 현대시조가
어떤 시적지향을 가져야 하는지에 대한 논란에 다름 아니다. 이 문제
에 대한 해답은 '장르(갈래)'와 '양식'의 개념 차이를 분명히 한다면 의
외로 명쾌한 해답을 찾아낼 수 있다. 즉 시조 장르와 시조 양식은 엄연
히 다른 개념이므로 이 둘을 혼동해서는 현대시조가 나아갈 방향 정립
문제를 풀어갈 수 없다는 것이다.

시조는 우리의 구체적인 역사와 사회 문화의 흐름 속에서 독특한 형
태로 존재해온 경험적-미적 산물이므로 우리 문학사가 낳은 '역사적
장르'의 하나이다. 그런데 하나의 역사적 장르는 오랜 세월을 거쳐 오
는 동안 생성-발전-전성-쇠퇴-소멸의 길을 가게 마련이다. 문학 장
르는 불변의 실체가 아닌 까닭이다.

그러므로 장르는 역사와 사회-문화 변동을 겪으며 부단한 운동을
계속하면서 끝없이 변모한다. 그 과정은 처음 어느 시기에 맹아(萌芽)
의 상태로 존재하기 시작하다가(이 시기를 발생기 또는 생성기라 부름) 점
차로 자신만이 갖고 있는 '**내재적 가능성**'을 실현시켜 나감으로써 장르
의 발전기를 거쳐 전성기를 맞게 되고, 마침내 최전성기에 이르러서는
그 견고한 구조적 구각(舊殼)을 벗어나지 못하게 되면서 더 이상 발전
가능성을 상실하게 되어 쇠퇴의 길을 가게 되고, 끝내는 창작자나 향유

자의 지속적인 지지를 획득하지 못하게 되면서 소멸하기에 이른다.[9]

이에 따라 살펴보면 시조라는 역사적 장르는 고려 후기에 전성기를 이루던 기존 장르인 속요가 쇠퇴기로 접어들면서 〈만전춘별사〉의 제2연과 5연에서 보듯[10] 맹아의 상태로 존재해오다가 고려 말에 신흥 사대부층이 등장하면서 우탁, 정몽주, 이조년, 길재 등에 의해 초-중-종 3장으로 완결하는 정제된 형식으로 형성되고, 이어 조선 시대로 넘어오면서 사회-문화의 중심인 사대부층에 의해 그 내재적 가능성을 실현해나감으로써 발전을 거듭하여 전성기를 맞게 되고, 그 문화의 최전성기인 영조-정조시대에 이르면 중인-서리층의 가객이 대거 등장하게 되어 시조도 절정기를 맞게 되지만, 조선 말기에 이르면 유가 문화가 기울면서 시조의 음악적 향유만 발달하고 더 이상의 새로운 창작은 급격히 정체됨으로써 쇠퇴기를 맞게 되고 마침내 개화기에 소멸하게 된다.

이처럼 장르란 특정의 사회적 형식과 밀접하게 결속되어 있어서 그 사회적 형식의 변모와 더불어 쉽사리 변모하며 사멸에 이르기도 한다. 그러나 장르는 그렇게 소멸로 끝나는 것이 아니고 그 '기존 장르(genre)'는 직접적으로는 '양식(mode)'을 낳으며, 그 양식의 중개를 통하여 간접적으로는 '새로운 장르'를 창출한다. 여기서 '양식'이란 이미 존재하고 있는 구체적 역사적 '장르'로부터 추상화되는 것으로 보며, '장르'가 사멸함

---

9) 이러한 논리는 Alastair Fowler, "The Life and Death of Literary Forms", *New Directions in Literary History*, Ralph Cohen ed. London : Routledge & Kegan Paul, 1974 참조. 이하 장르와 양식의 개념에 관한 규정도 이에 의존함.

10) 〈만전춘별사〉의 해당 연에서 음악적 간섭에 의해 개입된 반복구와 여음구를 제외하고 노랫말의 형식 구조를 살펴보면 3장과 4음보를 갖추어 시조에 접근한 모습을 보이지만 시조 종장의 첫음보와 둘째음보의 정교한 결합에 의한 완결 형식은 아직 갖추지 못해 맹아의 형태임을 확인할 수 있다.

에 비해, '양식'은 보다 영원하고 지속적인 시적 태도(petic attitude)에 대응하는 것이어서 사회적 형태가 변모한 시기에도 그 다양한 응용력(application)에 의해 새로운 '장르'를 생성하는 계기를 마련하는 것으로 보는 것이다.

이런 논리에 따르면 시조라는 역사적 장르는 조선 말기에 이르러 그것을 이끌었던 사대부층의 퇴장으로 마침내 소멸하게 되지만, 그 '양식'은 추상화된 실체로 남아 '듣는 시'에서 '보는 시'로 전환되면서 개화기에 맹아의 상태로 존재하다가[11] 시조부흥기를 맞아 육당, 위당, 가람, 노산 등에 의해 그 내재적 가능성을 실현시켜 새로운 시대에 다양한 응용력을 발휘하면서 고시조와는 다른 현대시조라는 '새로운 장르'로 창출되어 우리 시대에 발전기를 맞게 된 것이다.[12]

그러므로 이 지점에서 명확히 해야 할 것은 우리 시대에 유가적 선비가 중심이었던 고시조라는 '장르'는 이미 사라졌지만, 고시조에서 추상화된 시조라는 '양식'은 영원하고 지속적인 시적 태도로 남아 유가적 선비가 소멸된 오늘날 변화된 시대에 다양한 응용력을 발휘하면서 현대시조라는 새로운 장르로 발전에 발전을 거듭하고 있다는 것이다. 그러므로 현대시조가 이미 사라진 고시조처럼 '시'가 아닌 '가'정신을 이어받아야 한다든지, 시의식의 날카로움을 버리고 하염없는 휴식을 즐겨 누리도록 해야 한다든지, 창(唱)과 결합하여 현대적으로 복원되어야 한다는 주장은 이미 사멸한 장르인 고시조로 돌아가자는 주장

---

11) 개화기에 활자 매체로 발표된 시조들은 아직 시조창의 노랫말 형태라는 구각을 완전히는 벗어나지 못하고 있어 현대시조의 맹아의 모습을 보인다고 하겠다.
12) 현대시조는 이처럼 현대 서정시의 하나로 새롭게 탄생하여 발전기의 모습을 보이고 있지만 자유시와의 경쟁에서 아직 주류 장르로 부상되지 못하고 있으므로 이런 상태로는 장르 전성기를 맞기에는 요원해 보인다.

에 다름 아님을 알 수 있다. 그렇다면 현대시조는 고전시조라는 구각(舊殼)을 어떻게 벗어나 현대라는 새로운 시대에 어떠한 시적 태도로 다양한 응용력을 발휘하여 적응하면서 발전해갈 것인가. 이에 대하여는 최근에 박현수 교수가 가장 주목할 견해를 편 바 있어 이를 중심으로 해결의 실마리를 풀어가기로 하자.

그는 먼저 현대시조가 '듣는 시'에서 '보는 시'로 전환함에 따라 시조가 형식적인 면에서 어떤 시각적인 형태를 가질 것인가에 대한 합의가 필요하다고 제안한다. 그러기 위해 현재 시인마다, 작품마다 다르게 이루어지고 있는 시 형태를 지양하고 시각적으로 한눈에 시조임을 알아볼 수 있는 표준형을 마련하는 것이 필요한데, 시조는 3장 6구의 정형 형식을 가졌으므로 그 형식이 가장 잘 드러나는 시각적 형태를 갖추어야 시조로서의 자격을 가지므로 그 점을 고려해야 한다고 말한다. 시각적인 표지가 갈래(장르)의 차이를 보여주지 못한다면 정형적인 갈래로서는 결함이 아닐 수 없으며, 시조를 현대적으로 보이기 위해 행 연 갈이를 자유롭게 한다면 형태적 정체성을 혼란스럽게 한다는 것이다. 시조가 이런 자의적인 형태를 용인한다면, 자유시로 쓴 작품도 시조에 근접하는 형식을 보인 것은 억지를 부려 '새로운 형식으로 쓴 시조'라 한다면 그것을 아니라 하기도 어렵다고 주장한다. 그러면서 평시조는 1연 3행의 형태를 기본형으로 삼고, 그 변형으로 초장과 중장을 각 2행으로 하고 종장을 3행으로 하는 3연 7행 형태가 적절하다는 제안을 한다.[13]

현대시조의 다양한 형식 시도와 그 표준형 설정의 문제는 일찍이 필

---

13) 박현수, 「시조의 현대성 어떻게 구현할 것인가」, 『만해축전』 하권, 2012.

자도 다룬 바가 있다.[14] 그 때 필자는 시조의 형식적 틀이 외적 형식
으로 표면화 되어야 한다는 주장과 그에 구애받지 않고 시인의 개성과
서정적 미감에 따라 자유롭게 현대적 감각을 살려 율동적 표출을 하는
선에서 자율적으로 행 연 배열을 시도할 수 있다는 주장으로 나누어
살피면서 둘 다 문제가 있는 것으로 판단했다. 전자는 시조의 정형적
율동모형을 기계적으로 따르기만 하여 3장 구조를 단순하게 3행 구조
로만 드러낸다면 너무 밋밋하거나 진부한 느낌을 면하기 어렵다고 보
아 고전형이라 했다. 그렇다고 장 구조의 축소(양장시조 또는 절장시조)
나 확대(4장 시조)를 보이거나 혹은 음보마저 자의적 일탈을 보이는 것
들, 나아가 그것들의 혼합 연첩에 의한 옴니버스 형식의 실험은 시조
의 정체성을 상실한 것이므로 적절하지 못하다고 보았다.

그런 까닭에 시조의 3장 구조를 각각의 연으로 삼고 각장은 구 단
위로 배열하여 2행씩 배열하는 3연 6행 형태로 가시화되는 것을 표준
형으로 삼고, 여기서 변화를 시도하여 시조의 정형적 틀은 따르되, 그
것을 쉽게 인지할 수 있는 범위 내에서 장이나 구, 음보, 나아가 단어
수준에서 시인의 의도와 미감에 따라 여러 신선한 형태적 시도를 하
는 것을 세련형으로 명명하고 그런 실험도 현대시조의 가능성으로 인
정했다. 다만 자유시와 경계가 모호할 정도로 과도한 형식 실험을 보
이는 유사자유시형은 시조의 정체성을 상실한 것이므로 이런 시도는
없어야 한다고 보았다.

필자에 비해, 박 교수는 한마디로 시조의 자율적인 행 연 갈이는 자
유시와의 갈래 차이를 모호하게 하므로 결코 용납될 수 없다는 엄격한

---

14) 김학성, 「시조의 양식적 독자성과 현재적 가능성」, 『한국고전시가의 전통과 계승』
　　(성균관대학교 출판부, 2009)에 재수록.

주장을 펴고 있다. 그래서 필자가 세련형으로 명명한 현대시조 작품들도 시각적으로 시조임을 분명히 드러내지 못하므로 시조로서의 자격을 갖추지 못한 결함을 지닌 것으로 판단한다. 이런 논리로 김일연의 시조 작품인 〈꽃 벼랑〉(필자가 말하는 세련형에 해당)과 자유시로 쓴 함민복의 〈달〉을 비교하면서 둘 다 다섯 연으로 이루어져 있다는 점과 행갈이를 적극적으로 하고 있다는 공통점을 고려하면 형태적인 면에서 두 편의 시가 큰 차이가 없으므로 만일 함민복 시인이 새로운 형식으로 쓴 시조라고 억지를 부린다면 아니라 하기도 어렵다고 하면서 시조의 형태를 자의적으로 사용하는 것을 경계한다.

이는 시조의 시각적 형태가 어느 정도까지 가능한가라는 문제와 직결되는 것이어서 현대시조를 창작하는 시인들에겐 초미의 관심사가 아닐 수 없으므로 명백히 짚고 넘어가야 할 것이다. 그럼 문제의 두 작품을 비교하면서 과연 함민복의 〈달〉이란 작품이 시조라고 우긴다고 해서 시조가 될 수 있는지를 살펴보자. 그 판단의 기준은 간단하다. 시각적 형태로서는 서로 유사하다 하더라도 시조라는 정형시의 엄정한 형식 규율을 지키면서 형태의 자유로움을 추구한 것인지, 아니면 시조와 상관없이 자유로운 율동을 취했는데 쓰다 보니 시조와 유사한 형태가 되었는지를 검토해 보면 명백히 드러날 것이기 때문이다. 그러기 위해 먼저 원 작품을 제시하고 그것을 다시 시조의 형식규율을 따라 작품을 재편해보자.

이 좁은
단칸방에

어떻게 널 들일까?

진달래 울음 속은
와 저리
불이 타노?

움쳐야 날아도 보제

벼랑
앞에
와 섰노?

– 김일연, 〈꽃 벼랑〉 전문

이 작품을 시조의 형식 규율을 고려하여 작품을 재편해보면 다음과 같이 된다.

이 좁은/ 단칸방에// 어떻게/ 널 들일까?
진달래/ 울음 속은// 와 저리/ 불이 타노?
움쳐야/ 날아도 보제// 벼랑 앞에/ 와 섰노?

이처럼 이 작품은 초–중–종 3장으로 완결되어 있고, 초장과 중장이 4음 4보격으로 반복되고, 종장에서는 완결을 위한 변형 4보격으로 되면서 첫 마디는 3음절 정형을 지키고 둘째 마디는 두 음보의 결합에 의한 과음보로 실현되는 규칙을 엄격히 지키고 있어 시조라는 정형시에서 전혀 일탈을 보이지 않고 있음을 확인할 수 있다. 이에 비해,

보름달 보면 맘 금새 둥그러지고
그믐달과 상담하면 움푹 비워진다.

달은
마음의 숫돌

모난 맘
환하고 서럽게 다스려주는

달

그림자 내가 만난
서정성이 가장 짙은 거울

– 함민복, 〈달〉 전문

이 작품을 시조의 형식 규율을 고려하면서 재편해 보면 다음과 같이
된다.

보름달/보면//맘 금새/ 둥그러지고
그믐달과/ 상담하면// 움푹/비워진다.
달은/마음의 숫돌// 모난 맘/ 환하고 서럽게/ 다스려주는 달
그림자/ 내가 만난// 서정성이/ 가장 짙은 거울

이와 같이 이 작품은 시조의 형식 규율이나 율격모형과는 거리가 먼
작품이어서 시조라고 우긴다고 시조가 되는 것은 아니다. 우선 시조의
가장 근본적 형식 규율인 3장으로 완결되지 못하고 있고, 초장과 중장
은 그런대로 모형을 준수했다 하겠지만 종장은 첫 마디부터 3음절 고정
을 벗어나고 둘째 마디 이하는 시조의 음보를 훨씬 넘어서는 자유로운
율동을 보이고 있어 시조 아닌 자유시라는 것을 알 수 있다. 이 작품을
혹 시조의 파격인 사설시조라 우긴다 해도, 그 역시 종장의 첫 마디는
3음절로 고정되어야 하고 둘째 마디 이하는 2음보로 확장되는 규칙적
율동을 타면서도 종장 전체가 4개의 통사–의미단위구로 구조화되어야
하는 사설시조의 형식 규율에 어긋나므로 그마저 통하지 않는다.

따라서 김일연의 작품은 시조의 세련형에 해당하지만, 함민복의 작품은 시조가 될 수 없고 자유시임이 확연히 드러나므로 이 둘의 갈래는 명백히 변별된다. 김일연의 작품을 문제 삼으려 한다면, 시조의 자격이 있느냐가 아니라 자유시와 유사할 정도의 행-연 갈이의 자유로움이 시인의 개성과 서정적 미감을 담보하는 필연적이고 성숙된 것이었나를 따져야 할 것이다. 시조는 엄정한 형식 규율을 갖는 정형시이므로 그 외재 절주가 한눈에 시조임을 알아볼 수 있는 시각적 형태로 표출되는 것이 가장 친숙하고 안전한 모습임은 당연하다. 이러한 형태를 필자는 고전형과 표준형이라 명명하고 이를 따르는 것이 원칙이어서 정통형이라 했다. 그러나 현대시조는 고시조와 달리 '보는 시'로 전환되었으므로, 시인의 정서와 미감을 따라 그러한 정통형을 벗어나 긴장과 느슨함, 격동과 평정, 의미의 강함과 약함, 시각화의 적극성과 소극성 같은 내재 절주(마음속에 유동하는 시정의 속도)를 따라 행-연 갈이를 어느 정도 자율적으로 할 수 있다고 했다.[15]

박 교수는 또 다음과 같은 정통형에서 파생된 세련형의 작품도 시조라는 이름을 붙이지 않는다면 누구도 쉽게 시조라고 부르기에 주저할 수밖에 없다고 하면서 현대시조 시인들이 객관적 기준 없이 시조의 형태를 자의적으로 사용한다고 비판한다.[16]

발길 삐끗, 놓치고 닿는
마음의 벼랑처럼

---

15) 이에 대한 상론은 김학성, 「시조의 양식적 원형과 시적 형식으로서의 행·연 갈이」, 『만해축전』 자료집 2010 中권 참조.
16) 박현수, 「익숙한 문법의 새로움과 새로운 이탈의 낯익음」, 『서정시학』 2012년 겨울호.

세상엔 문득 낭떠러지가 숨어 있어

나는 또
얼마나 캄캄한 절벽이었을까, 너에게

－ 홍성란, 〈들길 따라서〉 전문

그러나 이 작품은 앞에서처럼 시조의 형식 규율을 따라 재편해보면 그 모형에서 어긋남이 없지만 굳이 그러한 번거로운 과정을 거치지 않아도 한눈에 시조를 얹어 불렀던 가곡창의 5장 형식을 띠라 행-연 갈이를 했음을 알 수 있다. 따라서 이 작품을 "시조라는 정형시의 입장에서 볼 때 형식적으로 시조라고 판단할 근거가 불분명하므로 그 귀속이 분명치 않아 문제며 작가가 시조를 쓰는 사람이라는 것을 알지 못하는 독자가 본다면 한 편의 좋은 자유시라고 생각할 것이다"라는 박 교수의 지적은 기우에 지나지 않을 것이다. 시조의 음악적 형식에서 시조창보다 훨씬 세련되고 고급화한 것이 가곡창이 듯이 이 작품도 시조의 언어적 표출에서 외형율을 따르되 시적 정서의 기복에 따른 내재절주를 훨씬 세련된 방향으로 고양시키기 위해 음악적 표출의 가곡창처럼 시조 형식의 고급화를 시도했다는 시인의 의도를 눈치 챌 수 있다.

시조 노랫말의 고급화를 꾀한 이러한 언어적 표출은 고시조에서도 이미 널리 시도되어 왔음이 규명된 바 있다.[17] 즉 초기, 중기의 시조 작품들에서 세련미와 생동감을 보유하고 있는 작품들(이를 테면 정철의 "재너머 성귈롱집의 술닉단 말 어제 듯고……."같은 작품)일수록 언어구조에서 5장 구조가 적실하게 적용되고 있다는 것이다. 따라서 고시조에 대한 이해가 조금만 깊다면 홍시인의 시적 형식이 결코 낯설거나 자유시

---

17) 김혜숙, 「시조사의 정조 유동과 가곡적 5장 구조」, 『고전문학연구』 39집, 2011 참조.

라 생각될 정도로 귀속이 불분명하지 않으며 오히려 전통형식 가운데 세련형을 계승한 것이 된다. 다만 현대시조에서 행-연 갈이를 비교적 적극적으로 시도하는 세련형은 자칫 이처럼 자유시와 귀속이 불분명하다는 오해를 받을 수 있으므로, 행-연 갈이를 적극화 할수록 그 반대급부로 시조의 형식규율을 엄정하게 지켜야 할 것이며, 작품의 정조 유동과 의미 생산적 율동이 그러한 시적 세련화를 뒷받침 할 수 있는 성숙함이 요구됨을 잊지 말아야 한다. 그런 점에서 세련형은 시조 창작에 일가를 이루지 못한 미숙련의 아마추어들이 흉내 낼 일은 결단코 아니라 하겠다.

다음으로 박 교수는 시조의 현대성을 구현하는 방식으로 한 번에 독해가 되어 버리는 유려조(流麗調)보다 자동적인 독해를 방해하고 해당 표현에 시선을 집중하게 하여 읽기에 부자연스러움을 주는 신굴조(伸屈調)의 특성을 더욱 강화하는 방향으로 가야한다고 주장한다. 그러면서 난해성을 극도로 강조하는 아방가르드 차원의 시도가 시조에서도 이루어져야하며 이상(李箱)의 난해시에 필적하는, 신굴조의 전통을 현대에 맞게 극단화한 시조시인이 없음을 개탄하기까지 한다. 현대시조는 내용상으로 전위적인 실험성을 보여주는 포스트모던한 정서를 담는 데까지 나아가는 변화의 역동성을 보여주어야 한다는 것이다.

박 교수의 현대성 구현 방식을 정리하면, 형식상으로는 자유시와의 경계를 분명히 하기 위해 시각적으로도 시조 형태임을 한 눈에 알아볼 수 있는 정통형의 형식을 취하는 것이 마땅하지만 내용상으로는 자동적인 독해를 방해할 정도의 난해하면서 현대적이고 전위적인 정서와 의미를 담아내야 한다는 결론이다. 이는 깔끔하게 다듬어진 **정형적 '형식'**으로 온갖 기괴한 **전위적 '내용'**을 담아야 한다는 것이어서 모순되는 주장이라 아니할 수 없다. 문학에서 형식과 내용은 이처럼 이원적으로 분리되어 사고할 수 있는 것이 아니라, 형식이 내용을 규제하고 내용이 형식을 구조화하는 불가분의 일체관계에 있기 때문이다. 3장 6구 12음보의 간결하고 정제된 양식으로 완결되어야 하는 시조 형식에 전위적이며 난해한 내용을 담아내야 한다는 주문은 소담하고 질박한 달항아리에 그 반대되는 성향을 가진 온갖 기괴한 내용물로 가득 채우라는, 부조화의 극치를 보이라는 무리한 요구에 다름 아니다.

현대시조가 아무리 현대적 감각에 걸 맞는 현대성을 구현해야 한다고 하더라도 그 깔끔하게 다듬어진 형식에 조화를 이루는 내용을 담아내야 하는 것은 너무나 당연한 명제다. 첨단적이고 난해–기괴한 내용은 자유분방한 자유시에 담아내는 것이 적절하고, 또 실제로 오늘날에도 그런 방향으로 자유시와 현대시조가 역할 분담을 하고 있는 것은 내용과 형식이 일체관계여서 자연히 그렇게 되는 것이다.

그런 점에서 현대시조는 자유시와는 그 현대성을 구현하는 방식이 차별화되어야 하고, 또 차별화되기 때문에 자유시와 다른 정체성을 가지고 독특한 현대 서정시의 한 장르로 그 위상을 확고히 할 수 있는 것이다. 자유시와 현대시조는 다 같이 포스트모던한 방향으로 나아갈 것이 아니라 서로 상대방이 갖지 못하는 시적 욕구를 충족해주는 '여택(麗澤)의 관계'[18]로 방향 정립을 해야 할 것이다. "두 개의 연못이 서로 적시고 있는 것은 기쁨이다"라고 했듯이 자유시와 현대시조는 서로에게 물을 대어줌으로 해서 마르지 않는 두 연못처럼, 전위적이고 난해–기괴한 정서적 욕구는 자유시가, 안정되고 아정한 질서의 욕구는

---

18) 『周易』兌 象傳에 나오는 말임.

현대시조가 역할 분담하여 자신을 채우고 남은 것으로 상대방을 채워 줌으로써 상호 공존하는 방향으로 나아가야 할 것이다. 그럼으로써 자유시가 지나치게 난해하거나 극단적인 무질서로 흐르지 않도록 안정성을 도와주고, 현대시조가 지나치게 고루하거나 틀에 박힌 상투성으로 나아가지 않도록 현대로의 적응력을 키워줄 것이다.

4. 맺음말 – 시인과 평론가의 임무

이상에서 필자는 윤재근 선생과 박현수 교수의 견해를 중심으로 시조라는 장르의 역사적 위상과 현대시조의 시적 지향이 어떤 방식으로 정립되어야 하는가를 살펴보았다. 그 과정에서 본의 아니게 두 분의 견해와 주장에 대해 비판적 관점이 개진되기도 했지만 그 주장의 바탕에는 우리가 경청해야 할 부분도 상당히 있음을 명심해야 할 것이다.

먼저 우리 시대의 시조에 대한 윤선생의 우려와 개탄은 시란 '의미'와 '음성'의 조화적 통일체라 할 때 현대시조가 현대시 정신을 따라 '의미'의 창출 쪽으로만 신경을 쓰고 율감을 바탕으로 한 리듬(음성적 자질)을 타지 못하고 있다는 것과, 서정자아가 소아(小我)적 개성에만 집착하고 대아(大我)적 공공 정신을 상실한 결과 자유시와 변별되지 않음에 대한 불만을 표명한 것이다. 조선 시대 사대부층이 중심이 되었던 고시조라는 역사적 장르는 사라지고 근대 이후 시민계층이 중심이 되는 현대시조로 새롭게 태어나 발전에 발전을 거듭하고 있는 오늘의 시점에서, 시조는 자유시와는 달리 시노래는 아니지만 노래시로서의 율감을 고양시켜야 하고, 유가적 '대아'는 아니라 하더라도 좀 더 시각을 넓혀 현대사회 시민으로서의 '사회적 자아'가 바탕이 되는 서정시로 나아가야 할 필요가 있기 때문이다.

또한 박 교수가 우려한 바대로 현대시조가 형식 실험이라는 이름으로 행−연 갈이를 자의적으로 할 경우 일반 독자에게는 자유시와 다를 바 없다는 오해를 사기 쉬우므로 가급적 시조의 형식모형이 가시적으로 언표되는 정통형을 따름으로써 장르표지가 표면적 형식을 통해 드러나야 한다는 충고는 귀담아 들어야 할 것이다. 다만 정서의 유동과 시적 고양을 위해 부득이 행−연 갈이를 할 경우는 세련형을 취할 수 있으되, 그 반대급부로 시조의 율동모형을 엄격히 준수해야 하고 유사자유시로 전락하지 않도록 대가적 숙련이 요청됨을 명심해야 할 것이다.

그리고 현대시조가 형식의 안정성에 안주하지 말고 내용에 있어서 변화의 역동성을 보여줘야 한다는 주문도 어느 정도 귀 기울일 필요가 있다. 시조의 정형률은 종장의 첫음보를 3음절로 고정시킨다는 규칙을 제외하곤 모든 음보가 자연발화로 이루어지므로, 자연발화의 정형률에 그냥 이끌려 가면 율동의 무력함이 드러나고, 절제와 정제됨의 가치를 모르고 마구 써버리는 정형률은 폭력일 뿐이므로 이러한 무력과 폭력을 잘 조정하는 내용의 단정함과 역동적 긴장이 아울러 요청되기 때문이다.

끝으로 시조를 창작하는 시인에게 절실하게 당부하고 싶은 말은 최소한 시조의 본질이 무엇이고 그 장르적 성격이나 위상이 어떠한지는 확고히 알고서 창작에 임해야 한다는 것이다. 『화중련』의 '왜 시조인가'라는 설문에 응한 시인들의 답변을 보고 시조에 대해 잘 알지 못하는 분이 이외로 많다는 사실에 놀라서 하는 말이다. 이론을 잘 알아야 창작을 잘하는 것은 물론 아니지만, 시인들도 학자나 이론가에 못지않게 시조에 관한 이해에 더 적극적으로 관심을 가져야 시조 창작이 원숙해 질 것이기 때문이다. 공부를 많이 하되 제발 오도된 이론가나 연구자의 말에 현혹되지 않는 판단력과 지혜를 가져야 한다는 것도 잊지 말아야 할 점이다.

국민시조 운동, 시조 놀이마당의 제안

1. 머리말

오늘날 디지털매체의 급속한 발달로 인쇄매체 중심의 문학이 위기를 맞고 있다는 것은 널리 알려져 있다. 문학 가운데서도 특히 시는 소설 같은 대중화 장르에 비해서 독자의 호응도가 훨씬 뒤져서 그 위기감은 더욱 심각하다 할 지경이다. 시의 주류장르를 이루고 있는 〈자유시〉가 너무 안 읽히기 때문이다. 시가 대중의 호응을 얻어 사랑을 받으려면 무엇보다 우선 많이 읽혀야 하고, 많이 읽히기 위해서는 읽혀야 할 마력적인 힘이 그 내면에 자리하고 있어야 하는데 소설은 흥미로운 플롯이나 감칠맛 나는 문체로 대중을 사로잡을 수 있지만 〈자유시〉는 난삽하고 현란한데다가 너무 말이 많아서 읽고 즐길만한 마력을 갖고 있지 못한 것이다. 그보다 우리 민족의 심층에 자리하고 있는 친숙한 전통적 리듬과 거리가 먼 탓이 결정적 요인이라 할 것이다. 한마디로 자유시는 리듬이 극단적으로 파탄되어 있어 잘 읽혀지거나 애송 혹은 암송되기 어려운 것이다. 이런 이유로 우리 국민들은 시와 멀어지는 삶을 살아가고 있다.

우리 국민이 시와 멀어진 삶을 살아가는 것은 그만큼 불행한 삶을 살아간다는 것에 다름 아니다. 시는 고달픈 현실에 시달린 메마른 영혼을 달래주고 정서를 순화시켜주며 문학적 진실과 상상력 뿐 아니라 삶의 혜안과 심미안을 길러주기 때문이다. 시의 그러한 혜택에서 소외된 삶이 얼마나 각박한 것인가 상상해 보라. 시를 가까이 하지 못하고 정신적으로 고갈된 불행한 삶을 살아가는 우리 국민을 시의 세계로 끌어들여 그 영혼을 치유하고 아름답게 하는 사업이야말로 얼마나 보람되고 값진 일인가. 자유시의 난삽함과 리듬의 파탄으로 인해 멀어진 시의 독자를 다시 시의 세계로 끌어들여 감성적 불행에서 벗어나게 하는 가장 효과적인 방법은 어떤 식으로든 시를 많이 접하게 하는 것이 유일한 길이다. 최근 조선일보 10월 31일자에 서울의 동도 중학교 국어교사들이『한국의 암송 명시』100편을 책으로 만들어 전교생이 졸업 때까지 암송할 수 있게 지도한 결과 정서가 순화되고 언어표현력이 놀랄 만큼 향상되었다는 보도가 이를 뒷받침해주고 있다.

이러한 긍정적 효과를 가진 시를 가까이에서 많이 접하게 하려면 우선 시를 생활화해야 한다. 시를 생활화하려면 시에 대해서 많이 '알아야' 하고, '좋아해야' 하고, 나아가 '즐겨야' 한다. 그러나 잘 읽혀지지 않는 시, 잘 암송되거나 애송되지 않는 시를 억지로 읽히거나 암송하게 해서는 기억의 부담과 억지로 끌려가는 강제력 때문에 그 효과가 능률적이지 못할 것임은 자명하다. 동도 중학교 학생들이 한 결 같이 자유시로 한정되어 있는 명시 100편을 외우느라 고역을 치루고 있다는 현실이 그것을 잘 증명해준다.

자연스럽게 잘 읽혀지고 잘 암송되며 즐길 수 있는 시는, 그러므로 리듬이 파탄지경까지 간, 그래서 독자가 접근하기 어려운 〈자유시〉에서 찾을 것이 아니라, 우리 민족시가의 대표적인 정형시 가운데 하나이면서 유일하게 '살아있는' 국민시라 할 수 있는 〈시조〉에서 그 해답을 찾아야 할 것이다. 잘 알다시피 시조는 4음 4보격의 리듬을 갖는 '초장-중장-종장'의 3장으로 구조화된 짤막한 서정시다. 그래서 기억의 부담이 적고 규칙적인 리듬을 타고 있어 암송하고 애송하며 즐기기에 이보다 더 적절한 양식은 없다. 시조는 조선시대 5백 년을 넘어 다시 근대의 1백 년을 지나면서 오늘에 이르기까지 600여 년을 우리 민족의 국민시로서 오랜 세월 갈고 다듬고 향유해온 유일한 시가 양식이기 때문이다.

이렇게 시조는 한 개인이 아니라 모든 향유자에 의해서, 일순간이 아닌 오랜 기간을 거치면서 우리말의 아름다움을 일구고 가꾸어 온 경험적 미의식의 결정체로서, 우리 민족과 함께 호흡해온 시가이므로 그것을 알고, 좋아하고, 즐기기에 너무나 적합한, 우리 민족을 대표하는 국민시인 것이다. 서양에는 자랑스런 전통시로 '소네트'가 있고, 중국에는 한시로 '절구(絶句)'가 있으며, 일본에는 '하이쿠'가 있어 자국 문화의 긍지로 삼고 있듯이 우리에겐 그것들에 당당하게 맞설 시조가 있다는 것이다. 이런 상황에서 소네트는 서양의 각 나라마다 조금씩 다르게 자국의 특색에 맞추어 아름다운 전통으로 가꾸어 갔으며, 중국의 절구와 일본의 하이쿠는 서양을 비롯한 세계에 알려져 그 전통을 과시하고 있다. 그런데 우리의 국민시인 시조의 현실은 어떤가?

2. 시조 향유를 위한 제안

마침 우리의 국력이나 경제력의 눈부신 상승으로 우리의 문화도 K-Pop을 위시하여 한류문화가 전 세계로 그 파장을 넓혀가고 있으며,

싸이의 〈강남스타일〉은 유튜브의 조회 수가 1억을 넘어서는 선풍적인 인기를 끈 바가 있음은 누구나 알고 있다. 이런 고무적인 기류와 걸맞게 시조도 미국과 캐나다 등 영어권을 중심으로 한 '영어시조'가 인터넷 사이트를 통해 창작이 이루어지고 있다는 고무적인 소식이 있다.

그러나 그 실상을 알면 기가 막히다. 우리의 시조를 일본의 하이쿠의 아류쯤으로 알고 하이쿠 사이트에 들어가서 하이쿠의 변형으로 시조를 짓고 향유하는데 참여한다는 것이다. 왜 이런 현상이 벌어졌을까? 이는 일본인의 하이쿠 사랑에 대한 열정과 우리의 시조에 대한 인식을 비교해보면 답이 나온다. 400년도 채 안 되는 역사를 가진 하이쿠는 옛 시대의 낡은 장르로 홀대 받지 않고 오늘날에도 그것을 즐기는 애호가만 무려 1,000만 명을 헤아리고, 전문 시인만도 100만 명이 넘는다 하며, 하이쿠 전문 월간지만 8개에, 동인지는 800여 개나 쏟아져 나온다고 한다.

거기다 각종 잡지마다 하이쿠의 독자투고를 받아 긴 해설을 곁들이는가 하면, 신년이면 유명 인사들은 하이쿠 한 편 씩을 지어 덕담처럼 서로 나누는 것을 자랑으로 여긴다고 한다. 뿐 아니라 때로는 정월 초하룻날 일본국왕이 하이쿠를 짓는 장면을 TV로 중계까지 한다는 것이다. 이러한 일본인의 하이쿠 사랑이 밑바탕에 깔려 있기에 여러 차례 노벨문학상 수상도 가능했던 것이 아니겠는가.

또한 이런 열정이 이어졌기에 하이쿠는 일찍이 릴케(Rainer Maria Rilke), 에즈라 파운드(Ezra Weston Loomis Pound), 엘리어트(Thomas Stearns Eliot) 같은 세계적인 대시인들에 영향을 주고, 일본을 넘어서 세계적인 시로 주목받을 수 있었던 것이다. 이에 비해 우리의 시조는 일제강점기 시대에 카프문학파에 의해 봉건시대의 낡은 유물로 배척당한 이래, 현대에서는 장르로서 생명을 다했거나, 소통하기 불편한 장르라는 부당한 선입견이 작용하여 시조를 창작하는 작가는 고작 1,000여 명 수준이고, 시조 전문 월간지나 동인지는 손가락에 꼽을 정도의 미미한 수준에 머물러 있다. 우리가 우리 것을 이처럼 홀대하고 있는데 남한테서 알아주기를 어찌 기대할 수 있겠는가.

일본뿐 아니라 프랑스를 예로 들더라도 그들의 소네트 사랑은 자유 율조의 선두주자에 섰던 보들레르의 유명한 〈악의 꽃〉이란 시집의 편제를 보아도 총 130수 가운데 소네트가 절반을 차지한다는 사실에서 단적으로 알 수 있다. 이에 비한다면 자유시를 쓰는 우리의 현대시인들은 그들의 시집에 과연 시조를 몇 수나 지어 수록하고 있는가. 최근에 미국의 계관시인 로버트 하스가 영어시조를 쓰기위해 그 본(本)을 받으려고 영어로 번역된 한국의 저명 시인들 시집을 낱낱이 뒤져보았는데 단 한 수도 발견하지 못해 실망했다는 이야기를 듣고 정말 낯부끄럽지 않을 수 없었다.

그리고 프랑스에서는 청소년들의 인성과 감성 함양을 위해 시 교육에 특별히 비중을 두고 있는데, 국어교과서의 대부분을 시가 차지하며 초등학교에서 중학교 고등학교를 거치는 동안 시를 2~300편, 많은 경우 5~600편까지 암송하게 한다는 것이다. 이렇게 시를 암송하게 하는 것은, 문학 교육은 텍스트에 일단 친숙해야 하기 때문에 교육의 기초로서 암송이 반드시 필요하기 때문이다. 우리나라의 경우는 시 교육이 지나치게 분석적이고 사고력 중심이어서 암송을 등한시하는 경향과 대조적이라 하겠다.

시조가 하이쿠처럼 세계적으로 알려지지 못한 원인은 시조가 하이쿠만 못해서가 아니라 그 가치를 우리 스스로가 알아주지 않은 데 있다. 귀한 옥돌도 잡석으로 무시해 버리면 보물이 되지 못하고, 오동나무도 땔감으로 써 버리면 가야금이 될 수 없듯이, 우리의 소중한 문화 전통으로 이어온 시조의 가치를 알아주지도 않고, 알려고 하지도 않는 오늘의 이 한심한 현실을 그저 지켜만 볼 것인가.

이러한 때에 마침 박근혜 대통령께서 "문화의 기초체력이라 할 인문학과 전통문화, 지역문화에 대한 관심이 매우 중요하다. 인간의 창조적 능력은 삶의 근본에 대한 고민과 앞서간 문화에 대한 존경에서 나온다는 점에서 인문적·전통적 가치를 활성화시키고 일상생활에 인문 정신문화가 스며들 수 있도록 노력해야 한다"고 말씀하셨다. 이에 따라 대통령 소속 문화융성위원회는 세계무형문화유산으로 등재된 '아리랑' 축제를 국가적 차원에서 개최하고, 아리랑의 날을 제정하며, 아리랑의 현대적 재해석 등도 추진키로 했다는 보도가 있었다. 전 국민의 인문 정신문화 함양을 위해서 참으로 적절한 국가 정책이라 아니할 수 없다.

잘 알다시피 아리랑은 지역문화에서 출발하여 전 국민이 향유하는 우리 민족의 고유한 전통민요다. 그런데 아리랑만으로는 전 국민의 함양에 있어서 어딘가 부족해 보인다. 그것은 기층 민중의 문화를 바탕으로 한 '낮은 문화'의 영역에 속하기 때문이다. 이와 더불어 조선 시대의 선비문화를 바탕으로 한 '높은 문화'의 '시조'를 '국민시조'로 향유한다면 고급의 인문 정신문화가 일상생활에 스며드는 계기가 될 수 있을 것이다. 즉 우리의 인문적 전통이 낳은 낮은 문화의 아리랑과 높은 문화의 시조를 전 국민적 차원에서 함께 향유한다면 문화적 균형에서도 상승의 효과를 가져 올 것으로 기대되기 때문이다.

사실 싸이의 〈강남스타일〉이 세계적 선풍을 일으켰지만 그런 대중문화의 열기는 일회성에 그치고 말아 끝없이 자극적인 신곡을 내놓아야 이목을 끌 수 있다. 게다가 대중문화의 본래적 속성으로 인해 선정적이고 향락적인 저속한 문화의 한계를 벗어날 수 없어 인문 정신문화의 함양에는 도움이 되지 못한다. 그에 비한다면 시조는 맑고 깊은 사유의 그릇이고, 절제된 단순성이 더 멋스러운 양식이어서 우리의 인문적 정신문화를 격상시키는 데 크게 기여할 것이고, 일회성이 아닌 영원한 전통적 가치를 계승하는 길이어서 우리 국민을 선진 문화의 교양과 품격을 갖게 하는 문화적 일등국민으로 거듭나게 할 것이다.

그러면 신진문화의 교양과 품격을 갖춘 고급문화로서의 시조는 어떻게 향유해야 국민시조로 격상시킬 수 있을까? 이에 대하여는 일찍이 공자가 『논어』에서 "어떠한 것을 아는 것은 그것을 좋아하는 것만 못하고, 그것을 좋아하는 것은 그것을 즐기는 것만 못하다"라고 한 말이 참고가 된다. 이를 뒤집어 이해하면, 시조를 고급의 놀이문화로 향유하기 위해서는 먼저 시조를 알아야 하고, 알면 좋아하게 되고, 좋아하면 즐기게 되는 3단계 과정을 거쳐야 한다는 것이다. 시조를 이렇게 3단계의 '놀이문화'로 향유함으로써 전통적 가치가 오늘에 되살아나고 인문 정신문화가 생활 속에 스며들 수 있다는 것이다. 그리고 이러한 놀이문화의 보급을 위해서는 고급의 교양오락 프로그램을 지향하는 공영방송 KBS가 앞장선다면 그 효과는 엄청나게 클 것으로 생각된다.

고급의 교양 오락 프로그램으로서 시조를 향유하는 구체적인 방법은 3단계의 놀이문화를 적용하면 될 것이다. 먼저 시조를 알아야 하는 단계는 '시조 알기 퀴즈 대회'가 가장 효과적일 것이다. 즉 '시조 알기 한마당'을 열어서 시조의 작가와 작품에 관련한 여러 정보와 지식을 누가 많이 아는가를 퀴즈 문제 풀이 경쟁을 통해 놀이 방식으로 진행한다면, 이를 시청하는 국민들의 시조에 관한 관심과 지식을 적극 상승시킬 수가 있을 것이다.

다음으로 시조를 좋아하는 단계는 '시조 암송 한마당' 같은 암송대
회를 열어서 누가 시조를 '정확하게 많이' 암송하는가를 겨룸으로써
우리 삶에 지표를 주는 명시조를 좋아하게 되고 그 작품의 감상을 생
활화하는 계기가 될 것이다. 일찍이 공자가 전통시 300편을 간추려
『시경』을 편찬해서 시교(詩敎)—즉 시를 통한 교육의 자료로 삼아 "사
무사(思無邪 : 생각함에 사특함이 없다)"의 정서 순화를 달성하려 했듯이
우리의 고시조 명시 200편과 현대시조 명시 100편 정도를 선정하여
책자로 만들어 이를 암송의 저본으로 삼아 대회를 열면 시청하는 국민
도 좋아하는 명시조를 많이 암송하게 될 것이다. 그리고 시조를 즐기
는 단계는 '시조놀이 한바탕' 같은 대회를 열어 시조를 고급문화의 전
통에 걸맞게 향유하는 전통을 되살림으로써 이루어질 수 있을 것이다.

예부터 시조는 음영(吟詠:읊조리기), 가창(歌唱:노래하기), 완독(玩讀:
놀이로 읽기)의 세 가지 방식으로 즐겨왔다. 퇴계 이황을 비롯한 대부분
의 선비와 학동들은 시조를 아침 저녁으로 음영하는 방식으로 즐기면
서 심성을 수양했으며, 가객이나 기녀 같은 전문 예인(藝人)들은 관현
악 반주를 동반하여 '가곡 한바탕'이란 이름으로 느리고 장중한 가락
으로 시작해서 빠르고 흥겨운 가락으로 흥을 돋구어가는 정해진 레퍼
토리를 따라 남창(男唱)과 여창(女唱), 남녀창(男女唱)의 3종류로 향유
하는 가창의 방식이 있었다.

그러다가 시조가 노래를 떠나 인쇄 매체에 실리는 '읽는 시조'로 되
면서 완독 혹은 낭독의 방식이 중심이 되었다. 이런 전통을 따라 '시조
놀이 한바탕'은 '가창-음영부'와 '낭독-완독부'로 나누어 경연대회를
가지면 시조 즐기기의 극치를 이루지 않을까 생각된다. 구체적으로 시

조놀이 마당의 3단계, 즉 '시조 알기 한마당'-'시조 암송 한마당'-'시조 놀이 한바탕'을 어떻게 조합하여 최상의 품격을 가진 건전한 놀이마당으로 승화시키느냐 하는 문제는 흥행 전문가 프로듀서에게 맡기면 될 것이다.

3. 시조 놀이마당의 효과

시조놀이 한마당에서 펼쳐지는 〈고시조〉는 3장의 짧은 형식에 그만큼 집약적으로 표현해 낼 수 있는 옛 시인의 형상력에 감탄할 수도 있겠으나 그보다 현대인으로서는 꿈꿀 수 없는 여유와 예스러운 풍류의 멋에 부러움을 느낄 수 있을 것이다. 그 풍류에는 속화된 기운을 벗어던진 호방한 남성적 풍류가 있는가 하면, 온화하고 깊은 뜻을 머금어 성정을 순화하는 온유돈후의 내면적 풍류가 있고, 사설시조와 같이 인간의 정을 한껏 발산시키는 천진스러운 향락적 풍류도 있다. 그리고 〈현대시조〉는 고시조가 갖지 못한 새로운 삶과 세계의 발견에 따른 언어적 긴장과 삶이나 자연에 대한 내면적 성찰과 시적 진실성을 찾아낼 수 있다는 것이 더 큰 감동으로 국민대중의 심금을 울릴 것이다.

여하튼 시조의 짤막한 형식적 절제미는 그 시적 율동에서 조화와 균형을 함께 요구한다. 파격이 개성으로 통하고 불균형과 무질서가 새로운 시대의 전위적 예술이 지향하는 가치처럼 고무되어 있는 오늘날의 현실에서 시조의 균형미와 절제미는 오늘의 현실적 상황의 혼돈과 무질서에 정서적 균형과 질서를 부여하는 데 상당한 기여를 할 것으로 기대된다. 질서를 유지함으로써 파격 속에서 절도와 균형을 지키는 시조의 형식미는 혼돈 속에서 안정을 찾지 못하는 현대인의 영혼을 치유하고 위무하는 기능을 충분히 수행할 것이다. 시조놀이 한마당은 곧 한국인 특유의 정체성에 근거한 미학적 체험을 통해 혼돈과 무질서를 치유하고 온유돈후한 감정으로 안정적 질서에 이르게 하는 정신의 양식이 될 것이다.

TV 영상을 통해 수행되는 시조놀이 마당은 이러한 막중한 효용적 가치를 전국의 시청자에게 심어주는 계기가 될 뿐 아니라 우리의 고급문화를 세계에 알리는 큰 힘이 될 것이다. 그렇게 되면 시조를 하이쿠의 아류쯤으로 생각하는 세계인들의 잘못된 인식을 바로 잡아줄 수 있을 것이다. 낮은 문화로서는 아리랑이, 높은 문화로서는 시조가 우리 한국의 가슴에, 나아가 세계인들의 가슴에 영원한 정신문화의 가치로 각인되기를 바라는 마음에서 시조놀이 마당이 TV를 통해 의미 있는 프로그램으로 하루 속히 펼쳐지기를 기대한다.

가사의 양식 특성과 현대적 가능성

1. 머리말 – 가사의 개념

국문학의 장르 가운데 가사만큼 지속적인 관심과 집중적인 논의를 거친 장르를 찾아보기 어려울 것이다. 그럼에도 불구하고 '가사란 무엇인가'라는 개념 문제에서부터 '가사란 어떤 장르인가'라는 장르적 특징의 문제에 이르기까지 아직까지 명쾌한 합의점에 도달하지 못했다는 사실은 가사문학을 위해 불행한 일이라 아닐 수 없다. 그러나 논란이 분분했던 만큼이나 그 과정에서 얻은 성과 또한 상당한 수준에 이르러 이제는 그 옥석을 가리고 혼란을 제거한다면 더 이상 소모적인 논쟁을 피하고 해결책을 찾아낼 단계에 도달한 것으로 보인다.

따라서 본고에서는 새로운 대안을 내세워 또 하나의 논란거리를 만들어 내기보다 기존의 논의 가운데 가장 타당성 있는 입론을 찾아내어 그것을 바탕으로 논란이 많은 가사의 장르 문제와 개념 문제를 풀어가기로 한다. 사실 가사의 장르 문제는 그 자체에 한정된 문제로 그치지 않고 국문학의 장르 전체 체계, 나아가 세계문학의 보편적 장르 문제와 연관되는 것이어서 문학이론에 대한 거시적이고도 정치한 안목이 요청된다. 이런 안목을 갖추지 못할 때 기존의 탁월한 연구 성과를 인정하거나 수용하기는커녕 공연히 그 성과를 마구 훼손하여 장르론적 진전을 후퇴시키고 분란만 야기하는 퇴행적 재생산을 보이기도 한다. 이는 가사문학의 진정한 이해와 온당한 실체 파악에 커다란 장애요인 으로 작용할 뿐이므로 더 이상 그런 혼란이 야기되지 않도록 본고에서 는 그에 대한 철저한 차단과 비판도 수행할 것이다.

그럼 가사의 장르 문제를 논의하기에 앞서 '가사란 무엇인가'라는 개 념 문제부터 검토해보기로 하자. 가사의 외연과 내포적 개념이 확고해 야 장르 문제도 명확하게 풀릴 수 있기 때문이다. 이를 위해 우선 가사 를 창작하고 향유한 당대인들의 인식은 어떤지를 살펴볼 필요가 있다. 현전하는 기록 가운데 가사에 관한 최초의 언급은 심수경(1516~1599) 의 『견한잡록』에서 찾을 수 있다.

> "근세에 俚語(이어)로 長歌(장가)를 짓는 자가 많으나 오직 송순의 〈면 앙정가〉와 진복창의 〈만고가〉가 다소 사람의 마음을 끈다. 〈면앙정가〉는 산천과 전야의 그윽하고 광활한 형상을 鋪叙(포서)하고, 정자와 누대, 굽 은 길과 지름길의 높고 낮고 돌아들고, 굽은 형상과 四時(사시)의 아침과 저녁 때의 경치 등을 모두 備錄(비록)하지 않음이 없다. 문자를 섞어서 썼 는데 형상의 婉轉(완전)함이 극을 달했다. 진실로 可觀(가관)하고 可聽(가 청)하다.……〈만고가〉는 먼저 역대 제왕의 어짐과 그릇됨을 敍(서)하고 다음으로 신하의 어짐과 그릇됨을 敍했다."[1]

여기서 주목되는 것은 〈면앙정가〉, 〈만고가〉 같은 작품에 대해 '가 사' 대신 '장가'라는 명칭을 사용하고 있다는 것이다. 이는 곧 가사가 긴 노래 곧 **장가**에 해당한다는 인식을 반영하는 것이다. 가사는 노랫말

---

1) 沈守慶, 『遺閑雜錄』, 국역 『대동야승』 3권, 민족문화추진회, 1967.

이 짧은 시조 곧 단가와는 달리 노랫말이 일단 길어야 하는 것이 그 첫 번째 특징임을 알 수 있다. 〈면앙정가〉처럼 정자 주변의 산천과 전야의 형상을 펼쳐 서술(鋪叙)하고 계절과 시간의 변화에 따른 경치를 모두 갖추어 기록(備錄)하자면 짧은 길이로는 감당할 수 없으니 저절로 장가가 되지 않을 수 없는 것이다. 〈만고가〉 역시 역대 제왕의 잘잘못과 신하의 잘잘못을 하나하나 서술하고 또 서술하자면 길이가 긴 장가가 될 수밖에 없다. 따라서 **세세하게 펼쳐 서술하고 조목조목 갖추어 서술함**으로씨 말이 길어진 장가가 되는 것이 가사의 첫 번째 특징이 된다.

그런 까닭으로 아무리 짧은 가사라 하더라도 단가에 해당하는 시조의 하위 장르인 사설시조보다는 길이가 긴 것이 원칙이라 할 수 있다. 현존 가사 가운데 가장 짧은 것의 하나로 보이는 19행(4음보를 1행으로 잡음, 2음보의 편구, 片句도 1행으로 간주) 길이의 〈매창월가〉가 사설시조 가운데 길이가 긴 〈장진주사〉, 〈맹상군가〉 같은 작품들 보다 더 긴 것으로 나타나는 것도 가사의 '다 갖추어 기록하기(비록, 備錄)' 지향 때문임은 물론이다.[2] 가사의 이런 성향은 〈일동장유가〉 같은 가사가 무려 4천행이 넘는 초장편이 가능하도록 하는 요인이 되는 것이다.

사설시조 가운데 가장 긴 것의 하나라 할 수 있는 안민영의 작품(심재완, 『역대시조전서』 3268번 : 언편(言編)으로 부르는 것이어서 사설시조 가운데서도 가장 사설을 길게 엮어 짜는 묘미를 추구하는 작품임)은 4음보(편구,

---

2) 성호경, 『한국시가의 유형과 양식 연구』, 영남대학교 출판부, 1995, 411면에서는 17구 9행(4음보를 1행으로 잡음) 길이의 〈안인수가〉도 짧은 가사로 보고 있으나(이상보 등이 펴낸 가사선집에도 가사 자료로 수록하고 있음), 이 작품은 초-중-종장의 3장을 뚜렷이 갖춘 데다, 종장이 첫음보를 3음절로 하고 둘째음보를 과음보로 하는 시조 특유의 형식마저 갖추되 다만 중장이 길어진 전형적인 사설시조 형태를 구비하고 있으므로 당연히 사설시조로 보아야 할 것이다.

片句 포함)를 1행으로 잡을 때 무려 60행에 이르는 장편이어서 〈매창월
가〉 같은 단편의 가사를 훨씬 능가하는 길이를 갖고 있으나 그것은 사
설시조의 본령이 아니라 예외적인 현상에 불과한 것이다. 시조는 원칙
적으로 엄격한 정형을 지키는 단가 지향이어서 그것을 벗어나 사설의
확장을 보이는 사설시조는 아예 '장가'로 간주하여 별도로 다루는 이
유도 이런 데 있다.[3]

또 〈매창월가〉나 〈미인별곡〉 같은 짧은 가사도 가사의 본령을 벗어
난 예외적인 현상으로 볼 수 있다. 이들 짧은 가사는 일반 가사와 달리
음악에 실릴 것을 전제로 지은 가창가사 범주에 드는 경우가 절대적인
것으로 보인다. 가창가사의 대표적 유형인 12가사 작품들이 한결같이
일반가사보다 상대적으로 길이가 짧은 것은 노래 지향성 때문임은 말
할 것도 없다. 노래를 전제로 하는 지향을 가사의 본령이라 하기 어려
운 것은 규방가사를 포함한 수천편의 현전 가사 작품 가운데 정작 노
래로 불려진 작품은 기껏해야 수십 편에 불과하기 때문이다. 〈관동별
곡〉 같은 작품도 노래로 즐겨 향유되었지만 노래로 부르기에는 비교
적 긴 것이어서 가집 『청육』에 앞부분만 실린 것도 가창의 실제를 반
영한 것으로 보이며 이렇게 작품이 가창될 때 작품의 상당부분이 잘려
나간다는 것은 가창 곧 노래가 가사의 본령이 아님을 증거 해주는 것
이라 할 것이다.[4]

---

3) 이형상의 「금속행용가곡」에서 사설시조를 '장가'라는 항목으로 실은 것이 그 구체
   적인 예다. 『송강가사』에서도 〈장진주사〉를 〈관동별곡〉 등의 가사와 함께 수록하고
   '단가'라는 항목에는 평시조만 수록한 것도 사설시조를 시조로 간주하지 않아서라기
   보다 노랫말이 상대적으로 긴 '장가'로 인식한 탓임을 알 수 있다.
4) 가사의 제시형식의 본질은 가창이 아니라 '음영'임을 김학성, 「가사의 정체성과 담
   론특성」, 『한국 고전시가의 정체성』(성균관대 대동문화연구원), 2002, 224~237면

그러면 절대다수의 가사 작품 제목에 '-가(歌)', '-곡(曲)', '-사(詞)'라는 접미어가 붙어 노래와 친연성을 갖는 장르로 인식하고 창작-향유하는 현상은 어떻게 받아들여야 할까? 거기다 이수광의 『지봉유설』(1614)에서도 가사를 비롯한 작품들을 '가사(歌詞)' 또는 '장가'로 지칭하면서 다른 가창장르(〈한림별곡〉 같은 경기체가, 〈감군은〉 같은 악장, 〈장진주사〉 같은 사설시조)와 나란히 거론하는 현상은 어떻게 설명할까? 또한 홍만종도 『순오지』(1678)에서 〈역대가〉, 〈권선지로가〉, 〈만분가〉, 〈면앙정가〉, 〈관서별곡〉, 〈관동별곡〉, 〈사미인곡〉, 〈속미인곡〉, 〈장진주〉, 〈강촌별곡〉, 〈원부사〉, 〈목동가〉, 〈맹상군가〉 등 14작품을 '가곡'이라 칭하면서 "장가 가운데 표표(表表)히 세간에 성행하는 것"이라 하고 평어(評語)를 달고 있다. 가곡은 '노래' 중에서도 가장 높은 품격에 해당되는 것으로 여기에 거론된 작품은 그만큼 노래 가운데서도 수품(秀品)이어서 가사 장르 역시 최고의 품격을 가진 노래로 향유됨을 말해주고 있다.

가사가 이렇게 장가(심수경)→가사(이수광)→가곡(홍만종)으로 지칭되면서 노래와 실제로 관련을 갖는 현상으로 평가됨은 어떻게 받아들여야 할까? 아니 정확히 말하면 가사가 이렇게 작품 제목에서 그리고 실제의 향유에서 노래를 지향하거나 노래와 인연을 맺으면서 실현됨에도 불구하고 수많은 가사 작품 가운데 극히 일부의 것만 노래로 실현됨은 어떻게 이해해야 할까? 이는 곧 가사의 양식적 특성이 '노래' 장르 그 자체가 아니라 '노래하기'와 상관되는 장르임을 의미한다. 이 노래하기의 지향성을 가사의 두 번째 특징으로 간주해도 좋을 것이다.

___

에서 밝혔다.

노래하기(문학의 환기방식)를 지향한다 해서 반드시 노래(장르의 제시형
식)로 실현되거나 실현되어야만 하는 것은 아니기 때문이다.

　이상에서 논의한 가사의 두 가지 특징-**노래하기** 지향과 **다 갖추어
말하기** 지향-은 사실 상충되는 지향이라 할 수 있다. 노래하기는 서
술을 최대로 억제하고 생략함으로써 미감을 자극하는데 비해, 세세하
게 조목조목 다 갖추어 성대하게 말함으로써 사설이 길어지는 지향은
그 반대이기 때문이다. 가사의 이런 특징은 홍만종의 가사에 대한 언
급을 참고하면 더욱 확실해진다. 그가 논평한 가사 작품은 가곡으로
지칭할 만큼 노래하기로서의 높은 품격을 가졌음에도 불구하고 그에
대한 평어를 보면, '술(述)'(서술함), '기(記)'(기록함), '설진(說盡)'(빠짐없
이 다 설명함), '포장(鋪張)'(펼쳐 늘임), '역거(歷擧)'(차례로 듦), '성론(盛
論)'(성대하게 논의함), '비술(備述)'(두루 갖추어 서술함), '비설(備說)'(두루
갖추어 설명함) 등의 산문적 내용과 관련한 특색을 지정하는 표현을 사
용하고 있다는 점이 그것을 말해준다. 이는 가사 작품이 '노래하기'를
지향하면서도 그 진술 방식에서는 설명·기록·전달·의론을 위해 '다
갖추어 말하기'를 지향하는 특성을 아울러 갖추어야 함을 의미하는 것
이 된다.

　가사는 결국 이러한 두 가지 상충되는 지향을 얼마나 절묘하게 조화-
융합해내는가에 작품의 성격이나 길이와 제시형식도 결정된다고 할 수
있다. 즉 노래하기 지향으로 기울어질 때 〈매창월가〉, 〈미인별곡〉, 12가
사와 같은 짧은 형태의 가사 작품이 가창(歌唱)의 제시형식(可廳 : 들을
거리)으로 창작-향유되고, 다 갖추어 말하기 지향으로 기울어질 때 〈일
동장유가〉, 〈한양가〉 같은 장편가사가 완독물(玩讀物, 가관, 可觀 : 볼거
리)로 산생된다 할 것이다. 그리고 이 둘이 조화-융합되어 가장 적정하

게 이뤄질 때 중형(中型)의 가사ー대부분의 가사는 여기에 해당하며 따라서 가사의 본령임ー가 음영물(吟詠物)(가청이가관(可聽而可觀) : 가창(歌唱)과 완독(玩讀)의 어느 쪽으로도 전환 향유가 가능한)로 산생된다.[5] 송순이나 정철 등 인구(人口)에 널리 회자되는 가사의 걸작들이 모두 이 범주에 놓여 있어 중형의 가사를 이루고, 가창과 음영, 완독의 어느 쪽으로도 향유가 가능한 폭넓은 향유층을 확보할 수 있었을 것이다.

가사의 이런 특징에 대하여는 단일 문화권으로 가장 많은 작품을 양산한 규방문화권에서도 인식을 같이함을 다음의 규방가사 〈오여상스가라〉에서 확인할 수 있다.

지여보자 가사흔장   지여보자 을퍼보자
가사도 출쳐잇고   노러도 곡조잇셔
싸린노래 길기불러   다정흐기 지여볼가
실픈노래 곱게불러   자상흐기 지여볼가[6]

규방권에서도 가사를 이와 같이 두 가지 상충되는 지향을 함께 충족해야 함을 고딕체 노랫말에서 선명히 드러내고 있다. "싸린노러 길기불러 다정흐기 지여볼가"는 가사의 노래하기 지향을 의미하고, "실픈노래 곱게불러 자상흐기 지여볼가"는 곡진하게 다 갖추어 말하기 지향을 의미한다는 점에서 사대부층과 장르인식을 같이하고 있는 것이다.[7] 다정하게 짓기를 충족하려면 정감에 호소해야 하므로 서술의 억

---

5) 가사의 이러한 특징에 대하여는 김학성, 앞의 논문, 같은 곳 참조.
6) 권영철, 『규방가사연구』, 이우출판사, 1980, 96면에서 작품 인용.
7) '다정하게 짓기'와 '자상하게 짓기'의 어느 한 쪽만 말하지 않고 양쪽 성향을 다 거론했다는 점에서 두 가지 조건을 모두 충족해야 가사가 될 수 있다고 파악된다. 이 두 대립 지향이 동시에 충족되려면 '노래하기 지향'과 '다 갖추어 말하기 지향'을 교

제에 의한 언어 절약 곧 '**짧게**' 축약한 사연을 '길게 빼어 불러'(永를 곧 歌를 의미함) 노래하기를 꾀해야 하고, **자상하게 짓기**를 충족하려면 하고자 하는 말(가슴에 맺혀 있는 슬픈 사연을 비롯한)을 빠짐없이 다 갖추어 '길게' 펼쳐내어야 한다.[8] 이 두 대립지향을 동시에 충족하여 중형(中型) 정도의 길이가 되는 작품을 산생한 것이 규방가사다.[9] 규방권에서 가사를 창작-향유하면서 이런 노랫말을 언급한 것은 장르의 특색을 경험적으로 꿰뚫은 발언이라 아니할 수 없다.

이상을 종합하면 가사란 '다 갖추어 말하기' 지향과 '노래하기' 지향의 양극단적 대립의 중간영역에 있으면서 그 대립을 중화시켜 미감을 창출하는 담론특성을 갖는 장르로 개념을 정의할 수 있다. 말로 계속하면 너무 경직되어 미감이 살아나지 않으며(다정하게 될 수 없음), 노래하기로 하면 언어절약으로 인한 모호성 때문에 설득력이나 논리적 명징성이 약해진다(자상하게 될 수 없음). 이 두 가지를 포용-조화시킨 문학양식이 가사이다.[10]

묘하게 융합하는 서술방식, 곧 서술의 율동감을 지닌 전달서술 방식이라야 할 것이다. 따라서 가사의 이러한 진술특징은 이 두 가지 성향이 따로 존재하면서 복합되거나 혼합되는 것이 아니라는 점을 특히 주목해야 할 것이다. 즉 가사는 복합장르나 혼합장르가 아니라는 것이다.

8) 사대부권에서 '說盡' '歷擧', '盛論', '備述'이라 특징을 지적한 것과 장르인식을 같이함을 알 수 있다.

9) 규방가사는 물론 절대다수의 가사가 짧지도 길지도 않은 100행 정도 내외의 길이를 갖고 있음을 말한다.

10) 그런 점에서 '가사'를 한자로 표기할 때 '노래하기'로 편향된 '歌詞'보다는 '노래하기(歌)'와 '다 갖추어 말하기(辭)'라는 두 가지 성격을 동시에 충족하는 '歌辭'라는 용어가 더 적절하다 하겠다.

2. 가사의 장르적 특성

가사의 개념에 대하여는 일찍이 조윤제가 '가사문학론'에서 가사란 "아무런 제약 없이 4·4조를 연속하여 나아가는 퍽 자유스러운 문학"으로서 "운문적 형식을 쓰면서 문필적 내용을 표현 묘사하는 문학"으로 이해하고 "시가와 문필의 양 성격을 동시에 具有한 특수한 문학형태"[11]라 규정한 바 있다. 이는 조선시대 사대부층이나 규방권에서 가사를 노래하기 지향(다정하게 짓기)과 다 갖추어 말하기 지향(자상하게 짓기)을 동시에 충족하는 장르로 인식함과 정확히 일치하는 개념 지정이라 하겠다. 다만 가사의 형식적 외연을 4·4조의 무제한 연속체 율문으로 이해한 것은 당시 우리 시가의 율격을 자수율로 파악하던 시대적 한계를 드러낸 것이다.

이에 우리 시가의 율격이 자수율이 아닌 음보율로 이해됨에 따라 가사의 개념도 "4음보 율격의 장편 연속체 시가"[12]라는 지정으로 수정되기에 이르고, 또한 이러한 단순음보율적 파악에도 한계가 있음이 밝혀져 다시 우리 시가의 율격을 음량율로 이해해야 한다는 관점[13]에 따라, 가사의 형식적 외연은 한 음보의 등가성이 4음(모라)격의 음지속량을 갖는 4보격으로 파악하여 '**4음 4보격의 무제한 연속체 시가**'로 이해하기에 이른 것이다.

그렇다면 이러한 형식적 특징을 갖추기만 하면 모두 가사가 될 수 있는가? 이에 대하여 성호경은 '4음보 율격'은 15세기 말엽 이래 조선

---

11) 조윤제, 『조선시가의 연구』, 을유문화사, 1948, 125~129면.
12) 김흥규, 『한국문학의 이해』, 민음사, 1986, 118면.
13) 성기옥, 『한국시가 율격의 이론』, 새문사, 1986.

조 말엽에 이르기까지 대다수의 율문들에서 거의 예외 없이 나타난 '시대적·집단적 문체(양식)'였기 때문에 가사만의 변별적 특징이라 할 수가 없다14)라고 하여 가사의 그러한 개념 범주 설정에 문제가 있음을 지적하고, 나아가 이런 가사 개념으로는 그 자체로는 하나의 정체성을 지니는 특정한 역사적 장르를 이루는 것이 아니고 그 속에 몇 종의 장르들을 포용하는 '장르 복합체'로서 이해해야 마땅하다15)는 견해를 폈다. 실제로 4음 4보격 연속체 율문은 가사 뿐이 아니라 민요(특히 이른바 서사민요), 무가, 사설시조, 단가, 잡가, 판소리 등 다른 시가 장르들에서도 얼마든지 나타나는 형식적 특징이다.

그래서 일찍이 이능우는 가사를 "많은 복잡성이 깃든 문학으로서 일률적으로 정의하기는 어려우며, 이 歌며 詞는 어쩌면 우리말로 구성지게 쓰여진 문학적 작품들이면 몰아쳐 붙여졌던 당시의 한 관례일지 모른다."16)고 했고, 김병국은 "과연 가사라는 것이 일종의 장르 개념이기는 한 것 이었던가부터 다시 물어보아야 할 것이다. 가사는 우리말의 진술방식의 가능한 모든 유형들을 실험할 수 있었던, 우리 국문학의 가장 전략적인 한 항목이었을지 모른다"17)고 했다.

그러나 4음 4보격 무제한 연속체 율문이라는 형식적 특징이 조선시대의 다른 장르에도 얼마든지 보이므로 그것으로 가사의 장르적 정체성을 변별할 수 없으니 가사를 역사적 장르로 인정할 수 없다는 이들의 논리는 수긍하기 어렵다. 형식적 특성이 곧 장르적 정체성에 직

---

14) 성호경, 『조선전기시가론』, 새문사, 1988, 36면.
15) 성호경, 『한국시가의 유형과 양식 연구』, 영남대학교 출판부, 1995, 417면.
16) 이능우, 『가사문학론』, 일지사, 1977, 102면.
17) 김병국, 「장르론적 관심과 가사의 문학성」, 『현상과 인식』 통권 4호, 한국인문사회과학원, 1977, 18면, 34면.

결된다는 잘못된 논리(형식과 장르를 동일시하는 논리)에 기초한 것이기 때문이다. 가사가 하나의 역사적 장르로 될 수 있느냐 아니냐의 판단은 형식적 특성을 독자적으로 갖느냐 아니냐의 문제가 아니라 그런 형식을 어떤 '**진술양식**'으로 독특하게 실현했느냐에 달린 것이다. 진술양식은 단순히 문체나 발화방식을 결정하는 정도가 아니라 작품의 본질과 속성을 결정하는 원리로 작용하므로 장르론의 핵심이 되는 것이다.

가사의 장르적 특징에 대한 본격적인 규명은 조동일에 의해 개진되었다. 그는 문학의 장르를 자아와 세계의 대립적 관계양상에 따라 서정, 교술, 서사, 희곡의 거시적 4분 체계를 세우고, 서정과 교술은 '작품외적 세계의 개입'의 유무와, 자아와 세계의 대상화 방향에 따라 전자는 작품외적 세계의 개입이 없는 '세계의 자아화'로, 후자는 그런 개입이 있는 '자아의 세계화'로 개념을 지정하고 가사는 교술장르에 해당한다고 했다.[18] 그의 입론에 대하여는 후학들에 의해 많은 긍정과 비판이 있었지만 특히 그가 설정한 '교술' 개념이 실제로는 논리적인 타당성을 확보할 수 있는 범위가 이외로 협소하고, '작품외적 세계의 개입'은 '작품외적 자아'가 '세계를 자아화 하려는 요구'에 의해 이루어지는 경우가 허다하므로 서정과 교술을 분별하는 작품외적 세계의 개입 유무에 대한 변별력 확보가 만족스럽지 못하다는 비판[19]은 결정적인 문제점이라 아니할 수 없다.

이에 조동일의 장르론이 지나치게 규범적이고 독단적인 일원론적 관점이어서 실제 적용에 있어서 개별 장르의 고유한 자질이나 다양성을 손상하는 문제가 있으므로 그에 대한 설명력을 확보하는 기술적인

---

18) 조동일, 『한국문학의 갈래이론』, 집문당, 1992, 198면.
19) 성무경, 앞의 논문, 12~15면.

장르론으로의 전환이 요구된다고 보아 슈타이거, 기야르, 프라이, 헤르나디 등의 장르론을 적용하여 김병국, 필자, 박연호 등이 다원적 양식론에 입각한 가사 장르를 해명코자 했다. 그러나 이러한 다원적 양식론도 문학의 비순수성을 지나치게 의식하거나 철저히 수단화함으로써 양식 개념이 모호성을 띠고 있다는 비판[20]이 제기되어 그 입지가 흔들리게 되었다.

이렇게 규범적 장르론(일원론적 관점)과 기술적 장르론(다원론적 관점)이 모두 문제를 드러내고 있으므로 성기옥은 이 둘을 아예 분리시켜 전자를 '양식론'으로, 후자를 '장르론'이라 하여 접근틀을 이원화시키자는 제안을 하고 있다. 그리하여 양식론은 국문학의 범위를 넘어 추상적으로 존재하는 보편적 분류모형인 장르류(이론적 장르)에 관한 연구로, 장르론은 국문학 안에서 구체적으로 산출된 역사적 산물로서의 장르종(역사적 장르)에 관한 연구로 분리함으로써 장르론의 혼란을 피하는 방법을 택하자는 것이다.[21] 이는 앞서 김흥규가 큰 갈래(장르류, 이론적 장르)를 작은 갈래(장르종, 역사적 장르)들의 이해를 위한 좌표적 개념틀로만 받아들이고자 하는 소극적 태도[22]의 발전적 연장선상에 있는 것이라 하겠다.

김흥규는 가사의 다양한 성향을 주목하여 〈상춘곡〉, 〈사미인곡〉, 〈속미인곡〉 같은 서정적 작품들이 〈연행가〉, 〈일동장유가〉 등의 체험 기술적 기행가사와 공존하는가 하면, 〈노처녀가〉, 〈거사가〉 같은 서

---

20) 성무경, 앞의 논문, 16~24면.

21) 성기옥, 「국문학연구의 과제와 전망」, 『이화어문논집』 12집, 이화여대 한국어문연구소, 1992, 521~526면.

22) 김흥규, 앞의 책, 34면.

사적 작품과 〈권선지로가〉, 〈천주공경가〉 같은 이념적·교훈적 작품
이 공존하는 혼합장르로 보았으며[23], 성기옥은 가사를 양식론적 차원
에서는 기본적으로 서정적 양식과 주제적 양식이 복합된, 복합성 장르
로 보고, 장르론에서는 이 두 양식들 사이의 상호작용에 의해 생성되
는 미학적 특성을 규명하면 된다고 했다.[24]

　그렇다면 선인들이 한결같이 가사를 '노래하기' 지향과 '다 갖추어
말하기' 지향, 혹은 '다정하게' 짓기와 '자상하게' 짓기라는 대립지향을
복합시키거나 혼합시킨 것으로 인식하지 않고 이 둘을 동시에 포용-
융합하는 독특한 장르로 인식함을 어떻게 받아들여야 할까? 이는 가
사가 이들의 주장처럼 복합성 장르라거나 혼합장르가 아니라는 증거
가 아니겠는가? 과연 가사라는 장르에 일관되게 작용하는 내적 질서
원리는 없는 것인가? 이런 질서원리를 발견하지 못하고 기왕에 장르
론이 문제가 있다거나 무리가 보인다는 이유로 아예 장르론을 좌표적
개념 정도로 이해하자거나 양식론과 장르론을 분리하여 이원화하자는
논리는 너무 안이한 대처방식이 아닐까? 가사의 본질과 속성을 정확
하게 꿰뚫을 수 있는 일원적 원리의 파악은 과연 불가능한가?

　이에 대한 명쾌한 해답이 근자에 성무경에 의해 마련되어[25] 이제
가사, 나아가 국문학의 장르론에 관한 혼란은 더 이상 겪지 않아도 될
것으로 보인다. 그는 이론적 장르나 역사적 장르 모두 경험적 귀납의
결과이고 동시에 추상적 실체로 존재하는 양식화한 질서라 밝히고 후
자만이 구체적 실체이고 경험적 귀납의 결과로 인식하는 종래의 견해

---

23) 김흥규, 앞의 책, 118~122면.
24) 성기옥, 앞의 논문, 같은 곳.
25) 성무경, 앞의 논문 1~42면 참조.

는 잘못이라 지적한다. 그리고 가사가 문학적 진술인 이상 역사적 장르를 넘어선 추상적이고 이론적인 질서원리를 내포하고 있을 것은 자명하고 또한 역사적으로 실현화된 구체적 작품으로도 존재한다고 보아 장르류와 장르종을 일원화하여 '존재양식'이란 개념어를 사용하여 장르론을 펼침으로써 가사문학에 대한 이론적 장르 개념 규정들의 모호성을 극복하고 역사적 장르로서의 변화성마저 투시하는 새로운 방법적 구도를 제시했다.26)

그리하여 전체 작품의 유기적 질서 원리를 이루는 진술양식을 기준으로 각 장르의 양식화 원리를 다음과 같이 4분 체계로 설정한다. '서정'은 노래하기라는 환기방식에 이끌려 서술의 억제를 이루는 양식으로, '전술'(교술, 주제적 양식)은 노래하기라는 환기방식이 서술의 입체화를 방해하여 서술의 평면적 확장을 이루는 양식으로, '서사'는 행동하기라는 환기방식이 서술의 평면화를 방해하여 서술의 입체적 확장을 이루는 양식으로, '희곡'(극)은 행동하기라는 환기방식에 이끌린 행동의 재현을 이루는 양식으로 개념을 지정했다. 이에 따라 '**가사는 전술 양식에 해당한다**'고 결론을 내렸다. 이 과정에서 기존의 국내 장르론에 대한 문제점을 충분히 지적하고, 아울러 슈타이거, 기야르, 헤르나디, 람핑 등의 서구 장르론이 갖는 한계점을 비판하고 보완하여 일원적 추상의 입론을 끌어낸 것이다.

이제 장르론은 성무경에 의해 일단락되었다고 보아도 좋을 것이다.

---

26) 츠베탕 토도로프 역시 장르연구는 실제와 이론, 경험과 추상이라는 두 종류(이론적 장르와 역사적 장르)의 요청이 동시에 충족되어야 한다고 했다.(*Tzvetan To-dorov*, *Fantastic*(R. Haward & R. Scholes 역), Cornell University Press, 1975, pp.13~15.

그는 슈타이거 등 서구장르론의 한계를 극복하거나 보완하고 있을 뿐 아니라 조동일의 장르론이 갖는 한계에 대한 성기옥의 지적—이론 모형의 근거를 자아와 세계의 대립상에 주목하는 문학적 삶의 양식에서부터 찾는 입장을 문학의 언어적 특성에 주목하는 **문학적 담화체의 양식**(진술양식)으로 전환할 필요가 있다[27]—도 만족스럽게 수용하고 있기 때문이다. 그럼에도 불구하고 우리 학계에서는 이러한 성과를 아예 외면하거나 수용하지 않음으로써 아직도 과거의 기술적 혹은 규범적 장르론에 안주해 있거나, 아니면 애써 구축한 성과를 잘못된 이해와 부당한 비판을 통해 마구 훼손함으로써 또다시 혼란을 야기하고 있는 실정이다. 후자의 사례는 가사의 장르론을 발전이 아니라 퇴행시키는 요소로 작용하므로 간과할 수 없게 한다.

이런 후자의 사례를 박연호에게서 찾아볼 수 있는데,[28] 지면 관계상 몇 가지만 검토해 보기로 한다. 우선 그는 성무경의 입론에 대해 어떤 근거에서 '서술의 억제'와 '대화'가 대립(또는 대칭)되는 개념이며, 그러한 규정에 근거한 '노래하기'와 '행동하기'가 모든 문학적 진술양식을 포괄할 수 있는지 의문이라 했다.[29] 그러나 이 두 개념어는 그 자체가 대립 또는 대칭이어서가 아니라 문학작품의 담화체 양식을 결정하는 화행(話行)짜임 원리에 있어서 양극점의 위치에서 반대방향으로 일정한 작용을 하기 때문에 그렇게 설정한 것이고, 또 '노래하기'와

---

27) 성기옥, 앞의 논문, 524~525면.
28) 박연호는 「장르구분의 지표와 가사의 장르적 성격」, 『고전문학연구』 17집, 한국고전문학회, 2000 등 가사의 장르론에 관한 일련의 논문을 발표하고 이들을 묶어 『가사문학장르론』(다운샘, 2003)이란 단행본으로 출간했다. 여기서는 편의상 이 책을 참고하기로 한다.
29) 위의 책, 21면.

'행동하기'라는 개념어를 활용하여 4가지 양식적 틀을 설정함으로써
모든 문학적 **진술양식**을 훌륭히 설명해내고 있는데 무슨 이유로 의문
을 표시하는지 알 수 없다.

　박연호는 또 서술의 확장과 억제, 대화의 개입 여부 등을 기준으로
서정과 전술, 서사를 나눈 것도 문제가 있다고 하면서, '시행의 분절을
통한 통사적 의미구조의 차단' 곧 '서술 억제'는 가사를 포함한 운문의
일반적 특성이며, 대화가 개입된다고 해서 모두 서사가 되는 것도 아
니라고 비판한다. 이런 반론의 근거로 〈면앙정가〉의 가을 정경을 노래
한 '부분'을 인용하고 해당부분의 각 시행이 통사 의미구조가 모두 차
단되어 있다고 지적한다.30) 이는 성무경이 '부분의 진술'로서의 '진술
방식'(단순히 기법차원의 작품구성요소에 해당)과 작품의 전체를 양식적으
로 통어하는 내부질서로서의 '진술양식'을 구분해야한다고 누누이 강
조하고 있는 점을 간과한 잘못된 비판이다. 〈면앙정가〉의 해당부분은
부분의 '진술방식'이지 작품 전체의 유기적 질서를 이루는 궁극적 진
술원리로서의 '진술양식'은 아니기 때문이다.

　그리고 '서술 억제'는 모든 운문의 일반적 특징이라 했으나 같은 4음
4보격으로 된 시조와 가사가 전자는 서술 억제로 후자는 서술 확장으
로 작용하고 있음을 상론하고 있는데도 거기에 대한 정당한 비판 없이
무조건 율문이란 이유로 서술 억제로 몰아넣는 것은 논리적 태도라 하
기 어렵다. 또 장편 서사시는 운문으로 되어 있지만 서술 억제와 반대
방향의 진술양식을 보이지 않는가? 그리고 '대화'가 개입한다고 무조
건 모두 '서사'가 된다는 주장을 하는 것이 아니고 그 반대로 서사에는

---

30) 박연호, 앞의 책, 22면.

'대화'가 개입하여 서술의 입체화를 이룬다고 하는 견해를 편 것이다. '사과는 모두 빨갛다'는 것과 '빨간 것은 모두 사과다'라는 것은 전혀 다른 논리임과 같은 이치다. 비판을 하려면 정당한 논리적 근거로 비판해야 할 것이다.

박연호는 또 서정과 전술을 가르는 지표인 '서술의 억제'와 '확장'도 그것을 판별하는 기준자체가 모호하다고 비판한다. 그리고 전술장르에 해당하는 것을 수필이나 기행문, 속담이나 격언으로 본다면 이들은 '노래하기'와 아무런 관련이 없다고 비판한다. 나아가 성무경의 논리로 볼 때 '노래하기'는 서정의 특성이고, '서술의 확장'은 서사의 특성이라 할 수 있는데 이 둘이 결합된 예를 가사는 물론이고 다른 전술양식에서 발견하기 힘들다고 단언한다.[31] 그러나 서술의 '억제'와 '확장'의 구분은 전체 작품을 이루는 진술양식(화행 짜임의 연계)이 서술적 표현의 배제, 고도의 생략, 비문법적 비약 같은 통사 의미 구조의 차단으로 진술되느냐 아니면 그 반대로 서술을 적극 활용하여 전달하고자 하는 의도를 조목조목 다 갖추어 자세히 말하느냐에 달린 것인데 어째서 이런 정반대 지향을 판별하는 기준이 모호하다고 하는지 알 수 없다.

또한 그의 추측대로 속담이나 격언을 성무경도 전술양식으로 보는지는 의문이고(헤르나디의 기준임), 수필이나 기행문은 전술양식에 든다 할 것인데 이들이 노래하기와는 아무런 관련이 없다는 비판은 문학의 존재양식을 유도하는 '환기방식'으로서의 '노래하기'와 개별텍스트를 전달하는 '제시형식'으로서의 '노래'를 구분하지 못한 데서 오는 단견(短見)이라 할 것이다. 서정과 관련시킬 때의 '노래하기'는 제시형식이

---

31) 박연호, 앞의 책, 68면.

그렇다는 것(실제 노래로 부르는 형식)이 아니라 작품을 양식적으로 통어
하는 내부질서 곧 환기방식이 그런 지향을 보인다는 것이다.[32]

또 '서술의 확장'을 성무경의 논리로 보면 '서사'의 특성이라 말하는
데 이것도 잘못된 이해다. 그것은 전술과 서사 두 양식의 공통 특성으
로 지정하고 있지 않은가? 그 '확장'을 평면적으로 하느냐 입체적으로
하느냐에 따라 전술과 서사가 다시 구분된다고 하지 않았는가? 또 노
래하기와 서술의 확장이 결합된 예를 가사를 비롯한 전술양식에서 찾
아보기 힘들다 했는데, 가사가 바로 그러한 결합을 보이는 전형적인
장르임은 이 글의 바로 앞 장에서 충분히 드러났다고 본다.

박연호는 또 3분법이든 4분법이든 현재의 장르이론은 문학을 분류
하는 서구인들의 인식을 벗어날 수 없다고 하고, 어떠한 새로운 틀을
만들어내든 서구의 용어와 개념을 사용하는 한 동양문학을 분류하는
데는 근본적인 한계가 있을 수밖에 없다고 하면서 정작 자신은 헤르나
디의 장르론을 수정 보완 없이 그대로 도입하고 있다. 그리하여 문학
장르는 플롯의 지배를 받는 것(극적 양식, 서사적 양식)과 그렇지 않은 것
(주제적 양식, 서정적 양식)으로 나누고 이를 다시 전자는 시점에 의해 서
사적 양식은 서술자와 인물의 시점이 교체되는 이중적 시점이 필수적
이며, 극적양식은 서술자 없이 인물의 시점만이 나타나는 인물雙방적
시점이 필수적이라 한다. 그리고 후자는 비전의 성격에 따라 서정적
양식은 비전을 설정하고(화자의 개별적인 내면을 표현함으로써 새로운 비전
을 만들어나감), 주제적 양식은 비전을 제시한다(이미 명확하게 환기된 비
전–객관적 사실이나 진리, 또는 그렇게 인식되고 있는 것–을 단지 제시함)는

---

32) 성무경, 『가사의 시학과 장르 실현』(보고사, 2000), 57면 각주 참조.

헤르나디의 입론을 적용한다.[33]

그런데 그 적용에 있어서 엄밀성을 갖지 못하는 경우가 상당히 보인다. 지면 관계상 한두 가지의 예만 들면, 〈성산별곡〉의 경우 식영정 주변과 식영정 주인의 선적 이미지는 화자에 의해 창조된 것이고 주변 경물들은 이러한 이미지에 맞도록 변형되어 있어 명확하게 환기된 비전을 '제시'하는 것이 아니라 내면의 표출을 통해 비전을 '설정'하고 있어 서정적 양식에 해당한다고 본다.[34] 그러나 이 작품에 제시된 선적 이미지나 경물들의 이미지는 송강의 독특한 내면적 성찰(私的 시점)에 의해 새로이 창조된 것이라기보다 사대부 시가 일반의 은일적 성향에 즐겨 사용되는 소재적, 미학적, 표현적 차원 그대로의 '제시'라 할 수 있어 비전의 설정이 아니라 비전의 제시에 해당하므로 주제적 양식으로 보아야 마땅하다 할 것이다. 그는 이런 논리로 조선전기의 가사는 대부분 서정적 양식으로 서술되어 있고, 〈역대전리가〉, 〈승원가〉, 〈서왕가〉, 〈낙지가〉, 〈남정가〉 등과 이황과 이이가 지은 것으로 전하는 교훈가사 정도가 주제적 양식에 해당한다고 보고 있다.[35]

여기서 서정이냐 주제적 양식이냐의 기준으로 든 비전의 '설정'이냐 '제시'냐를 판별하는 방법은 무엇을 표현하고 있는가라는 표현대상을 살피면 된다고 그는 보고 있다. 그런 점에서 서정양식의 가사들은 "인간의 내면적 정서나 내성을 표현함으로써 비전을 설정하고 있다"[36]는 주장을 편다. 그러나 내면적 정서나 내성을 표현한다고 저절로 비전이

---

33) 박연호, 앞의 책, 25~29면.
34) 박연호, 앞의 책, 46면.
35) 위의 책, 53면.
36) 위의 책, 52면.

'설정'되고 서정양식이 되는 것이 아니라, 그런 정서를 개성적이고 창
조적인 사적 시점으로 독특하게 표현하느냐 아니면 문화공동체에 이
미 객관화 되고 일반화된 인식이나 진리치를 그대로 표현하느냐에 따
라 비전의 '설정'인지 '제시'인지 판가름 나는 것이다. 그런 점에서 서
정가사로 지목한 조선전기의 대부분의 가사작품들도 〈성산별곡〉과 마
찬가지 이유로 사대부 일반의 진리치나 인식에 바탕한 정서를 표현하
고 있으므로 비전의 설정이 아니라 '제시'에 해당하므로 서정양식이
아니라 주제적 양식에 해당하는 것이다.

그리고 〈관동별곡〉의 경우는 "아름다운 자연에 대한 객관적 보고가
아닌 화자의 내면 표출 즉 사대부 관료로서의 포부와 의지를 표출하는
데 초점이 맞추어져 있다는 점에서 서정적 양식에 해당한다."[37]라고
하는데 그 화자의 내면이라는 것이 송강 특유의 사적 시점으로 창조적
통찰에 의해 표출된 것이라기보다 다른 사대부 관료들도 함께 공유하
는 비전을 제시하고 있을 뿐이므로 서정이 아니라 주제적 양식으로 보
아야 할 것이다. 〈관동별곡〉뿐 아니라 〈상춘곡〉을 비롯한 조선전기
사대부 가사에서 사대부 일반의 객관적 진리치를 벗어나는 개성적인
통찰력으로 내면의 정서를 표출한 작품이 단 하나라도 있는지 묻고 싶
다. 만약 송강의 〈성산별곡〉이나 〈관동별곡〉이 독창적인 비전에 의한
사적시점으로 내면 정서를 표출했다고 본다면, 다른 사대부가사 역시
얼마나 그러한지를 판별하기가 쉽지 않아 작품마다 고민에 빠져야 할
것이다. 그렇다면 헤르나디의 장르론도 서정과 주제적 양식을 판가름
하기 위해 비전의 설정이냐 제시냐를 늘 고민해야 하므로 변별력이 명

---

37) 박연호, 앞의 책, 48면.

쾌한 바람직한 기준을 마련했다 하기 어렵다.

이런 모호성을 벗어나려면 "무엇을 표현하고 있는가라는 표현대상을 살피면 된다."는 논리에 기댈 것이 아니라 **어떤 담화체**(진술) **양식으로 표현했느냐**를 기준으로 삼아야 할 것이다. 즉 〈상춘곡〉이 **무엇**(내면정서)을 표현했느냐가 아니라 그런 정서를 **어떻게**(진술양식) 표출했느냐가 장르양식을 가름한다는 것이다. 그런 점에서 〈상춘곡〉을 비롯한 서정양식의 가사로 지목한 모든 작품들은 내면에 느끼는 정시나 감흥을 '자상하게 알려주고 전달하기' 위한 담화체양식을 취하고 있으므로 주제적 양식에 해당하는 것이다.

박연호는 또 '하나의 역사적 장르는 반드시 하나의 이론적 장르에 귀속되어야 한다'는 시각에 문제점이 있다고 보는 성기옥의 논리에 동조하고 거기다 가사는 누구나 장르복합성을 갖는다는 점에 동의한다고 하면서[38], 조선후기 가사를 〈상사별곡〉같은 서정장르, 〈금강별곡〉같은 주제장르, 〈계한가〉같은 서사장르 등 장르차원에서 다양한 분화가 일어난 것으로 보고 있다. 그러면서도 서정가사든, 서사가사든, 주제적 가사든 한결같이 "개별적으로 나열된 독립 시상을 통합함으로써 단락을 이루며 보다 큰 시상을 형성하고, 단락별 시상이 통합되어 주제를 구현한다."라고 하여[39] 가사의 진술 원리를 일원적으로 파악하고 있다. 그가 말하는 모든 가사에 적용되는 일원적 진술원리가 바로 성무경이 이미 파악한 가사의 화행짜임의 원리인 $(((a+b)+c)+d\cdots)$로 서술을 직조해 나가면서 **평면적 확장**을 이루는 방식과 정확하게 일치

---

38) 박연호, 앞의 책, 63면. 그러나 가사를 단일 장르로 보는 조동일, 성무경은 가사의 장르복합성을 인정하지 않고 있는데 무슨 근거로 그런 주장을 하는지 알 수 없다.
39) 위의 책, 241~247면.

하는 것이다. 따라서 모든 가사에 적용되는 이런 일원적 짜임의 원리[40]야말로 가사가 단일 양식화의 원리를 갖는 역사적 장르임을 입증하는 것이 아니고 무엇이겠는가? 박연호 역시 가사를 단일양식을 갖는 장르로 파악하고 있으면서 그것을 장르론적 통찰과 연결하지 않은 탓으로 복합성 장르로 파악하거나 장르분화를 말하고 있는 것이다.

마지막으로 그가 열의를 다하여 서사가사로 파악하고 있는 〈계한가〉를 검토해 보자. 그는 이 작품이 크게 네 장면으로 나뉘는데 각 장면의 사건들은 인과적, 계기적으로 연결되어 하나의 이야기선을 형성하고 네 개의 장면들이 유기적으로 연결되어 이야기를 완결시키고 있어 플롯의 지배를 받기 때문에 서사장르에 해당한다고 보고 있다. 거기다 〈계한가〉는 우화라 할 수 있고, 우화는 허구를 전제로 하며 이야기꾼(새끼닭)마저 존재한다. 또 인물보다는 다양한 인물들 사이에서 일어나는 갈등을 축으로 사건이 전개되고 있으며 새끼닭 외에 대화형식을 통해 복수의 전경화된 작중인물(장닭과 암탉)마저 등장한다. 또한 시점도 새끼닭을 작중화자로 내세워 1인칭 주인공 시점으로 서술되다가 세 번째 장면부터 1인칭 관찰자 시점으로 전환되어 관찰과 보고의 형식으로 서술되고 있어 서사장르에 해당한다는 것이다.

그러나 〈계한가〉에 보이는 사건이나 장면의 인과적-계기적 전개나 유기적 연결은 그 인과의 방향이 전향적 인과율(행동을 동기화 하는 인과율이 '왜?'라는 '원인'을 강조하는 속성으로 실현됨. 이래야 서술의 입체적 확장을 이루는 플롯이 형성되고 서사장르가 됨)이 없고 오직 스토리를 전개시키는 후향적 인과율(행동의 동기가 '무엇:구체적 사건' 때문에?로 실현됨)만 있

---

40) 그는 가사의 이러한 일원적 서술 원리를 '시상전개방식' 혹은 '주제구현방식'이란 이름으로 설명하고 있지만 그것이 바로 장르양식을 결정하는 '진술양식'인 것이다.

는 계기적—유기적 전개이므로 서사양식이 아닌 주제적(혹은 전술) 양
식을 보이는 작품이다. 박연호가 지적한 것은 스토리를 형성하는 '기
초서사'를 말하는 것이지 플롯을 형성하는 '양식서사'가 아님을 성무경
은 리몬—케넌의 이론을 원용하여 명쾌하게 구분한 바 있다.[41]

　그리고 새끼닭을 이야기꾼으로 혹은 작중화자로 내세웠다는 지적도
이 작품에서 새끼닭이 서사 중개성(이야기 전달자라는 단순개념이 아님)을
갖는 허구적 서술자(실제 작자와 변별력을 갖는, 텍스트 지향성을 농후하게
갖는 서술지 곧 중개 서술자)가 아닌 '작자의 현실적 목소리'를 함유한 내
포작자의 구체적 목소리와 변별되지 않으므로, 서사장르의 이야기꾼
이나 작중화자와는 다른 양식의 서술특성을 갖고 있다. 또 새끼닭의
시점이 1인칭 주인공 시점에서 1인칭 관찰자 시점으로 전환을 보인다
는 지적도 해당 인물이 실제 작자적 성향을 보이는 내포 작자의 흔적
이나 징후를 전혀 보이지 않고 완전히 제거되어 허구적 인물로 설정되
었을 때(실제 작자와 완전히 변별되는 '인물을 내세워 말하기'라는 '제한적 인
물 시점'이 되었을 때) 서사장르의 인물설정으로서 의미를 갖는 것이지
여기서는 그런 설정과는 거리가 멀다. 우화로 볼 수 있다는 주장도 작
품이 그 자체로 현실 매개력을 강하게 지녀 허구적 서사의 우화와는
거리를 가지므로 우화적 서술기법에 불과한 것이다.

　이를 종합할 때 〈계한가〉는 서술효과를 높이기 위해 서사적 기법(기
초서사와 우화의 기법)을 빌어 닭에 대한 인간의 부당한 대우와 원한 맺
힌 사연과 슬픈 운명에 대한 한탄스런 애깃거리를 조목조목 스토리를
전개하듯 나열하고 알려주고 주장하고 피력하는 주제적 양식에 해당

---

41) 성무경, 앞의 논문, 95~104면.

함을 알 수 있다. 즉 인간에게 닭의 한(恨) 서린 운명을 알려주고 인간
이 닭을 통해 자신을 돌아보게 하는 교훈을 주는 작품(그래서 작품 제목
이 〈계한가(鷄恨歌)〉다)인 것이다. 새끼닭과 인간의 갈등 혹은 장닭과 암
닭 간의 갈등이란 것도 각각의 인물이 갖는 성격(character)의 부딪침
으로 인한 갈등을 축으로 전개되는 서술 구성력(플롯)을 형성하는 갈등
(서사양식의 갈등)이 아니라 작자가 의도하는 주제(theme)—닭의 한을 통
한 인간의 각성을 유도하는 교훈적 의도—를 효과적으로 보여주기 위
한 갈등(전술양식의 갈등)인 것이다.

　이제 박연호의 가사 장르 파악은 문제가 많음이 밝혀진 셈이다. 따
라서 현재로서는 성무경을 능가하는 입론을 찾기 어려우므로 그의 장
르론에 기댈 필요가 있다. 다만 그에 대한 잘못된 비판이나 오해가 생
겨난 원인의 대부분은 그것이 이론적 엄밀성을 지향하다보니까 상당
히 난해한 면을 지닌 탓으로 보인다. 이에 필자는 성무경의 논리를 참
고로 하면서도 진술양식의 특성에 초점을 맞추어 보다 이해하기 쉽게
장르 틀을 제시하고자 한다.

　　서정 : 어떤 **상황**(정황)을 **노래**하고자 하는 진술양식
　　전술 : 어떤 **사실**(話題거리)을 **전달**하고자 하는 진술양식
　　서사 : 어떤 **사건**을 **이야기**하고자 하는 진술양식
　　희곡 : 어떤 **행동**을 **재현**하고자 하는 진술양식

　여기서 유의할 것은 서정양식의 경우 '노래'하기는 '제시형식'으로서
의 노래하기가 아니라 '환기방식'으로서의 노래하기를 의미하며, 서사
양식에서 '이야기'하기는 스토리수준의 이야기가 아니라 서술구성력
을 탄탄히 갖는 플롯(서술기법으로서의 이야기가 아닌 본격적 이야기)을 형

성하는 수준의 이야기를 의미한다. 이런 기준에서 볼 때 모든 가사는 4음 4보격이라는 율격에 맞추어 다정하게 말하면서도, 하고자 하는 말을 다 갖추어 상대방이 알아들을 수 있게 자상하게 말하는 진술방식, 곧 어떤 사실(화젯거리)을 알리고 전달하고자 하는 담화체양식을 보이므로 전술(교술, 주제적)양식에 해당하는 장르라고 그 특성을 규정지을 수 있을 것이다. 따라서 가사는 4음 4보격의 무한연속체라는 형식적 요건만 갖춘다고 되는 것도 아니고(이는 가사의 필요조건임), 전술양식으로서의 담화체 양식을 보인나고 되는 것도 아닌(이는 가사의 충분조건임), 이 두 가지를 함께 갖춰야 가사가 될 수 있는 것(가사의 필요충분조건임)이다.

3. 가사의 현대적 가능성과 존재의의

가사의 장르적 특성을 이와 같이 **자상하기**(조목조목 다 갖추어) 지향과 **다정하기**(노래하기) 지향의 양극단적 대립의 중간영역에 있으면서 그 대립을 중화시켜 미감을 창출하는 담화체 특성을 갖는 장르로 인식할 때 대부분의 가사 작품은 이 두 가지 대립지향을 포용─융합시킴으로써 양쪽을 함께 충족하는 중간영역의 텍스트 성향을 보인다. 그러나 극히 일부는 다정하기(노래하기) 성향 쪽으로 기울어져 12가사와 같은 가창가사나 〈매창월가〉 같은 단형의 가사로 장르가 실현되기도 하고, 반대로 자상하기 성향으로 기울어져 〈일동장유가〉나 〈한양가〉 같은 장편의 가사로 실현되기도 하는 것이 가사라는 역사적 장르의 실현 양상인 것이다.

　그리하여 모든 가사는 이 두 대립지향을 어떤 방식으로 포용−융합
시키느냐에 따라 구체적인 실현상은 차이가 나게 마련이다. 심지어
같은 작품이라 하더라도 그것을 어떻게 운용하느냐에 따라 상당한 차
이를 보일 수 있다. 이를테면 〈거창가〉의 경우 제목도 이본마다 다르
게 붙여지고, 텍스트의 길이가 63구에서 780구까지 다양하게 나타나
고 있다.42) 그것은 얼마나 다정하게 혹은 자상하게 서술하느냐에 따
른 차이인 것이다. 그러나 길이야 어떠하든 작자가 말하고자 하는 메
시지를 조목조목 자상하게 전달하고자 하는 의도는 일관된 담화방식
인 것이다.

　자상하게 전달하기의 가장 극치를 보이는 예가 〈일동장유가〉임은
널리 알려진 사실이다. 작자 김인겸이 그의 창작 이유를 밝히는 언급
에서 "千辛萬苦(천신만고)ᄒ고 十生九死(십생구사)ᄒ야 장ᄒ고 이샹ᄒ고
무셥고 놀나오며 붓그럽고 통분ᄒ며 우습고 다힝ᄒ며 믜오며 아쳐롭
고 간사ᄒ고 사오납고 참혹ᄒ고 불샹ᄒ고 고이코 공교ᄒ며 귀ᄒ고 긔
특ᄒ며 위퇴ᄒ고 노ᄒ오며 쾌ᄒ고 깃분일과 지리ᄒ고 난감혼 일 갓가
지로 ᄌ초격거 周年(주년)만에 도라온일 ᄌ손을 뵈자ᄒ고 가ᄉ를 지어
내니 만의 ᄒ나 긔록ᄒᄃᆡ", "보시느니 웃디말고 파적이나"하라고 하는
면에서 가사라는 장르가 작자의 메시지(화젯거리, 전달하고자 하는 의중)
를 자상하게 기록하여 전달하는 전술장르임을 명확히 하고 있다. 아울
러 가사의 장르 성향 가운데서도 자상하게 기록 전달하는 것에 중심축
을 두고 있음을 알 수 있다.

　만약 김인겸이 일본 기행과정에서 보고 들은 일들을 작품화 하려할

---

42) 고순희, 「19세기 현실비판가사 연구」, 이화여대 박사논문, 1990.

때, 자상하게 기록 전달하려는 의도를 가지지 않았다면 다른 장르 양식을 선택했을 것이다. 즉 기행 과정의 어떤 상황에 대한 감흥을 노래하고자 했다면 시조 같은 서정 양식을 택해 작품화 했을 것이고, 허구적 중개 서술자나 인물을 내세워 어떤 사건을 이야기하고자 했다면 탄탄한 서술구성력을 보이는 플롯을 짜서 소설 같은 서사양식으로 작품화했을 것이다. 또 기행과정의 어떤 행동들을 재현해 보여주고자 했다면 희곡양식으로 작품화했을 것이다.

그런데 전술양식을 택한 김인겸은 메시지를 전달할 대상으로서 독자(보시ᄂ니)를 상정하고 있다는 것과, '웃지 말고' 보라는 당부를 하고 있음을 주목해야 할 것이다. '독자'를 설정함은 자기 글이 혼자 향유하는 자족적인 것으로 그치는 것(서정 장르)이 아니라 널리 독자에게 알려주기(전술 장르) 위함이고, 또 '웃지 말고' 보라는 것은 독자의 자기 글이 웃음거리가 될 수도 있음에 대한 겸양의 뜻이 내포되기도 하겠지만 가사의 담론이 허튼소리가 아닌 진지한 발화라는 의미, 곧 **'실존적 성향의 인격적 서술자'인 '나'의 목소리로 진술된다**[43]는 특징을 말해주는 것이기도 하다. 즉 자기가 여행 중에 보고 들은 화젯거리를 자상하게 (설진, 說盡-비록, 備錄) 서술할 터이니 그것을 진지한 목소리로 받아들여달라는 것이다.

이와 같이 작자의 진지한 목소리로 서술하는 특성을 갖기에 가사는 언제나 '나'라는 일인칭으로 발화하기 마련이며, '인격적 서술자'로서의 사실(화젯거리)의 보고와 진실(감정의 진실을 포함)의 주장을 바탕으로 하는 까닭에 허구적 서술자 혹은 중개서술자로서의 '나'로 설정되는

---

43) 성무경, 앞의 논문, 140면.

서사양식에서의 1인칭 주인공 시점 혹은 1인칭 관찰자 시점과는 엄격하게 구분되는 것이다.44) 즉 가사는 언제나 실제 작자의 인격적 목소리로 서술자가 설정되므로 1인칭의 시점이 별다른 의미를 가질 수 없으며 실제 작자와 구별할 필요를 느끼지 않는 양식인 것이다. 가사는 그만큼 작자의 인격이 소중하게 되고, 독자(청자)에게 직접 말을 건네는 인격적 서술자 목소리가 텍스트 전체를 지배하게 되는 양식이다.

다만 고도의 서술 효과나 작품의 미감 혹은 문채(文彩)를 더하기 위한 서술기법으로 인물을 설정하여 발화하는 서술방식을 택하기도 하나 그러한 진술방식은 진술양식의 자격을 획득하는 경우가 아니므로 작품의 미학과 문체(文體)를 결정하는 수준에서 그치는 것이다. 송강의 〈속미인곡〉에서 인격적 서술자 목소리의 1인칭으로 발화하지 않고 갑녀(甲女)와 을녀(乙女)의 대화적 목소리로 발화하는 서술기법이 그러한 전형적 사례가 된다. 그러나 갑녀의 목소리든 을녀의 목소리든 모두 송강(작자)의 인격적 서술자 목소리가 형상화된 것이어서45) 희곡의 대화적 목소리(작자가 아닌 등장인물의 성격(character)을 재현하는)와는 구분되는 것이다. 〈계한가〉에서도 새끼닭이나 장닭과 암닭의 목소리로 발화되지만 그 또한 작자의 인격적 목소리가 형상화된 고도의 서술기법으로 보아야 할 것이다.46)

---

44) 위의 논문, 138~139면.

45) 성무경, 앞의 논문, 176~183면. 성무경은 갑녀와 을녀의 목소리는 송강이라는 실제 작자와 친화력을 가지는 인격적 서술자의 목소리에 의해 조정된 것이고, 동일인의 두마음이 형상화된 것으로 보아야 작품의 의미 전달이 온전히 이루어질 수 있다고 본다.

46) 〈계한가〉를 서사양식으로 보느냐 전술양식으로 보느냐는 단지 장르상의 귀속이나 범주의 문제로 끝나는 것이 아니라 작품의 속성과 본질을 결정하는 문제이고 작품의 미적 가치와 수준을 결정하는 문제와 직결된다는 점에서 대단히 중요하다. 서사

작자의 의도(주제나 메시지)를 효과적으로 전달하는 다정하게 짓기와 자상하게 짓기 지향을 가장 필요로 했던 시기는 아마도 조선시대 말기 국가가 존망의 위기에 처했던 시대가 아닐까 한다. 즉 애국계몽기라 불리는 이 시대의 지식인은 외세의 침략에 맞서 강렬한 '애국' 이념으로 국권을 수호하기 위해 일반 대중들에게 애국심을 고취해야 했고, 문명개화라는 '계몽이념'으로 대중을 계도하여 중세에서 근대로의 본격적인 탈바꿈을 꾀해야 했다. 그러기 위해서는 애국이념과 계몽이념을 광범위하게 전파해야 했고, 이러한 욕구에 가장 적절한 양식이 바로 '전술'이었다. 그 중에서도 애국과 계몽이라는 경직된 이념을 다정하게 그러면서도 자상하게 전달하는 장르로 가사만한 장르가 없었다.

이런 사실은 이 시대의 문학작품의 가장 중요한 소통매체였던 신문 -잡지 같은 저널리즘에 실린 작품들의 장르별 수록양상을 살핀 연구에 잘 드러난다. 1896년 〈독립신문〉 창간이래로 나라가 패망한 1910년 이전까지의 수록양상을 보면 시조 589수, 가사 832수, 창가 66수, 변조체(가사의 변형체) 37수, 언문풍월 13수, 민요 11수, 자유시 10수로 나타나 가사 장르의 선택이 단연 으뜸을 차지하는 것이다.47) 그만큼 애국-계몽 이념의 전달과 확산이 시대의 절실한 요청이었음을 말해준다.

그리고 나라가 패망한 이후에는 규방문화권이 가사의 최대 향유집

양식으로 볼 경우 등장인물의 갈등 설정이 엉성하고 플롯이 탄력을 갖지 못하여 평면적인 스토리 수준에 머물고 있어 긴장력을 갖지 못하는 엉성한 서사작품이라 할 수 있지만, 전술양식으로 볼 경우 작자가 독자를 향한 메시지를 기초 서사와 우화기법이라는 고도의 서술기법으로 발화함으로써 작자의 메시지와 주제를 형상언어로 내밀화하고 작품의 미적 가치를 획득하는 수준 높은 전술작품으로 읽게 한다. 즉 후자로 읽어야 작품의 의미를 제대로 파악하며 읽고 문채와 미적 가치를 음미할 수 있는 것이다.

47) 김영철, 『한국개화기 시가의 장르연구』, 학문사, 1987, 84면.

단으로 부상되었음은 널리 알려진 바와 같다. 이들이 두루마리 필사
형태로 일제시대를 거쳐 1950년대까지 향유한 양상은 영남지방에서
수집된 자료만 5천 편 이상이 된다는 사실이 이를 입증해 준다.[48] 시
집가는 딸에게 , 혹은 자신들의 생활과 놀이의 정서를 화젯거리로 하
여 다정하고 자상하게 알려주고 전달하고 주장할 메시지가 그만큼 많
고 절실했던 것이다.

그러나 그 이후 가사의 창작과 향유는 급격하게 쇠퇴하여 지금은 가
사가 역사적 소명을 다하고 죽은 장르로 인식되고 있는 실정이다. 다
만 이휘(李輝) 같은 극히 일부의 부녀층에서 명맥을 간신히 유지하고
있을 뿐이다.[49] 이러한 사정은 시조가 애국 계몽기는 물론 1920년대
에 시조부흥운동을 계기로 활기를 얻어 현재 1000명 정도의 시조시인
이 활발하게 활동하고 있는 현대시조의 창작-향유 양상과는 대조적인
현상이다. 이는 오늘날 일본에서 민족시 혹은 국민시가로 하이쿠를 창
작-향유하는 애호가만 1000만을 헤아린다는 사정과는 비교가 되지
않게 빈약한 것이지만 가사의 경우는 명맥조차 잇지 못하는 실정에 있
다. 그렇다면 가사는 더 이상 회생불가능한 양식일까?

가사가 현대의 우리 시대에 급격하게 쇠퇴한 요인은 개인주의 혹은
개성의 발달로 인해 어떤 사실을 공론화하고 자기주장을 펼치는 '토론
의 장' 상실과 관련이 많은 것으로 보인다. 그리고 글쓰기에서 산문의
시대라 일컬을 만큼 율문보다는 산문이 중심을 이루는 시대조류와 상

---

48) 권영철, 『규방가사연구』, 이우출판사, 1980, 7면.
49) 이휘여사의 가사창작 활동은 현재에도 눈부시다 할 정도로 왕성하다. 『素亭歌辭』라
　 는 이름으로 가사집을 5권이나 출간하고 가사문학관 주최의 가사창작대회에서 장원
　 한 바도 있다. 가사의 현대적 가능성을 충분히 보여주는 전범적 사례라 할 것이다.

관한다 할 것이다. 따라서 현대에 있어서 전술 양식은 율문인 가사를
대신하여 산문인 수필이 그 중심 위치를 차지하고 있다해야 할 것이
다. 수필 역시 작자의 인격이 소중한 인격적 서술자 목소리로 진술하
는 양식이다. 그리고 어떤 사실(화제 거리)을 정감적으로 그리고 자상
하게 알리고자 하는 데 목적을 둔다. 가사와 다른 점은 율문이 아닌
산문으로 기술한다는 차이가 있을 뿐이다. 선학(先學)들이 가사를 '율
문으로 쓰여 진 수필'50)로 인식했던 것도 가사나 수필이 전술장르라
는 장르적 공통성을 가진 때문임은 물론이다. 그런데 현대는 산문을
선호하는 시대이므로 전술장르에서 가사를 제치고 수필이 그 중심자
리를 차지하게 된 것이다.

   그러나 가사는 수필이 갖지 못하는 강점을 가지고 있다. 과거는 물
론 현대에서도 훌륭하고 좋은 작품이란 독자에게 **뚜렷하고 깊이 있게**
기억되어 널리 인구에 회자될 수 있는 공감력을 가진 작품이라 할 수
있는데, 그런 조건을 가장 잘 충족시킬 수 있는 것은 **노래하기** 지향을
보이는 것이라 할 수 있다. 한마디로 암송하기 좋다는 것이다. 조선시
대의 유교가사나 불교가사를 비롯해서 조선말기의 동학가사나 천주교
가사 같은 종교-이념가사들이 한결같이 가사 장르를 선택한 것도, 개
화기의 애국 계몽가사가 널리 애호된 이유도 다 이와 관계된다 할 것
이다. 가사는 율문으로 노래하기 지향을 보이므로 암송하기 쉽고 뚜렷
하고 깊이 있게 기억되는 작품으로 남을 확률이 그만큼 커지는 것이
다. 거기다 가사는 그냥 율문체가 아니라 우리 시가 율격양식 가운데
가장 자연스럽고 보편적인 양식(4음 4보격)으로 실현되는 것이어서 현대

---

50) 이능우, 앞의 책, 102~111면에서도 가사의 대다수 작품을 "수상적 만필(隨想的 漫
   筆)" 곧 수필로 처리코자 하였다.

에도 훌륭하게 부흥될 수 있는 요건을 갖추고 있는 것이다.

그러한 가능성을 근자에 신문에 실린 다음의 칼럼 작품에서 확인 할 수 있다.

거기선 여인네야 부디 날 좀 돌아보오.
옷맵시 몸 자태가 어찌 그리 고우신가.
가위로 오려 냈나 붓으로 그려 냈나.

가여운 남정네야 보는 눈은 있어 갖고
나로 이를테면 초절정 패션 리더라.
말해도 알 리 없어 내 입만 아프련만
기특해 코치하니 귀 열고 들으시오.

스트라이프 롱블라우스 섹시하게 걸쳐 주고
스쿨룩 패션의 쿠니 체크 스커트에
럭셔리 스타일의 엔크 조끼 받쳐 주니
이게 바로 올 가을 유행 패션 아이템이라.

에고에고 사람들아 이 여인네 성깔 보소.
꼬부랑말 춤을 추니 귀 밑으로 다 떨어지네
사분사분 설명하면 못 알아들을 리 없건 마는
아무리 무지렁이라고 무에 그리 욕을 하오.

앞서 가는 저 총각아 내 말이 틀리리오.
그대도 이제 보니 한 패션 하는구려.
무엇을 손에 들고 무엇을 걸쳐 멨나.
머리에는 뭣을 이고 귀에는 또 뭘 꽂았소.

딱한 아저씨야 욕먹어도 싼 것 같소.
패션의 '패'자도 모르면서 함부로 입 놀리니

아는 이는 나를 보고 얼리어답터라 부른다네.
알 턱이 없건마는 한 번이라도 들어 보오.

왼손엔 핸드폰이요 오른손엔 피엠피라.
디엠비 방송 보다 아케이드 게임하네.
와이어리스 헤드폰이면 엠피스리도 댓초케이.
그래도 심심하면 브이오디 다운로드.

여보시오 사람들아, 여기가 어디런가.
미국이요 영국이요 아니면 불란서요.
생긴 건 한 판인데 입만 열면 모를 소리.
아니다, 상관 말고 내 갈 길이나 서두르세.

요지경 세상 속에 집도 하나 못 찾겠다.
여기는 뭔 팰리스 저기는 또 무슨 파크.
뭔 캐슬에 웬 놈의 빌은 어찌 그리 많다더냐.
시어미 발 끊게 하련다는 그 말이 맞나 보네.

발품이나 쉬어 갈래도 그늘 찾기가 쉽지 않다.
무슨 마트, 어떤 월드에 아웃렛은 또 뭔 소리.
무슨 존에 뭔 플러스라더니 까르푸는 지워졌소.
아뿔싸, 그 자리엔 뭔 랜드가 대신 하네.

그 정도는 약과라네. 설은 알파벳 난무하니
한국이라 케이라는데 그것들만 들어 봐도
케이티 지나 케이티에프, 하나 더 케이티에프티.
케이티엑스로 그칠쏘냐, 케이티앤지 나도 있다.

기 못 펴는 프랑스말도 상표 이름으론 으뜸이라.
뚜레쥬르 파리바게뜨 르노트르 빵집이요,
라네즈 라끄베르 드봉 에뛰드 화장품인데,

그중에 제일 앞선 것은 우리 친구 모나미라.

산란한 속 추스르려 티비 보니 더 어지럽다.
뉴스라인 뉴스투데이 모닝와이드 모닝쇼,
해피타임 스타 골든벨 브라보 웰빙라이프.
그 속에 끼어 있는 '바른말 고운말'이 머쓱하네.

백미는 운동 중계라, 듣노라니 기가 찬다.
설기현 인터셉트, 하프라인 넘어 드리블 대시
스루 패스, 크로스 패스 리턴 받아 센터링.
헤딩 슛, 골키퍼 펀칭, 크로스바 넘어갑니다.

여기저기 외래어요, 입 벌리면 외국어라.
'세계화 지구촌에서 경쟁력 있겠네 믿었더니,
거리서 만난 외국인 하나 시청 앞에도 못 데려간다.
입만 풍년인 콩글리시가 어찌 아니 그럴쏘냐.

이 땅에 우리말 아끼는 이, 누구 하나 없단 말가.
뜯기고 짓밟히는데 어찌 이리 나 몰라라.
옛적에 중국어를 우리말 삼자고 나서더니,
철없는 영어 공용화론 다시 나올까 두렵구나.

이 꼴 보고 세종 임금이 지하에서 통곡한다.
문자 처음 만들 때도 천하다고 골리더니
오백여 년 세월 흘러도 업신여김 그대로네.
한글날 국경일도 쓰레기 더미서 겨우 나왔다.

개뿔 없던 대한민국, 아이티 강국 행세해도
과학적 문자 한글 없이 눈곱만큼이나 가능했나.
우리말 우리글이 홀대받고 누더기 되는데
대한민국 밝은 미래 언감생심 기대할꼬.51)

누가 가사양식으로 칼럼을 쓰라고 특별히 요청하지 않았을 텐데도 이런 훌륭한 작품을 쓸 수 있다는 사실 하나로도 가사의 현대적 부흥은 충분히 가능함을 입증하지 않는가? 작품의 전반부가 실제 작자의 인격적 목소리인 서술자와 갑녀(甲女), 그리고 서술자와 갑남(甲男)의 대화가 교체되고 있어 마치 송강의 〈속미인곡〉을 연상시키는 극적인 진술기법을 생동감 넘치게 보여주고 있다. 모르긴 해도 글쓴이가 이런 가사를 쓰기 위해 특별히 훈련을 받았거나 연습과정을 거친 것 같지는 않다. 가사이 4음 4보격 연속체는 김흥규가 실제 사례를 소개했듯이 그의 할머니가 때때로 어린 손자를 안고 '가락이 있는 느릿한 말로 타령조(가사체를 말함-필자 주, 註)의 한탄'을 하거나, 경북 출신의 대학생 제자가 자유시를 잘 써보고자 습작을 하는데 웬일인지 자꾸 가사체의 규칙적 율문이 되고는 한다는 사례52)에서 잘 드러나듯이 우리 민족의 심층의식에 잠재하고 있는 율격양식이다. 그러므로 특별한 훈련을 받지 않더라도 가사는 쉽게 씌여지고 기억될 수 있는 것이다. 그만큼 가사는 '낯익고 손쉬운 형식장치로 실현되는 장르'53)인 것이다. 가사문학관 주최의 가사 창작대회에서 학생부나 일반부 모두 훌륭한 작품이 나올 수 있는 바탕도 가사가 민족의 보편적인 율격양식으로 미의식의 심층에 잠재되어 있음을 증명한다.

가사는 이와 같이 현대에서도 얼마든지 쉽게 부흥이 가능한 장르인 것이다. 그러면 가사는 현대에 어떤 존재 의의를 갖는 것일까? 가사는

---

51) 이훈범, 「哀 한글歌」, 『중앙일보』, 2006년 10월 10일자 칼럼.
52) 김흥규, 『욕망과 형식의 시학』, 태학사, 1999, 35면.
53) 김학성, 「가사의 장르성격 재론」, 『국문학의 탐구』, 성균관대학교 출판부, 1987, 123면.

작자의 인격으로 말하는 서술특성을 가지므로 작자가 진술에 책임을 지게 된다. 따라서 가사를 창작-향유하는 행위는 첫째로 인격도야에도 크게 도움이 될 것이다. 작품에 작자의 인격이 녹아들기 마련이기 때문이다. 둘째로 다정하게 말하기를 함으로써 현대사회의 각박한 현실에서 자기의 메시지를 전달하거나 주장을 펼침에 있어서 상대방을 정감적으로 설득하는 데 효율성이 있는 양식이라 할 수 있다. 셋째로 작품을 더욱 정채(精彩)롭게 하기 위해 여러 진술 기법을 활용함으로써 문학작품으로서의 미감을 다양하게 맛볼 수 있다는 것이다. 송강의 〈속미인곡〉에서처럼 극적 양식에 쓰이는 대화적 수법을 진술기법으로 활용하거나 〈계한가〉처럼 우화적 기법을 빌거나, 〈덴동어미화전가〉처럼 서사적 기법을 빌어 표현하거나, 〈상춘곡〉처럼 대상사물에 대한 정감을 펼치거나, 〈사미인곡〉처럼 선계 여인의 목소리를 빌어 서술의 품격을 높이거나, 여러 다기한 서술기법을 활용할 수 있는 것이다.

그러나 이러한 모든 서술 기법들은 작품의 미감을 획득하기 위한 기법적 장치에 해당하는 것이지 작품의 장르양식을 결정하는 진술양식은 아닌 것이다. 이런 진술기법들을 진술양식으로 착각하고 가사를 복합장르 혹은 혼합장르로 오해하는 경우가 있어 왔던 것이다. 다산이 7세 때 지었다는 "小山蔽大山 遠近地不同"(작은 산이 큰산을 가렸으니 멀고 가까움이 다르기 때문이라네)이라는 시구(詩句)가 지침을 주듯, 장르문제도 표면에 드러나는 문채적인 것에 가려져 그 뒤에 자리하고 있는 본질적이고 근원적인 원리를 읽어내지 못한다면 올바른 투시가 불가능한 것이다. 앞에 있는 작은 산을 큰 산으로 오해하는 것과 같은 근시안적 이해 태도는 버려야 할 것이다.

여하튼 가사 양식은 우리민족의 미의식의 심층에 잠재하고 있어 얼

마든지 현대적 장르로 부흥할 가능성을 충분히 갖추고 있고, 인격도야
와 정감적 설득과 정채로운 미감을 공론화하여 다양하게 맛볼 수 있는
의의 있는 장르로 굳건하게 자리할 수 있다 할 것이다.

4. 결론

지금까지 가사의 개념 문제에서 출발하여 장르 양식적 특성의 규명
과 현대적 가능성 및 존재의의에 대해 검토해 보았다. 그리하여 가사
는 4음 4보격 무한 연속체라는 형식적 요건만 갖추었다(필요조건) 하여
다 가사가 되는 것은 아니며 반드시 전술 양식으로 실현되어야(충분조
건) 하는 두 가지 요건을 갖춰야 함을 선인들의 장르 인식을 통해 살폈
다. 이는 같은 4음 4보격 연속체로 된 다른 장르와 변별되게 하는 요
건이 되는 것이다. 즉 같은 형식의 민요나 잡가는 그것이 서정양식으
로 실현되는 까닭에 구분되고, 판소리는 두 가지 요건을 다 갖춘 부분
이 있다하더라도 그것이 부분적으로 실현되는 것일 뿐 작품 전체의 양
식화 원리로 작용하지는 못하고, 같은 형식의 무가는 서사양식으로 실
현되므로 가사와 구분되는 것이다. 따라서 가사는 같은 형식으로 된
다른 장르와 구분되지 않아 독자적 양식이 될 수 없다거나 우리말로
구성지게 쓰여진 문학작품이면 몰아쳐 붙여졌던 당시의 관례여서 장
르 개념이 될 수 없다는 주장은 타당하지 않음이 밝혀진 셈이다.

그리고 가사의 장르적 특성은 노래하기 지향과 다 갖추어 말하기 지
향, 다정하게 짓기와 자상하기 짓기라는 두 대립지향을 포용-융합하
여 미감을 창출하는 양식으로서 어떤 사실(화제 거리)을 알려주고자 하

는 진술양식을 보이는 전술 장르임을 밝혔다. 아울러 작자가 알리고자 하는 의도 곧 메시지나 주제를 효과적으로 전달하기 위해 여러 가지 서술기법을 활용하여 문채와 미감을 획득함으로써 작품의 가치와 미적 수준을 드높임도 살펴보았다. 그러나 이런 서술기법은 작품의 부분이나 가면으로 작용하여 문체를 형성하는 것이어서 작품 전체의 진정한 양식화 원리로 될 수 없다는 점에서 가사를 복합장르 혹은 혼합장르로 보려는 종래의 문제점을 성무경의 논리를 빌어 극복할 수 있었다.

마지막으로 가사는 우리 시가의 율격양식 가운데 가장 자연스럽고 보편화된 양식으로 실현되어 민족의 심층적 미의식으로 잠재되어 있어 얼마든지 현대적 장르로 부흥될 가능성을 충분히 갖추고 있는 장르양식임을 밝혔다. 그리고 가사는 개성적이고 각박한 현대사회에서 인격의 도야와 정감적 설득, 나아가 정채로운 미감을 공론화하여 다양하게 음미할 수 있는 존재의의를 가지고 있음도 규명했다. 시조가 현대에 부흥하여 단가로서의 민족시가로 위치를 굳혀 나가고 있듯이 가사는 장가로서의 민족시가로 다시 그 빛을 발할 날이 반드시 있을 것으로 확신한다.

가사의 전통 유형과 현대화 방향

1. 머리말 – 가사를 둘러싼 논란들

가사라는 문학 양식에 대한 논란은 그 형식과 장르적 성격에서부터 장르의 출현시기와 소멸 여부, 그리고 향유방식에 이르기까지 국문학계의 끊임없는 쟁점이 되어 왔음은 주지의 사실이다. 가사의 형식 문제는 대체로 '4음 4보격의 무제한 연속체'라는데 동의하지만 그럴 경우 가창가사의 일부 작품과 개화가사(애국 계몽가사 혹은 계몽가사라고도 지칭)의 절대다수는 연속체가 아닌 분련체로 되어 있다는 점에서 이의를 제기한다. 그렇다면 가사의 형식적 특징은 연속체인가 아니면 분련체도 가능한 포용성 있는 '열린 장르'로 보아야 하는가의 문제가 대두된다.

가사의 장르적 성격은 단일성 장르로 보아야 하는가 복합성 장르(혹은 혼합장르)로 보아야 하는가로 견해가 맞서 왔다. 단일성 장르로 보는 경우도 교술장르로 보는 경우1), 주제적 장르로 보는 경우2), 전술 장

---

1) 조동일, 「가사의 장르규정」, 『어문학』 22집(한국어문학회, 1969)이 처음 사용한 이래 대부분의 후학들이 이 용어를 따르고 있다.
2) 이 용어는 단일성 장르로 보는 경우에는 사용한 예가 없고 김병국, 「장르론적 관심과 가사의 문학성」, 『현상과 인식』 4호, 한국인문사회과학원, 1977에서 처음 사용하고 복합성 장르로 보는 김학성, 성기옥, 박연호 등이 따르고 있다.

르로 보는 경우3)로 갈라지는데, 그 용어상의 차이뿐만 아니라 장르적
개념 규정을 달리하고 있다. 복합성 장르로 보는 경우도 어떤 이는 작
품에 따라 서정적 양식의 본질로, 혹은 서사적 양식의 본질로, 혹은
주제적 양식의 본질로 다양하게 드러난다고 보기도 하고4), 다른 이는
역사적 전개에 따라 전기가사는 서정적 양식이 대부분이고 일부 주제
적 양식이 보이기도 하다가 후기가사에 오면 주제적 양식이 지배적이
고 일부 서정적 양식과 서사적 양식이 나타나기도 한다5)고 차이를 보
인다.

또 다른 이는 기본적으로 가사는 서정 형식의 옷을 입고 나타나되
역사적 전개에 따라 서정적 서정으로, 혹은 교술적 서정으로, 혹은 서
사적 서정으로 장르적 복합성을 보이며 나타난다고 보거나6), 뒤에 이
를 수정하여 가사는 기본적으로 주제적 양식에 기반하되, 역사적 전개
에 따라 서정적 주제 양식의 극대화, 서사적 주제 양식의 극대화, 교술
적 주제 양식의 극대화라는 방향으로 실현된다7)고 본다. 그리고 또 어
떤 이는 가사는 기본적으로 서정적 양식과 주제적 양식이 복합된 것으
로 보아야 한다고 주장하고8), 다른 이는 가사를 서정적 작품과 서사적

---

3) 성무경, 「가사의 존재양식 연구」, 성균관대 박사논문, 1997에서 이 용어를 장르개
   념으로 지정했다.
4) 김병국, 앞의 논문, 『한국고전문학의 비평적 이해』, 서울대학교 출판부, 1995, 167
   ~168면.
5) 박연호, 「장르 구분의 지표와 가사의 장르적 성격」, 『가사문학장르론』, 다운샘,
   2003, 53~54면.
6) 김학성, 「가사의 장르성격 재론」, 『백영 정병욱선생 환갑기념 논총』, 신구문화사,
   1982.
7) 김학성, 「가사의 실현화 과정과 근대적 지향」, 『근대문학의 형성과정』, 문학과지성
   사, 1983.
8) 성기옥, 「국문학 이해의 방향과 과제」, 『국문학개론』, 새문사, 1992, 39면.

작품, 이념적·교훈적 작품이 공존하는 혼합장르로 보기도[9] 하여 견해가 분분했다.

가사 장르의 출현 시기는 주지하는 바와 같이 고려 말의 나옹화상 혜근이 지은 〈서왕가〉와 〈승원가〉 등에서 잡는 경우와 조선 초기 정극인의 〈상춘곡〉에서 잡는 경우로 논란이 있었는데, 대체로 전자에 동의하는 경우가 대세이며, 가사가 장르상의 사명을 다하고 소멸했는가의 문제는 1860년에서 1918년의 시기에 가사가 집중적으로 창작되는 것을 '마지막 불꽃'으로 보고 그 후로 가사는 문학이 지녀야 할 유연성에 근거한 재창조와 새로운 의미부여의 가능성이 사라지고 오로지 일의적으로 고형화된 경직현상으로 인해 종언을 고했다고 보는 견해[10]와, 가사는 마지막 불꽃이후로도 현재까지 남북한과 연변지역에 걸쳐 가사를 창작하고 있음을 들어 현재도 살아 있는 장르로 계승하고 활성화할 필요가 있다고 보는 견해[11]가 맞서고 있는 형편이다.

가사의 향유방식 곧 제시형식에 대해서는 가창과 음영, 완독(율독이란 용어도 사용)의 세 가지로 실현되어왔다고 인정하지만 그 구체적인 실현 양상에 대하여는 견해의 차이를 보인다. 대부분의 견해는 숙종조 이전의 전기 가사는 음악의 반주에 의한 가창으로 향유하다가 그 이후의 후기 가사에서는 음영으로 향유하고, 개화가사에 이르러서는 독서물로서 율독으로 향유한 것이 가사의 구체적 실현태라는 본다.[12] 이

9) 김흥규, 『한국문학의 이해』, 민음사, 1986, 34면.

10) 김대행, 「가사의 종언과 문학의 본질」, 『고시가연구』 1, 전남고시가연구회, 1993, 1~5면.

11) 정병헌, 「가사 교육의 현황과 창작의 필요성」, 『고시가연구』 21, 한국고시가문학회, 2008, 296~304면.

12) 이런 견해는 이혜순, 「歌詞·歌辭론」, 서울대 석사논문, 1966, 20면과, 이능우, 『가

와 달리 어떤 이는 전기 가사도 가창으로만 향유된 것이 아니라 음영으로도 향유되는 복수 실연 양상을 보였을 것이라 하고[13], 다른 이는 가사 향유의 본질태는 음영이되 그때 그때의 필요에 따라 가창으로 혹은 음영으로 혹은 완독으로 향유되었다는 견해를 펴기도 한다.[14]

　이처럼 가사를 둘러싼 논란거리가 한두 가지가 아니어서 그 정체성 파악을 더욱 어렵게 할 뿐 아니라 그 올바른 계승 방향을 정립하는 데에도 커다란 장애요소가 되고 있는 것이다. 그렇게 된 요인은 각각의 문제들에 대한 이론적 투시의 미흡에 기인하는 바 크지만 그에 못지않게 이들이 서로 깊이 연관되어 있음에 대한 통찰력 부족에도 있는 것으로 사료된다. 이론적 투시의 미흡은 문학과 비문학의 경계와 변별에 대한 인식의 불철저와, 문학 용어에서 '형식'·'양식'·'장르'·'유형' 같은 비슷한 개념에 대한 명확한 분별력을 기초로 하지 않은 데 따른 접근 시각의 혼란이 주된 요인으로 보인다. 이러한 용어 개념의 명확한 인식을 분석도구로 삼아 이들 상호 간의 통합적이고 연관적인 투시와 천착을 통해 가사에 접근했을 때 비로소 그 정체성이 제대로 온당하게 파악될 수 있으며, 가사의 정체성이 온전하게 파악되어야 가사의 올바른 계승 방향이 정초될 수 있다고 보고 본고에서는 그 점에 유의하여 여러 쟁점들에 대한 문제를 풀어보고자 한다.

　사문학론』, 일지사, 1977, 13~40면에서 다소 차이를 보이던 것을 임재욱, 「가사의 형태와 향유방식 변화의 관련양상 연구」, 서울대 석사논문, 1998, 14~37면에서 치밀하고 예리한 논리로 체계화 했다.
13) 성호경, 「16세기 국어시가의 연구」, 서울대 박사논문, 1986, 55면.
14) 김학성, 「가사의 정체성과 담론 특성」, 『한국고전시가의 정체성』, 성균관대 대동문화연구원, 2002, 224~237면.

2. 가사의 양식 · 장르 · 유형 · 형식의 관계와 특징

가사는 우리의 구체적인 역사와 사회 문화 속에 독특한 모습으로 존재해온 경험적 산물이므로 우리문학사가 낳은 역사적 장르의 하나이다. 그런데 하나의 역사적 장르는 긴 세월을 거쳐 오는 동안 생성-발전-전성-쇠퇴-소멸을 겪기 마련이다. 문학 장르는 불변의 실체가 아닌 까닭이다. 그것은 역사와 사회-문화 변동을 겪으며 부단한 운동을 계속하면서 끝없이 변모한다. 그 과정은 처음 어느 시기에 맹아(萌芽)의 상태로 존재하기 시작하다가(생성기 혹은 발생기에 해당), 점차로 자신만이 갖고 있는 '내재적 가능성'을 실현시켜 나감으로써 장르의 발전기를 거쳐 전성기를 맞게 되고, 그 최전성기에 이르러서는 마침내 그 견고한 구조적 구각(舊殼)을 벗어나지 못하게 되면서 더 이상 발전에의 가능성을 상실하게 되어 쇠퇴의 길을 걷게 되고 끝내는 창작자나 향유자(수용자)의 지속적인 지지를 획득하지 못하게 되면서 소멸의 길로 접어들게 된다.15)

또한 '기존 장르'는 직접적으로는 '양식(mode)'을 낳으며 그 양식의 중개를 통하여 간접으로는 '새로운 장르'를 창출한다. 이 경우 '양식'이란 이미 존재하고 있는 구체적인 역사적 장르로부터 추상화되는 것으로 보며, 역사적 '장르'란 특정의 사회적 형식과 밀접하게 결속되어 있기 때문에 그 사회적 형식의 변모와 더불어 쉽사리 변모하며 사멸에 이르기도 한다. 그에 비해 '양식'은 보다 영원하고 지속적인 시적 태도

---

15) 이러한 논리는 Alastair Fowler, "The Life and Death of Literary Forms", *New Directions in Literary History*, Ralph Cohen ed. London : Routledge & Kegan Paul, 1974, p.92 참조.

(petic attitude)에 대응하는 것이어서 사회적 형태가 변모한 시기에도 그 다양한 응용력(application)에 의해 새로운 '장르'를 생성하는 계기를 마련하는 것으로 본다. 그리고 역사적 장르는 특정한 '문학적 형식(literary form)'을 갖게 마련이며, 문학상의 '형식'은 일상적인 언어소통(ordinary communication)으로부터 문학을 변별하게 하는 것이라 하고, 따라서 형식은 일상의 언어보다는 더욱 정제된 것으로서 양식·장르16)·모티프·화제(topics)·서술장치(narrative device)·구조의 균형·수사(rhetoric)·율격(meter)과 같은 다양한 관습적 '유형(type)'들을 포괄하는 개념으로 이해한다.17)

이에 따라 본고에서 **형식**은 양식으로부터 율격 유형에 이르기까지 문학의 모든 관습상의 유형적 요소들을 포괄하는 폭넓은 개념으로, **장르**는 역사적 장르라는 개념으로 한정해서 사용하고, **양식**은 역사적 장르로부터 추상화된 것으로 영원하고 지속적인 시적 태도에 대응하는 개념으로18), **유형**은 형식을 이루는 각각의 개별적인 관습적 요소(바로 앞에서 인용한 양식에서부터 율격에 이르기까지)들 가운데 용어의 중복을 피하기 위해 양식과 장르만을 제외한 나머지 요소들(모티프·화제·서술장치 등)을 지칭하는 개념으로 명백히 구분하여 사용키로 한다. 이 네 가지 용어의 선명한 구분과 상호관련을 바탕으로 할 때 가사의 실체와 역사적 운동상에 대한 예리한 투시와 통찰이 가능할 것이기 때문이다.

---

16) 여기서 '장르'라는 개념은 '역사적 장르'를 의미하며 앞으로 본고에서도 이런 개념으로 사용한다.

17) 앞의 책, pp.78~93 참조.

18) 장르론에서 양식과 장르의 관계를 이렇게 '추상적 실체'와 '구체적 실현태'의 관계로 이해하는 것은 언어이론에서 랑그와 빠롤의 관계로, 율격론에서 율격과 율동의 관계로 이해하는 것과 상응된다 할 것이다.

그럼 이러한 관점에 따라 가사 문학을 둘러싼 제반 논란거리를 통합적 시각으로 풀어 보기로 하자. 가사라는 장르의 운동양상을 추적하기 위해서는 최초의 가사 작품이 언제 어떤 계기에 의해 어떤 문학적 형식으로 출현했나를 살피는 일이 무엇보다 중요하다. 그런데 주지하다시피 가사의 효시 작품을 고려 말 나옹화상(1320~1376)의 〈서왕가〉 등에서 잡느냐, 아니면 조선 성종 3년(1472) 무렵에 정극인이 지었다는 〈상춘곡〉으로 잡느냐가 논란이 있어 왔다. 문제의 〈서왕가〉는 1704년 예천 용문사 판본 『보권염불문』에 실린 것이 처음이어서 시대적 상거가 너무 멀어 신빙성이 의심되고, 〈상춘곡〉도 18세기 말 정조대에 와서야 『불우헌집』이 간행되어 거기에 실렸으므로 역시 먼 후손에 의해 의작(擬作)으로 지어 넣었을 것으로 의심하기도 한다. 그리하여 이 둘을 다 부정하고 중종대의 이서(李緖)가 지은 〈낙지가〉를 효시 작품으로 보기도 한다.

그러나 근자에 〈서왕가〉의 전승 계보가 휴정의 법맥에 의해 구비전승되다가 판각되었음이 소상하게 밝혀짐에 따라[19] 고려 말의 작품이라도 수 세기 동안 얼마든지 전승되어 기록될 수 있음을 확인해 주었다. 다만 그 논의에서 문제점은 구비전승에 지나치게 집착한 나머지 전승과정에서 원전의 내용 변개가 상당히 있었을 것으로 상정하여 원전 재구의 가능성까지 보이려는 과잉욕구이다. 〈서왕가〉가 구비전승되어 왔다고는 하나 민요나 무가와 같은 순수 구비문학에 바탕을 둔 '구술성'의 전승과 기록문학에 바탕을 둔 '암송'에 의한 전승은 큰 차이가 있기 때문에, 〈서왕가〉에서 내용의 관습성이나 구비공식구 혹은 민

---

19) 김종진, 「서왕가의 전승 계보학과 구술성의 층위」, 『한국시가연구』 18집, 한국시가학회, 2005, 78~108면.

요적 율격 같은 순수 구술성의 층위를 밝혀내는 일은 큰 의미를 갖지 못하며, 더구나 원전을 상정해 보려는 작업은 나옹의 원작 그대로를 완벽하게 재구할 수 없는 이상 연구자에 의해 또 하나의 이본을 재생산하는 결과 밖에 되지 않으므로 불필요한 작업임을 유의해야 할 것이다.

〈서왕가〉가 수백 년을 휴정 같은 큰 스님의 법맥을 통해 전승해오는 과정에서도 작자가 휴정으로 대체되지 않고 일관되게 나옹으로 전승된 것은 가사문학이 '실존적 작자의 인격적 목소리'에 의한 기록문학으로서의 성격을 갖고 있는 것이어서 작자를 함부로 교체할 수 없음을 의미하고, 그 전승은 순수 구술성에 의한 것이 아니라 외워서 음영하는 '암송'의 과정을 거쳤음이 확실하므로[20], 구술성의 층위로 밝힌 내용의 관습성이나 공식구, 대구와 동어반복구 같은 것들은 대중들의 암송이 편리하도록 작시(作詩)한 작자와 전승자의 배려로 보아야 할 것이다.

그리고 2음보의 민요적 율동감이 부분적으로 보인다고는 하나 그것도 온전한 2음보격의 연속으로 볼 수 있는 경우는 극히 드물고 작품의 서두부터 대부분 안짝(2음보)과 바깥짝(2음보)이 안정적으로 결합된 4음보의 유장한 리듬이 작품의 중심이 됨은 말할 것도 없다. 가끔씩 실현되는 2음보는 민요적 율동감과는 관계없는 외짝구(隻句)가 실현된 것으로, 이는 4음보의 안정된 리듬에 외짝구가 더 붙어 6음보가 되어 호흡이 더욱 길어지는 경우가 대부분이고, 아니면 외짝구에 의한 파격

---

20) 이 점은 〈나옹화상서왕가〉의 표제 밑에 "크게 쓴거슨 대문을 써시니 외오고, 또 잘게 쓴거슨 집픈뜨들 써시니 볼만ᄒᆞ다"라는 미주가 달려 있음에서 잘 드러난다. 이는 〈서왕가〉의 본문은 큰 글씨로 썼으니 외워서 의식을 집전할 때 활용하라는 것과 신앙의 깊이를 위해 일반대중들도 암기하여 매일같이 부를 것을 주창하는 내용으로 〈서왕가〉 전승과정에 내재된 암송의 과정을 드러낸 것이라 해석한다.(김종진, 앞의 논문, 86~87면)

으로서 해당부분의 의미의 비중을 강화하거나 메시지의 전달 효과를 높이기 위한 서술 전략으로 이해된다.

따라서 이러한 잘못된 구술성의 층위와 민요적 율동을 근거로 하여 가사의 생성이 "장편의 선가(禪歌)와 민요가 접맥되면서 탄생했다"[21]는 논리에 좌단(左袒)하는 것은 문제가 있다. 가사의 발생을 고려 말의 경한이나 보우, 혜근(나옹화상) 같은 선승들의 선가에서 맥을 찾는 것은 타당성이 있어 보이나 민요와 관련시키는 것은 근거가 회박히기 때문이다. 선승늘은 원칙적으로 불립문자를 표방하지만 선리(禪理)를 불가피하게 언어화 하려면 부득이 불립문자에 위배되지만 그에 가까운 표현인 문학적 언어 형태를 취할 수밖에 없고 그리하여 그들은 단형으로 선시(禪詩)를 짓고, 장형으로 선가를 짓게 되었던 것이다. 그런데 장형의 선가는 한문가요 형태여서 "념불마는 듕셩들"에게 대중적 설득력이나 감화력을 갖기 어려우므로 장형의 선가에 대치할 우리말로 암송하는 형태인 새로운 장르가 필요하게 되었을 것이니, 그것이 바로 〈서왕가〉 등의 가사양식으로 실현된 것이라 할 것이다.

그렇다고 장형의 선가 하나의 맥으로 가사의 발생을 말할 수는 없다. 그것만으로는 왜 하필 〈서왕가〉의 문학적 형식이 4음 4보격 연속체를 택하게 되었나를 설명할 수는 없기 때문이다. 가사의 그러한 형식은 오히려 우리말 불교가요인 '화청(和請)'(4음 4보격 연속체로 됨)에서 그 맥을 찾을 수 있다. 그러나 화청과 나옹의 가사는 중대한 차이가 있다. 전자는 작자층이 화청승이고, 청자는 불보살이며, 주제는 극락왕생의 기원에 있음에 비해 후자는 작자층이 고승으로서의 인격을 갖춘 선승이

---

21) 박경주, 『한문가요연구』, 태학사, 1998, 219면.

고, 청자는 교화대상의 대중(중생)이며, 주제는 극락왕생의 길을 깨우침
(감화에 의한 설득과 유도)에 있기 때문이다.

따라서 가사의 효시라 할 〈서왕가〉는 고도의 선을 수련한 선승의 인격
적 목소리가 베인 오묘한 선리나 설법을 담은 문학적 표현으로 세련화되
어 있어 화청보다는 문학적 차원이 내밀하고 고도화됨으로써 대중을
설득하고 유도하더라도 여러 정제된 형식들—대중에게 가장 친숙한 율
격양식인 4음 4보격, 자신의 신앙적 역정의 체험과 깨달음을 알레고리
적 이야기 형식에 담은 서술 장치, 화자의 이원화에 의한 서술구조의
양면성, 여러 수사적 기법, 안짝과 바깥짝의 대구(對句)에 의한 서술구조
의 균형 등—을 다양하게 구사함으로써 직접 설교와는 차원이 다른 감화
력을 보이고 있는 것이다.22)

이로써 보면 가사는 고려 말의 선승에 의해 세속의 대중들에게 선리
를 설하기 위한 음성 설법의 수단으로 기존 장르인 장형의 '선가'와 '화
청'을 양식적으로 변용하여 새로운 장르를 창출함으로써 발생하게 되
었음을 알 수 있다. 그리하여 가사는 작자의 인격적 목소리로 독자(혹
은 청자)인 대중에게 선리의 깨달음이라는 '메시지(傳言)'를 주석적 말
하기로 설하되 그 감화력과 설득력을 고도화하기 위해 '문학적'으로
정제된 형식으로 언술된다는 점도 알게 되었다. 즉 가사는 작자가 의
도하는 메시지를 독자에게 전달하는 문학 양식이어서 명시적이든 묵
시적이든 반드시 독자를 의식하는 진술방식을 가지며 그 전달 효과를
고도화하기 위해 여러 정제된 문학적 형식(율격, 서술장치, 수사, 모티프,
구조의 균형, 문체 등)들을 활용한다는 것이다. 따라서 가사는 작자가 의

---

22) 조태영, 「〈서왕가〉의 문학적 가치」, 『한국고전시가작품론』, 집문당, 586~594면.

도하는 메시지를 독자에게 분명하게 전달해야 하는 의도가 강하게 드
러나는 장르이므로 '서술의 억제'에 의한 함축적이고 모호한 표현을
하거나, 고도의 생략이나 서술 차단을 통한 통사적 의미구조의 일탈이
나 비약을 가능한 제어하거나 피하고, 화행(話行)들을 '세세하게' 연계
적이고 논리적으로 짜나감으로써 '서술의 확장'을 지향하게 된다.

가사의 형식이 장형으로 실현되고, 선인들이 가사를 논평할 때 '술
(述)'(서술함), '기(記)'(기록함), '설진(說盡)'(빠짐없이 다 설명함), '포장(鋪
張)'(자세하게 별쳐 늘임), '역거(歷擧)'(차례로 듦), '성론(盛論)'(성대하게 논
의함), '비술(備述)'(두루 갖추어 서술함), '비설(備說)'(두루 갖추어 설명함),
'비록(備錄)'(두루 갖추어 기록함) 등의 평어(評語)를 말하는 것은 이러한
서술확장 지향을 지적한 것에 다름 아니다. 가사가 이렇게 서술의 억
제를 피하고 전달하고자 하는 메시지를 자세하게 평면적으로 서술하
다 보니 수필 양식과 가장 접근해 있다.

그러나 가사는 4음 4보격이라는 율격양식으로 실현되고 절대다수
의 가사 작품 제목에 '-가(歌)', '-곡(曲)', '-사(詞)'라는 접미어가 붙는
바에서 드러나듯이 노래하기와 친연성을 갖는 장르 관습을 또 하나
갖고 있어 수필과는 분명한 차이점을 갖는다. 즉 가사는 '노래하기 지
향'도 무시할 수 없어 그 반대 지향인 서술확장의 지향과 교묘한 융합
을 이루어낸 독특한 문학양식으로 그 정체성을 지적할 수 있는 것이
다. 이런 특징을 우리 선인들은 '다정하게 짓기'와 '자상하게 짓기'라
고 말한 바 있으며, 이 두 가지 지향을 포용-융합시킨 문학양식이 가
사인 것이다.[23]

---

23) 이에 대한 상론은 김학성, 「가사의 장르적 특성과 현대사회의 존재 의의」, 『고시가
　　연구』, 한국고시가문학회, 1992, 154~160면.

그러므로 가사는 전달하고자 하는 메시지를 세세하게 조목조목 말하고자 하는 **서술확장**지향과 메시지 전달효과를 다정다감하게 하여 감화력과 설득력을 높이기 위한 **노래하기**지향이 함께 추구되기에 두 지향의 중간영역에 있으면서 그 대립을 중화시킴으로써 미감을 창출하는 장르로 굳어지게 된 것이다. 만약 가사가 노래하기 지향으로만 치달았다면 장르상으로 서정 시가가 되었을 것이고 서술의 평면적 확장으로만 치달았다면 율격의 통제와는 무관한 교술(전술, 주제적) 산문 곧 수필 장르가 되었을 것이다. 가사는 이 둘을 함께 융합하는 진술양식을 보이기에 서정시가도 아니고 산문 수필도 아닌 중간 영역에 위치하여 다정하게 말하기와 자상하게 말하기를 동시에 충족할 수 있었던 것이다. 〈서왕가〉의 출현도 당시에 선승들의 서정시가 장르로 선시(단형)와 선가(장형)가 있었고, 나옹화상 자신도 선시와 선가(〈완주가(翫珠歌)〉, 〈백납가(百衲歌)〉, 〈고루가(枯髏歌)〉)를 짓고 또 〈수륙재육도보설(水陸齋六道普說)〉 같은 산문수필을 남겼음에도 굳이 이런 가사 작품을 창출한 것은 두 가지 지향을 동시에 충족할 수 있는 중간 영역의 새로운 장르가 필요했던 것으로 설명된다.

가사는 이처럼 서정시가로도 충족하지 못하고 산문수필로도 충족하지 못하는 문학적 욕구를 표현하기 위해 창출된 장르로서 후대에까지 하나의 규범적 양식으로, 즉 글쓰기의 본(本)으로 추상화되어 담당계층이나 문화권에 밀착되면서 가사의 구제적인 여러 하위 장르를 낳게 된다. 그리하여 조선전기에는 주로 강호자연에서 심신 수양과 한적을 즐기는 사대부층에 의해 수용되면서 '강호가사'로 실현되고, 또 한편으로 그들의 기행체험이나 사행 혹은 유배 체험을 담은 '기행가사'와 '유배가사'로 이어지고, 조선후기와 말기에 이르면 사대부층의 가사는

경화사족에 의한 '경화사족가사'와 향촌사족에 의한 '향촌사족 가사'로
분화되는가 하면, 규방문화권의 부녀층에 의해 적극 수용되어 '규방가
사'를 낳게 되고, 몰락사족층에 의해 현실을 신랄하게 비판·고발하는
익명성의 '현실비판가사'가 출현했다.

또한 여항-시정 문화권에서 불특정 다수를 대상으로 하는 익명의
'시정가사'('서민가사'로 지칭하나 그 창작-향유층이 서민계층에 한정하여 실
현된 것이 아니므로 이렇게 수정함[24])가 나오고, 풍류방을 중심으로 히는
가창문화권에서는 12가사로 레퍼토리가 정립되어 가는 '가창가사'로
장르적 외연을 넓히게 되고, 이것과 인접관계에 있는 '애정가사'가 향
유되기도 했다. 그리고 향촌사족을 중심으로 '교훈가사'가 가문의 결
속이나 향촌 구성원의 교화를 목적으로 지어지고, 종교문화권에서는
종교사상의 전파나 교화, 경세나 이념적 대항을 목적으로 '종교가사'
가 나오고, 애국계몽기(개화기)에 이르러서는 개화지식인을 중심으로
'계몽가사'가 나왔다.

가사 장르의 이러한 다양한 운동 양상과 변화과정은 장르 담당층(장
르의 지속에 가장 핵심적인 역할을 하는 주류 담당층을 지칭)과 문화권의 사
회적 존재 양식의 변화와 상응하는 운동양상을 보인 것으로 가사의
'하위 장르'로 구체화된 것이다. 가사의 역사적 전개에 따른 이러한
'하위 장르'의 구체적 실상은 가사라는 추상적 양식을 각 계층이나 문
화권에서 구체적 장르로 운용한 결과이며, 이들 하위 장르는 다시 화
제(topics)나 모티프, 서술의 전개 장치 등에 따라 몇 가지 '유형'으로

---

24) 서민가사라는 명칭을 여항-시정가사로 대체해야 한다는 관점은 김학성, 「서민가사
의 담론기반과 미학적 특성」, 『한국시가의 담론과 미학』(보고사, 2004), 179~197면
에서 상론함.

계열화 되어 실현된다.

이를테면 '강호가사'는 자연 완상의 이상적 공간으로서 '누정(樓亭)'을 중심 모티프로 하는 누정계 가사와 일상적 삶을 위한 이상적 공간으로서의 '초당(草堂)'을 중심 모티프로 하는 초당계 가사의 두 가지 유형으로 실현되면서 각각 의식의 표출 양상과 자연을 대하는 태도에 있어서 상당한 편차를 드러낸다.25) '기행가사'는 여행목적에 따른 화제를 무엇으로 삼느냐에 따라 유형화 되는데, 관료가 외직 부임을 계기로 관장 구역의 민정을 살피고 순행과정에서의 유람을 화제로 삼는 환유(宦遊) 가사와 본격적인 기행체험으로서 산수 유람을 화젯거리로 하는 유람가사, 그리고 해외 사절단의 일원으로 참여하여 이국견문의 체험을 화제로 하는 사행(使行)가사의 세 계열로 유형화 되며26), '교훈가사'는 메시지 전달내용의 성격과 교훈의 대상을 누구로 삼느냐에 따라 오륜가 계열,27) 농부가 계열28), 계녀가 계열29)과, 교양담론을 특성으로 하는 초당문답 계열30), 순전히 교육을 목적으로 하는 교본성 계열31)로 유형화 되며 혹은 크게 가문지향형 계열과 향촌지향형 계열의 두 가지로 유형화32) 하기도 한다. 규방가사는 서술의 모티프와 화제(topics)의 내용에 따라 계녀가류, 탄식가류, 화전가류의 셋이 중심 유형33)이 된다.

---

25) 안혜진, 「강호가사의 변모과정 연구」, 이화여대 석사논문, 1998 참조.
26) 유정선, 「18·19세기 기행가사의 작품세계와 시대적 변모양상」, 이화여대 박사논문, 1998 참조.
27) 박연호, 「19세기 오륜가사 연구」, 『19세기 시가문학의 탐구』, 집문당, 1995 참조.
28) 길진숙, 「조선후기 농부가류 가사 연구」, 이화여대 석사논문, 1990 참조.
29) 양지혜, 「계녀가류 규방가사의 형성에 관한 연구」, 이화여대 석사논문, 1998 참조.
30) 육민수, 「조선후기 교훈가사의 담론특성 연구」, 성균관대 박사논문, 2003 참조.
31) 노규호, 「조선후기 교본성 가사 연구」, 홍익대 박사논문, 1998 참조.
32) 박연호, 「조선후기 교훈가사 연구」, 고려대 박사논문, 1996 참조.

그리고 이러한 제반 유형 내에서 각각의 작품들은 또다시 하위 유형을 이루며 작자의 개성과 처해진 환경에 따라 스펙트럼을 달리하여 여러 이본으로 실현되는데, 그 중 한 가지 예만 든다면, 규방가사의 계녀가 유형에 드는 〈복선화음가〉류의 이본들을 검토한 결과를 보면, 각 이본들은 계녀형과 전기형으로 나뉘고 계녀형은 다시 복선형과 복선화음형 및 그 확대형으로 나뉘며, 전기형은 괴똥어미 유지형과 탈락형으로 나뉘되 후자는 다시 여주인공 일대기형과 가문서사 확대형으로 나뉜다고 한다.34)

이처럼 가사라는 장르가 고려 말에 출현한 이래 수백 년의 역사적 전개를 거치는 동안 여러 다기한 하위 장르와 유형을 낳으며 다양한 장르 실현을 보이면서 무려 7천여 편에 이르는 개별 작품들을 산생해 왔지만35) 이들은 모두 가사 '양식'이라는 추상적 실체를 담당층이나 문화권에서 구체적으로 운용한 '장르' 실현의 결과물인 것이다. 따라서 이러한 다양한 구체적 텍스트를 낳게 한 가사의 '영원하고 지속적인 시적태도(혹은 질서원리)'가 있다고 볼 때 그것이 곧 가사의 '양식'인 것이다. 그렇다면 모든 가사 작품에 일관되게 관통하는 시적 태도 혹은 질서원리는 무엇일까를 규명하는 것이 가사 양식의 정체성을 찾는 것이 될 것이다.

---

33) 이동연, 「고전 여성 시가작가의 문학세계」, 『한국고전여성작가 연구』, 태학사, 1999 참조.

34) 김석회, 「복선화음가 이본의 계열상과 그 여성사적 의미」, 『한국시가연구』 18집, 2005, 302~336면.

35) 현전하는 가사 작품의 총목록을 작성한 보고서에 의하면 6678편에 이르고 앞으로 7천 여 편이 될 것이라 한다. 임기중, 「세 가지 가설과 몇 가지 의문」, 『어문연구』 136호, 한국어문교육연구회, 2007, 170면.

필자는 이에 대해 "모든 가사는 4음 4보격이라는 율격에 맞추어 다정하게 말하면서도, 하고자 하는 말을 다 갖추어 상대방이 알아들을 수 있게 자상하게 말하는 진술방식, 곧 어떤 사실(화젯거리)을 알리고 전달하고자 하는 담화체 양식을 보이므로 전술(교술, 주제적)양식에 해당한다. 가사는 4음 4보격 무한연속체라는 형식 요건을 필요조건으로 하고 화행짜임에서 서술의 평면적 확장을 지향하는 전술양식으로서의 담화체 양식을 충분조건으로 하는, 이 두 가지를 함께 갖춘 양식(필요충분조건)"[36]이라 규정한 바 있다.

가사 양식의 이러한 두 가지 조건은 가사라는 구체적인 장르에서 추상화된 것으로 영원하고 지속적인 시적태도라 할 수 있지만 사회-문화적으로 커다란 변동기에 이르면 그 다양한 응용력을 발휘하여 새로운 장르를 생성하는 계기를 마련하게 되는데 그 구체적인 모습을 가창가사와 개화가사에서 볼 수 있다. 가창가사는 19세기를 전후하여 잡가라는 새로운 장르를 생성하는 계기를 마련하게 되는데 가사가 두 가지 조건의 양식적 본질을 넘어 가창장르로서의 새로운 응용력을 발휘하다보니까 4음 4보격 연속체가 '분련체'로 되고, 서술의 평면적 확장이 어느 정도 '서술의 억제'를 보이는 변모된 양상을 보이게 되니 12가사 가운데 〈죽지사〉, 〈행군악〉, 〈황계사〉, 〈어부사〉가 그에 해당한다. 즉 서정 양식 쪽으로 그만큼 다가감으로써 가창장르로서의 응용력을 발휘하고 그만큼 가사 양식의 외연을 넓혀가게 된 것이다.

그리고 19세기 말 20세기 초의 애국계몽가사에 이르러서는 애국적 열정을 불러일으키고 계몽사상을 독자 대중에게 정감적으로 알리고

---

36) 김학성, 「가사의 장르적 특성과 현대사회의 존재 의의」, 『한국고시가문화연구』 제21집, 2008, 174면.

유도하기 위한 새로운 시도로 4음 4보격의 연속체가 아닌 분련체로, 장형이 아닌 단형으로 되어 서정담론의 양식으로 접근해 감으로써, 같은 시대 공존 장르였던 창가, 유행민요, 시조 등 서정 가창양식들과의 경쟁에서 당당한 위치를 확보할 수 있었던 것이다.37)

이로써 보면 가사의 형식은 4음 4보격의 무한 연속체를 본질로 하되 사회-문화적으로 큰 폭의 변동기를 맞아 새로운 응용력을 발휘함으로써 단형의 분련체로 형식의 변모를 보이고 그로 인해 서정담론에 근접하는 지점까지 양식석 외연을 넓혀나갔던 장르의 운동양상을 보였던 것임을 알 수 있다. 아울러 그러한 변동기의 모습(분련체의 단형)을 보이는 가사의 하위 장르가 출현하여 한 시기를 풍미한다 하더라도 그 저변에는 여전히 4음 4보격 연속체로서 전술 양식을 굳건히 고수하는 도도한 흐름도 함께 하고 있음을 유념해야 할 것이다. 개화가사가 극성을 부리던 시대에도 사회 저변에는 규방가사와 동학가사 등을 중심으로 가사의 정통을 이어갔으니 말이다.

가사의 장르론적 본질에 관하여는 성무경에 의해 일단락이 났다고 이미 지적한 바 있고 그 이후에 제기된 가사 장르론은 혼란만 가중시키는 퇴행적 재생산임을 세밀하게 비판한 바 있어38) 여기서는 재론을 피하기로 한다. 다만 다시 강조코자 하는 것은 가사를 복합성장르로 보는 가장 큰 요인은 작품의 서술효과나 미감 또는 문채(文彩)를 더하여 미적 완성도를 높이기 위한 서술기법으로 활용된 것을 장르적 본질

---

37) 개화가사의 이러한 양상에 대해서는 김영철, 『한국개화기시가의 장르연구』(학문사, 1987) 및 고은지, 「계몽가사의 문학적 형상화 방식과 그 의미」(고려대 박사논문, 2004) 참조.

38) 김학성, 「가사의 장르적 특성과 현대사회의 존재의의」, 『한국고시가문화연구』 제21집, 2008, 160~174면에 상론함.

로까지 오해한 데서 기인한 것이 대부분이라는 것이다. 이를테면 〈속
미인곡〉에서 갑녀와 을녀의 대화체 담화양식이 활용되고 있지만 그것
이 등장인물의 성격(character)을 재현하는 희곡양식의 진술방식이 아
니라 작자 송강의 두 마음이 인물의 대화라는 고도의 서술기법과 전략
을 통해 형상화된 것일 뿐 작자의 메시지를 내포독자(혹은 청자)에게 전
달하려는 전술양식임은 의심의 여지가 없는 것이다. 당대의 독자들도
전술양식으로 읽었기에 〈속미인곡〉에 대한 아낌없는 찬사가 이어졌던
것이지, 대화체 기법으로 되었다 하여 희곡 양식이나 희곡과 전술의
복합양식으로 본다면 맥 빠진 싱거운 작품으로 폄하되었을 것이다. 갑
녀와 을녀의 그런 싱거운 갈등의 대화가 주축이 되는 작품을 희곡양식
과 결부시킨다면 그런 졸작이 또 어디 있겠는가.

그리고 〈계한가〉의 경우 새끼닭이나 장닭과 암탉이 등장인물로 설정
되고 우화적으로 스토리가 전개된다는 점을 근거로 '서사가사'로 보는
경우가 있는데, 그렇다면 장닭과 암탉의 갈등 설정이나 서사 전개의
줄거리가 응집력을 갖는 플롯으로 상승하지 못하고 지나치게 단순 엉
성하여 탄력을 갖지 못하는 평면적인 스토리에 머물고 있으니 그런 졸
작의 서사 작품이 또 어디 있단 말인가. 작자의 의도(주제)를 단순-직설
적으로 전달하기 보다 그런 우화적 스토리의 서술전략에 의해 작자의
메시지를 고도의 기법으로 전달하기 위한 효과적 장치로 작품화된 '전
술가사'로 읽을 때 작품의 가치와 문학성이 돋보이지 않는가.

〈복선화음가〉의 경우 최소 스토리를 갖고 있는 예화(例話)들이 서술
되어 장편화를 이루지만 그것이 서사적인 '서술의 입체화'의 결과라기
보다 에피소드들의 병렬적 집성이고 무엇보다 계녀를 위한 예화를 다
양하게 집성한 것이라는 지적39)은 이 작품의 전체 서술이 '계녀'라는

작자의 의도(작품의 주제이자 메시지)를 전달하고자 하는 전술 양식임을 입증하는 것이다. 서사적 흥미를 유발하는 '괴똥어미' 예화도 현실적인 반면교사의 역할 이상을 수행하지 못하는 것[40]도 이런 이유에서임은 물론이다.

가사의 장르 규정에서 가장 큰 혼란과 오해를 불러일으킨 것은 교술 장르라는 용어와 개념 문제다. 즉, '교술'이란 용어 자체가 '교훈적 서술'이란 의미를 함축하고 있어 그런 교훈적이고 이념적인 목적을 강하게 드러내는 작품이면 무조건 '교술' 장르로 보거나, '교술성'의 장르 성격을 갖는다고 보는 오해 혹은 선입견으로 작용해 왔던 것이다. 예를 들면 〈오륜가〉나 〈훈민가〉 같은 교훈시조는 분명 시조라는 서정 양식으로 향유되었음에도 그것이 '오륜'이라는 유가적 실천규범을 직접적으로 드러내는 '교훈성 담론'이라 하여, 교술 장르로 혹은 교술성을 갖는 서정으로 이해하는 것이 그에 해당한다.

그러나 어떤 작품이 아무리 교훈이라는 목적성을 강하게 가졌다 하더라도 그 담화체 양식이 '서술의 억제'로 짜여 있느냐(서정), '서술의 평면적 확장'으로 짜여 있느냐(교술)에 따라 장르가 규정되는 것이지 교훈성 담론이냐 아니냐는 문제가 되지 않는 것이다. 따라서 교훈시조는 초-중-종장이라는 시행 분절과 그 운용에 따른 통사적 의미구조의 차단에 의해 '서술의 억제'를 보이므로 서정장르에 해당하는 것이지 교술장르와는 아무런 상관이 없는 것이다. 어떤 이는 '서술의 억제'(시행분절에 의한 통사적 의미구조의 차단)는 모든 운문의 일반적 특성이므로 장르 판별의 기준이 될 수 없다는 견해[41]를 펴지만 그렇지 않다. 서양의 극시나

---

39) 김석회, 앞의 논문, 311면.
40) 이동연, 앞의 논문, 325면.

서사시는 모두 운문으로 되어 있지만 '서술의 억제'와는 무관하지 않는 가. 이를테면 밀턴의 서사시 〈실락원〉은 운문으로 되어 있지만 작품전체를 일관하는 진술양식이 서술의 억제와 어떤 상관이 있는가. 만약 서술의 억제를 지향하여 통사 의미론적 차단을 보인다면 서사가 어떻게 전개될 수 있단 말인가. 또 〈실락원〉은 종교신앙에 바탕을 둔 교훈성 담론으로 되어 있지만 교술장르와는 전혀 무관한 서사시가 아닌가.

교술 장르의 보다 큰 문제점은 그 개념 규정을 '작품외적 세계의 개입으로 이루어지는 자아의 세계화'로 이해하고 서정은 그 반대로 그러한 개입이 없는 세계의 자아화로 분별하는 것이다. 이럴 경우 서정은 대상 세계의 내면화, 주관화를 의미하고, 교술은 그 반대로 작품외적 세계나 사실들을 작품 내에 그대로 옮겨놓는 사실화, 객관화를 의미하게 되어 실제 작품을 놓고 볼 때 주관적 내밀화냐 객관적 사실화냐(물(物)의 아화(我化)냐, 아(我)의 물화(物化)냐)를 판단하기가 쉽지 않는 경우가 허다하므로 그 분별력이 선명하지 못해 장르의 분석틀로서는 적절하지 못하다는 비판[42]이 있었다.

또한 가사의 서술 특징을 "①있었던 일을, ②확장적 문체로 일회적·평면적으로 서술해, ③알려주어서 주장한다"라고 지정한 것도 실제 작품을 놓고 적용해 보면 ②는 타당성이 있으나 나머지 둘은 맞지 않는다고 비판한다.[43] 여기서 ②는 맞다고 한 것은 가사의 장르 성격을 '서술의 평면적 확장'인 전술 장르로 보아야 한다는 견해와 일치한다 하겠다. 그리고 '주제(적) 장르'라는 용어는 장르개념을 지칭하는 특수어로

---

41) 박연호, 『가사문학장르론』, 다운샘, 2003, 22면.
42) 성무경, 앞의 논문, 10~15면, 39면.
43) 김대행, 「가사와 태도의 시학」, 『고시가연구』 21집, 한국고시가문학회, 2008, 28~35면.

받아들이기에는 너무나 일반화된 '보편어'이기 때문에 적절하지 않으며, '교술'이란 용어는 지나치게 협소한 개념이어서 맞지 않으므로, '메시지를 전달해서 알리려는 의도로 서술된 것'이란 의미의 **'전술(傳述)'**이란 용어를 제안한 것44)에 따르기로 한다.

3. 가사의 현대적 계승방향

이처럼 가사의 장르 성격을 그 담화체 양식의 특성에 따라 '전술'로 보면 거기에는 전통적 한문학 양식 가운데 주로 문(文)에 해당하는 서(書)·서(序)·발(跋)·기(記)·록(錄)·론(論)·설(說)·책(策)·명(銘)·행장(行狀) 등 각종의 산문 기록문학류가 포함된다. 그리고 이들 기록문학류를 묶어 '수필'의 영역으로 자리매김한다. 수필은 어떤 특별한 양식적 규제 없이 본 대로, 느낀 대로, 생각한 대로 자유로이 붓 가는 대로 써나가면 되는 양식으로 알려져 있다. 그래서 수필은 '문학'과 '기록'의 접점에 놓여 있다고 하고, '문학'과 '문학 아닌 것'의 사이에 존재하면서 서로의 편으로 끌어들이기도 하고, 서로를 배척하기도 한다고 말한다.45) 그러나 이런 논리는 자칫 오해를 사기 쉽다. 수필은 분명히 문학의 한 양식이므로 문학과 문학 아닌 것 사이에 존재하는 것이 아니라 문학의 영역에 있고, 문학과 기록의 접점에 놓인 것이 아니라 분명히 문학에 위치한다는 것이다. 따라서 수필은 본 대로 느낀 대로 붓

---

44) 성무경, 앞의 논문, 8~36면.
45) 정병헌, 「가사 교육의 현황과 창작의 필요성」, 『한국고시가연구』 제21집, 2008, 312면.

가는 대로 써나가면 저절로 되는 것이 아니라, 보고 느끼고 생각한 것들을 정제된 문학적 형식으로 구조화해야 비로소 수필이 되는 것이다.

　가사 역시 수필처럼 보고, 느끼고, 생각한 것들을 길이의 규제 없이 자유로이 붓 가는 대로 써나가되 문학 양식인 만큼 반드시 정제된 문학적 형식으로 구조화해야 하는 양식이다. 거기다 가사는 수필과 달리 4음 4보격이라는 율격적 통제를 받아 실현되어야 하므로 율문 수필이라 할 수 있다. 따라서 가사가 아무리 인격적 서술자의 실존적 목소리로 메시지를 전달하여 알린다 하더라도 사실 그대로를 기록하듯이 전달해서는 가사가 될 수 없는 것이다. 그래서 문학 양식으로서의 미적 완성도를 높이기 위해서 가사는 여러 가지 문학적 기법을 활용하게 된다. 대화체 같은 극적 서술 장치나 스토리나 우화, 에피소드, 액자 형식 같은 서사적 기법도 얼마든지 활용하며, 정서적 감동을 유발하는 정감적 목소리로 내밀한 감정을 표출하는 기법을 활용하기도 하며, 때로는 작자를 숨기고 다른 사람의 목소리를 빌어 고도의 서술 전략으로 표현하기도 한다. 그리고 2음보의 안짝과 바깥짝을 대구로 하여 구조의 균형을 꾀하고 여러 수사를 동원하여 문채(文彩)를 다채롭게 하는 문체(文體)적 기법을 활용하기도 한다. 이 모든 서술기법이나 서술장치, 그리고 서술전략이나 수사들이 텍스트의 미적 완성도를 높이고 정제된 문학작품이 되게 하는 자질들임은 물론이다.

　그러나 모든 가사는 이러한 다양한 서술기법과 전략, 문체나 수사들에도 불구하고 작자가 의도하는 바의 '메시지를 전달하여 알린다'는 담화체 양식 내에 있다는 점에서 전술양식이 되는 것이다. 그러므로 가사를 문학작품이게 하는 이러한 다양한 서술기법이나 전략들에 현혹되어 서정이나 서사의 장르 성격을 보이는 텍스트가 존재한다고 보거나 그런 것들과 교술의 복합 장르적 성격을 보인다고 이해하는 것은 분명 잘못된 것이다.

이처럼 가사는 보고 듣고 느낀 대로 사실을 기록하고 메시지를 전달하여 알리면 되는 것이 아니라 여러 서술기법과 전략, 문체와 수사를 동원하여 '기록'에서 '문학'으로 끌어올려야 가사**문학**작품이 되는 것이다. 어떤 이가 〈상춘곡〉을 분석한 끝에 사실성 보다는 추상의 덩어리이며 당대의 미적 감각이나 그 관념적 추구의 보편항을 보인 것이라 결론을 내린 것[46]노 가사가 기록을 넘어 당대의 미학을 바탕으로 문학적으로 승화시킨 텍스트 미학을 관찰해 낸 결과에 다름 아닌 것이다. 그만큼 작자가 봄날의 자연미를 완상하면서 느끼는 산림지락(山林至樂)이라는 메시지를 자신의 동류들('홍진에 뭇친분네'와 '이바 니웃드라'로 함축적 독자를 설정하고 있음)에게 설명하고 알리고자 하면서도 그런 지락을 기록하듯이 사실적으로 드러내지 않고 미적 완성도를 높여 서술하고 있는 것이다.

그리고 어떤 이는 기행가사를 분석하면서 '준비-도정-도착-회정'의 진술과정을 보이되 그 단계적 과정에서 환기되는 심경과 여정에서 포착된 다양한 경물과 풍정 체험을 '관찰-소회-표백'이라는 재현과정으로 형상화 해냄으로써 하나의 짜임새 있는 언어 구조체를 만들어 나간다[47]고 문학적 형상화 방식을 지적해낸 것도 여행의 기록을 가사라는 언어 구조체 곧 가사양식으로 승화시킨 양상을 두고 말한 것에 다름 아니다.

---

46) 김대행, 앞의 논문, 33면 각주 5) 참조.
47) 박영주, 「기행가사의 진술방식과 문학적 형상화 양상」, 『한국시가연구』 18집, 한국시가학회, 2005, 223면.

　그럼 가사라는 문학 양식이 왜 필요했으며, 현재에도 그러한 양식이 과연 필요한지, 필요하다면 어떤 방향으로 계승되어야 할지 성찰해보기로 하자. 가사가 왜 필요했는지는 가사 장르의 실현 양상이 잘 말해 준다. 고려말 선승에 의해 발생한 가사는 속세의 대중들에게 선리를 설하기 위한 음성 설법의 수단으로 창출되었으며 그 감화력과 설득력을 고도화하기 위해 '문학적'으로 세련된 형식으로, 향유방식으로는 암송하기 좋게 가장 대중적인 율격양식인 4음 4보격의 리듬을 타고 음영을 본질로 하여 널리 창작-향유하게 되었으며, 조선시대에는 당대의 정치-문화의 주역인 사대부층에 의해 본격적으로 수용되어 강호가사 등을 낳고, 조선 후기에 이르면 문화권을 달리하여 여러 하위 장르로 폭넓게 확산되었으며 개화기와 일제시대에도 '마지막 불꽃'이라 명명할 정도로 왕성한 향유를 보였으니 총합하면 무려 7천여 편에 이르는 장르 실현을 보였던 것이다. 같은 시대에 애호되던 시조 장르의 총 실현 편수가 4,500여수로 정리 된데 비하면 시조보다도 훨씬 상회하는 향유양상을 보인 셈이 된다.

　다만 근대이후 현대에 이르러 시조는 부흥운동에 힘입어 현대시조로 거듭나고 현재 1000명에 이르는 시조시인이 활동하고 있지만, 가사는 일부 여성에 의해 규방가사를 계승하고 있는 것이 고작이며[48], 근자에 가사문학관 주최로 가사 창작대회를 열어 창작과 향유를 유도하고 고무시키는 정도의 미미한 활동이 있을 뿐이다. 따라서 가사가 1918년의 마지막 불꽃을 끝으로 종언을 고했다는 진단이 나올 법도 할 정도로 쇠퇴의 극을 달했던 것이다. 그러나 역사적 장르로서의 고전가

---

48) 조애영, 고단, 이휘 같은 극소수가 있을 뿐이다. 그러나 이들의 활동은 눈부시다.

사는 종언을 고했을지 몰라도[49] 가사는 다시 다양한 응용력을 새롭게 발휘하여 **현대가사**라는 새로운 장르의 모습으로 거듭날 수 있는 가능성을 곳곳에서 보여주고 있다.

이를테면 가사문학관 주최 전국가사창작대회에 해마다 다수의 응모작이 참여한다든지, 북한이나 연변지역에서 가사문학이 활발하게 창작되고 있다든지, 누가 요청하지 않았는데도 신문의 시사 칼럼을 가사 양식으로 멋지게 써낸다든지[50], 금년 베이징 올림픽 직후 배드민턴으로 금메달을 딴 이용내 선수를 기리는 〈용대찬가〉가 인터넷에 올라 인기를 끄는[51] 등의 사례는 현대 가사의 가능성을 충분히 보여주고 있는 것이다. 이는 가사가 현대시조처럼 현대가사로 거듭날 수 있음을 증거해 주는 것이 아니겠는가.

그렇다면 가사는 전통사회와는 엄청나게 달라진 현대사회에서 그 다양한 응용력을 발휘하여 현대가사로 새로이 거듭나려면 어떤 방향으로의 계승이 바람직할까? 그것은 한마디로 가사의 아름다움과 가치를 오

---

49) 김대행이 가사의 종언과 문학의 본질, 1~5면에서 가사가 변두리 문학으로 밀려나게 된 요인을 "문학이 지녀야 할 유연성에 근거한 재창조와 새로운 의미 부여의 가능성이 사라지고 오로지 일의적으로 고형화된 경직 현상에서 찾은 바 있는데 역사적 장르로서의 가사가 이렇게 경직화―고형화 되면 결국 쇠퇴와 소멸의 길을 걸을 수밖에 없는 것이지만, 그 양식이 새로운 시대에 다양한 응용력을 발휘하면 새롭게 태어날 수 있음도 의식해야 할 것이다.

50) 중앙일보, 2006년 10월 10일자 칼럼, 이훈범, 〈哀한글歌〉로, 작품 전문은 김학성, 「가사의 장르적 특성과 현대사회의 존재의의」, 『한국고시가문화연구』(제21집, 2008), 180~183면에 소개한 바 있다.

51) 그 앞부분만 소개하면 이렇다. "내가 알던 배드민턴 동네아짐 살빼기용/ 몹쓸편견 싹버림세 용대보고 개안했네/ 스므살에 꽃티청년 백팔십에 이승기삘/ 겉모습만 훈훈한가 실력까지 천하지존/ 스매싱에 셔틀콕이 누나가슴 파고들고/ 점프마다 복근노출 쌍코피에 빈혈난다/……. (이하 생략)

늘에 되살리고 발전시키는 방향이어야 할 것이다. 그러기 위해서는 무엇보다 가사의 양식적 정체성을 분명히 알고 그것을 현대사회의 독자에게 강한 공감대를 불러일으키는 방향으로 실현되어야 할 것이다. 독자의 공감과 뜨거운 호응이 없는 장르는 살아남지 못할 것이기 때문이다.

이미 살핀 바와 같이 가사의 정체성은 작자가 의도하는 메시지(화제거리)를 4음 4보격의 연속체로 다정하게, 그리고 자상하게 알리고 전달하는 양식으로, 다양한 서술기법과 전략에 의해 미적 완성도를 높여 문학성을 획득함으로써 독자에게 감화력과 설득력을 주는 데 독특성이 있다. 가사의 글감이 될 수 있는 메시지는 지난시대에 고전수필(기록문학류)이 담당했던 두 영역-교훈적·이념적 전달이 주가 되는 의론(議論)류와 사실과 경험의 서술이 주가 되는 기술(記述)류-가 포괄될 것이지만, 현대가 개인주의 혹은 개성의 발달을 지향하는 사회이므로 어떤 사실을 공론화 하여 자기주장을 펼치는 토론의 장을 마련하기가 쉽지 않는 환경이고, 또 어떤 실천규범을 조목조목 제시하여 교화의 주제를 펼치는 일이 '권위 상실의 시대'에서 감화력을 갖기가 쉽지 않으므로 의론류의 가사 실현은 어려움이 클 것으로 보인다.

그러나 소가족제와 이혼 등으로 인한 가정 파괴가 심각하고, 각박한 민심으로 지역 공동체가 해체된 현대사회에서, 가족의 화목과 공동체의 화평을 위한 교훈적 메시지 전달은 오늘날 절실하게 요청되는 실정이므로, 시집가는 딸에게 시집살이의 실천규범을 제시했던 규방가사의 계녀가류나 가정이나 가문, 향촌 구성원이 지켜야할 도리나 윤리 덕목을 제시했던 '교훈가사류의 현대적 계승'은 여전히 필요하게 될 것이고, 그러한 교화적 목소리는 현대시조나 자유시 같은 서정 장르보다 설득적 감화력이 뛰어난 **현대교훈가사**가 훌륭히 그 몫을 담당해 낼 것이다(물론 전시대의 유가 윤리가 아닌 현대의 윤리규범에 맞는 교훈이어야 함은 당연하다 하겠다). 이러한 장르 선택의 차이는 역사가 증언해 주고 있다. 조선시대에도 통치력의 권위나 사족들의 지위가 상대적으로 안정감을 갖던 전기에는 서정장르인 오륜시조가 지어져 정서적 감흥 유발을 통한 오륜의 덕목이 교화적 기능을 충분히 감당할 수 있었지만52), 그러한 권위나 지위가 상당히 이완된 후기에는 오륜항목의 당위성이나 중요성을 조목조목 구체적이고도 자상하게 설명하고 설득하고 알려주어야 했으므로 오륜시조는 사라지고 오륜가사가 지속적으로 그 자리를 차지했던 것이다.53)

전시대에 의론류 가사로 활기를 띠었던 애국-계몽가사류도 최근 일본이 독도의 영유권을 주장하는 논리를 자국의 학생들 교육에까지 주입시키고, 중국이 동북공정의 일환으로 발해와 고구려사를 왜곡하는 오늘의 상황에서 그러한 논리나 주장의 부당성을 의론적으로 설파하고 나아가 거기에 대응하는 우리의 자세와 논리를 가다듬는 **현대애국계몽가사**가 요청되고 있다. 또한 고유가와 환율상승 등으로 경제가 지극히 어려운 상황으로 치닫는 데도 아랑곳지 않고 사치와 낭비를 일삼는 세태를 풍자하거나, 우리의 일상이나 문화어가 외국어에 의해 심각하게 침윤당하고 거기다 영어를 공용어로 해야 한다는 주장까지 나

---

52) 그 시대에는 '오륜'이란 절대 이념을 노래한다는 그 자체가 숭고한 감동을 유발하는 것이 가능했으므로 군더더기 설명이나 논리적 설득이 필요하지 않기 때문에 '서술의 억제'의 서정양식인 시조로서도 충분히 교화적 기능을 발휘할 수 있었던 것이다.

53) 박연호, 「조선후기 교훈가사 연구」(고려대학교 박사논문, 1997), 203~205면에서는 전기의 교훈시조가 후기에 교훈가사로 대치된 요인을 서정장르로서의 시조와 전술장르로서의 가사라는 장르상의 근본적 차이에서 찾지 않고 어법 같은 서술기법의 변화와 현실적인 삶의 다양한 모습을 담게 된 내용상의 변화를 주목하여 설명함으로써 설득력을 잃고 있다.

와 국어의 위기시대를 맞은 오늘의 현실을 조목조목 신랄하게 비판하는 등의 **현실비판가사**나 **시사평론가사**가 요구되고 있다.

그리고 조선시대 사대부가사의 주류를 이루었던 강호가사는 오늘에 생태주의가사로 계승될 필요가 있다. 강호가사의 중심 이념이 되고 있는 천인합일이나 물아일체의 경지를 추구하는 유가적 사유는 자연과의 합일을 위한 인간의 자기 수양이 특히 강조되고, 자아와 사회와 자연과 우주는 연속체이고 유기체라는 의식에 바탕을 두고 있어, 자연의 질서 원리를 통해 만물의 이법(理法)을 깨닫고 그에 합치하고 순응하려는 태도를 지녀왔었는데, 그러한 이념으로 포착한 강호와 전가(田家)의 삶과 흥취를 메시지로 전달하려 했던 것이 가사 장르를 필요로 했던 근거였다. 그런데 서구에서는 인간이 자연에 적극적으로 도전하고 인간중심의 보다 나은 삶을 위해 자연을 지배하고 개발하고 고도의 산업기술을 바탕으로 도시화 산업화를 가속시켜 나감에 따라 급격한 자연 파괴와 생태학적 위기로 치닫게 되었다.

그리하여 인간과 자연은 대결의 상대가 아니라 상생(相生)과 상보(相補)의 존재임을 깨닫고 환경과 생태의 파괴는 결국 인간의 파괴와 비인간화로 되어 감을 직시하고 그러한 파괴의 현실에 저항하고 생태계와 인간성을 회복해야 한다는 생태주의 이념을 바탕으로 하는 '생태시' 혹은 '신서정주의시'를 낳게 되었다.[54] 우리나라도 생태와 환경 파괴에 따른 비인간화가 오늘의 절실한 문제이므로 생태주의 문학이 절실하게 요청되는 시점에 이르렀다. 그러나 그 문제는 생태주의 시조나 생태시 같은 서정장르의 정서 감응력으로는 역부족이 아닐까 한다. 오

---

54) 김복근, 「생태주의 시조연구」, 창원대 박사논문, 2003, 17~23면.

히려 그러한 환경파괴 현실을 조목조목 자상하고도 구체적이고 설득력 있게 알리고 주장하는 **생태주의가사**가 그 역할을 담당해야 훨씬 효과적이라 생각된다.

규방가사 가운데 탄식가류나 화전가류는 탄식을 통해 여성으로서의 삶 자체를 부정적으로 인식하는 자의식 혹은 비판적 성찰을 보이거나 남성들의 무능함에 대한 여성들의 풍자를 담거나 남성 우월에 대한 문제제기를 보이는 작품들이 특히 문답형 규방가사에 보이는데55) 이런 규방가사는 어디까지나 조선조 양반문화의 윤리와 덕목을 크게 벗어나지 않는 범주내에서의 자의식이고 성찰이므로 오늘날 남성에 대한 성(gender)의 대타의식으로까지는 나아가지 못했지만 남녀 간 성차별 없는 동등한 권리를 주장하는 본격적인 여성주의(feminism)를 지향하는 **여성가사**로 계승될 필요가 있을 것이다.

사실과 경험의 서술이 주가 되는 기술(記述)류는 기행가사가 중심이 될 것이고, 또한 어느 특정지역의 풍경이나 풍속을 서술한다든지, 어떤 특정 사물이나 사건 혹은 왕조의 역사를 서술하는 가사들이 이에 속할 것이다. 기행가사는 학생들의 경우 수학여행가사로, 일반인은 국내여행이나 해외여행 체험을 가사로 기술하는 **현대기행가사**로의 계승이 바람직 할 것이다. 기행체험은 서정시로 혹은 수필로도 기술이 가능하지만 그 두 가지의 어느 양식으로도 충족하지 못하는 가사만의 정체성이 있기에 그 독특성을 현대에 계승할 필요가 있는 것이다.

조선시대에도 금강산 기행을 다녀와서 많은 금강산 유산(遊山)문학을 남겼는데, 크게 시가문학과 산문문학의 형식을 빌어 전자는 한시나

---

55) 백순철, 「문답형 규방가사의 창작과 지향」, 고려대 석사논문, 1995, 14~47면.

경기체가, 시조 같은 서정시가로 작품화하고, 후자는 유산록이나 유산기 같은 기록문학(산문수필)으로 작품화 했으나, 이 두 가지로 충족하지 못하는 작가들은 금강산 기행가사를 남겼던 것이다.56) 금강산 기행을 다녀온 감흥을 서정시가로 노래하자니 '자상하게' 조목조목 기술하지 못하는 아쉬움이 있고, 산문수필(記와 錄)로 기술하자니 너무 경직되어 감흥과 미감이 살아나지 않으니 시가와 산문 영역을 동시에 충족시키는 중간영역의 가사를 남겼음을 고려하면 현대의 우리도 자유시나 현대시조로도 혹은 현대수필로도 충족하지 못하는 기행체험을 현대기행가사로 작품화할 필요가 있지 않겠는가.

종교가사는 기억하기 좋고 음영하기 좋은 가사의 4음 4보격 연속체 리듬 때문에 실현된 역사적 산물이다. 암송하기 좋아야 많은 양의 교리와 경전들을 조목조목 전파하기 쉽고 규칙적이고 연속적인 리듬을 타고 음영할 수 있어야 감흥을 유발하면서 종교적 교화의 목적을 효과적으로 수행할 수 있기 때문이다. 종교적 교리야 말로 교조적이고 원리적이어서 경직되기 이를 데 없는 것이므로 정서적 공감을 유발하는 서술 형식 장치로서 이러한 리듬은 절대적으로 필요했던 것이다. 따라서 이러한 필요에 의해 **현대종교가사**로 얼마든지 계승될 수 있을 것이다.

그러면 현대가사가 계승해야 할 가사의 적합한 형식은 어떠해야 할까? 가사문학관 주최의 가사 창작대회에서 수상한 작품을 대상으로 분석한 보고에 의하면 시조의 종장과 같은 결사 형식을 취하는 '결사종결

---

56) 금강산 기행문학에 대한 장르상의 체계문제는 조규익, 「금강산 기행가사의 존재양상과 의미」, 『한국시가연구』 12집(한국시가학회, 2002), 225~227면 참조. 여기서는 금강산 유산문학을 금강산 유산시와 금강산 유산록으로 양대별하고 금강산 기행가사를 후자에 소속시켜 놓아 가사의 장르적 정체성을 반영하지 못한 아쉬움이 있다.

형'의 활용도가 매우 낮고, 가사의 기본 율격(4음 4보격)마저 벗어난 '율격일탈형'도 상당히 보이며, 특히 서술에 있어서 비분련의 '연속체'보다 '분련구성형'에 대한 선호도가 가장 높았다고 한다.[57] 이러한 현상은 무엇을 의미하는가? 한마디로 조선시대와 현대의 문학적 미의식의 차이로 이해된다. 가사 양식의 주역이었던 조선시대 사대부층은 시조의 문학관습으로 가사를 향유하는 경우가 흔했기 때문에 4음 4보격으로 무한히 연속하다가 시조의 종장형식으로 결사부분을 깔끔하게 마무리하는 문예적 미감을 보였던 것이다.

그러나 이러한 마무리는 시조 종장의 마무리와는 커다란 격차가 있다. 시조 종장은 초-중장의 단 한번 '반복'(4음 4보격에 의한)에 이은 '전환'(변형 4보격에 의한)의 미감을 감당하는 구조여서 그 의미 비중이 엄청나게 크지만(그래서 주제가 대부분 종장에 드러남), 가사는 시조 종장 형식으로 종결한다 하더라도 그와 같은 '의미의 미적 전환'을 가져오는 비중을 갖기에는 반복 부분(4음 4보격의 연속체 부분)의 비중이 너무나 방대해서 그러한 역할을 하지 못하고 다만 깔끔한 마무리 정도의 기능으로 그치는 것이다.

그리고 '분련구성형'이라는 것은 앞에서 살핀 바 조선시대 말기의 가창 가사와 애국계몽기의 계몽가사에서나 볼 수 있었던 것으로 가사가 서정시가 장르들과 경쟁하기 위해서 가사의 장르적 외연을 넓혀갔던 시대에서나 볼 수 있는 특수 현상이고, 가사의 정통 형식은 4음 4보격의 무한 연속체라는 점을 염두에 둘 때 그것이 바람직한 형식은 아님을 알 수 있다. 그럼에도 현대가사에서 분련구성형을 특히 선호한다는 보

---

57) 김신중, 「가사의 형태적 변화와 현대적 수용」, 『고시가연구』 21집, 한국고시가문학회, 2008, 124~125면.

고는 그 형식을 잘못 이해한 것으로 판단된다. 분련구성형이 되려면 서정시가에서 각 련(聯)이 어느 정도 독립성을 가지고 그것이 충첩되어 하나의 작품을 이루는 구조가 되어야 하는데, 가사창작대회 응모작에 보이는 현대가사는 그 각각이 서정시에서의 연(stanza)의 구실을 하는 것이 아니라 문단의 단락(paragraph) 구실을 하고 있기 때문이다.

따라서 '분단구성형'이라 해야 이치에 맞으며, 현대가사의 응모작이 이런 유형이 많다는 것은 오히려 바람직한 현상이라 할 수 있다. 왜냐하면 현대인은 조선시대인처럼 유장하게 늘어놓는 것보다 깔끔하게 단락별로 정리되고 짧은 호흡으로 그때그때 마무리 짓는 것을 훨씬 선호하기 때문에, 무한 연속체로 장황하게 늘어놓는 것보다 감화력이나 호소력에 있어서 비교가 되지 않을 것이다. 뿐 아니라 단락별 구분에 의한 '분단구성'은 전달하고자 하는 메시지의 논리적 응집력을 배가시켜 주고, 여백에 의한 깊은 사려의 기회를 만들어 호흡을 조절하게 해주며 그것을 바탕으로 독자에게 감응을 높여주는 전달효과를 가져올 수 있는 것이다.

그리고 가사 작품에서 율격을 일탈하는 현상도 그것이 단순히 문학적 미숙성이나 부주의에 의한 것인가, 아니면 해당부분의 의미를 강화하거나 문단을 마무리 혹은 조정하기 위한 미적 효과를 위한 것인가에 따라 바람직한 것인가 아닌가가 판별될 성질임은 말할 것도 없다. 4음4보격이란 가사의 율격을 시종일관 기계적으로 따르는 것보다 그렇게 연속되리라는 우리의 기대감을 무너뜨리고 정서와 의미구조의 변화에 따라 2음보나 3음보의 촉박한 템포로, 혹은 그 반대로 6음보로 확장되는 일탈을 보임으로써 기계적인 율격효과보다 더 강한 문학적 효과를 촉발시킬 수 있기 때문이다.

그러나 무엇보다 가사의 형식에서 중요한 비중을 차지하는 것은 2음보로 된 안짝구와 바깥짝구가 서로 균형을 이루며 대등하게 짝을 하고 그것이 하나의 행을 이루면서 연속됨으로써 4음보에 의한 구조적 안정감과 유장한 율동에 의한 사려 깊은 생각을 담기에 적절한 형식적 요건을 갖추었다는 점이다. 따라서 가사 작품은 이러한 안짝구와 바깥짝구의 결합과 호응을 얼마나 잘 활용하느냐와, 때로는 외짝구를 동반하여 그 일탈을 얼마나 긴장되고 이완되게 구사하느냐에 핵심이 있다고 할 것이다. 가사를 필사한 옛 기록물이 2개의 구가 짝을 이루어 2줄로 배열되는 '귀글체'기 대부분인 것도 가사의 이러한 형식적 특징을 반영한 것임은 물론이다. 그런 점에서 가사의 '멋'과 '아름다움'은 실로 이 귀글체의 미적 활용을 어느 정도 수준으로 하느냐에 관건이 달렸다 할 것이다.

4. 맺음말

지금까지 가사 양식의 현대적 계승문제를 검토하기 위해 먼저 가사의 형식과 장르, 양식, 유형 등 여러 층위에 걸쳐 가사의 양식적 정체성을 살펴보고 그것을 토대로 현대가사로의 계승 가능성과 그 바람직한 방향을 정립해 보려 했다. 그 과정에서 가사라는 문학 양식은 전달하고자 하는 메시지를 얼마나 감화력 있게 문학적 감동을 주며 효과적으로 서술하느냐에 달려있어서 그에 따른 여러 가지 서술전략과 문학적 장치 및 기법이 활용된다는 사실을 알아낼 수 있었다. 그리하여 가사가 단순히 메시지 전달에 그치지 않고 4음 4보격이라는 율격적 장치를 통해 우리 민족에 가장 친숙한 율동을 타고 '다정하고 다감하게' 전달되도록 함으로써 평범하고 딱딱한 산문체 전달이 아닌 정감적이고 시적인 감화력을 갖도록 함도 아울러 살폈다. 이러한 기법과 장치들이 가사가 단순한 '기록'이 아니라 '문학'일 수 있게 함도 알아내었다.

이러한 가사 양식의 특성을 바탕으로 그것의 현대적 계승 방향을 유형별로 살펴보면서 현대가사로서의 새로운 응용력과 잠재적 가능성을 타진해 보았다. 그러나 전통시가 양식이 아무리 훌륭한 미학적 조건을 갖추었다 하더라도 그것을 향유하는 애호자의 적극적 호응이 없다면 또한 별 의미가 없음이 사실이다. 일본의 전통시가 양식인 하이쿠가 전 세계적으로 알려져 그 가치를 자랑하고 있는 것도 그것의 탁월함에 있다기 보다 그것을 아끼고 향유하는 애호자가 세계적 규모라는데 있는 것이다. 그런 점에서 우리의 가사나 시조도 지난 시대의 유물이나 골동품쯤으로 여기지 않고 우리가 먼저 사랑하고 아낄 때 하이쿠처럼 전 세계인이 주목하는 장르로 거듭날 수 있을 것이다.

참고문헌

강명관, 『조선시대 문학예술의 생성 공간』, 소명출판, 1999.

_____, 『국문학과 민족, 그리고 근대』, 소명, 2007.

강전섭, 「傅변안렬의 불굴가 안작론」, 『한국시가문학연구』, 대왕사, 1986.

고순희, 「19세기 현실비판가사 연구」, 이화여대 박사논문, 1990.

고은지, 「계몽가사의 문학적 형상화 방식과 그 의미」, 고려대 박사논문, 2004.

고정국, 「언어의 남용을 경계한다」, 『시조시학』, 2001년 상반기호.

국립국악원, 『한국음악학자료총서』 18, 은하출판사, 1989.

권영철, 『규방가사연구』, 이우출판사, 1980.

길진숙, 「조선후기 농부가류 가사 연구」, 이화여대 석사논문, 1990.

김대행, 「가사의 종언과 문학의 본질」, 『고시가연구』 1, 전남고시가연구회, 1993.

_____, 「가사와 태도의 시학」, 『고시가연구』 21집, 한국고시가문학회, 2008.

김명호, 『한국한문학과 미학』, 한국한문학회 엮음, 태학사, 2003.

김병국, 「장르론적 관심과 가사의 문학성」, 『현상과 인식』 4호, 한국인문사회과학원, 1977.

_____, 『한국고전문학의 비평적 이해』, 서울대학교 출판부, 1995.

김병욱, 「한국상대시가와 주사」, 『어문논집』 2집, 충남대학교 국문과, 1978.

김복근, 「생태주의 시조연구」, 창원대 박사논문, 2003.

김석회, 「담원시조론」, 『국어교육』 51·52호, 1985.

_____, 「복선화음가 이본의 계열상과 그 여성사적 의미」, 『한국시가연구』 18집, 한국시가학회, 2005.

김성기, 「송순의 시가문학연구」, 조선대 박사논문, 1990.

김신중, 「四時歌의 時相 전개 유형 연구」, 『국어국문학』 제106호, 국어국문학
　　　회, 1991.

　　　　, 「가사의 형태적 변화와 현대적 수용」, 『고시가연구』 21집, 한국고시가
　　　문학회, 2008.

김열규, 『한국고전시가작품론 1』, 집문당, 1992.

김영수, 「공무도하가 신해석」, 『한국시가연구』 3집, 한국시가학회, 1998.

김영철, 『한국개화기 시가의 장르연구』, 학문사, 1987.

김종진, 「서왕가의 전승 계보학과 구술성의 층위」, 『한국시가연구』 18집, 한국
　　　시가학회, 2005.

김태준, 「정인보론」, 『조선중앙일보』, 1936.5.5.

김학성, 『한국고전시가의 연구』, 원광대학교 출판부, 1980.

　　　　, 『근대문학의 형성과정』, 문학과지성사, 1983.

　　　　, 『국문학의 탐구』, 성균관대학교 출판부, 1987.

　　　　, 『한국고시가의 거시적 탐구』, 집문당, 1997.

　　　　, 『한국 고전시가의 정체성』, 성균관대학교 대동문화연구원, 2002.

　　　　, 『한국시가의 담론과 미학』, 보고사, 2004.

　　　　, 『한국고전시가의 전통과 계승』, 성균관대학교 출판부, 2009.

　　　　, 「시조의 양식적 원형과 시적 형식으로서의 행·연 갈이」, 『만해축전』
　　　자료집 2010 中권.

　　　　, 「사설시조의 전통과 미학」, 『유심』, 2014년 9월호.

　　　　, 「시조의 형식과 그 운용의 미학」, 『만해축전』, 만해축전추진위원회,
　　　2014.

김혜숙, 「시조사의 정조 유동과 가곡적 5장 구조」, 『고전문학연구』 39집, 한국
　　　고전문학회, 2011.

김흥규, 『한국문학의 이해』, 민음사, 1986.

　　　　, 『욕망과 형식의 시학』, 태학사, 1999.

노규호, 「조선후기 교본성 가사 연구」, 홍익대 박사논문, 1998.

신범순, 「현대시조의 양식실험과 자유시의 경계」, 『시조시학』 2000년 하반기
　　　호, 고요아침, 2000.

董 達, 『조선 三大 詩歌人 작품과 중국시가문학과의 상관성 연구』, 탐구당, 1995.

디이터 람핑, 장영태 역, 『서정시 : 이론과 역사』, 문학과 지성사, 1994.

박경주, 『한문가요연구』, 태학사, 1998.

박연호, 『19세기 시가문학의 탐구』, 집문당, 1995.

＿＿＿, 「조선후기 교훈가사 연구」, 고려대 박사논문, 1996.

＿＿＿, 『가사문학장르론』, 다운샘, 2003.

박영주, 「기행가사의 진술방식과 문학적 형상화 양상」, 『한국시가연구』 18집, 한국시가학회, 2005.

박을수, 『한국시조문학전사』, 성문각, 1978.

박준규, 「한국의 누정고」, 『호남문화연구』 제17집, 호남문화연구소, 1987.

박준규 · 최한선, 『담양의 가사문학』, 한국가사문학관, 2001.

박철석, 「1930년대 시인론－정인보론」, 『현대시학』, 1981.12.

박철희, 『한국시사연구』, 일조각, 1997.

박현수, 「시조의 현대성 어떻게 구현할 것인가」, 『만해축전』 하권, 2012.

＿＿＿, 「익숙한 문법의 새로움과 새로운 이탈의 낯익음」, 『서정시학』 2012년 겨울호.

박희병, 『운화(運化)와 근대 : 최한기 사상에 대한 음미』, 돌베개, 2003.

백순철, 「문답형 규방가사의 창작과 지향」, 고려대 석사논문, 1995.

사무엘 헌팅턴, 『문명의 충돌』, 이희재 역, 김영사, 1997.

성기옥, 『한국시가 율격의 이론』, 새문사, 1986.

＿＿＿, 「구지가의 작품적 성격과 그 해석」, 『울산어문논집』 3집, 울산대학교 국어국문학과, 1987.

＿＿＿, 「구지가와 서정시의 관련 양상」, 『울산어문논집』 4집, 울산대학교 국어국문학과, 1988.

＿＿＿, 『국문학개론』, 새문사, 1992.

＿＿＿, 「국문학연구의 과제와 전망」, 『이화어문논집』 12집, 이화여대 한국어문연구소, 1992.

＿＿＿, 『국문학개론』, 새문사, 2003.

성무경, 「가사의 존재양식 연구」, 성균관대 박사논문, 1997.

_____, 『가사의 시학과 장르 실현』, 보고사, 2000.

_____, 『조선후기 시가문학의 문화담론 탐색』, 보고사, 2004.

성호경, 「16세기 국어시가의 연구」, 서울대 박사논문, 1986.

_____, 『조선전기시가론』, 새문사, 1988.

_____, 『한국시가의 유형과 양식 연구』, 영남대학교 출판부, 1995.

송 욱, 『시학평전』, 일조각, 1974.

송항룡, 『동양철학의 제 문제들』, 여강출판사, 1987.

신경숙, 「초기 사설시조의 성인식과 시정적 삶의 수용」, 『한국문학논총』16집, 한국문학회, 1995.

신웅순, 「현대시조의 아이덴티티」, 『화중련』2011년 하반기호.

실시학사, 고전문학연구회 편, 『역주 이옥전집』2권, 2001.

심수경, 『遣閑雜錄』, 국역 『대동야승』3권, 민족문화추진회, 1967.

심재완, 『교본 역대시조전서』, 세종문화사, 1972.

안혜진, 「강호가사의 변모과정 연구」, 이화여대 석사논문, 1998.

양지혜, 「계녀가류 규방가사의 형성에 관한 연구」, 이화여대 석사논문, 1998.

연세대학교 출판부 편집부, 『담원 정인보 전집』2, 연세대학교 출판부, 1983.

염창권, 「시조 양식에 대한 당위론과 현실론」, 『화중련』2012년 상반기호.

오동춘, 『한국시조작가론』, 국학자료원, 1999.

원용문, 「정인보 시조에 대하여」, 『배달말』8호, 1983.12.

유정선, 「18·19세기 기행가사의 작품세계와 시대적 변모양상」, 이화여대 박사논문, 1998.

유지화, 「유성규론, 황진이론」, 국민대 석사논문, 2004.

육민수, 「조선후기 교훈가사의 담론특성 연구」, 성균관대 박사논문, 2003.

윤금초 외 3인, 『네 사람의 얼굴』, 문학과 지성사, 1983.

윤금초 편, 『갈잎 흔드는 여섯 악장 칸타타』, 창작과 비평사, 1999.

윤영옥, 「황진이 시의 tension」, 『국어국문학』제83호, 국어국문학회, 1980.

윤재근, 「왜 시조인가?」, 『화중련』2010년 하반기호.

이경철, 「사설시조는 정형시(定型詩)인가? 정형시(整形詩)인가?」, 『정형시학』,

2014년 하반기호.

이광수, 「上海 이일 저일」, 『삼천리』 10호, 1930.

이능우, 『가사문학론』, 일지사, 1977.

이도흠, 「18-19세기의 조선조 시가의 변모양상과 근대성 문제」, 『한국학논집』 43, 한양대 한국학연구소, 2008.

이동연, 『한국고전여성작가 연구』, 태학사, 1999.

이명선, 『조선문학사』, 조선문학사, 1948.

이병기, 「시조의 발생과 가곡과의 구분」, 『진단학보』 권1, 진단학회, 1934.

_____, 「황진이의 시조 1수가 지침」, 『동아일보』 1938년 1월 29일자.

이상원, 『조선시대 시가사의 구도와 시각』, 보고사, 2004.

이숭원, 「현대시조가 대중적 친화력을 얻는 방법」, 한국시조시인협회 창립 50주년 기념 강연, 2014.7.19.

이종호, 『한국근대문학사의 쟁점』, 창작과비평사, 1990.

이혜순, 「歌詞·歌辭론」, 서울대 석사논문, 1966.

이훈범, 「哀 한글歌」, 『중앙일보』, 2006년 10월 10일자 칼럼.

임기중, 「세 가지 가설과 몇 가지 의문」, 『어문연구』 136호, 한국어문교육연구회, 2007.

임선묵, 『근대시조집의 양상』, 단국대학교 출판부, 1983.

임재욱, 「가사의 형태와 향유방식 변화의 관련양상 연구」, 서울대 석사논문, 1998.

임종찬, 「현대시조작품을 통해 본 창작상의 문제점 연구」, 『시조학논총』 제11집, 한국시조학회, 1995.

임종찬, 「시조 표기 양상 연구」, 『시조문학』, 2000년 여름호.

장덕순, 「한국의 사포, 황진이」, 『한국의 인간상』 제5권, 신구문화사, 1965.

장사훈, 『국악논고』, 서울대학교 출판부, 1988.

장 파, 유중하 등 번역, 『동양과 서양, 그리고 미학』, 푸른 숲, 1999.

정병욱, 『한국고전시가론』, 신구문화사, 1977.

정병헌, 「가사 교육의 현황과 창작의 필요성」, 『고시가연구』 21, 한국고시가문학회, 2008.

정양완 옮김, 『담원문록』 상권, 태학사, 2006.

정요일, 『고전비평용어연구』, 태학사, 1998.

정하영, 『한국고전시가작품론 Ⅰ』, 집문당, 1992.

조규익, 『우리의 옛노래 문학 만횡청류』, 박이정, 1996.

_____, 「금강산 기행가사의 존재양상과 의미」, 『한국시가연구』 12집, 한국시가
학회, 2002.

조동일, 「가사의 장르규정」, 『어문학』 22집, 한국어문학회, 1969.

_____, 『한국문학의 갈래이론』, 집문당, 1992.

조세형, 「조선후기 시가문학에 나타난 근대와 그 의미」, 『한국시가연구』 24, 한
국시가학회, 2008.

조윤제, 『조선시가의 연구』, 을유문화사, 1948.

최규수, 『송강 정철 시가의 수용사적 탐색』, 월인, 2002.

최한선, 「성산별곡과 송강 정철」, 『남경 박준규박사 정년기념논총』, 1998.

허수열, 「식민지 근대화론의 쟁점」, 『동양학』 41, 단국대 동양학연구소, 2007.

홍성란, 『명자꽃』, 서정시학, 2009.

_____, 「우리시대 시조의 나아갈 길」, 『화중련』 2011년 상반기호.

홍효민, 「정인보론」, 『현대문학』, 1959.12.

황준연, 「가곡(남창) 노래 선율의 구성과 특징」, 『한국음악연구』 29집, 한국국
악학회, 2001.

Alastair Fowler, "The Life and Death of Literary Forms", *New Directions
in Literary History,* Ralph Cohen ed. London: Routledge & Kegan
Paul, 1974.

N. 하르트만(전원배 역), 『미학』, 을유문화사, 1971.

R. Haward & R. Scholes 역, *Tzvetan Todorov, Fantastic,* Cornell Uni-
versity Press, 1975.

S. Chatman, *A Theory of Meter, Hague: Mouton,* 1965.

찾아보기

▌김학성

서울대 국문학과와 동 대학원 졸업(문학박사)

전주대와 원광대 교수를 거쳐 성균관대 국문학과 교수로 퇴임

성균관대 문과대 학장 겸 번역·테솔 대학원장과 한국시가학회장 역임

현재 성균관대 명예교수

한국시조학술상, 도남국문학상, 만해대상(학술부문) 등 수상

저서로『한국고전시가의 연구』(원광대출판국, 1980),『국문학의 탐구』(성균관대 출판부, 1987),『한국고시가의 거시적 탐구』(집문당, 1997),『한국고전시가의 정체성』(성균관대 대동문화연구원, 2002),『한국시가의 담론과 미학』(보고사, 2004),『한국고전시가의 전통과 계승』(성균관대 출판부, 2009)이 있으며 '공저'와 '편저', '학술논문'이 다수 있다.

우리 전통시가의 위상과 현대화

2015년 4월 10일 초판 1쇄 펴냄

지은이 김학성
펴낸이 김흥국
펴낸곳 도서출판 보고사

책임편집 이유나
표지디자인 이준기

등록 1990년 12월 13일 제6-0429호
주소 서울특별시 성북구 보문동7가 11번지 2층
전화 922-5120~1(편집), 922-2246(영업)
팩스 922-6990
메일 kanapub3@naver.com
http://www.bogosabooks.co.kr

ISBN 979-11-5516-345-0 93810

ⓒ 김학성, 2015

정가 21,000원

이 도서의 국립중앙도서관 출판시도서목록(CIP)은 서지정보유통지원시스템 홈페이지 (http://seoji.nl.go.kr)와 국가자료공동목록시스템(http://www.nl.go.kr/kolisnet)에서 이용하실 수 있습니다. (CIP제어번호 : CIP제어번호: CIP2015008079)